DUMONT

Tel Aviv: Eine Frau wird ermordet aufgefunden. Sie war Mitarbeiterin einer NGO, die sich um afrikanische Flüchtlinge kümmert. Kurz darauf scheint der Fall schon gelöst – der Eritreer Gabriel meldet sich bei der Polizei und gesteht den Mord. Doch die Ermittlerin Anat Nachmias hat Zweifel an seiner Schuld. Sie wendet sich an den Leiter der NGO und bittet ihn um Hilfe. So taucht sie in die Schattenwelt der Flüchtlinge und illegalen Einwanderer Israels ein und muss sich dem ungeheuren Elend dieser Menschen stellen.
Anat findet schließlich heraus, dass Gabriel Geld für sein Geständnis erhalten hat. Er wollte seine Schwester aus den Fängen von Schleppern befreien. Drahtzieher in dieser Sache scheint die Mafia zu sein. Doch die Spuren führen noch weiter – bis in die Reihen von Polizei und Justiz …

Liad Shoham ist Schriftsteller und praktizierender Anwalt. Er ist einer der führenden Thriller-Autoren Israels, alle bislang veröffentlichten Bücher wurden zu Nr. 1-Bestsellern. Im DuMont Buchverlag erschien ›Tag der Vergeltung‹ (2013). Liad Shoham lebt mit seiner Frau und zwei Kindern in Tel Aviv.

LIAD SHOHAM

STADT DER VERLORENEN

ROMAN

Aus dem Hebräischen
von Ulrike Harnisch

DUMONT

Von Liad Shoham ist im DuMont Buchverlag außerdem erschienen:
Tag der Vergeltung

FSC
www.fsc.org
MIX
Papier aus verantwortungsvollen Quellen
FSC® C083411

Deutsche Erstausgabe
Januar 2015
DuMont Buchverlag, Köln

Die hebräische Originalausgabe erschien 2013 unter dem Titel ›Ir Miklat‹
bei Kinneret Zmora-Bitan Dvir, Or Yehuda

Umschlag: Lübbeke Naumann Thoben, Köln
Umschlagabbildung: © Petek ARICI / Gettyimages
Satz: Vanessa Weuffel
Gesetzt aus der Adobe Garamond und Trade Gothic
Druck und Verarbeitung: CPI books GmbH, Leck
Gedruckt auf säurefreiem und chlorfrei gebleichtem Papier
Printed in Germany
ISBN 978-3-8321-6289-4

www.dumont-buchverlag.de

Für meine Eltern, Chaja und Avi Shoham

1

◊ ◊ ◊

Eine kalte Brise schlug Michal Poleg ins Gesicht, als sie im Norden von Tel Aviv aus dem Sammeltaxi stieg. Sie schlang ihre Windjacke enger um sich. Wie immer hatte sie sich nicht warm genug angezogen und – wie immer – keinen Regenschirm dabei. Zum Glück war der »Sturm«, den der Nachrichtensprecher in dramatischem Ton angekündigt hatte, ausgeblieben und es regnete nicht. So war das hier ja immer, ging es ihr durch den Kopf: Aus ein paar Regentropfen machte man gleich einen Sturm, aber die eigentlichen Stürme, die wirklich wichtigen Dinge, verdrängte man einfach. Vor dem *Scherut,* das sie gerade verlassen hatte, hielt ein weißer Wagen, aus dem ein Mann in einem schwarzen Ledermantel stieg und sie aus dem Augenwinkel anblickte.

Sie machte sich schnellen Schrittes auf den Weg über den Milano-Platz in Richtung Yehuda Hamaccabi. In fünf Minuten würde sie zu Hause sein. Sie hatte einen harten Tag hinter sich. Seit nunmehr über einem Jahr arbeitete sie als Freiwillige bei ASSAL, einer Flüchtlingsorganisation. Freitags war das Büro normalerweise bis 17 Uhr geöffnet, doch an kalten, regnerischen Tagen wie diesem war der Andrang häufig so groß, dass sie Überstunden einlegten. Bei einer Organisation wie ASSAL gab es keine »normalen« Arbeitstage. Sie mussten für all jene, die kein Dach über den Kopf hatten – und davon gab es viele –, eine Lösung finden, auch wenn ihre Hilfe nur einem Tropfen auf den heißen Stein glich.

Es machte ihr etwas zu schaffen. In letzter Zeit hatte sie das Gefühl, im Krebsgang zu gehen, so wie in ihrer Anfangszeit. Die raue Schale, die sie sich zugelegt hatte, die Barrieren, die sie um sich errichtet hatte, bröckelten. An ihren ersten Arbeitstagen hatten die Schicksale, die ihr zu Ohren kamen, sie mit sperrangelweitem Mund dasitzen lassen, sie hatte nicht gewusst, wie sie darauf reagieren sollte. Sie war nach Hause gegangen, hatte sich auf die Couch gelegt, sich eine Tüte Tiefkühlgemüse auf die Stirn gepackt und an die Decke gestarrt – ohne die geringste Ahnung zu haben, wie sie das Gehörte verarbeiten sollte. Sie schien im Dunkeln zu tappen, an einen fremden Ort, einen anderen Planeten verschlagen worden zu sein, dessen Gesetze sie nicht verstand. Mit der Zeit hatte sie gelernt, die richtigen Worte zu finden, wie und wo sie helfen konnte und wo nicht, und vor allem: zuzuhören. Letzteres verdankte sie Hagos, dem Dolmetscher der Organisation. Er hatte ihr beigebracht, dass im Schweigen eine stille Kraft lag, dass es zuweilen hilfreicher war, den Leuten zuzuhören, als lauthals gen Himmel zu schreien. Obwohl ihr momentan durchaus danach zumute war, lauthals gen Himmel zu schreien, denn Hagos war, seiner Kraft und Stille zum Trotz, des Landes verwiesen und in den verfluchten Staat zurückgeschickt worden, dem er entflohen war. Dort war er hingerichtet worden, genauso, wie sie es befürchtet hatte.

Sie hatte genug. Genug von dieser Ohnmacht, ihrem Unvermögen, die Dinge ändern zu können! Sie wollte mehr tun als einfach nur zuhören. Einen wirklichen Wandel in Gang setzen, statt nur Brände zu löschen. Daher hatte sie vor einigen Tagen beschlossen, bei der Rechtsanwaltskammer Anzeige gegen den Staatsanwalt Jariv Ninio zu erstatten. Die falsche Schlange hatte das Gutachten des Außenministeriums, das Hagos' Leben hätte retten können, dem Gericht einfach vorenthalten. Sie konnte sich nicht zurücklehnen und tun, als sei nichts geschehen. Sie war zum Handeln gezwungen – auch wenn Itai dagegen war.

Beim Überqueren des Platzes bemerkte sie, dass der Mann im Ledermantel hinter ihr ging. Ihre Schritte hallten auf dem Karree, das wegen des »Sturms« und der späten Stunde wie leergefegt war.

Für die Menschen, die sie betreute, musste sie hundertprozentig bei der Sache sein, sich ihren Anliegen widmen. War sie angespannt, blieb das keinem verborgen. Seit Hagos nicht mehr da war, hatte sie keinen zum Reden. Itai war zu beschäftigt, und in letzter Zeit mündete ohnehin jedes ihrer Gespräche in einer Auseinandersetzung. Mit Aramei, dem zweiten und nun einzigen Dolmetscher, fiel es ihr schwer, zu reden. Sie wusste, dass er sich für die Menschen, die sie aufsuchten, enorm engagierte. Aber sie fühlte sich in seiner Gegenwart stets schuldig, als wären die Notlagen der Flüchtlinge ihr Werk. In seinen Augen, glaubte sie, diente sie lediglich der Regierung: Sie war wohlhabend, weiß und handelte von oben herab.

Sie warf einen Blick nach hinten. Kaum zwei Meter trennten sie und diesen Mann, der ihr jetzt mit unbewegter Miene in die Augen sah. Ausgerechnet hier, in einem der ältesten und vermeintlich sichersten Viertel von Tel Aviv, bekam sie plötzlich Angst. In den heruntergekommenen Gassen um den alten Busbahnhof herum, wo viele der Flüchtlinge lebten, bewegte sie sich hingegen stets frei, ohne Furcht. Die Leute wollten das einfach nicht kapieren. Rassismus und Vorurteile waren zu tief in den Menschen verwurzelt und wurden vom Staat und diesem grässlichen Knesseth-Abgeordneten, Ehud Regev, mit einer ununterbrochenen Hetzkampagne gegen die »gefährlichen Flüchtlinge«, die

»alkoholabhängig« und »gewalttätig« seien und »Seuchen« ins Land bringen würden, noch geschürt. Wie sollte man denen begreiflich machen, dass es sich um Menschen handelte, die von einem normalen, ruhigen Leben träumten, die ihr Zuhause und ihre Heimat nicht zuletzt verlassen hatten, um der Gewalt zu entkommen?

Sie legte noch einen Schritt zu, versuchte, den Mann, der sich an ihre Fersen geheftet hatte, auf Abstand zu bringen. Womöglich war sie paranoid und täuschte sich? Sie bog rechts in eine kleine Straße ein, um der Sache auf den Grund zu gehen. Vor ihr lag das Gebäude der Poliklinik, sämtliche Fenster waren dunkel. Der Kindergarten, wo es vormittags rappelvoll war und die kleinen Kinder des Viertels und ihre Betreuerinnen umherrannten, wirkte verlassen. Der Wind bewegte die Schaukel hin und her, hin und her. Nein, sie hatte sich nicht getäuscht. Der Mann verfolgte sie. Sie hörte seine Schritte näherkommen.

In der Welt, in der sie lebte, gab es zwei Sorten von Israelis: die einen versuchten zu helfen und Gutes zu tun, und die anderen trachteten danach, Schaden anzurichten, Leute auszunutzen und zu unterdrücken. In einer extremen Lebenswirklichkeit wie dieser gab es keine Zwischenstufen. Nur Engel und Teufel. Sie hatte keine Zweifel darüber, zu welcher Kategorie ihr Verfolger gehörte.

Sie lief noch schneller. Ihre Bluse klebte auf der Haut, war schweißdurchtränkt. Keine Spur mehr von Kälte. Sie war außer sich – was sollte sie jetzt machen? Es war ein Fehler gewesen, in diese kleine Straße einzubiegen. Wieso war sie auf diesen Unsinn verfallen?

Obwohl sie diesen Mann im Ledermantel noch nie im Leben gesehen hatte, war ihr klar, dass ihn die Leute geschickt hatten, mit denen sie sich vorgestern in der Gegend des alten Busbahnhofs angelegt hatte. Hagos hatte ihr ausdrücklich geraten, sich mit denen nicht einzulassen, doch sie konnte nun mal nicht aus ihrer Haut. Oder, wie ihre Mutter stets mit einem tiefen Seufzer sagte: »Meine Michali hat ein ausgeprägtes Talent, sich in Schwierigkeiten zu bringen.«

Bereits vor zwei Monaten hatte sie sich bei der Polizei an das Dezernat für Wirtschaftskriminalität gewandt. Es war ihre erste Aktion nach Hagos' Abschiebung gewesen. Sie hatte weitergegeben, was Hagos ihr über den »Banker« berichtet hatte. Es war ihr sogar gelungen, diesen Mann zu fotografieren, als er aus einem der Restaurants in der Fuenn-Straße gekommen war. Dieses Foto hatte sie der Polizei übergeben.

Daraufhin war nichts, absolut gar nichts geschehen. Der »Banker«, dessen Name sie noch nicht herausgefunden hatte, trieb sich weiterhin ungehindert am Busbahnhof herum. Als er ihr dort vorgestern erneut aufgefallen war, hatte sie die Beherrschung verloren. Sie war gerade aus dem Frauenhaus in der Newe Scha'anan gekommen, welches bei ihr immer einen deprimierenden Eindruck hinterließ, und hatte gesehen, wie er sich in seinem Maßanzug vor den Flüchtlingen in Szene setzte, als wäre er Justitia persönlich. Sie war auf ihn zumarschiert und hatte ihn auf offener Straße angeschrien: Er sei ein erpresserisches Miststück, ein widerwärtiger Verbrecher, der mit seinem Geld Vergewaltigungen, Schmuggel, Folter und Sklaverei finanziere. Es hatte sie nicht gekümmert, dass die Frauen aus dem Haus alle verängstigt aus den Fenstern spähten. Er hatte sie mit einem Blick bedacht, in dem Beunruhigung und Erstaunen lagen. Für einen Moment hatte sie sogar geglaubt, er wäre drauf und dran, etwas zu erwidern. Doch bevor es dazu kam, packten zwei Hünengestalten, offenbar seine Bodyguards, sie an den Armen und schafften sie ihm, nicht gerade zärtlich, vom Hals. Der »Banker« verschwand in den Gassen, gab Fersengeld wie ein Feldhase. Seine Hooligans ließen von ihr ab und kehrten ihr den Rücken. Sie gab nicht auf und lief ihnen nach, ging auf sie los: »Ihr Mistkerle, ihr verdammten Scheißkerle, ihr erpresserischen Schweine!« Verblüfft sahen die Passanten sie an. »Für wen arbeitet ihr? Wem liefert ihr das Geld?«, rief sie. Ihr war klar, dass diese beiden und der »Banker« nur kleine Glieder einer Kette waren. Hinter dem Ganzen stand jemand, der über große Macht verfügte, garantiert eine große kriminelle Organisation, die ihre Krakenarme ausstreckte, um zu zerstören, zu vernichten, auszuplündern, auszubeuten. Sie ließen sie schreien, setzten ihr nichts entgegen. An der nächsten Straßenecke hielt neben ihnen ein Wagen, und sie stiegen ein.

So lief das eben. Verweigerte der Staat entscheidende Dienstleistungen, entstand ein Vakuum. Und in diesem Vakuum machte sich jede Menge Abschaum breit. Menschen ohne Arbeit griffen zu Alkohol und Drogen. War eine Abtreibung offiziell nicht möglich, wurde sie illegal durchgeführt. Und wenn es einem verwehrt wurde, ein Konto zu eröffnen, um Geld zu deponieren und es rechtmäßig zu transferieren, wandte man sich an eine »unabhängige« Bank, die mit diesem Geschäft Millionen machte. Den Flüchtlingen blieb keine Wahl. Sie konnten ihren Besitz nicht den ganzen Tag bei sich tragen, sie brauchten kleine Darlehen, um zu überleben, und Wege, um das Geld ihren Familien in Afrika zukommen zu lassen. So kam es, dass ein Staat, der wegsah, nichts davon wissen wollte, rücksichtslose Leute gewähren ließ, die die Schwachen, die ohnehin nichts hatten, ausnutzten.

Sie hatte sehr wohl gewusst, dass sie mit ihrem Geschrei nichts erreichen würde. Der »Banker« würde weiterhin Geld kassieren, und die Flüchtlinge würden weiterhin Wucherzinsen zahlen. Immerhin wussten sie nun, dass jemand sie im Auge hatte, sie nicht reibungslos ihr Unwesen treiben konnten, dass es jemandem nicht egal war, was sie anrichteten. Mit dieser Tat, so war ihr Empfinden, verlieh sie Hagos' Tod eine gewisse Bedeutung, leistete vielleicht sogar Sühne dafür, dass sie seine Abschiebung nicht hatte verhindern können. Hagos war zwar von ihrem Vorhaben, sich mit dem »Banker« anzulegen, nicht begeistert gewesen, doch dies hatte sicherlich an seiner Angst gelegen, an dem lausigen Status, den der Staat Menschen wie ihm zuwies.

Wieder drehte sie sich um. Der Mann klebte an ihren Fersen, sah sie unumwunden an. Es kümmerte ihn nicht, dass sie sein Gesicht erkennen konnte – sie hatte begriffen. Er schien regelrecht zu wollen, dass sie es sah. Schlagartig begann sie zu rennen. Erst langsam, dann zügig. Sie hörte, dass er ebenfalls einen Gang zulegte. Er rannte. Der Hall seiner Schritte ging ihr durch Mark und Bein.

Sie durfte keine Angst haben, und vor allem: Sie durfte *ihnen* nicht zeigen, dass sie Angst hatte.

»Was wollen Sie?« Abrupt blieb sie stehen, drehte sich zu ihm um, schwer atmend.

Er verharrte und sah sie schweigend an. Kein Mensch war weit und breit zu sehen. Eine Katze jaulte, Michal zuckte zusammen.

»Warum verfolgen Sie mich?«, fragte sie, spürte ihren trockenen Mund.

Er rührte sich nicht, sein Blick war völlig ausdruckslos.

»Für wen arbeiten Sie?« Sie ließ nicht locker.

Ihr Atem wollte sich nicht beruhigen. Sein Schweigen war beängstigend.

Schritte am anderen Ende der Straße – sie drehte den Kopf. Ein zweiter Mann, der dem anderen wie ein Zwilling glich, auch er in schwarzem Ledermantel, steuerte auf sie zu. Sie saß in der Klemme, wusste nicht wohin. Ihr Herz schlug wie wild. Sie musste etwas tun – jetzt! »Was wollt ihr von mir?«, fragte sie. Diesmal konnte sie das Zittern in ihrer Stimme nicht verbergen. Es würde ihr nichts ausmachen, ihr Leben für etwas Bedeutendes zu opfern. Aber nicht so! Ohne etwas erreicht zu haben, zu einem Zeitpunkt, da alles noch in der Luft hing.

Der erste Mann kam auf sie zu. Sie wollte schreien, doch sie brachte keinen Laut hervor, ihre Beine waren schwer wie Blei. Sie war vor Angst gelähmt. Warum hatte sie es ihnen dermaßen leicht gemacht und war in diese kleine Gasse eingebogen?

Als er knapp einen Meter vor ihr stehen blieb, wusste sie, dass er gleich zuschlagen würde. Sie hob den Arm, um den Hieb abzuwehren, doch er war schneller, packte ihren Arm und drehte ihn im Nu nach hinten. Ein Tritt in ihre Knie und sie ging zu Boden. Es tat furchtbar weh. Sie stöhnte auf, aber die Männer waren mit ihr noch nicht fertig. Ein Schlag in den Nacken und sie landete mit dem Kopf auf dem kalten Asphalt. Blut rann ihr in Mund und Nase. Einer der Männer drehte sie um, nahm auf ihr Platz, drückte ihr mit einer Hand die Kehle zu und brachte sein Gesicht ganz nah an ihres. Sein Parfüm war so stark, dass sie Brechreiz überkam. Sie wollte ihm einen Tritt versetzen, sich von ihm freimachen, doch sie hatte nicht die geringste Chance. Sie wollte nicht sterben. Nicht hier. Nicht jetzt. Nicht so.

2

◊ ◊ ◊

Itai Fischer gab sein Mietfahrrad an der Verleihstation nebem dem Habimah-Theater zurück. »Tu mir einen Gefallen und lass es mindestens einen halben Kilometer vor ihrer Wohnung stehen«, hatte Roni ihn gestern am Telefon instruiert, »damit du nicht keuchend und schweißtriefend bei ihr eintriffst. Überhaupt solltest du ihr die Tatsache, dass du auf Mieträdern unterwegs bist und kein Auto hast, erst einmal ersparen. Wenn sie wissen will, wie du zu ihr gekommen bist und wo du einen Parkplatz gefunden hast, wechselst du am besten gleich das Thema, oder du sagst, dass du in der Nähe wohnst. Und vor allem: Rede keinen Schwachsinn, fang bloß nicht an, von Umweltverschmutzung, umweltbewusstem Lebensstil und ökologischer Verantwortung zu reden.« Roni ließ Itai nicht zu Wort kommen und setzte noch eins drauf: »Zumindest nicht, bis du mit ihr geschlafen hast.«

Dieses Telefonat war ihm ordentlich auf den Nerv gegangen. Was sollten diese Instruktionen? Als wäre er sechzehn und noch Jungfrau, hätte das erste Mal ein Date und einen Grundkurs nötig. Diese Bemerkungen waren völlig fehl am Platz gewesen. Auch die ständigen Witze, die Roni auf seine Kosten machte, ödeten ihn an. Obwohl er richtiggehend Lust gehabt hatte, mitten im Gespräch den Hörer hinzuknallen, hatte er sich zusammengenommen. Roni war sein bester Freund, womöglich sogar sein einziger. Sie waren gemeinsam aufgewachsen, im gleichen Wohnblock in Cholon, einer Stadt bei Tel Aviv, waren in dieselbe Klasse gegangen, hatten beide im 188. Panzerregiment gedient, und er wusste, dass Roni ihn über alles liebte und es nur gut meinte. Und außerdem: Wenn einen etwas so dermaßen zur Weißglut brachte, war es wohl wahr – wie seine Mutter ihn in periodischen Abständen wissen ließ, womit sie ihn erst recht zur Weißglut brachte.

Seit Miri ihn vor einem halben Jahr verlassen hatte, hatte er keine ernsthafte Beziehung gehabt. Nur hier und da Affären mit einigen Freiwilligen aus der Organisation, die nicht unbedingt scharf auf ihn gewesen waren, sondern nur Ersatz und Trost gesucht hatten. Er konnte sich nicht erklären, was da mit ihm vorging. Es mochte an seinem Job liegen. Er arbeitete extrem viel, noch dazu in einem extrem schwierigen Bereich, und wenn er abends nach Hause kam, war er geistig und körperlich ausgelaugt. Alles auf die Arbeit zu schieben war natürlich am bequemsten.

Er fuhr die Promenade hinauf, versuchte gleichmäßig zu atmen. Er fuhr unglaublich gern Fahrrad, und er fuhr unglaublich gern schnell, vor allem jetzt, im Winter, bei kalter, klarer Luft. Jene Momente waren bei Tage die einzigen, in denen er seine Ruhe hatte und nachdenken konnte.

Er zog das Handy aus der Hosentasche. Während seiner zwanzigminütigen Fahrradtour waren drei Nachrichten eingegangen, und das am Schabbath: ein Sudanese hatte kein Gehalt bekommen, ein Eritreer war von seinem Vermieter vor die Tür gesetzt worden, und seine Mutter wünschte ihm »fürs Date viel Erfolg«. Er hatte allen Grund, auf Roni stocksauer zu sein, weil er seine Mutter eingeweiht hatte, aber es amüsierte ihn. Er hatte es, ehrlich gesagt, auch von allein gemerkt, dass seine Mutter die Hände im Spiel hatte, als Roni meinte: »Wir werden schließlich nicht jünger« und »Der Mensch sollte nicht allein sein«. Nicht zum ersten Mal realisierte er, dass die beiden hinter seinem Rücken über ihn sprachen. Wenn Roni seine Eltern besuchte, kam Itais Mutter, die zwei Stockwerke über ihnen wohnte, oft »zufällig mal kurz vorbei«, wie sie es nannte, um sich auf den neuesten Stand zu bringen. Und obwohl er selbst schon vor einigen Jahren ausgezogen war, wollte sie sich nach wie vor nicht damit abfinden, dass sie nicht in sein Zimmer gehen konnte, um »für ein wenig Ordnung zu sorgen« und in seinen Privatsachen zu stöbern. Aber immer, wenn er Roni Vorhaltungen machte, dass er mit ihr paktierte, lächelte der ihn nur an und sagte: »Deine Mutter lässt sich von einem Vorhaben nicht abbringen, das weißt du doch« – womit er zweifellos recht hatte. Sie tat ohnehin, wonach ihr der Kopf stand, es hatte keinen Sinn, sich weiter darüber aufzuregen. Sollten sie doch reden. Zu den anderen beiden Nachrichten würde er sich abends nach dem Date oder morgen früh melden. Um diese Uhrzeit am Schabbath ließ sich ohnehin nichts mehr regeln.

Nur von einem hatte er nichts gehört – und gerade auf dessen Anruf hatte er gehofft. Ausgerechnet von Gabriel keine Nachricht – er war enttäuscht. Gestern hatte er Aquarellfarben und Pinsel für ihn besorgt, und er war neugierig, ob er bereits damit malte. Er bemühte sich, alle Asylsuchenden, die ihre Organisation aufsuchten, gleichberechtigt zu behandeln, doch einige standen ihm nun mal näher. Gabriel bezauberte ihn, da er ausgesprochen schüchtern und bescheiden war. Durch sein ausgezeichnetes Englisch waren sie auch ohne Dolmetscher schnell ins Gespräch gekommen. Sein Zeichentalent hatte er aber erst entdeckt, als Gabriel ihm allmählich vertraut, sich ihm gegenüber geöffnet hatte. Der junge Afrikaner war außergewöhnlich talentiert und empfindsam. »Da haben wir die Bescherung, David«, hatte seine Mutter gemurrt, als er bei einem Familienessen von Gabriels Zeichnungen geschwärmt hatte. »Ich kann mir schon denken, wie unsere Enkelkinder aussehen werden.«

◊

Als er von der Rothschild nach rechts in die Schenkin einbog, klingelte sein Handy. Michal. Er seufzte. Er mochte Michal sehr, auch wenn sie in die Rubrik »schwierige junge Dame« fiel, wie seine Mutter es ausdrückte. Michal war die Freiwillige par excellence. Sie kam täglich. War fleißig und engagiert, war mit Herz und Seele bei den Asylsuchenden, die sie betreute. Sie gehörte zur Gattung »Selbstmordkandidatinnen«, wie Roni es nannte, »die sich für eine Sache opfern«. In letzter Zeit waren Michal und er jedoch häufig aneinandergeraten. Sie wollte, dass sie kämpferischer vorgingen, das Übel an der Wurzel packten, statt nur die Symptome zu lindern. Er war dagegen. Er hielt es für wesentlich effektiver, gezielte Schwerpunkte zu setzen, statt sich zu verzetteln. Große Schlachten zu führen stand nicht in der Macht ihrer kleinen Organisation. Ihre Aufgabe bestand darin, Menschen bei Problemen zu helfen, die unter anderen Umständen klein, alltäglich wirken mochten, für sie jedoch immens groß waren. Er schaffte es kaum, genügend Spenden einzuwerben, um ASSAL über Wasser zu halten, was mittlerweile, seit der Knesseth-Abgeordnete Ehud Regev Organisationen wie ihre des Verrats bezichtigte, noch mühsamer geworden war. Schlussendlich würden dessen Äußerungen sich in den Köpfen der Leute festsetzen. Es war leicht, den Menschen Angst einzujagen, insbesondere wenn es an einer offenkundigen Lösung mangelte und die Wirklichkeit komplex und diffizil war. Die Beschäftigung mit Klagen, das Einlegen von Widersprüchen beim Obersten Gerichtshof, das Austragen von großen Konflikten würde für ASSAL das Aus bedeuten und die Asylsuchenden, die von der Organisation in beträchtlichem Maße abhängig waren, bei ihren alltäglichen Belangen im Stich lassen.

Gestern hatten sie wieder Differenzen gehabt. Sie hatte ihm erzählt, dass sie – obwohl er eindeutig dagegen gewesen war – bei der Rechtsanwaltskammer gegen den Staatsanwalt Jariv Ninio Anzeige erstattet hatte. In dem von ihr verfassten Text stand, dass er für den Mord an Hagos und anderen verantwortlich sei, aus rassistischen Motiven handele und ihm seine Zulassung als Staatsanwalt zu entziehen sei. Es existiere ein Gutachten des Außenministeriums, so behauptete sie, in dem geschrieben stand, dass jene Menschen, die als vermeintlich illegale Einwanderer aus Israel nach Äthiopien mit der Begründung abgeschoben würden, sie seien keine Flüchtlinge aus Eritrea, sondern Äthiopier, sich dort in Lebensgefahr befänden. Des Weiteren erklärte sie darin, dass Jariv Ninio dieses Gutachten erhalten und das Papier nicht nur unterschlagen habe, sondern vor Gericht immer wieder aufs Neue behaupte, diesen Menschen würde keinerlei Gefahr drohen.

Er hatte vor Wut gekocht, als er hörte, was sie sich geleistet hatte. Er verabscheute Leute wie Ninio und das, wofür sie standen, zutiefst. Ebenso wie Michal war er Hagos sehr verbunden gewesen, sein Tod schmerzte auch ihn. Dennoch war er nicht der Ansicht, dass eine Organisation wie ihre gegen die Staatsanwaltschaft Front machen sollte, zumal Michal keinerlei Beweise für die Existenz eines solchen Gutachtens hatte. Noch dazu war es nicht unbedingt ratsam, Maßnahmen zu ergreifen, die deutlich von persönlichen Motiven geprägt waren. Bei ihrem Versuch, Hagos' Abschiebung zu verhindern, hatte er während der Gerichtsverhandlung die Spannung zwischen Michal und Ninio gespürt. Hagos hatte davon ganz sicher nicht profitiert, so viel war ihm klar.

Er hatte es von vornherein für einen Fehler gehalten, diese Anzeige zu erstatten, und sich eingebildet, er hätte sie zur Einsicht gebracht. Im Nachhinein hatte er erkennen müssen, dass sie hinter seinem Rücken gehandelt hatte. Nicht zuletzt war er wütend auf sich selbst: Er hatte nicht aufgepasst. Er hätte wissen müssen, was ihr alles zuzutrauen war.

◊

Itai stellte das Handy leise. Michal hatte ihn gestern Abend und im Laufe des Tages mehrfach angerufen. Doch er hatte sie ausgeblendet. Ihm fehlte die Kraft für weitere Diskussionen. Nicht einmal bei Gabriel, ihrem gemeinsamen »Projekt«, konnten sie sich einigen. Er fand, dass man ihn zwanglos zeichnen und malen lassen solle, damit er lernte, sich auszudrücken, und wenn die Zeit käme und er nach eigener Aussage bereit sei, sie ihn darüber hinausgehend fördern könnten. Michal hingegen hatte keine Geduld. Niemals. Bei nichts. Sie wollte seine Fortschritte beschleunigen. Erst vor einigen Tagen hatte sie ihm Vorwürfe gemacht, warum er nicht seine Beziehungen zur Kunsthochschule *Bezalel* (an der sein Onkel lehrte) spielen lasse, um Gabriel zu einem Stipendium zu verhelfen.

Er verharrte einen Moment und ließ das ausgelassene Treiben, das um ihn herum herrschte, die überfüllten Cafés, auf sich wirken. Nach mehreren Regentagen war urplötzlich die Sonne herausgekommen und hatte sämtliche Einwohner Tel Avivs aus ihren Wohnungen gelockt. Er verbrachte die meiste Zeit in einem anderen Teil der Stadt, wo ebenfalls das Leben tobte, aber weniger gelächelt wurde. Es lag gar nicht weit entfernt und war doch eine andere Welt.

Gleich würde er Ayelet treffen, sie arbeitete mit Ronis Frau in einem Architekturbüro. »Eine tolle Frau, noch dazu sieht sie super aus, bau bloß keinen Mist«, hatte Roni zu ihm gesagt und ihn auf ihre Facebook-Seite geschickt. Was er dort gesehen hatte, gefiel ihm. Was Frauen anging, so konnte er sich auf Ronis guten Geschmack verlassen. Auch das Telefonat mit ihr war nett gewesen.

◊

»Hast du außer der Sache mit dem Fahrrad noch andere Instruktionen für mich?«, fragte er Roni, nachdem er tief durchgeatmet und bis zehn gezählt hatte.

Es verstand sich von selbst, dass Roni eine Liste zusammengestellt hatte: Kein Wort über Fremdarbeiter, Flüchtlinge, sozialen Protest, Monopole, die Zusammenhänge von Vermögen und Macht oder bezahlbaren Wohnraum. »Ich verstehe dich nicht«, fuhr er fort, »so viele Frauen, die wollen, die warten. Ich an deiner Stelle … aber du – du bist ja schlichtweg eine Beleidigung für die Männerwelt – statt auszugehen und das Leben zu genießen, befasst du dich den ganzen Tag mit den Problemen von Leuten, die so ungeheuer tief im Schlamm stecken, dass man ihnen nicht heraushelfen kann. Also was sagst du dazu, Itai, tust du mir den

Gefallen? Könntest du einfach ein wenig plaudern, ohne die Frauen zu erwähnen, die im Sinai vergewaltigt werden?«

»Darf ich vom Wetter reden?« Nach einer derart theatralischen Ansprache würde er jetzt einlenken müssen.

»Da mir alles andere zu riskant ist, halte ich das Wetter für ein geistreiches Thema.« Roni war schlagfertig.

»Dann kann ich also zur Sprache bringen, wie kalt es den Asylsuchenden im Lewinsky-Park ist und wie sie dort im Regen stehen, vor Kälte zittern, Hunger haben und dass es keinen kümmert?«

»Kein Problem. Mach nur weiter deine Witze. Aber eins kann ich dir versichern: Ins Bett kriegst du sie damit nicht.«

»Okay, okay, ich hab's kapiert, ich rede nur darüber, welchen Einfluss das Wetter auf die Einwohner im Norden von Tel Aviv hat.«

»Und geh mit ihr an einen normalen Ort, in ein Café oder eine Kneipe«, fuhr Roni fort, ohne auf seine letzte Bemerkung einzugehen, »nicht in so einen Imbiss, wo die Flüchtlinge essen gehen, und schlepp sie auch nicht zu einer Demo. Wäre das im Bereich des Möglichen?«

»Ein Café. Einen Milchkaffee. Mit weißem Zucker. Auf keinen Fall mit braunem. Schade nur, dass ich mein Notizbuch nicht dabeihabe.« Er musste lächeln.

»Im Ernst, Itai«, er konnte regelrecht hören, wie auch Roni am anderen Ende der Leitung schmunzelte. »Sollte sie, Gott behüte, Putenbrust bestellen, dann verzieh nicht das Gesicht. Atme tief durch und denk an ihre Brust … sei so gut, ja?«

◊

Er folgte der Straße und bog dann links in die Melchet ein. Sein Handy klingelte schon wieder.

Wieder Michal. Er musste sich am Riemen reißen, nicht zu antworten. Dies lag überwiegend an dem Schuldgefühl, das sie automatisch in ihm weckte, an der Art und Weise, wie sie ihm suggerierte, nicht genug zu unternehmen. Morgen würden sie ohnehin miteinander sprechen und garantiert würde sie einen Weg finden, ihm den Kopf zu waschen.

Roni hatte recht. Ab und zu brauchte er unbedingt einen freien Abend. Wenn er ans Telefon ginge, käme es wieder zu einem Wortgefecht und danach wäre er stocksauer.

In Gedanken versunken entging ihm, dass eine Frau auf ihn zukam.

»Hallo«, sie gab ihm die Hand, »Ayelet.« Sie hatte zarte, glatte Haut. Ihr dezentes Parfüm und das eng anliegende schwarze Kleid setzten ihm angenehm zu.

»Hallo«, sagte er zu ihr, »hier um die Ecke soll eine tolle Bar sein.«

Ja, heute Abend würde er Urlaub von sich selbst nehmen. Wieder und wieder vibrierte das Handy in seiner Hosentasche – er pfiff drauf.

3

◊ ◊ ◊

Die winterlichen Sonnenstrahlen, die durchs Fenster drangen, blendeten Staatsanwalt Jariv Ninio derart heftig, dass ihm die Augen brannten. Wie gewohnt streckte er den Arm zur Seite aus, aber in der anderen Betthälfte herrschte gähnende Leere. Ihm drückte die Blase. Er setzte sich ein wenig auf, sank jedoch umgehend zurück auf die Matratze. Stechender Schmerz durchfuhr seinen Schädel.

Er wollte Inbar rufen, aber sein Mund war ausgetrocknet.

Er verharrte im Liegen, er hatte unruhig geschlafen. An seinen Schläfen waren unzählige kleine Hämmerchen am Werke. Inbar war am Donnerstag mit ihren Freundinnen nach Eilat gefahren, fiel ihm ein. Ein früher Junggesellinnenabschied. Nachvollziehen konnte er es nicht, schließlich war ihre Hochzeit erst in zwei Monaten. Allerdings war sie schon jetzt im Zustand der Hysterie, und er hatte sie auf keinen Fall mit einer ironischen Anspielung provozieren wollen.

Der erneute Versuch, sich aufzusetzen: Diesmal überkam ihn gewaltiger Brechreiz.

Letzte Nacht war er mit Kobi um die Häuser gezogen. Solche Mengen sollte er nicht trinken. Er bereute es ja eh immer am nächsten Morgen.

Die Blase zwickte. Er zwang sich zum Sitzen. Obwohl ihm schwindlig war und der Kopf dröhnte, musste er schnellstens zur Toilette. Sonst würde seine Blase platzen.

Er wand sich hoch, kam auf die Beine, keuchte. Erst da registrierte er, dass seine Nase verstopft war. Ein Beben ging durch seinen Körper, als er sich in voller Länge betrachtete: Er war angezogen. Hatte in Sachen geschlafen, in Schuhen, und auf seinem Hemd erspähte er widerliche braune Flecken. Die Erinnerung an die letzte Nacht schlug mit aller Wucht zu: Er stand vor Michals Haus, schimpfte auf sie. Dann klopfte er an ihre Tür. Rief sie. Wollte ihr ins Gesicht sagen, was er von ihrer Anzeige, von ihr hielt.

Rasch ging er ins Bad. Atmete schwer.

»Geh, Jariv, geh nach Hause. Du bist betrunken«, Michals Worte hallten durch seinen Kopf.

Beim Anblick seines Spiegelbilds riss er entsetzt die Augen auf. Die Nase war geschwollen und in den Nasenlöchern registrierte er geronnenes Blut. Unter seinen Augen zeichneten sich tintenblaue Veilchen ab, die sich bereits schwarz färbten. Was zum Teufel war ihm gestern widerfahren? Und die noch viel brisantere Frage war: Was in Gottes Namen hatte er angestellt?

4

◊ ◊ ◊

Gabriel Takela versuchte mit einigen schnellen Bleistiftstrichen, die Rundung eines Taubenflügels einzufangen. Die Taube hatte auf der Stromleitung über ihm Platz genommen und sah auf die Straße. Vom Regen, der ihn allmählich durchnässte, nahm er keine Notiz. Ebenso wenig vom Gestank, der von den großen grünen Mülltonnen ausging, die den Hinterhof des Restaurants einnahmen. Wenn er zeichnete, versank er in seiner Arbeit. Auch wenn es sich nur um eine Bleistiftskizze in einem kleinen Heft handelte. Es half ihm, loszulassen. Nicht daran zu denken, was gewesen war, was jetzt war und dass die Zukunft offenbar nichts bereithielt, wodurch sein Leben eine Wende nähme.

Er zeichnete Bäume, Tiere, Gebäude, Kinder, hin und wieder auch Erwachsene – Israelis, die er auf der Straße sah. Er konnte sich dem nicht entziehen. Allerorts fielen ihn Farben und Formen an, drängten ihn, von ihm erfasst zu werden. Von seinem Zuhause zeichnete er nichts. Auch keine Frauen. Die Unruhe und die Sehnsucht, die sie in ihm auslösen würden, wären zu gewaltig.

Vorgestern hatte Itai ihm Aquarellfarben und Pinsel gekauft. Gabriel war vor Freude außer sich gewesen. Wie sehr er sich danach gesehnt hatte, mit Farbe zu arbeiten, dem Schwarzen und dem Weißen Lebenskraft einzuhauchen, die Blätter gelb, das Gras grün werden zu lassen und den Versuch zu wagen, einen weißen Menschen auf Papier zu bannen. Es hatte ihn tief bewegt, daher hatte er das Geschenk noch nicht geöffnet.

Er wusste, dass er gut darin war. Ein gutes Auge und eine flinke Hand hatte. Sogar Michal hatte ihn gebeten, sie zu zeichnen. Zunächst hatte er sich dagegen gesträubt, sich dann aber doch breitschlagen lassen. Michal und Itai waren ihm wie eine Familie, waren die großen Geschwister, die er nie gehabt hatte. Außer ihnen hatte er niemanden. Hagos hatte ihm nahegestanden. Doch Hagos war tot. Davor hatte er Lidi gehabt. Doch auch Lidi war tot.

Amir, der Inhaber des Restaurants, gab ihnen alle drei Stunden eine Viertelstunde Pause. Das Mittagessen war kostenlos, und was am Ende des Tages im Restaurant übrig blieb, durfte er mit nach Hause nehmen. Amir war ein guter Mensch. Zahlte pünktlich und angemessen. John hatte gesagt, dass Amir nach israelischem Gesetz ihm mehr zahlen müsse, doch er fand es ausreichend. Bevor er diesen Arbeitsplatz gefunden hatte, hatte er sich mit Gelegenheitsarbeiten durchschlagen müssen, für Leute gearbeitet, die viel weniger bezahlten und für die »Pause« ein Fremdwort war. Unweit von ihm standen unter einem Vordach drei junge Männer aus Eritrea, mit denen zusammen er arbeitete. Sie unterhielten sich und lachten, doch er gesellte sich nicht zu ihnen, hielt lieber Abstand. Früher war er anders gewesen. Zu Hause hatte er viele Freunde gehabt, und es war ihm wichtig gewesen, nah am Geschehen zu sein. Doch das war schon geraume Zeit her. Inzwischen war er ein anderer.

Als er die Beine der Taube zeichnen wollte, breitete sein Modell die Flügel aus und flog davon – er sah ihr nach. Als er sich wieder der Zeichnung widmen wollte, klingelte sein Handy.

»Gabriel?«, fragte am anderen Ende der Leitung eine ihm bekannte weibliche Stimme. Sie zitterte.

Sein Körper verstand, was sein Kopf noch nicht begriffen hatte.

Ein Schauder lief ihm über den Rücken. Wie war das möglich? Für Hoffnung war die Angst zu groß. Wie oft hatte er davon geträumt, ihre Stimme zu hören. Hatte sich den Augenblick ausgemalt, in dem er ein Lebenszeichen von ihr erhalten würde. Unzählige Male hatten ihm die Dinge, die passiert waren, Höllenqualen bereitet.

»Gabriel?«, fragte sie erneut, und seine Augen füllten sich mit Tränen. Tiefsitzender Husten drang vom anderen Ende zu ihm.

◊

Er war sicher gewesen, dass sie tot war. Das hatten ihn alle glauben gemacht. An der Grenze, bevor Rafik ihn freigelassen hatte, hatte Gabriel ihn gefragt, wo sie sei. Rafik war mit dem Finger über seine Kehle gefahren und hatte schadenfroh gegrinst. Obwohl müde und geschwächt, war ihm das Blut zu Kopf gestiegen. An Ort und Stelle hatte er ihn umbringen wollen. Gleichgültig welche Folgen es gehabt hätte und wie nah er Israel, wie nah der Freiheit war. Doch Rafik hatte das Gewehr auf ihn gerichtet und durchgeladen. Der Finger, mit dem er kurz zuvor an seinen Hals gedeutet hatte, war nun am Abzug. Hätten die Leute ihn dort nicht nach hinten weggezogen, hätte er mit ihm kurzen Prozess gemacht, so wie der Mann im Dorf damals den kranken Hund erschossen hatte.

◊

»Lidi?«, fragte er zaghaft, befangen, hatte immer noch Angst, es zu glauben. Seine Stimme bebte vor Aufregung.

◊

Das letzte Mal hatte er Lidi im Sinai gesehen. Rafik hatte von der ersten Minute an ein Auge auf sie geworfen. Seine Blicke hatten ihnen beiden Angst eingejagt. Im Flüchtlingslager im Sudan hatten über die Dinge, die die Beduinen den Frauen antaten, Gerüchte kursiert. Gabriel hatte den Arm um ihre Schulter gelegt, um zu demonstrieren, dass sie zu ihm gehörte, als wäre sie eine verheiratete Frau und nicht seine kleine Schwester. Lidi verhüllte ihr Gesicht, so gut sie nur konnte, versuchte, unsichtbar zu werden. In den ersten beiden Tagen unternahm Rafik nichts. Sah sie nur an. Gabriel atmete auf. Doch dann kam die dritte Nacht. Rafik riss Lidi aus dem Schlaf und zerrte sie am Haar aus dem Zelt. Er sprang auf, um sie zu beschützen, und stürzte sich auf ihn. Aber Rafik war nicht allein. Zwei seiner Beduinen schnappten ihn und hielten ihn fest. Er rang mit ihnen, konnte sich aus ihrem Klammergriff aber nicht befreien. Rafik zerrte Lidi weg, sie schrie und flehte. Auch sie setzte sich zur Wehr, ohne die geringste Chance. Michael aus seiner Gruppe wollte ihm helfen, da rammte ein dritter Beduine ihm den Gewehrkolben ins Gesicht. Blut war geflossen. Daraufhin hatte sich aus ihrer Gruppe keiner mehr zu rühren gewagt.

◊

»Lidi, bist du es?«, fragte er wieder. Ein Schrei, der ihm das Blut in den Adern gefrieren ließ, ertönte am anderen Ende, darauf folgte starker Husten.

»Lidi!«, schrie er jetzt, sodass die drei Kollegen die Köpfe zu ihm drehten.

»Gabriel, rette mich … rette mich …«, er hörte sie weinen und husten.

◊

Nachdem Rafik damals mit Lidi verschwunden war, hatten dessen Handlanger ihn fast zu Tode geprügelt. Sie hatten ihm Tritte gegen Kopf, Bauch, Rippen versetzt. Ein Tritt nach dem anderen. Als wäre er der Ball aus Lumpen, mit dem sie in der Schule Fußball gespielt hatten. An einem bestimmten Punkt hatte er das Bewusstsein verloren. Als er wieder zu sich kam, waren er und die anderen Männer der Gruppe aneinandergekettet gewesen. Michael gab ihm einige Schluck Wasser. Die tief aufklaffende Wunde von einem Tritt gegen die Wange hatte sich infiziert, und er hatte tagelang unter hohem Fieber gelitten. Nur die medizinische Behandlung der Israelis hatte ihm das Leben gerettet.

◊

»Gabriel, sie schlagen mich … hilf mir …«, flehte sie ihn am Handy an.

»Wo bist du? Wo bist du?«, rief er völlig außer sich.

Wieder Husten.

»Lidi, was geht da vor?«

»Gabriel?« Plötzlich vernahm er eine Männerstimme.

»Gib mir meine Schwester zurück. Was machst du mit ihr?« Jetzt übermannten auch ihn Tränen.

»Hör mir mal gut zu, du verdammter Hund«, sagte die Stimme am anderen Ende, »wenn du deine Schwester wiedersehen willst, kostet dich das 25000 Schekel. Ich geb dir eine Woche. Am Donnerstag stehst du im Lewinsky-Park an der Kinderrutsche. Dort wird jemand auf dich zukommen. Wenn du das Geld nicht auftreibst, legen wir deine Schwester um. Hast du kapiert?«

Was antworten? Er wusste es nicht. Ihre Stimme zu hören und zu erfahren, dass sie am Leben war, hatte ihn tief ergriffen und schlug nun mit einem Mal in Überforderung und Panik um. Wie sollte er innerhalb einer Woche eine solche Summe auftreiben? Das Wenige, das er hatte, schickte er seiner Mutter nach Hause.

»Hast du kapiert?«, fragte der Mann erneut. »Hilf mir, Gabriel, hilf mir …«, hörte er Lidi im Hintergrund schreien, sie flehte wie damals im Sinai. Beim ersten Mal hatte er sie nicht retten können, auf keinen Fall durfte er sie ein zweites Mal im Stich lassen.

»Ich hab kapiert, ich hab kapiert, aber lasst sie in Ruhe!«, schrie er.

Der Mann am anderen Ende legte auf.

Für einige Augenblicke stand er reglos da, klammerte sich mit aller Kraft an das Handy. Er hatte davon gehört, dass Leute solche Anrufe bekamen. Die Beduinen im Sinai handelten für ihre Schlepperdienste nach Israel eine bestimmte Summe aus, und dann, mitten auf der Strecke, verlangten sie mehr. Wer nicht zahlte, wurde gefoltert. Die Leute riefen Verwandte, Freunde und jeden an, der ihnen einfiel, um die Summe aufzutreiben. Während dieser Zeit waren sie Geiseln.

Der Mann am anderen Ende hatte Tigrinya gesprochen. Hatte Lidi die Grenze überquert? War sie schon in Israel?

Ein Beben erfasste seinen Körper, als er an die Folter dachte, die er dort durchlitten hatte – er berührte seine Narbe an der linken Wange. So wie die Brandwunden der Zigaretten, die Rafiks Beduinen an seinen Armen und Beinen ausgedrückt hatten, gehörte sie zu den Andenken, die sie ihm fürs Leben vermacht hatten.

Wo war Lidi die ganze Zeit über gewesen? Was hatten sie ihr angetan?

◊

Er stand an der Bushaltestelle und drückte das Skizzenheft fest an sich. Er hatte Amir darum gebeten, früher gehen zu dürfen. Die Zeit lief ihm davon. Wäre er außerstande, binnen einer Woche 25000 Schekel zu besorgen, würde seine kleine Schwester sterben. Diese Leute waren zu allem fähig, das wusste er.

Er musste alles unternehmen, was in seiner Macht stand. So hatte er es seiner Mutter versprochen, bevor sie zu Hause aufgebrochen waren. Tiefe Scham und Schuldgefühle plagten ihn, deshalb hatte er in den Briefen an die Mutter kein Wort darüber erwähnt, dass Lidi nicht mehr bei ihm war.

Doch wie sollte er so viel Geld auftreiben? Er lebte in einer Wohnung in der Nähe des alten Busbahnhofs von Tel Aviv, die er sich mit fünfzehn anderen Leuten aus Eritrea teilte. In seinem Zimmer waren sie zu fünft. John und er schliefen auf einer Matratze. Es hatte lange gedauert, bis er in den luxuriösen Genuss gekommen war, ein Dach über dem Kopf und eine Matratze zu haben.

Er hatte davon erfahren, dass sich jemand nach einem

solchen Anruf an die israelische Polizei gewandt und infolgedessen seinen Sohn verloren hatte.

Er musste unbedingt mit Michal und Itai reden, sie in die Sache einweihen. Sie waren kluge Menschen und sie hatten einen guten Charakter. Vielleicht wüssten sie Rat, wie er vorgehen sollte. Mehrmals versuchte er ohne Erfolg, Itai auf dem Handy zu erreichen. Als er bei ASSAL anrief, sagte ihm Naomi, er sei von einem wichtigen Treffen in Jerusalem noch nicht zurück. Michals privater Anschluss war besetzt. War sie zu Hause? Sonntags kam sie erst um vierzehn Uhr zu ASSAL. Geduldig abzuwarten, konnte er sich aber nicht leisten. Er musste sich schnellstens mit ihr beraten. Jetzt. Sie wäre ihm nicht böse, sie hätte Verständnis. Sie hatte ihm mehrmals gesagt, dass er nicht zögern solle, er könne sich jederzeit an sie wenden, wenn er ein Problem habe.

Er stieg in den Bus und setzte sich auf einen freien Platz. Blickte den Leuten nicht ins Gesicht. Und sie blickten ihm nicht ins Gesicht. Für die Israelis, das hatte er bereits verinnerlicht, waren er und die übrigen Afrikaner transparent. Sie konnten neben einem stehen und komplett ausblenden, dass man existierte. Doch wehe man sah ihnen in die Augen oder machte Probleme. Nahmen sie zur Kenntnis, dass man da war, bekamen sie es mit der Angst zu tun. Und aus dieser Angst ergaben sich nur schlechte Dinge.

5

◊ ◊ ◊

Jariv verfolgte mit halbem Ohr das Plädoyer von Rechtsanwalt Schlomo Lankri. Das Letzte, wofür er heute Morgen Geduld hatte, waren die selbstgerechten Vorträge von einem, der in höchsten Tönen von sozialer Gerechtigkeit und Moral sprach, während er seine Klienten ausnutzte.

Jede noch so kleine Kopfbewegung war für ihn die Hölle. Seine Nase von dem geronnenen Blut zu säubern war eine Tortur gewesen, sie war immer noch geschwollen und äußerst schmerzempfindlich. Die zwei Kopfschmerztabletten, die er eingenommen hatte, zeigten kaum Wirkung. Hätte er den Gerichtstermin nicht gehabt, wäre er zum Arzt gegangen, obwohl er sich darüber im Klaren war, dass es kaum etwas gebracht hätte. Er war bei der Armee Sanitäter gewesen und ihm waren nicht wenige solcher Fälle untergekommen. Bei einer gebrochenen Nase konnte man nicht viel tun.

Es gab noch einen Grund, weshalb er zum Gericht gefahren war: Er wollte nicht über die Ereignisse der letzten Nacht nachdenken. Sie machten ihm Angst. Vor allem machte ihm die Tatsache Angst, dass er nicht herleiten konnte, wie er sich diese Verletzung zugezogen hatte oder was genau zwischen ihm und Michal vorgefallen war.

Mittlerweile war er gereizt, wollte schnellstens nach Hause, die Jalousien herunterlassen und schlafen. Zu nichts und für niemanden hatte er Kraft, auch nicht für Inbar, die sich aus Eilat gemeldet hatte. Es war ihm so dermaßen egal, ob ihre Freudin Siwan bei der Hochzeitsfeier ein gesetztes Essen oder ein Buffet präferierte. Von ihm abgewimmelt zu werden hatte sie gekränkt, das war ihrem Tonfall anzumerken gewesen, doch das war ihm schnuppe. Er hatte momentan Sorgen, die gravierender waren.

Was gestern auch immer passiert sein mochte – er hatte keinen Zweifel daran, dass Michal es ausnutzen würde, um ihm zu schaden. Immerhin hatte sie bereits gegen ihn Anzeige erstattet.

◊

Vor etwa drei Jahren war er mit ihr einige Monate zusammen gewesen. Er war damals Staatsanwalt für Vergewaltigungsfälle, sie arbeitete als Freiwillige in einer Frauenorganisation und nahm die Anrufe entgegen, die über den Notruf eingingen. Sie war ganz passabel gewesen, nicht mehr. Ein süßes Gesicht, eine annehmbare Figur, ein etwas zu großer Po. Auf einer Skala mit der maximalen Punktzahl von zehn vielleicht eine sechs oder sieben. Er hatte etwas mit ihr angefangen, weil er sich erhofft hatte, durch sie an die großen, pikanten Vergewaltigungsfälle zu kommen, indem sie ihre bemitleidenswerten Freundinnen auf direktem Wege zu ihm schickte. Allerdings war es so nicht gelaufen. Zumindest nicht in dem von ihm erhofften Umfang. Nach einigen Monaten hatten sie sich getrennt. Er hatte von ihr und ihrer Selbstgerechtigkeit die Nase voll gehabt. Wenn er etwas nicht ertrug, so waren es selbstgerechte Leute, und Michal war der Prototyp dieser Spezies.

Seit ihrer Trennung hatten sich ihre Wege ab und zu gekreuzt. Nicht allein wegen der Arbeit, sie wohnte auch im selben Viertel, nur wenige Straßen von ihm entfernt. Er hatte das Interesse an ihr verloren, nicht zuletzt war er mittlerweile auch mit Inbar zusammen, allerdings konnte er partout nicht die Dinge vergessen, die sie mit ihm gemacht hatte. So guten Sex wie mit ihr hatte er mit keiner anderen gehabt. Garantiert musste auch sie jedes Mal daran denken, wenn sie ihn sah.

Trotz der sexuellen Spannung, die zwischen ihnen herrschte, waren ihre Begegnungen jedoch stets sehr höflich verlaufen.

Vor einem Jahr hatte sich alles verändert. Er war bei der Staatsanwaltschaft befördert worden und seitdem zuständig für die Widersprüche, die illegale Einwanderer gegen ihre drohende Abschiebung einlegten. Michal fand ihrerseits die Zeit, sich nicht nur um die vielen vergewaltigten und verprügelten Frauen und um alle übrigen bedauernswerten Geschöpfe dieser Erde zu kümmern, sondern darüber hinaus in einer zweiten Organisation als Freiwillige zu arbeiten. Dort war er mehr und mehr zu ihrem Feind geworden. Sicherlich trug sie es ihm nach, dass er sie abgestoßen hatte, was sonst.

Liefen sie sich auf der Straße über den Weg, nutzte sie jedes Mal die Gelegenheit, um ihm in ordentlicher Lautstärke eine Moralpredigt zu halten. Sie beherrschte es meisterhaft, ihn damit auf die Palme zu bringen. Garantiert schlief sie mit diesem Afrikaner, ihrem Hagos – bei diesem Gedanken schüttelte es ihn vor Ekel. Was Sex anging, kannte diese Frau keine Grenzen. Das wusste er aus eigener Erfahrung.

◊

»Staatsanwalt Ninio?«, kreischte die Richterin und riss ihn aus seiner Versenkung. Sie hatten sich bei Prozessen schon Dutzende Male gegenübergestanden, besondere Wertschätzung brachte er ihr nicht entgegen. Heute empfand er ihr gegenüber regelrechten Hass. Penetrant bohrte sich ihre Stimme in sein Hirn.

Er erhob sich und sah sie zornig an, denn sie hatte ihn in seinen Gedanken gestört. Bevor er aus dem Haus gegangen war, hatte er mit Inbars Kosmetik versucht, die Veilchen unter den Augen zu überschminken. Das Resultat war lausig. Inbar hatte sehr helle Haut, zudem hatte er zwischen den diversen Tuben, Gläschen, Puderdosen und dem anderen Quatsch die Orientierung verloren. Als er sich in der Staatsanwaltschaft die Akte für den Prozess ziehen wollte, hatte Eran aus dem benachbarten Büro sich erkundigt, was ihm zugestoßen sei. »Bin mit dem Fahrrad gestürzt«, hatte er kurz angebunden geantwortet und sich in sein Büro verkrümelt. Auch die Richterin hatte ihn zu Beginn der Verhandlung gefragt, was ihm zugestoßen sei, und er hatte dieselbe Antwort gegeben. Was ging es sie an?

»Wie steht der Staat zu diesem Widerspruch?«, fragte sie sichtlich ungehalten.

Er war nicht bei der Sache gewesen, zudem gab er mit seinem Make-up sicherlich eine lächerliche Figur ab. Nichts hasste er mehr, als wenn es ihn kalt erwischte.

»Der Staat erhebt Einspruch«, sagte er laut, obwohl er nicht die geringste Ahnung hatte, worum es gerade ging. Dagegen zu sein war bei Juristen ein bedingter Reflex. »Hast du nichts zu sagen – sei dagegen«, fielen ihm die Worte seines Betreuers während des Referendariats ein.

»Möchten Sie uns vielleicht an den Gründen für Ihren Einspruch teilhaben lassen?« Sie ließ nicht locker.

»Der eingelegte Widerspruch meines geschätzten Kollegen ist unsachlich und ein Versuch, die Verhandlung von ihrem eigentlichen Ziel abzulenken, nämlich der Frage, ob die Feststellung des Staates, dass die Klägerin nicht Eritreerin, sondern Äthiopierin ist, unbegründet ist«, rasselte er herunter und nahm demonstrativ wieder Platz. War das nötig, dass sie ihm damit auf die Nerven ging?

Sie ließ ihre Augen auf ihm ruhen und diktierte seinen Einwand anschließend dem Protokoll.

Er hatte nicht einmal einen Blick in die Akte werfen müssen, um seinen Einwand zu formulieren. Er war bei den Widersprüchen, die Lankri einlegte, oft genug zugegen gewesen. Sie wurden immer en gros eingereicht und waren nachlässig formuliert. Zu den Schwierigkeiten, in denen die Eingeschleusten ohnehin steckten, kam eine weitere hinzu: Rechtsanwälte schlugen ihnen vor, Widerspruch einzulegen, was von vornherein aussichtslos war, und knöpften ihnen dafür hohe Summen ab. Lankri war darin Spitzenreiter. Er stellte seinen Mandanten Erfolg in Aussicht, nicht ohne zuvor sein Honorar kassiert zu haben, und verfasste dann einen Widerspruch, der sich inhaltlich von denen, die er bereits für andere Eingeschleuste eingelegt hatte und die abgelehnt worden waren, kaum unterschied. Wurde das Urteil gefällt, kamen seine Mandanten bis zur Abschiebung in Haft, weshalb ihnen die Hände gebunden waren, während er sein Honorar längst in der Tasche hatte.

◊

Die Verhandlung wurde fortgesetzt und er überließ sich wieder seinen Gedanken. Michals Anzeige nagte an seinem Nervenkostüm. Nach ihrer Behauptung hatte er dem Gericht wissentlich falsche Tatsachen zugespielt, hatte getäuscht, betrogen und gelogen und wegen ihm, ihm allein, dem Staatsanwalt Jariv Ninio, war ihr Freund, der Afrikaner, ermordet worden.

Das alles hätte ihn ja kaltgelassen, hätte sie nicht von dem

Dokument erfahren. Es handelte sich um den Bericht, den jene Leute aufgesetzt hatten, die Ehud Regev als die »Wohltäterfraktion im Außenministerium« verspottete. Diesem Bericht zufolge drohte den nach Äthiopien Ausgewiesenen unmittelbare Lebensgefahr. Die Unterschlagung dieses Dokuments sei für diejenigen gleichbedeutend mit einem Kopfschuss, argumentierte Michal. Weshalb sie beantragt hatte, seine Zulassung abzuerkennen, da er eines Staatsanwaltes nicht würdig sei. Beim Lesen der Anzeige war ihm die Galle übergelaufen, insbesondere weil sie ihn wiederholt als »Erzrassist« und »Serienmörder unter dem Deckmantel des Gesetzes« bezeichnete.

◊

Beim gestrigen Kneipenbesuch mit Kobi hatte er sie auf der anderen Straßenseite der Iben Gvirol gesehen. Seitdem konnte er keinen klaren Gedanken fassen. Allein die Vorstellung, dass er rechtfertigen müsse, was er getan hatte, sich gegen die Anschuldigungen verteidigen und womöglich sogar Rechenschaft über ihr Verhältnis ablegen müsse, machte ihm arg zu schaffen. Sicherlich fänden sich genug mitfühlende Seelen, die diese Anzeige als willkommenen Anlass nähmen, ihm die versprochene Anstellung auf Lebenszeit zu verweigern. Er mochte in den Chefetagen Freunde haben, doch auch die hatten Feinde, und ihm eins auszuwischen war wesentlich leichter als denen.

»Herr Ninio, Sie sind an der Reihe«, hörte er die Richterin rufen.

Sobald er ansetzen würde, ginge sie zum Angriff über, würde sagen, dass der Standpunkt des Staates ihr Unbehagen bereite, ihm drohen, dass ihr Urteil sicherlich zugunsten der Antragstellerin ausfiele. Er würde ihre Angriffe ertragen und sich ihre Zurechtweisungen anhören müssen. Aus dem Augenwinkel könnte er dann beobachten, wie Lankris Mandantin in sich hineinlächelte, sich einbildete, die Richterin auf ihrer Seite zu haben und dass der Sieg schon greifbar wäre. Doch er, Lankri und die Richterin wussten, dass es ein abgekartetes Spiel war. Letztendlich würde sie ihr Urteil, wie stets, zugunsten des Staates fällen und die Abschiebung genehmigen.

Über 95 Prozent der von den Eingeschleusten eingereichten Widersprüche wurden abgelehnt. Er musste so gut wie nie eine Niederlage einstecken. Wie jeder Staatsanwalt wollte auch er Karriere machen und hochkarätige Mandanten vertreten. Und wer bekam solche Mandanten? – Nur Staatsanwälte mit tadelloser Vorgeschichte.

Regev hatte versprochen, ihn zu unterstützen. Er musste Erfolge vorweisen, damit dieser sein Versprechen möglichst bald einlöste. Von diesem Aktenmüll, den er hier serviert bekam, von den ganzen Eingeschleusten und ihren Anwälten, hatte er die Nase gestrichen voll. Deswegen war er nicht zur Staatsanwaltschaft gegangen. Beim späteren Aufbau einer Privatkanzlei wäre ihm seine Erfahrung mit den Fällen von illegalen Einwanderern nicht im Geringsten von Nutzen. Er musste schleunigst die Kurve kratzen.

◊

Die Richterin warf einen Blick auf ihre Uhr.

»Ich schlage dreißig Minuten Pause vor. Die Verhandlung wird um 12 Uhr fortgesetzt«, sagte sie und erhob sich.

Widerwillig packte er seine Unterlagen zusammen. Was für eine Zeitvergeudung.

»An Ihrer Stelle würde ich die Segel streichen, Sie werden verlieren«, sagte Lankri aus Rücksichtnahme auf seine Mandantin auf Englisch zu ihm.

»Sie müssen es ja wissen. Für Sie ist es ja schon Gewohnheitsrecht, dass ich verliere, stimmt's?«, entgegnete er geringschätzig.

»Sie sehen aus, als hätten Sie heute Morgen schon einmal verloren. Was ist passiert? Wieder mal jemandem auf die Nerven gefallen?« Er konnte sich nicht länger beherrschen, trat auf Lankri zu und packte ihn am Revers seiner Robe. »Legen Sie sich nicht mit mir an, Lankri. Das wäre keine gute Idee«, zischte er und ließ ihn wieder los. Lankri hielt den Mund und wich zurück.

Er seufzte. Es war wirklich nicht sein Tag. Er beförderte zwei weitere Kopfschmerztabletten in seinen Mund, setzte sich in eine ruhige Ecke und zog sein Handy hervor. Es war zwar das Letzte, wonach ihm zumute war, doch ihm blieb nichts anderes übrig. Er musste sich bei Michal entschuldigen, ohne zu wissen wofür. Könnte er sie davon überzeugen, dass er alles nur aus Liebe, aus Eifersucht getan hatte, etwas in der Art, würde sie vielleicht einlenken, die Anzeige unter Umständen sogar zurückziehen. Er durfte seine Karriere nicht wegen solchem Quatsch ruinieren. Das wäre verheerend.

Obwohl viel Zeit vergangen war, hatte er ihre Nummer noch gespeichert. Während er es klingeln ließ, trommelte er mit dem Fuß auf den Boden. Es machte ihn regelrecht irre, dass er keinen blassen Schimmer hatte, was gestern vorgefallen war.

6

◊ ◊ ◊

Erst als er an der Bushaltestelle sein Handy einschaltete, kam Itai wieder Michal in den Sinn. Das gesamte Wochenende über hatte er ihre Anrufe ignoriert und sie auf der Fahrt nach Jerusalem zurückrufen wollen. Allerdings war er gestern reichlich spät von seiner Verabredung mit Ayelet zurückgekehrt, sodass ihn im Bus nach Jerusalem der Schlaf übermannt hatte.

Mittlerweile hatte seine Laune sich gebessert. Das Treffen mit dem potenziellen Sponsor aus Florida war gut verlaufen. Zwar hatte er nichts Konkretes versprochen und auch keinen Scheck unterzeichnet, doch das hieß nichts. Sagte ihm seine Erfahrung. Sie hatten sich mehr als anderthalb Stunden unterhalten. Im Allgemeinen waren solche Gespräche nach zehn Minuten beendet. Im Gegensatz zu anderen hatte sein Gegenüber nicht schleifenartig wiederholt: »Diese Situation ist ja wirklich schlimm.« Dieser Spruch war für ihn der Inbegriff von Selbstgerechtigkeit und in solchen Unterhaltungen meist der Standard. »Diese Situation ist ja wirklich schlimm« hieß: Ich will davon eigentlich gar nichts wissen. Das hatte er inzwischen verstanden. Derjenige wollte keine Einzelheiten wissen. War gleichgültig. Von jenen Leuten war keinerlei Unterstützung zu erwarten. Sie beteten herunter, was sie meinten, das man von ihnen hören wolle, und dann gingen sie zum nächsten Punkt der Tagesordnung über. Das Gespräch mit Abe war zum Glück anders verlaufen. Weder hatte er mit der Zunge geschnalzt noch seine Familiengeschichte dargelegt und ihm auch den Passus mit »der moralischen Pflicht, den Flüchtlingen zu helfen« erspart. Seine

Äußerungen waren konkret gewesen. Er hatte sich über ihre Projektarbeit und ihr Budget informieren wollen.

Außerdem hatte das Rendezvous mit Ayelet bei ihm ein wohliges Gefühl hinterlassen. Er hatte beschlossen, Ronis Rat zu befolgen: Nicht Itai Fischer zu sein, sondern es geschehen zu lassen. Zu seiner Verblüffung hatte es funktioniert. Er war tatsächlich imstande, einen gesamten Abend zu verbringen, ohne den Obersten Gerichtshof oder irgendwelche Menschenrechtsverletzungen zu erwähnen. Sie hatte gelacht, als er ihr Geschichten von Roni erzählt hatte (dies war Ronis Idee gewesen, um Itai vom Thema Arbeit abzulenken). Und er hatte über ihre Anekdoten gelacht – ihr Repertoire war beachtlich – und vorm Eingang ihres Hauses hatten sie sich geküsst. Daraufhin hatte er beschlossen, seine Strategie, »nicht Itai Fischer zu sein«, bis zum Ende durchzuziehen, und sie gefragt, ob sie wolle, dass er auf einen Kaffee mit nach oben komme. Ehrlich gesagt war er ein wenig beruhigt, als sie ihm zur Antwort gab: »Vielleicht beim nächsten Mal.« Die Anzahl der Veränderungen, zu denen er sich im Laufe eines Abends durchringen konnte, war nun einmal begrenzt. Ihm war danach, zu Fuß nach Hause zu gehen. Endlich einmal hatte es in seinem Kopf nicht von Problemen gewimmelt: keine Berichte über drohende Abschiebungen, Verzögerungen bei der Lohnzahlung und der Genehmigung der Aufenthaltserlaubnis. Abschalten! – hatte er sich verordnet – was für ein Genuss!

»Itai – ich bin's mal wieder«, hörte er ihre Stimme. Sie hatte ihm gestern Abend eine Nachricht hinterlassen. »Warum gehst du nicht ans Telefon? Seit zwei Tagen versuche ich dich zu erreichen. Ich kann absolut nicht nachvollziehen, warum du dich so verhältst. Einfach verschwindest.

Dich nicht meldest. Was soll denn das? Wenn du meine Hilfe brauchst, gehe ich immer …«

Ihr vorwurfsvoller Ton machte ihn rasend.

»Ich gehe dir nicht grundlos auf die Nerven. Ich muss mit dir reden. Es ist dringend«, fuhr sie fort, er stieß einen Seufzer aus. Bei Michal war immer alles dringend und sie sah die Welt nur schwarz-weiß. Die Asylsuchenden waren Märtyrer, die Regierung (vor allem die Ausländerbehörde) war die Inkarnation des Bösen. Regev der Teufel. Ninio sein Handlanger. Es gab nur Gut oder Böse, und jeder Mensch war entweder das eine oder das andere. Ihre Auffassungen kamen ihm stets ein wenig kindisch vor. Die Realität war komplex. Ein Leben in Armut brachte nicht zwangsläufig gute Menschen hervor. Und der Staat Israel konnte und musste nicht die Lösung für die Probleme bieten, die in Afrika herrschten. Auch wenn die Öffentlichkeit über einen wie ihn anders denken mochte, war er sehr wohl der Meinung, dass die Errichtung des Trennzauns wichtig und nötig gewesen war – auch in dem Punkt war er mit Michal heftig aneinandergeraten.

»Ich wollte dir diese Dinge eigentlich nicht am Telefon sagen, aber du nimmst ja nicht ab, vielleicht interessiert es dich ja zu erfahren, dass ich gestern auf dem Nachhauseweg angegriffen worden bin. Von zwei Männern. Sie haben mich geschlagen …« Wie erstarrt blieb er stehen, während der Bus vor seiner Nase hielt und die Tür geöffnet wurde.

»Alles in allem geht's mir so weit gut. Diese Blödmänner wollten mir vor allem Angst einjagen … als ob ich mich davon abhalten ließe …«

Völlig benommen sank er an der Haltestelle auf einen Sitz. Darauf war er nicht gefasst gewesen. Michal war angegriffen worden? Wer steckte dahinter? Der Bus fuhr weiter, ließ ihn zurück.

»Aber ich rufe nicht nur deswegen an … Ich habe heute etwas herausgefunden und bin völlig schockiert …« Er konnte ihren Atem hören. »Wir sind die ganze Zeit über blind gewesen … Ich muss mit dir reden, also ruf mich bitte, bitte zurück, egal wann. Es ist wirklich dringend.«

7

◊◊◊

Gabriel badete in Schweiß, obgleich es kalt war. Er rannte, so schnell er konnte, floh aus Michals Wohnung, bevor der Nachbar ihn sich greifen und die Polizei rufen würde.

Er bog von einer Straße in die nächste ein, wusste nicht mehr, wo er war. Schnappte nach Luft. Er hatte Schmerzen am ganzen Körper. Die *Injera*, das Fladenbrot, das er heute Morgen vor der Arbeit gegessen hatte, steckte wie ein Kloß in seiner Kehle. Als ihn schließlich die Kräfte verließen, blieb er stehen, und in einer menschenleeren Ecke, keuchend und vor Angst schlotternd, übergab er sich.

◊

Er hatte ihre Wohnung nicht betreten wollen. Auch nicht, als ihm aufgefallen war, dass die Tür bei seinem sachten Klopfen nachgab und sich öffnete. Er hatte vor der Tür verharrt und ihren Namen gerufen. Da sie daraufhin nichts erwidert hatte, hatte er auf dem Absatz kehrtmachen wollen. Er würde sie ohnehin in einigen Stunden bei ASSAL sehen, hatte er sich gesagt. Außerdem hatte er sich dermaßen beeilt, um zu ihr zu gelangen und ihr von Lidi zu erzählen, dass er nicht recht wusste, in welche Worte er das Erlebte fassen sollte. Dann hörte er jedoch, wie der Nachbar mit seinem bellenden Hund die Treppe heraufkam. Er wollte auf keinen Fall Aufmerksamkeit erregen. Michal hatte ihm von diesem verrückten Nachbarn erzählt, der sie immerzu anschrie und einen unbändigen Hass auf Afrikaner hatte. Außerdem hatte Gabriel auch Furcht vor dem Hund gehabt, der ihn immer anbellte, wenn er herkam. Nur deswegen war er in die Wohnung gegangen.

◊

Zögerlichen Schrittes kehrte er zurück auf die Hauptstraße. Auf seinem T-Shirt waren Spuren des Erbrochenen. Seine Augen brannten. Wieder jagte diese Stadt ihm Angst ein, so wie damals, als er hier neu gewesen war. Nie zuvor hatte er so viele Menschen, Autos und Busse wie in Tel Aviv gesehen. Er stammte aus einem kleinen Dorf bei Keren, wo jeder jeden kannte. Die Läden in der Gegend des alten Busbahnhofs mit ihrem Überfluss an Lebensmitteln fand er befremdlich. Die hastigen Schritte der Menschen, der Takt, in dem sie ihre Worte aufeinander abfeuerten, ließen ihn erschaudern. Dass er mit den Gesetzen, den Regeln an diesem neuen Ort nicht vertraut gewesen war, nicht wusste, was er sagen sollte, sagen konnte, hatte ihm enorme Angst eingeflößt.

Die Leute starrten ihn an. Sein Gang zeugte von Unsicherheit. Er wollte schreien, laut brüllen, den Schmerz herauslassen, der sich in seinem Körper eingenistet hatte, brachte aber keinen Laut hervor. Sein Verstand sagte ihm, dass es Dinge gab, die er unmöglich tun durfte. Um zu überleben, musste er, soweit möglich, gesichtslos, gläsern bleiben.

◊

Er hatte auf den ersten Blick gesehen, dass sie tot war. Die Blutergüsse auf dem Gesicht. Die geöffneten Augen mit dem leeren, starren Ausdruck hatten alles gesagt. Er hatte bereits Tote gesehen: im Dorf, im Flüchtlingslager, auf seinem Weg nach Israel. Er hatte auf Michal zugehen, ihr Gesicht zudecken, ihre Augen schließen, von ihr Abschied nehmen wollen, doch seine Beine ruderten rückwärts. Ein Schritt nach hinten, nach hinten und noch einer, bis er außerhalb der Wohnung war. Dabei entging ihm, dass der Nachbar an der Tür stand, und prallte mit ihm zusammen. Laut bellte der Hund drauflos und dem Nachbarn rutschte etwas heraus, das sich wie ein Fluch anhörte. Michal hatte kreidebleich und reglos auf dem roten Teppich gelegen … Wie sollte er damit fertigwerden? In seinem Kopf hämmerte es. Was für ein Feigling er war. Er hatte sich aus dem Staub gemacht. Aber ihrem Anblick konnte er nicht entkommen.

◊

Als er die Gegend des alten Busbahnhofs erreichte, sank er völlig erschöpft auf eine Bank und brach in Tränen aus. Er weinte um Lidi, um Hagos und Michal, um sich und sein verfluchtes Leben. Passanten ging an ihm vorüber, nahmen kaum Notiz von ihm. An diesem Ort trug jeder an seiner eigenen schweren Last.

Im Restaurant sah er Israelis sitzen und lachen, denen ging's gut. Sie bestellten Unmengen Essen, wovon ein großer Teil anschließend im Abfall landete. Demgegenüber bestand sein Leben nur aus Niedergeschlagenheit, Leid und Schwierigkeiten. Warum war das so? Wo war die Gerechtigkeit? Hagos und Michal waren herzensgute Menschen gewesen. Sie hatten Leuten wie ihm geholfen, sich einen Weg durch Angst und Chaos zu bahnen. Ohne sie hätte er unter Umständen nie einen Fuß vor das Gelände dieses Parks gesetzt. Nun waren beide tot – und er stand wieder hier.

Und Lidi, was hatte Lidi, seine kleine Schwester, Schlimmes getan? Was sollte er jetzt nur tun?

Itai! Er sprang von der Bank auf und schlug den Weg zu ASSAL ein. Auf einmal hielt er im Gehen abrupt inne. Was würde Itai sagen, wenn er es ihm erzählte? Itai mochte ihn und kümmerte sich um ihn, dessen war er sich gewiss, doch hielte er weiterhin zu ihm, wenn er erfahren würde, dass er die Wohnung fluchtartig verlassen hatte?

Nein. Jetzt war nicht die richtige Zeit, um das Gespräch mit Israelis zu suchen. Er brauchte seinesgleichen. Einen, der Verständnis hätte. Aber wen? Seine Mutter war weit weg, und obwohl er schon einige Monate in Israel war, hatte er keine Kontakte geknüpft.

Aramei. Er könnte mit Aramei reden, er arbeitete bei ASSAL als Dolmetscher. Über ihn hatte er Gutes gehört und sich auch schon mehrmals mit ihm unterhalten. Er galt als äußerst pragmatisch, gab gute Tipps und redete kein oberflächliches Zeug. Auch bei den Israelis war er beliebt. Er hatte ihnen im Gefängnis Ktzi'ot im Negev, wo die Flüchtlinge festgehalten wurden, einen guten Dienst erwiesen. Damals war Aramei selbst neu im Land gewesen. Wegen seiner guten Dienste und seines guten Englisch hatte man ihm bei Polizei und Gericht Arbeit als Dolmetscher angeboten. Aramei könnte ihm helfen. Er griff nach dem rettenden Strohhalm.

8

◊◊◊

Beim Betreten des Restaurants war Anat Nachmias klar, dass sie gerade in eine Falle tappte. Um das zu erkennen, hätte sie weder eine Ausbildung bei der Polizei noch ihre Erfahrung als Stellvertretende Leiterin der Sonderkommission gebraucht. Die Beweise lagen auf der Hand: Ihr Vater und ihre Mutter waren pünktlich. In den vergangenen sechzig Jahren war ihre Mutter nirgendwo pünktlich gewesen.

Ihre Eltern hielten an einer Zeremonie fest. Überall trafen sie mit einer Verspätung von mindestens einer halben Stunde ein, die Mutter keuchend, als liefe sie beim Marathon auf der Zielgeraden ein: »Es tut mir furchtbar leid, aber ich musste noch …«, woraufhin sie stets schilderte, was sie unbedingt noch hatte erledigen müssen, andernfalls wäre eine schreckliche Tragödie eingetreten.

Just an der Stelle brachte sich immer ihr Vater ins Spiel: »Es macht mich fertig, dass sie immer zu spät kommt. Ich bin jedes Mal kurz vorm Herzinfarkt.« Dann wandte er sich Anat zu: »Als plane sie den perfekten Mord. Zeig mir den Richter, Anati, der sie für schuldig befinden würde. Die Taktik deiner Mutter sollte im Lehrplan der Polizeischule stehen.«

Ihre Eltern waren nicht nur pünktlich gekommen, sie hielten auch Händchen. Es musste etwas passiert sein, und zwar nichts Gutes.

»Wer von euch ist krank?«, sie beschloss, gleich zur Sache zu kommen.

Erstaunt schauten die beiden sich an.

»Vater hat Cholesterin, und ich habe, wie du weißt, hohen Blutdruck, der Umstände wegen. Aber im Großen und Ganzen, Gott sei Dank …« Die Mutter pochte dreimal auf den Tisch.

»Wie kommst du denn darauf, dass jemand krank ist?«, fragte ihr Vater.

»Nur so, ich habe keinen Grund. Hab mich wohl geirrt … lassen wir das«, sagte sie erleichtert. Dennoch kam ihr die Sache mit dem Mittagessen verdächtig vor. Sie kaufte ihrer Mutter die Geschichte nicht ab, dass sie und ihr Vater sich mir nichts, dir nichts einen Tag Urlaub gönnten und zufällig in die Richtung ihres Büros geschlendert waren.

»Ehrlich gesagt, Anati«, begann ihre Mutter behutsam, »wollten dein Vater und ich mit dir über etwas sehr Wichtiges reden.«

Bis vor einigen Jahren war das einzige Thema, über das ihre Eltern mit ihr sprechen wollten, immer nur das eine gewesen: die Polizei. Sie konnten partout nicht begreifen, dass ihre erfolgreiche und sanftmütige Tochter sich dafür entschieden hatte, Polizistin zu werden. Da rissen sie nun seit Jahren Witze über die Polizisten, die immer zu zweit Streife laufen, weil nur einer schreiben und nur einer lesen kann, lachten verächtlich über die israelische Polizei, die nicht imstande war, auch nur ein Verbrechen aufzuklären, und hielten akribisch die Erinnerung an jeden Polizisten wach, der es gewagt hatte, ihnen einen Strafzettel auszustellen, und nun war mit einem Mal im Schoße ihrer Familie eine Polizistin herangewachsen. Sie war das schwarze Schaf. Ihre Mutter hatte Jahre gebraucht, um die vier Worte: »Meine Tochter ist Polizistin« über die Lippen zu bringen. Bis dahin hatte sie die Variante bevorzugt, sie sei »Beamtin«. Noch heute schob sie im selben Atemzug nach: »Außerdem ist sie zugelassene Rechtsanwältin und hat zwei Universitätsabschlüsse mit Auszeichnung.«

Die Eltern davon zu überzeugen, dass sie mit diesem Thema nicht weiter behelligt werden wollte – bringen würde es ohnehin nichts –, hatte sie viel Zeit gekostet. Fakt war: Ihre Tochter war Polizistin und nicht nur vorübergehend.

Als das Kapitel »Vielleicht kündigst du doch bei der Polizei und ermöglichst es uns, wieder eine normale Familie zu sein« abgeschlossen war, stießen ihre Eltern (genauer gesagt – ihre Mutter) eine neue Debatte an, die damit zusammenhing, dass ihre Tochter über dreißig (genauer gesagt – zweiunddreißig) und nach wie vor Single war. Dass Anat einen Partner finden wollte, damit aber keinen Erfolg hatte, war für ihre Mutter, die das Single-Dasein ihrer Tochter als persönliche Beleidigung auffasste, von geringerem Interesse. Daher ergab es sich, dass sie sich bei jeder Familienmahlzeit aufs Neue anhören musste, wie ihre Mutter philosophische Betrachtungen darüber anstellte, wieso Dikla, die Tochter der Goldsteins mit den krummen Zähnen, bereits unter der Haube war und Efrat, die Tochter der Silberbars mit der langen Nase, schon eine junge Mutter war und nur ihre eigene Tochter allein war.

Obwohl sie nicht darauf einging und die Klagelieder ihrer Mutter wie stets mit den Worten abtat: »Das wird schon, am Ende wird mich einer nehmen, ich versprech's dir«, machte die Tatsache, dass sie allein war, auch ihr zu schaffen. Wenn sie manchmal von einer Verabredung zurückkehrte, die wieder nichts gebracht hatte, oder die Kontaktbörsen im Internet durchstöberte, überkam sie die Angst, dass sich ihre Situation niemals ändern, sie für immer allein bleiben würde. Zwar witzelte sie arrogant über ihre verheirateten Freundinnen, die ein langweiliges, durchorganisiertes Leben führten und ständig damit befasst waren, ihre Kinder einzufangen, doch sie beneidete sie auch ein wenig.

Natürlich stellte ihre Mutter einen direkten Zusammenhang zwischen ihrem Single-Dasein und ihrer Arbeit bei der Polizei her, denn welcher normale junge Mann würde eine Frau mit einem Männerberuf wie diesem heiraten, eine, die sich den ganzen Tag mit Vergewaltigern und Mördern abgab? Und die Möglichkeit, auf der Arbeit einen Mann zu finden, war schon als Gedanke abwegig, denn mit wem sollte ihre studierte Tochter mit ihren zwei exzellenten Abschlüssen und einer Zulassung als Rechtanwältin denn ein Verhältnis eingehen? Mit dem Polizisten, der schreiben konnte, oder mit dem, der lesen konnte?

◊

Eine Kellnerin kam und nahm die Bestellung auf. Die Tatsache, dass ihre Mutter sich mangels Appetit auf ein Glas Wasser beschränkte, machte es noch spannender. Für eine Unterredung zum Thema: »Wieso quälst du deine arme Mutter und heiratest nicht?«, brauchte ihre Mutter normalerweise keinen Anlauf, meist griff sie gleich zum Hörer.

»Na, Mama, was ist es diesmal?«, fragte sie ungeduldig, sobald die Kellnerin weg war.

»Sieh mal, Anati«, sagte die Mutter und hielt inne, um Eindruck zu schinden. Sie hatte schon immer einen guten Sinn für Dramatik gehabt.

»Ja?«, sie drückte ein wenig aufs Gas.

»Es fällt deinem Vater und mir nicht leicht …«, sagte sie und zögerte ihre Worte noch ein wenig hinaus.

»Was fällt euch nicht leicht?«

»Du sollst wissen, dass wir dich lieben und wir uns mit jeder Antwort, die du uns gibst, arrangieren werden …«, sagte die Mutter und blickte den Vater an, der zustimmend nickte.

»Wovon redest du?«

»Sieh mal, Anati …«, sagte sie und verharrte erneut in Schweigen.

»Mama, nun raus damit, du bringst mich auf die Palme …«

»Deine Mutter denkt«, schaltete sich der Vater nun ein, »dass du eventuell, was völlig in Ordnung wäre, Anati, ich meine … wir würden das akzeptieren … Deine Mutter denkt jedenfalls, dass es sein könnte, dass du dich zu Frauen ein wenig mehr hingezogen fühlst als zu Männern.«

»Was?«, entfuhr es ihr aus Verblüffung und zu laut, woraufhin einige Restaurantgäste die Köpfe zu ihr drehten.

»Nach dem zu urteilen, was du trägst«, sagte ihr Vater und deutete auf die weite, leicht zerrissene Jeans, die sie anhatte. »Deine Mutter hat im Internet etwas über die Mode gelesen, da stand, so würden sich nur …«

»Da war ein sehr guter Artikel über diese Sache, und auf einmal fiel es mir wie Schuppen von den Augen«, unterbrach die Mutter ihn, »wieso wird sonst eine Frau Polizistin, wenn sie nicht …«

Die Eltern schwiegen und sahen sie an.

»Wieso soll ich denn auf einmal lesbisch sein?«, brach sie die Stille, immer noch perplex. »Erstens könnt ihr beruhigt sein: ich bin es nicht. Zweitens: Wenn ich es wäre, würde ich mich nicht schämen, damit herauszurücken, das könnt ihr mir glauben. Und was die Polizei angeht: Das ist so dermaßen lächerlich und absurd, dass es überhaupt keinen Sinn hat, einen Kommentar dazu abzugeben.«

»Dann erkläre mir doch mal, wieso du mit Ohad, dem Sohn von Blaustein, nicht ausgehen wolltest?«

An diesem Punkt hätte sie sich eigentlich aufregen müssen, doch der letzte Satz ihrer Mutter brachte sie zum Lachen.

»Alle Achtung, Mama, alle Achtung ...«, applaudierte sie.

»Anati, was ist los mit dir?«, wollte der Vater wissen.

»Papa, ich hab dir schon mal gesagt, eines der großen Versäumnisse der israelischen Polizei ist es, dass Mama keine Ermittlerin geworden ist. Ihre Verhörmethoden sind wirklich ...«

»Anat, es reicht«, wies der Vater sie resolut zurecht. »Wir freuen uns sehr, dass du nicht ... Und selbst wenn es so wäre ... dann ... würden wir es akzeptieren, weil wir dich lieben und nichts Schlechtes daran ist. Doch das ist noch lange kein Grund, deine Mutter zu beleidigen.«

»Das tue ich nicht. Lass mich dir mal erklären, was hier gerade vor sich geht«, sagte sie und sah zu ihrer Mutter, die den Blick senkte. »Mama weiß sehr wohl, dass ich nicht lesbisch bin. Dieses Geschwätz über den Artikel im Internet ist doch nur ein Vorwand. Sie ist stocksauer, weil ich Ohad Blaustein einen Korb gegeben habe, nachdem sie sich bei seiner Mutter so dermaßen dafür eingesetzt hat. Darum geht's hier, und deine Rolle besteht darin ...«

»Warum bloß hast du ihm einen Korb gegeben? Weißt du, wie unangenehm mir das gegenüber Bilha war?«, brach es aus ihrer Mutter heraus, die ihr ins Wort fiel, bevor sie ihrem Vater die Augen öffnen konnte, dass er nur ein Spielzeug war.

»Er ist ein netter Kerl, aber ich weiß nicht ... Klick hat's bei mir nicht gemacht. Ich wollte weder dir noch ihm wehtun. So etwas kommt vor. Wie ich dir schon am Telefon gesagt habe: Ich danke dir für deine Bemühungen.«

»Ich versteh dich nicht, Anati«, sagte sie und legte ihre Hand auf die der Tochter. »Wenn du so weitermachst … Auf wen wartest du … auf den Prinzen auf dem weißen Ross? Wo lebst du? Als ich deinem Vater begegnet bin …«

Zu Anats außerordentlicher Freude stellte sich ein Geschenk des Himmels ein: Exakt in dieser Sekunde klingelte ihr Handy, und der Beeper in ihrer Tasche vibrierte.

»Wartet mal kurz, das ist dienstlich«, unterbrach sie ihre Mutter, die just davon erzählen wollte, wie sehr ihr Vater sie umworben hatte, sie sich aber nichts aus ihm gemacht hatte, weil er ihr zu pummelig gewesen war und ihr nicht zugesagt hatte. Schließlich hatte sie ihn erhört und siehe da, so schrecklich war er gar nicht.

»Nachmias?«, hörte sie die Stimme von Amnon, der Bereitschaftsdienst hatte, »eine Frauenleiche in der Stricker 122. Mordverdacht.«

»Bin schon unterwegs«, sagte sie und legte auf.

»Ich muss gehen, es gibt einen Vorfall«, sagte sie zu den Eltern und griff nach ihren Sachen. »Wir setzen dieses hochinteressante Gespräch später fort, das verspreche ich dir«, sagte sie zu ihrer Mutter, die tief enttäuscht dreinblickte.

»Was ist passiert?«, fragte ihr Vater.

»Ein Mord womöglich«, erwiderte sie. Ihr Vater hatte zu ihrer Arbeit eine andere Einstellung entwickelt, als er in der Presse über die Ermittlungen gelesen hatte, an denen sie beteiligt war.

»Und damit wirst du dich befassen?«, fühlte er vor. Er war stets aufs Neue verblüfft. »Ich denke nicht«, musste sie einräumen, »David, der Leiter der Sonderkommission, ist in Österreich auf einem Kongress, daher werden sie die Ermittlungen sicherlich der Zentralen Ermittlungseinheit übergeben.«

»Anati, so kannst du doch nicht auf die Straße gehen. Draußen ist es hundekalt«, nörgelte ihre Mutter.

Sie warf einen flüchtigen Blick in einen der zahlreichen Spiegel des Restaurants. Ihr Spiegelbild vermittelte nicht den Eindruck einer Respekt einflößenden Ermittlerin. Sie band ihr Haar zu einem Knoten. Mehr konnte eine zierliche Frau von eins sechzig mit einem von Sommersprossen übersäten Gesicht beim besten Willen nicht unternehmen, um reifer und ernsthafter zu wirken.

Wieder klingelte das Telefon.

Vom anderen Ende der Leitung drang lautes Husten zu ihr. Das war David, ihr Chef und der Leiter der Sonderkommission. Sie kannte niemanden, der so viel rauchte, und das wollte bei der Polizei etwas heißen.

»Nachmias, ich habe mit dem Bereichsleiter gesprochen«, begann er nach einer weiteren Hustensalve, »ich will, dass dieser Fall bei uns bleibt. In drei Tagen bin ich wieder in Israel, bis dahin bist du zuständig. Der Bereichsleiter wird mit dem Distriktleiter reden. Ich habe ihm gesagt, dass ich mich auf dich zu zweihundert Prozent verlassen kann und es überhaupt kein Problem ist, wenn ich etwas später dazukomme ...«

»Meinst du, sie stimmen dem zu?«, fragte sie und sah wieder in den Spiegel. Gestern Abend war sie zu faul gewesen, ihr Haar zu waschen, und nun ging das Temperament mit ihm durch. Es sträubte sich in sämtliche Richtungen – würde man ihr mit dieser »Frisur« eine Morduntersuchung übertragen?

»Ich arbeite daran und werde alles tun, was in meiner Macht steht«, sagte er und hustete erneut. »Mach einfach deine Arbeit.« Wie immer wartete er ihre Antwort nicht erst ab und legte auf.

9

◊◊◊

Gabriel sah Aramei hoffnungsvoll an, wartete darauf, dass er etwas sagen, auf die fürchterliche Geschichte reagieren würde, die er ihm soeben berichtet hatte, und ihn besänftigte. Sie standen in einer kleinen Gasse, in der Nähe von Arameis Wohnung. Regen fiel auf ein Plastikdach, unter das sie sich drängten. Auf dem Bürgersteig türmten sich Müllsäcke.

Aramei schwieg immer noch, die Anspannung war schier unerträglich.

»Glaubst du mir?«, fragte Gabriel ihn flehentlich. »Glaubst du mir, dass ich absolut nichts damit zu tun habe?«

»Natürlich glaube ich dir, Gabriel«, brachte Aramei letztendlich hervor. »Du hättest sie niemals umgebracht, das weiß ich.«

Was Aramei da sagte, bewegte ihn, vermittelte ihm das Gefühl, nicht allein zu sein. Er hatte bis jetzt mit gesenktem Blick gesprochen, doch nun hob er den Kopf und schaute Aramei in die Augen, in denen Klugheit und Trauer lagen.

»Was soll ich jetzt machen?«, fragte er. Klamme Angst machte sich in ihm breit.

»Ich denke nach, Gabriel, ich denke nach«, sagte Aramei und ging tiefer hinein in die Gasse.

Er folgte ihm. Sein Herz schlug wie wild. Gleich würde sein Kopf bersten.

»Womöglich wäre es das Beste, zur Polizei zu gehen, ihnen zu erzählen, was passiert ist …«, schlug er kraftlos vor.

Aramei erwiderte nichts, blickte sich immer wieder nervös nach allen Seiten um.

»Du sagst zwar immer, dass unser Leben keinen Wert für sie hat, dass wir in ihren Augen nur Ungeziefer sind – ob wir nun leben oder sterben, kümmert keinen. Aber vielleicht … ich meine, wenn ich genau schildere, was sich zugetragen hat … dass Michal schon tot war, als ich dort eintraf … ist es vielleicht …«, fuhr er fort.

»So einfach ist das nicht, Gabriel«, seufzte Aramei und setzte sich auf eine umgedrehte Gemüsekiste.

»Du kennst doch Leute dort … Könntest du ihnen vielleicht sagen, ihnen erzählen, dass du mir glaubst …?« Mehrere Male hatte er davon gehört, wie Aramei zur Polizei geholt worden war. Unter den Flüchtlingen gab es sehr wenige Erfolgsgeschichten. Als Aramei nach Israel gekommen war, hatten sie ihn, wie alle anderen, in Untersuchungshaft gesteckt. An einem Freitagabend, der Schabbath hatte schon begonnen, hatte eine Sudanesin geschrien, dass sie gleich ihr Kind bekäme. Die Soldaten, die auf dem Stützpunkt Dienst schoben, hatten nicht gewusst, was zu tun sei. Aramei hatte die Sache in die Hand genommen. Hatte die Soldaten beruhigt und war als Geburtshelfer eingesprungen. Als die Israelis sein gutes Englisch registriert hatten, und zum Zeichen der Anerkennung, hatten sie ihn bei der Polizei als Dolmetscher angeheuert. Michal hatte ihm erzählt, dass Aramei dabeisaß, wenn Eritreer vernommen wurden, und diesen erklärte, was die Polizisten zu ihnen sagten und umgekehrt. Manchmal auch vor Gericht. Gabriel hatte auch einmal vorgehabt, sich für eine solche Arbeit zu bewerben. Er sprach ebenfalls ein gutes Englisch. Sein Vater, der Pfarrer gewesen war, hatte ihn unterrichtet. Michal hatte diese Idee jedoch umgehend verworfen. Die Polizei solle man nicht zu sehr unterstützen. Älteren Leuten wie Aramei, die Frau und Kinder in Eritrea und finanzielle Verpflichtungen hätten, bliebe keine Wahl. Er hingegen könne sich immer noch eine andere Arbeit suchen.

»Wir müssen gut überlegen. Nichts überstürzen«, unterbrach Aramei seine trostlosen Gedanken.

»Vielleicht mit Itai reden? Er ist ein guter Mensch ...«, schlug er vor, ohne es zu wollen. Vor Itai würde er sich schämen. Hätte Angst vor dem Moment, in dem er vor ihm stehen und ihm auseinandersetzen müsste, was er gesehen hatte.

»Nein, auf keinen Fall. Unter den gegebenen Umständen können wir keinem Israeli trauen«, sagte Aramei entschieden. Der Regen nahm zu, regelrechte Wasserfälle prasselten auf das verfallene Vordach, unter dem sie standen. Vor Kälte schlugen Gabriels Zähne aufeinander.

»In die Wohnung kann ich jedenfalls nicht zurück«, sprach er aus, was sich von selbst verstand.

Aramei nickte.

»Was schlägst du vor, Aramei? Was soll ich deiner Meinung nach tun?«, fragte er, als erneute Stille eintrat. Allmählich beschlich ihn der Verdacht, Aramei könne an ihm zweifeln. Ihm keinen Glauben schenken.

»Am besten gehst du erst einmal in den Park, hältst dich dort versteckt«, sagte Aramei schließlich. Der Lewinsky-Park war die erste Station für alle Flüchtlinge, die nach

Tel Aviv kamen. Während der ersten anderthalb Monate in Israel hatte auch er dort übernachtet, auf zwei Pappkartons, die er auf dem Markt gefunden hatte, und mit der dünnen Decke einer Hilfsorganisation. Bei Regen hatte er unter dem kleinen Vordach einer Fleischerei ausgeharrt und am ganzen Leib vor Kälte gezittert. In der Menge Hunderter Gesichter war es leicht, unterzutauchen.

»Ich versuche dir zu helfen, soweit es mir möglich ist«, fügte Aramei hinzu und legte ihm die Hand auf die Schulter. »Vielleicht meinen sie, dass wir keine Menschen sind, sondern Affen, die von den Bäumen heruntergeklettert sind, aber wir haben ein warmes Herz. Ich werde dir helfen. Du bist einer von uns.«

Gabriel war gerührt und fiel Aramei um den Hals, bevor sie auseinandergingen. Er vermochte sich partout nicht zu erinnern, wann er zum letzten Mal jemanden umarmt hatte.

Er lief durch den Regen. Wurde nass bis auf die Knochen. Er musste untertauchen. Bestimmt war die Polizei schon auf der Suche nach ihm. Der Nachbar hatte ihn gesehen und ihm nachgerufen. Auch wenn für ihn alle Menschen mit dunkler Hautfarbe gleich aussahen, so würde der sich mit Sicherheit an die Narbe erinnern.

10

◊◊◊

Am Tatort angekommen, überraschte es Anat nicht zu sehen, dass auch Eyal Ben-Tovim von der Zentralen Ermittlungseinheit seinen Wagen vor der Haustür in der Stricker parkte. David hatte sie unterwegs noch ein zweites Mal aus dem Ausland angerufen und sie gewarnt, dass Eyal »versucht, den Fall an sich zu reißen«, und sie besser aufs Gaspedal treten solle. Auch wenn David auf einem Polizeikongress in Österreich war, hatte er die Zügel in der Hand, als wäre er in Tel Aviv. Abgesehen von Stolz und Ego ging es hier auch um eine persönliche Angelegenheit: David und Eyal waren seit ihrer Ausbildung Rivalen. Die Tatsache, dass beide um Davids derzeitigen Posten als Leiter des Ermittlungsdezernats und des Nachrichtendienstes für den Bereich Jiftach konkurriert hatten, tat ihr Übriges. Jiftach war einer der vier Bereiche des Polizeidistrikts Tel Aviv und umfasste den südlichen Teil der Stadt.

»Was geht denn hier ab, Nachmias, lässt David dich allein ins Gelände?«, fragte Eyal.

»Besser allein als mit euch Leuten von der Zentralen Ermittlung.« Sie schenkte ihm ein künstliches Lächeln.

»Diesen Fall übernehmen wir. Ruf David an und sag ihm, dass er von mir aus gerne weiter in Wien herumsitzen und sein Schnitzel genießen kann«, sagte er zu ihr, während beide zügig auf das Gebäude zusteuerten. Ein Mord in einem friedlichen Stadtteil wie diesem konnte sich beim Rennen um den Rang des Kriminaloberrats als ein nützliches Geschenk erweisen. Garantiert würde die Presse umfassend berichten, und auch die Polizeioberen würden die Ermittlungen in diesem Fall genauestens verfolgen. Zudem war es eine erfrischende Abwechslung, es mal mit einem Mordfall zu tun zu haben, der nicht Resultat einer Auseinandersetzung zwischen Junkies, Betrunkenen oder Kriminellen war, die sich gegenseitig aus dem Weg räumten.

Sie passierten schnell die beiden Streifenpolizisten, die am Eingang des Gebäudes standen, und nahmen die Treppe. Bei einer Ermittlung waren die ersten Minuten entscheidend: den Tatort abriegeln, seinen Zustand einfrieren, den Schauplatz erfassen, wie der Mörder ihn hinterlassen hatte. Gleich würden die übrigen Teams anrücken: der Notarzt, die Spurensicherung, der Gerichtsmediziner und natürlich die hohen Herren – der Offizier vom Ermittlungsdezernat und Nachrichtendienst, der Offizier vom Lagezentrum, der Bereichsleiter, der Distriktleiter. Es war ihre Pflicht, den Tatort vor äußeren Einflüssen zu sichern, niemand durfte ihn betreten, und wenn der Polizeipräsident höchstpersönlich vorbeikäme. Und wie war es in der Praxis? Nun gut.

An der Wohnungstür nahm Amnon, der Diensthabende, sie in Empfang, neben ihm stand ein Streifenpolizist, der offenbar nach der ersten Meldung hierherbeordert worden war.

»Die Spurensicherung, der Gerichtsmediziner und das mobile Labor sind auf dem Weg«, informierte er sie. »Auch der Notarzt, aber wie ihr sehen werdet, kann der nicht mehr viel tun.«

Auf dem Boden des Wohnzimmers lag eine Frau Ende zwanzig oder Anfang dreißig. Weit geöffnete blaue Augen, unter dem linken Auge ein blau angeschwollener Bluterguss. Unter der rechten Wange eine mehrere Zentimeter lange Schürfwunde. Die linke Halsseite zierten vier kleinere blaue

Blutergüsse, und ein weiterer zeichnete sich an der rechten Halsseite ab. Anat brauchte keinen Gerichtsmediziner, um zu wissen, dass das Opfer erwürgt worden war, und dass derjenige, der sie erwürgt hatte, es mit einer Hand getan hatte. Zudem war er Rechtshänder. Der Kopf der Ermordeten war merkwürdig nach hinten verdreht. Blaue Blutergüsse waren auch auf ihrem rechten Unterarm, der aus dem Ärmel des weißen Strickpullovers ragte.

»Darf ich vorstellen«, sagte Amnon, »Michal Poleg, zweiunddreißig. Single wie du, Nachmias. Ohne kriminelle Vergangenheit.«

An den Tatorten war es immer so, dass ihre männlichen Kollegen vor allem sie statt der Leiche musterten. Sie waren auf irgendeine Regung des Ekels oder – was ein echter Grund zum Feiern wäre – einer Träne erpicht. Als junge Ermittlerin hatte sie sich viele Trainingseinheiten verordnet, damit ihre Mimik ihre Emotionen nicht verriet. Sie hatte gewusst, dass sie mit Anblicken konfrontiert werden würde, bei denen jedem Mann das Blut aus dem Gesicht wich. Als Frau dürfte sie sich jedoch nichts anmerken lassen.

Inzwischen hatte sie bereits so viele Leichen in unterschiedlichen grässlichen Zuständen gesehen, dass es sie keine Anstrengung mehr kostete, eine ruhige Miene zu präsentieren. Zuweilen fragte sie sich, was wohl ihre Eltern oder Freunde über sie denken würden, wenn sie sähen, mit welcher Natürlichkeit sie sich mittlerweile in Gegenwart einer Leiche bewegte.

»Sieh mal, Nachmias, sie ist genauso groß wie du«, stichelte Eyal.

Auch an die Witze über ihre Größe hatte sie sich bereits gewöhnt. Sie ließ ihn reden.

Sie hatten beide schon Handschuhe übergezogen und sich, beinahe gleichzeitig, hinunter zu Michal gebeugt, als die Kollegen von der Gerichtsmedizin eintrafen.

»Macht von allem Fotos und untersucht alles genauestens«, sagte sie und erntete prompt einen geringschätzigen Blick. Ehrlich gesagt, fand sie selbst lächerlich, was sie da von sich gab. David hatte sie auf dem Weg hierher ordentlich verrückt gemacht, sie solle sofort das Territorium abstecken, vor Ort allen Abteilungen Anweisungen erteilen, was sie zu tun und zu lassen hätten.

»Einfach überall hinpinkeln, um unser Gelände zu markieren«, hatte er ihr in seiner pittoresken Sprache befohlen.

»Na, was sagst du, Nachmias?«, fragte Eyal sie in überheblichem Ton. Obwohl sie nicht übel Lust hatte, zu sagen: »Sie zu vernehmen wird nicht viel bringen«, hielt sie sich zurück. Sie wusste nur zu gut, dass Eyal jeglicher Sinn für Humor fehlte.

»Nach den Spuren an ihrem Hals zu urteilen, ist sie erwürgt worden«, gab sie zur Antwort, »natürlich sollte sie auch daraufhin untersucht werden, ob sie zudem vergewaltigt wurde, obwohl es nicht danach aussieht. Ihre Jeans wurde anscheinend nicht angerührt.«

In beinahe vollendeter Synchronbewegung untersuchten sie die Leiche auf Verwesungsspuren. »Sie ist noch keine vierundzwanzig Stunden tot«, sagte sie hastig, bevor Eyal sie erneut abfragen würde.

Sie erhoben sich und begannen sich umzusehen, die Spuren des Tatorts zu lesen. Das Zimmer war überwiegend mit dunklen, schweren Möbeln ausgestattet. An der Decke hing ein verspielter gläserner Kronleuchter. Sie zog eine Schublade der Kommode auf. Der penetrante Geruch von

Naftalin stieg ihr in die Nase. Vor ihr lagen gebügelte weiße Bettlaken mit Blumenbordüre wie die ihrer Großmutter.

Vermutlich hatte Michal diese Wohnung samt Inventar geerbt. Sie passte nicht zu einer Frau in ihrem Alter.

Zwischen den Wandgobelins fiel ihr eine schöne, zarte Bleistiftzeichnung auf, sie zeigte die Ermordete dabei, wie sie in den Horizont blickte. Beim näheren Betrachten sah sie, dass der Künstler am unteren Bildrand nur mit »G« signiert hatte. Auf dem Boden lagen Zeitungen und Bücher, und auf der kleinen Kommode neben dem Sofa stand eine leere Bierflasche. Die Glasplatte des Beistelltischs war gesprungen. Sie hielt Ausschau nach einer weiteren Flasche, einem zweiten Glas – und fragte sich, ob Michal der Typ war, der es sich allein mit einer Flasche Bier gemütlich machte –, fand aber nichts.

»Hier hat es eine Auseinandersetzung gegeben.« Eyal hielt es für nötig, das Selbstverständliche auszusprechen. Sie ging zur Tür, um eventuelle Einbruchspuren zu prüfen. Es gab keine. Michal Poleg hatte ihren Mörder gekannt.

Dabei bemerkte sie etwas anderes. Sie nahm die dunkle Metalloberfläche der Tür näher in Augenschein. Beim Betreten der Wohnung war es ihr entgangen, da sie zielstrebig zur Leiche gegangen war, nun sah sie Blutspuren an der Außenseite der Tür.

Sie bedeutete einem der Leute von der Spurensicherung, mit einem Tupfer zu kommen und eine Probe zu nehmen. Eyal ließ sie nicht aus den Augen.

»Hast du was gefunden?«, fragte er misstrauisch.

»Nur Blut«, sagte sie mit Absicht beiläufig, als würde sie vom Wetter reden.

»Nehmt eine Probe und schickt sie ins Labor«, feuerte

Eyal seine Worte auf den Mann von der Spurensicherung ab, der nickte. Wie der wohl reagiert hätte, wenn der Satz aus ihrem Mund gekommen wäre?

»Ihr solltet mal mit dem Nachbarn von nebenan sprechen«, schaltete sich Amnon ein.

Beide schauten ihn verblüfft an. Die Befragung von Nachbarn hatte keine Priorität. Schon gar nicht in einem Viertel wie diesem, wo die Chance, dass der Nachbar sich plötzlich aus dem Staub machte, gering war.

»Er hat alles gesehen«, erklärte er. »Hat der Streifenpolizist mir gesagt.«

»Na gut, Amnon, sorg dafür, dass hier von jedem Gegenstand die Fingerabdrücke genommen werden«, wies Eyal an und weg war er. Er schien nur eins im Sinn zu haben: Wer stünde als Erster vor der Tür des Nachbarn? Beim Eintreten erblickten sie einen Mann in den Siebzigern, der Saum seines karierten Hemdes hing aus den Cordhosen, das dünne Haar war ungekämmt. Sein Wohnzimmer sah dem, das sie gerade verlassen hatten, sehr ähnlich, war vollgestopft mit dunklem, schwerem Mobiliar. Laut wetternd nahm er den Streifenpolizisten in Beschlag, der ob ihres Kommens überaus erleichtert schien. Auf einem Sofa mit transparentem Nylonüberzug saß eine Frau, offensichtlich die Gattin, trocknete sich die Tränen und streichelte einen braun-weißen American Staffordshire Terrier.

»Die hat uns das Viertel ruiniert«, schrie der Nachbar. »Nicht, dass ich was gegen Ausländer habe. Aber jeder muss an seinem Ort leben. Sich mit denen zu vermischen ist doch Irrsinn. Das schafft nur böses Blut, hab ich zu ihr gesagt … aber die? Die hat das überhaupt nicht gekümmert … Das hat sie nun davon.«

»Ach, Schmu'el, sei ruhig, sie war ein guter Mensch ...«, fiel ihm seine Frau ins Wort.

»Gut? Ihre Großmutter war ein guter Mensch. Aber die? Na ja. Über Tote soll man ja nicht schlecht reden ...« Anat sah deutlich, dass die Miene des Nachbarn genau das Gegenteil verriet.

»Schmu'el und Dvora Gonen«, stellte der Streifenpolizist sie vor. Der American Staffordshire Terrier erhob sich und ging auf Anat zu. Sie konnte sich nicht zurückhalten und streichelte ihm übers Fell. Sie war verrückt nach Hunden. Vor allem nach großen. Wäre Eyal nicht zugegen gewesen, hätte sie sich nach seinem Namen erkundigt. Das half den Leuten, sich zu öffnen, und nahm ein wenig die Anspannung. Eyal würde diese Frage allerdings als unprofessionell abtun.

»Eyal Ben-Tovim von der Zentralen Ermittlungseinheit und Anat Nachmias vom Bereich«, Eyal stellte sie beide unverzüglich vor, nicht ohne ihren Rangunterschied herauszustellen und Klarheit darüber zu schaffen, wer hier das Sagen hatte.

Schmu'el Gonen sah Anat verblüfft an. Wenn die Öffentlichkeit sich einen Ermittler vorstellte, dachte sie stets an einen Mann. Ganz gewiss nicht an eine kleine, zierliche Frau mit krausem Haar, die Sommersprossen im Gesicht hatte und deren Kleidung zu wünschen übrig ließ.

»Haben Sie die Polizei gerufen?«, fragte sie in sachlichem Ton und wandte sich von dem Terrier ab. Es war immer gut, mit kurzen, informativen Fragen zu beginnen.

»Ja, klar, ich hab den Nigger doch mit eigenen Augen gesehen ...« Ihr fiel auf, wie er in Positur ging und drauf und dran war, loszuwettern, doch Eyal kam ihm zuvor.

»Amnon«, schrie er Richtung Korridor.

»Ich habe schon Streifen losgeschickt, aber bisher ist er nicht gesichtet worden, wahrscheinlich konnte er entkommen«, antwortete Amnon aus voller Kehle.

»Verdammt«, fluchte Eyal. In seiner Mimik hatte sich etwas verändert. Fast unmerklich, doch sie kannte ihn gut genug, um es wahrzunehmen.

»Beginnen Sie noch einmal von vorn, Schritt für Schritt«, sagte sie zu Schmu'el Gonen, um zur Befragung überzugehen.

»Entschuldigung, nur einen Moment, bin gleich zurück …«, sagte Eyal und verließ den Raum.

Es wunderte sie nicht.

»Fahren Sie ruhig fort, ich höre zu«, Anat sah Schmu'el Gonen an, versuchte den Anschein zu erwecken, dass ihre gesamte Aufmerksamkeit ihm gehörte.

»Sind Sie sicher? Vielleicht warten wir lieber auf Ihren Vorgesetzten?«, fragte er.

»Das ist schon in Ordnung, ich halte ihn auf dem Laufenden …« Sie bemühte sich, Ruhe zu bewahren.

»Also, wie ich dem Polizisten hier schon gesagt habe: Als ich aus ihrer Wohnung Schreie gehört habe, bin ich die Treppe hinaufgegangen«, sagte er lustlos.

»Wer hat geschrien? Haben Sie Michal an der Stimme erkannt?«

»Ja, das meine ich doch«, sagte er unwirsch.

»Das ist sehr wichtig, mein Herr, haben Sie Michal schreien hören?«, fragte sie wieder.

Er sah sie an, als wäre sie nicht zurechnungsfähig und würde rein gar nichts kapieren.

»Fahren Sie fort, Herr Gonen … ich höre zu«, sie nahm ihre Geduld zusammen.

»Er war auf ihr, dieser Nigger …«

Dvora Gonen wimmerte. Der Hund ging zu ihr und ließ sich zu ihren Füßen nieder.

»›Er war auf ihr‹ – was heißt das genau?« Anat wusste, dass sie eine genaue Schilderung aus ihm herausholen musste. Mit einer nebulösen Aussage löste man keinen Kriminalfall.

»Seine Hände waren an ihrem Hals, er hat sie gewürgt«, er streckte die Hände nach vorn, als würde er zufassen.

Anat nahm sich zusammen, um ihrer Mimik nichts anmerken zu lassen. Was ihr Schmu'el Gonen gerade beschrieb, passte nicht zu den Spuren an der Leiche. »Ich weiß, dass alles unwahrscheinlich schnell ging und für Sie furchtbar war … aber versuchen Sie bitte, genauestens zu rekonstruieren, was Sie gesehen haben.« Sie gab ihm die Gelegenheit, seine Aussage zu überdenken.

»Das ist es, was ich gesehen habe«, er blieb dabei und streckte zur Veranschaulichung erneut die Hände nach vorn.

»Okay.« Damit brauchte sie sich jetzt nicht aufzuhalten, entschied sie, das musste sie zunächst vom Gerichtsmediziner prüfen lassen.

»Was ist dann passiert?«

»Ich habe ihn angeschrien, dass er sie in Ruhe lassen soll … Er war wie vom Blitz getroffen, als er mich da stehen sah, und ist aufgesprungen. Dann kam er auf mich zu, ich dachte, jetzt hat mein letztes Stündlein geschlagen … Da habe ich ganz laut geschrien: ›Hilfe, ein Mörder‹, da ist er zusammengezuckt und abgehauen … Ich könnte dort mausetot liegen … Der Kerl war völlig irre …« Vor Entsetzen lief Schmu'el Gonen im Gesicht blutrot an.

»Oh, mein Gott …« Frau Gonen ließ den nächsten Seufzer vom Stapel.

»Haben Sie ihn vorher schon mal hier gesehen?« Sie richtete die Frage an beide.

»Ja, der ist hier gewesen …«, antwortete der Nachbar schnell. »Man soll Toten ja nichts Übles nachreden, aber mit den Schwarzen, da hatte sie's … mit diesen ganzen Eingeschleusten aus Afrika … die hat ja hier im Haus eine Einwanderungsbehörde eröffnet … Ich hatte Angst, meine eigene Wohnung zu verlassen … Und der Mörder, der hat sich auch hier rumgetrieben. Nicht, dass ich rassistisch bin oder so – und unter uns –, die sehen sowieso alle gleich aus, wie soll man die denn unterscheiden. Aber den habe ich mir gemerkt, weil der eine Narbe im Gesicht hat …«

»Wo ist seine Narbe?« Anat hoffte, dass er sich wenigstens dieses Detail gemerkt hatte.

»Hier so«, er deutete eine Zickzacklinie an der linken Wange an. »Dem sieht man gleich an, dass er ein Verbrecher ist.«

Anat warf einen Blick auf die Uhr. Es war Viertel vor drei am Nachmittag.

»Um welche Uhrzeit war das, was Sie geschildert haben?«, fragte sie.

»Vor zweieinhalb Stunden, so in etwa.«

Noch ein Problem. Selbstverständlich würde sie die gerichtsmedizinische Untersuchung abwarten, aber sie hatte nicht den Eindruck, dass Michal Poleg vor zweieinhalb Stunden ermordet worden war. Möglicherweise vor fünf, sechs Stunden, mehr sogar.

»Wissen Sie zufällig, wo sie arbeitet?«

»Na, wo schon? Bei so einer Organisation, die diesen Niggern hilft, wo sonst? Bei so einer Bande, die aus unserem Staat ein Heimatland für diese ganzen Neger machen will, als hätten wir nicht genug Probleme … Der hat sie offenbar abgepasst, bevor sie zur Arbeit gehen konnte …«

Eyal kam zurück und bedeutete ihr, ihm ins Treppenhaus zu folgen. Es war so weit. »Du kannst David anrufen und ihm sagen, dass er gewonnen hat. Ich habe mit meinen Vorgesetzten gesprochen, der Fall bleibt in eurem Bereich«, teilte er ihr selbstgefällig mit.

Wie? Wirklich?, wollte sie sagen, das überrascht mich.

»Mach ich«, sagte sie und lächelte ihn verhalten an.

»Na dann viel Erfolg«, rief er ihr, bereits auf der Treppe, zu – und damit war er weg. Sie sah ihm nach. Als Schmu'el Gonen das Wort »Nigger« ausgesprochen hatte, hatte sie bereits geahnt, dass er sich aus dem Staub machen würde. Der Fall würde in der Tat für Schlagzeilen sorgen, aber nicht für erfreuliche. Hinzu käme der Druck der Öffentlichkeit, und die Herren in den hohen Ämtern würden Resulate sehen wollen, und das schleunigst. Ehud Regev, dieser aalglatte Politiker, den man in letzter Zeit permanent im Fernsehen sah, warnte unentwegt mit erhobenem Finger vor den vermeintlichen Krankheiten und der Gewaltbereitschaft der Eingeschleusten. Er würde ihnen vehement zusetzen. Kein Interview, in dem er, sobald er mit den Afrikanern fertig war, sich nicht der Polizei annahm, der er für die Gesamtsituation die Verantwortung in die Schuhe schob.

Es gab doch einen Augenzeugen, der alles gesehen hatte, warum fassten sie dann den Mörder nicht?, würden alle fragen. Nur, wie sollte man es ihnen plausibel machen? Einen Afrikaner, der verschwinden wollte, zu fassen, war nahezu ein Ding der Unmöglichkeit.

11

◊ ◊ ◊

Jariv saß in seinem Büro und starrte auf die E-Mail, die ihm Doron Aloni, der Bezirksstaatsanwalt, geschickt hatte. Er wollte, dass er in zwei Tagen zu einem persönlichen Gespräch zu ihm käme. Es war keine Seltenheit, dass Aloni ihn in sein Büro bestellte, doch handelte es sich dabei überwiegend um Arbeitstreffen und nicht um persönliche Gespräche.

Seit er die Fälle von Eingeschleusten bearbeitete, hatte ihr ursprüngliches gutes Verhältnis feindselige Züge angenommen. Aloni billigte sein enges Verhältnis zu Regev nicht. Anfangs hatte er versucht, Aloni zu beschwichtigen, ihre Positionen abzustimmen, doch Aloni hatte ihn immerzu gedrängt, er müsse sich für eine Seite entscheiden, was ihm ein Leichtes gewesen war. Aloni war ein toter Gaul. In einem halben Jahr würde er in Pension gehen. Regev hingegen war fest in der Knesseth installiert, gut vernetzt und auf dem Weg nach oben.

Was wollte Aloni von ihm? Ging es um Michals Anzeige?

Nein. Das konnte nicht sein. Würde es sich lediglich darum drehen, würde er ihn nicht einbestellen, sondern eine schriftliche Stellungnahme anfordern. Schließlich war er nicht der erste Staatsanwalt, gegen den jemand Anzeige erstattete, und Aloni regelte solche Angelegenheiten nun einmal auf diese Art.

Hier war noch etwas im Gange. Bestimmt hatte Michal die Tatsache ausgenutzt, dass er gestern, betrunken und laut fluchend, bei ihr aufgekreuzt war, um bis zum Ende seiner Tage an ihm Rache zu üben.

Was sollte er Aloni sagen? Wie sich rechtfertigen? In der Situation könnte es sogar für Regev schwierig werden, ihn zu decken. Vielleicht würde er ihn sogar fallenlassen. Was die Eingeschleusten betraf, war er ein fanatischer Eiferer. Regev achtete und schätzte ihn, aber er würde wohl kaum jemanden unterstützen, der sich nicht zu beherrschen wusste, sich volllaufen ließ und zu nachtschlafender Zeit bei Frauen an die Türen hämmerte. Selbst wenn es sich dabei um Michal Poleg handelte, die vor Regevs Büro einmal eine Kundgebung veranstaltet hatte und für ihn ein rotes Tuch war.

◊

Er hatte damals mit sich gerungen, als ihm das Gutachten des Außenministeriums, verfasst von einem Dr. Jigal Schemesch, zugestellt worden war. Wäre er damit zu Aloni gegangen, hätte der ihm gesagt, es müsse vorgebracht werden, dazu wären sie als Staatsanwälte verpflichtet. Nur hätte dies für ihn bedeutet, leer auszugehen, in allen Fällen. Die Abschiebung von Eritreern aus Israel mit der Behauptung, sie seien Äthiopier, wäre nicht länger haltbar gewesen. Sein Konzept, die von ihm ersonnene juristische Idee, für die er reichlich Komplimente eingeheimst hatte, wäre zerronnen. Aus dem Grund hatte er sich an Regev gewandt. Der hatte gemeint, er solle das Gutachten zu den Akten legen, auf diese Wohltäterfraktion, die im Außenministerium herumsäße, dürfe man nicht hören, immerhin stände die Zukunft des Staates Israel auf dem Spiel. Dennoch hatte er gezögert. Er teilte Regevs ideologische Beweggründe nicht. Zwar ließ er sich hin und wieder von dessen Enthusiasmus mitreißen, doch hielt der meist nicht lange vor. Er glühte nicht für diese Sache. Weder empfand er Sympathie für die Eingeschleusten noch hegte er ihnen gegenüber Hass. Hauptsächlich hatte er von ihnen die Nase voll. Ihre Armseligkeit widerte ihn an. Ihr Geruch schreckte ihn ab. Sie waren derartig jämmerlich dran, dass er sie mit Verachtung strafte. Er wollte Karriere machen, diesem Müll in Aktenform schnellstmöglich entkommen und Prozesse führen, bei denen es tatsächlich um etwas ging.

Letztendlich hatte er beschlossen, das Papier ad acta zu legen. Was Michal ihm vorwarf, war eine Tatsache: Er hatte dem Gericht das Gutachten nicht nur vorenthalten, sondern auch noch behauptet, dass eine Abschiebung gefahrlos sei.

Nach dem ersten Lesen ihrer Anzeige war er alarmiert gewesen. War es womöglich ein Fehler, ausschließlich auf Regev zu bauen? Hatte er bei der Unterschlagung des Gutachtens aufs falsche Pferd gesetzt? Regev war ein geschickter Politiker, der den Leuten nur das versprach, was sie hören wollten.

Beim weiteren Nachdenken hatte er sich jedoch beruhigt. Erstens hatte Michal das Gutachten nicht in der Hand. Jemand musste sie darüber informiert haben, aber mit eigenen Augen hatte sie es nie gesehen, ansonsten hätte sie es in der Anlage mitgeschickt. Und ohne dieses Gutachten – was konnte sie ihm da anhaben?

Zweitens hatte Regev im Grunde recht. Er musste nicht jedes Gutachten, das ihm zugestellt wurde, in der Praxis anwenden. Das Außenministerium sagte dies, das Innenministerium sagte das. Als Staatsanwalt musste er abwägen. Insbesondere wenn der Widerspruch beim Innenministerium und nicht beim Außenministerium eingelegt wurde. Michal hielt dieses Dokument für den Heiligen Gral und die Abschiebung ihrer Afrikaner damit für ungültig. Diese dumme

Gans. Selbst wenn sie das Dokument ausfindig machte, würden Regevs Leute Dutzende gegenteilig lautende Gutachten aufsetzen, und Dr. Jigal Schemesch könnte sich das Außenministerium von außen ansehen. Der politische Kurs stand auf Abschiebung. Kein Pamphlet dieser Welt konnte das vereiteln.

◊

Sein Handy klingelte. Inbar. Er beschloss, nicht dranzugehen. Von diesem Vorfall wollte er ihr nichts erzählen. Schon gar nicht jetzt. Selbst wenn sie verdaut haben würde, dass er sturzbetrunken vor der Wohnung seiner Exfreundin gestrandet war, würde sie einen Riesenstress machen, weil seine Wunden bis zur Hochzeit möglicherweise nicht verheilten und er auf den Fotos einen Bräutigam mit geschwollener Nase abgäbe. Auch wenn er ihr eidesstattlich versichern würde, dass bis dahin alles verheilt sei, gäbe sie keinen Frieden. Diese Auseinandersetzung würde er nach ihrer Rückkehr führen, wenn er ihr dabei in die Augen schauen könnte. Seit sie beschlossen hatten, zu heiraten, ging sie vollkommen in der Planung auf, die Hochzeit musste perfekt werden, aufwendig und teuer. Pausenlos plapperte sie von der Vorspeise, von Swarovsky-Kristall, der richtigen Atmosphäre, Blumengestecken, Weltmusik und anderen Termini, die er befremdlich fand und ihm völlig schnurz waren.

Er beendete sein E-Mail-Programm und ging auf eine große Nachrichtenseite, um sich etwas zu zerstreuen.

Letzten Endes bekäme er die Sache geregelt. Er bekam immer alles geregelt, versuchte er sich Mut zu machen. Es gab Leute, denen das Glück hold war, und er war einer von ihnen. Vielleicht würde er einfach abstreiten, dass er bei ihr gewesen war, sie ihm das Ganze andichtete, die Trauer um ihren Geliebten, den Afrikaner, sie um den Verstand gebracht hatte. Wer war sie schon? Eine kleine Freiwillige von einer belanglosen Organisation. Auf Regev war Verlass, er würde einen Rufmord gegen diese »Wohltäterfraktion« veranstalten, die nur darauf aus sei, dem Staat und »unseren ausgezeichneten Jungs in Militär und Geheimdienst« Schaden zuzufügen.

Er scrollte gerade ans untere Ende der Seite, zu einer Meldung, die von einem neuen Spray berichtete, das die Libido steigere – da erstarrte er. Schnell scrollte er wieder nach oben. Mit voller Wucht brachen die Kopfschmerzen von gestern wieder über ihn herein. Er erkannte das Wohnhaus auf dem Foto unter der Hauptschlagzeile: Frau um die dreißig tot in ihrer Tel Aviver Wohnung aufgefunden.

12

◊ ◊ ◊

Boaz Javin saß in seinem Wohnzimmersessel und wiegte Sagi in den Armen, hoffte, dass er endlich einschliefe. »Du bist dran«, hatte Irith gesagt und ihm den Ellbogen in die Rippen gestoßen, als der Kleine zum wiederholten Male aufgewacht war.

Er sah auf die Uhr. Es war halb drei in der Nacht. Er fühlte sich wie erschlagen. Einige Nächte ging das nun schon. »Das sind nur die Zähne, das geht bald vorbei«, hatte Irith ihn getröstet und aus dem Bett geschoben. Innerlich hatte er gekocht. Er musste sich arg beherrschen, um ihr nicht den Satz vorzuwerfen, den sie gesagt hatte, bevor sie sich zu einem weiteren Kind entschlossen hatten – »Das dritte Kind wird immer von allein groß«.

Von der Mattscheibe ging bläuliches Licht aus. Gähnend verfolgte er die wechselnden Bilder der Nachrichtensendung, während er Sagi zärtlich über den Kopf strich. Plötzlich hielt seine Hand inne.

Das Gesicht der Frau, deren Foto auf dem Bildschirm prangte, erkannte er sofort. Vor einigen Tagen war sie in der Gegend des alten Busbahnhofs wie eine Furie auf ihn losgegangen und Faros Hooligans hatten sie ihm vom Leib halten müssen.

Obwohl es im Wohnzimmer kühl war, stieg ihm der Schweiß auf die Stirn, als Fotos von einem Wohnhaus folgten, vor dem Einsatzwagen mit Blaulicht, Polizisten und ein Notarztwagen standen. Er stellte lauter, hoffentlich würde Irith nicht davon wach. Die Stimme des Kommentators, der immer wieder von »Mord« sprach, ließ die Haare auf seiner Haut zu Berge stehen.

Als er Itzik von der Begegnung mit ihr per Telefon unterrichtet hatte, hatte der ihn angewiesen, umgehend vom Standort zu verschwinden. Dass er seinen Rundgang abbrechen durfte, hatte ihn gefreut, er hasste es, dort Posten beziehen zu müssen. Insgeheim hatte er sich ausgemalt, aufgrund dieses Zwischenfalls würden sie ihn künftig davon verschonen. Aber so weit war es nicht gekommen.

Itzik war zwar außer sich vor Wut gewesen, aber bei diesen »Spaziergängen« ging viel Geld von Hand zu Hand, und er hatte keinesfalls die Absicht, sich von dieser kleinen Schnüffeltante das Geschäft vermasseln zu lassen.

Auf dem Bildschirm erschien nun eine junge Polizistin, die in ernstem Ton versicherte, dass »sämtliche Möglichkeiten geprüft würden und die Polizei in alle Richtungen ermittle«.

Ob der Vorfall am alten Busbahnhof der Auslöser für den Mord gewesen war? Sagi begann zu weinen, geistig abwesend wiegte Boaz ihn auf dem Arm, sah gebannt auf den Bildschirm, um nichts zu verpassen.

Er hatte es sich selbst zuzuschreiben, sich und seiner Habgier.

Während er als Wirtschaftsprüfer angestellt gewesen war, hatte er interne Informationen genutzt, um in eigener Sache an der Börse zu spekulieren. Nach der Geburt des zweiten Kindes hatten er und Irith unter heftigen Geldsorgen gelitten. Als seine Geschäftsführer ihm auf die Schliche kamen, hatte man ihm angetragen, dem Ruf der Kanzlei zugunsten in aller Stille zu kündigen und das Geld zurückzuzahlen, im Gegenzug würde man von einer Anzeige absehen. Ihm war nichts anderes übrig geblieben, als einzuwilligen. Von heute auf morgen hatte er einen Berg Schulden am Hals, zwei Kinder und keine Arbeit mehr. Um Irith in die Sache einzuweihen, war seine Scham zu groß. Er war völlig am Ende, ratlos gewesen, mit einem Mal war über ihm alles eingestürzt.

Doch dann – wie im Märchen – war die Rettung gekommen. Ein Mandant der Kanzlei namens Itzik hatte ihm eine Woche nach seiner Kündigung den Vorschlag gemacht, für ihn als Steuerberater zu arbeiten. Von seiner fachlichen Kompetenz tief beeindruckt, wollte er – Kündigung hin oder her – keinesfalls auf ihn verzichten.

Euphorisch und dankbar für sein Glück hatte er angenommen. Anfangs war alles fantastisch gewesen. Itzik versorgte ihn mit Arbeit und neuen Mandanten, die Kanzlei, die er gegründet hatte, prosperierte, und schon bald verdiente er das Zehnfache seines früheren Gehalts als Angestellter. Er brauchte einige Monate, um zu durchschauen, dass Itzik nur ein Strohmann war und er eigentlich für Schimon Faro, den Kopf einer kriminellen Organisation, arbeitete. Er würde es sich nie verzeihen, dass er zum damaligen Zeitpunkt nicht sofort alles stehen und liegen gelassen hatte. Abermals war ihm seine Habgier zum Verhängnis geworden. Er hatte nicht auf sein Haus in Ramat Hascharon verzichten wollen, nicht auf die noble Kanzlei, seinen neuen Status. Es kam aber noch ein weiterer Umstand hinzu, denn Itzik stellte ihm folgenden Sachverhalt klar: Würde er sich urplötzlich aus dem Staub machen oder irgendwelche Spielchen aushecken wie in der vorigen Kanzlei, ginge es ihm nicht nur finanziell an den Kragen. Über den Anlass seiner Kündigung hatten sie also von Anfang an Bescheid gewusst.

Statt sich aus den Geschäften mit Faro zurückzuziehen, war er zunehmend tiefer darin versackt, hatte mehr und mehr Verantwortung übertragen bekommen. Er erweckte den Anschein eines guten Jungen aus Jerusalem, sein Vorstrafenregister war leer, es gab keinen Grund, sich seiner nicht zu bedienen.

Faro hatte für die Afrikaner, die die Banken nicht nutzen konnten, ein System geschaffen. Neben der Abwicklung der normalen Buchhaltung und der von Faros Waffengeschäften, war er nun auch zuständig für die Verwaltung der »Girokonten« in Faros »Bank«.

Einmal pro Woche, in Ausnahmefällen zweimal, begab er sich in die Gegend des alten Busbahnhofs, nahm Gelder entgegen und zahlte welche aus. Sein Kontaktmann war der »General«, wie Faro ihn nannte. Es war der Wochentag, den er am meisten hasste. Die anderen Dinge, die Faro so trieb, versuchte er ohnehin zu verdrängen. Fragte nie nach. Was er zu sehen bekam, war zweifellos nur ein Mosaikstein eines enormen Apparates.

Als die Regierung angekündigt hatte, dass sie die Afrikaner in ihre Heimatländer zurückverfrachten wolle, war er voller Zuversicht gewesen. Eifrig hatte er Regevs Reden verfolgt und ihm maximalen Erfolg gewünscht. Ohne Kunden keine Bank. Faro und er würden in Freundschaft auseinandergehen. Doch die Ernüchterung folgte sehr bald. Die »Bank« würde es immer geben, denn es gäbe immer Afrikaner. Und wären es nicht Afrikaner, dann wären es eben andere. Warum? Weil es um Geld ging. Die Flüchtlinge verließen ihre Staaten aus Geldnot, und in Israel fanden sie Aufnahme, weil die einheimische Wirtschaft sie nötig hatte. Der Staat brauchte die Holzhacker und Wasserträger als Knechte. Die Wirtschaft schrie um Hilfe nach Leuten, die in den Restaurants das Geschirr spülten, die Straßen säuberten, Erdbeeren ernteten, eben all jene Arbeiten erledigten, mit denen die Israelis sich nicht abgeben wollten. Entwickelte Volkswirtschaften gründeten auf Sklaven und die gab es in der Dritten Welt im Überfluss. Darum steckte auch er bei Faro fest. Solange es Flüchtlinge gäbe, und die gäbe es immer, würde es auch eine Bank wie die von Faro geben.

Sagi war auf seiner Schulter eingeschlafen. Wehmütig sah er ihn an. Wie schön er war. Rein und unschuldig.

Wieder präsentierten die Nachrichten das Foto der Frau, sie klagte ihn an, Boaz las es in ihren Augen.

Ob es Michal Poleg das Leben gekostet hatte, dass sie seinen Rundgang gestört hatte? Würde er den gleichen Preis zahlen müssen?

13

◊◊◊

Itai starrte in die Finsternis. Schon drei Stunden lag er wach, wälzte sich von links nach rechts, ohne wieder Schlaf zu finden. Nach dem Abhören von Michals Nachricht hatte er unzählige Male versucht, sie zu erreichen, ohne Erfolg. Ihr Festnetz war immerzu besetzt gewesen.

Er war zu ihrer Wohnung geeilt. Dort eingetroffen, hatte er einsehen müssen, dass er zu spät kam. Die Einsatzwagen der Polizei, die Fernsehteams und der Notarztwagen, die das Haus umgaben, ließen keinen Zweifel daran, was passiert war. Auch nicht daran, wer dafür verantwortlich war.

Obwohl sich seine Gefühle in Aufruhr befanden, unter Umständen auch genau deswegen, hatte er sich zügig zu einer Gruppe von Polizisten vorgearbeitet, die vor dem Wohnhaus standen, um mit dem Zuständigen zu sprechen. Er hatte eine Weile warten müssen, aber schließlich war ein großer, bärtiger Polizist auf ihn zugekommen, der mit Vornamen Jaron hieß. Ihm hatte er alles berichtet, was er wusste.

◊

Alles hatte mit Hagos begonnen. Kurze Zeit vor seiner Verhaftung hatte er wie nebenbei den »Banker« erwähnt.

Es war nicht ungewöhnlich, dass die Asylsuchenden von ihren Nöten, Ängsten und Sehnsüchten sprachen. Diese Gespräche waren zuweilen sehr vertraut. Inzwischen hatte er jedoch gelernt, dass es Themen gab, die tabu waren, bei denen man besser nicht weiter nachfragte. So wusste er beispielsweise bis heute nicht, wo all diese Männer, die zu ihnen kamen und um Hilfe baten, schliefen, mit wem sie ihre Unterkunft teilten und mit wem sie Sex hatten. Über das Geld, das ihnen fehlte, wurde häufig und gerne gesprochen – über das Geld, das sie besaßen, bedeutend weniger.

Michal hatte auf Hagos Druck ausgeübt, ihr mehr zu enthüllen, doch er hatte nicht zu viel ausplaudern, keinen unnötigen Lärm schlagen wollen. Aber Michal hatte nicht lockergelassen, es lag in ihrer Natur. Sie hielt es für ihre Pflicht, einen Vernichtungskrieg gegen die Israelis zu führen, die die Asylsuchenden ausnutzten, allen voran die »Bank«. Den Beduinen konnte sie zu ihrem eigenen Bedauern nicht an den Karren fahren.

»Das hängt damit zusammen, was sie den Juden nach der Schoah angetan haben«, hatte sie ihm einst in ihrem typischen Eifer geschildert. »Als die Staaten ihnen den Zutritt verwehrten … Dieser Staat ist von Flüchtlingen ins Leben gerufen worden, kapierst du nicht? Wie können Menschen, die in diesem Staat herangewachsen sind, Flüchtlinge ausnutzen? Das ist unbegreiflich …« Nach Hagos' Festnahme und Abschiebung war sie zu der Überzeugung gelangt, dass beide Dinge zusammenhingen. Er war aus dem Weg geschafft worden, weil er zu viel gewusst, ihr zu viel preisgegeben hatte. Itai war sicher gewesen, dass sie paranoid war.

Sie konnte die Dinge nicht ruhen lassen, meinte, dass die Auseinandersetzung mit dieser kriminellen Organisation für ASSAL höchste Priorität haben müsse. Er hatte diesen Ansatz selbstverständlich verworfen. Obwohl er genau wie sie tiefen Abscheu empfand, machte er sich keine Illusion; eine kleine Organisation von Freiwilligen wie ihre konnte es nicht mit einer kriminellen Organisation aufnehmen. Michals Pläne grenzten ans Absurde, gefährdeten alles, was sie aufgebaut hatten. Der Streit, der sich in dieser Sache zwischen ihnen entzündet hatte, war ihr schlimmster gewesen. Es war das einzige Mal, dass er zu ihr gesagt hatte, wenn es ihr nicht passe, könne sie aufstehen und gehen.

Er hatte wahrgenommen, wie seine Entschlossenheit sie verblüfft hatte. Erstmals hatte sie nicht darauf beharrt, das letzte Wort zu haben, und nur leise bemerkt, dass »er über die Dinge nachdenken solle«. Am nächsten Morgen war sie in sein Büro gekommen und hatte gemeint, sie habe sich die Sache überlegt und ließe es sein. Sie würde lediglich bei der Polizei Anzeige gegen den »Banker« erstatten, solle die sich damit befassen.

◊

Itai schlug die Decke zurück und erhob sich aus dem Bett. Er hatte Kopfschmerzen. Michal hatte ihn angelogen. Sie hatte nicht nur hinter seinem Rücken gegen Jariv Ninio Anzeige erstattet, sondern sich auch weiterhin mit dem »Banker« befasst. In der Nachricht auf der Mailbox hatte sie gesagt, dass sie ihr keine Angst einjagen würden. Schließlich hatten sie es ihr heimgezahlt. Nun würde er nie erfahren, was sie ihm hatte sagen wollen.

Warum war er nicht ans Telefon gegangen? Sie hatte ihn um Hilfe gebeten und er hatte sich gedrückt. Hätte er ihr doch bloß geantwortet, vielleicht hätten die Geschehnisse einen anderen Lauf genommen – dieser Gedanke trieb ihn in den Wahnsinn.

Er griff nach dem Handy. Sein Gemütszustand verdüsterte sich. Gabriel hatte sich immer noch nicht gemeldet. Obwohl es schon recht spät war, probierte er es wieder, auch diesmal nahm er nicht ab. Er wollte derjenige sein, der ihm die Nachricht überbrachte, der mit ihm redete, ihn tröstete. Er würde sich um ihn kümmern. Er wusste, wie nahe Michal und er sich gestanden hatten. Dass er verschwunden war, machte ihm Sorgen. Wo war er?

14

◊ ◊ ◊

Rechtsanwalt Kobi Atkin betrachtete seinen Freund Jariv, der bitterlich weinte, mit gemischten Gefühlen. Seit sechs Jahren war er Verteidiger. Im Laufe dieser Zeit hatten Hunderte Mandanten in Tränen aufgelöst vor ihm gesessen. Mit den meisten empfand er Mitleid. Sie waren am Ende ihrer Kräfte, schachmatt, eingeschüchtert und klammerten sich an die Hoffnung, dass nur er ihnen noch helfen könne.

Kobi Atkin machte sich nichts vor. Ihm war klar, dass ein Teil von ihnen schreckliche Verbrechen begangen hatte. Würde er sie im Fernsehen erblicken, in der Zeitung über sie lesen, würde er ihnen zweifellos, wie jeder gesetzestreue Bürger, einen qualvollen Tod wünschen. Nun war es aber nicht nur seine Aufgabe, sie zu verteidigen, überdies war es schwierig, einen Menschen zu hassen, über dem gerade die Welt einstürzte und dessen Augen um Hilfe flehten. »Die Schizophrenie des Verteidigers« hatte es ein Kollege von ihm einmal genannt.

Er kannte Jariv von der Universität. Hin und wieder gingen sie abends in eine Kneipe, manchmal gemeinsam zu Mittag essen. Von seiner Kanzlei in der Scha'ul Hamelech bis zur Staatsanwaltschaft war es nur ein Katzensprung.

Damals hatte er sich darüber gewundert, dass Jariv zur Staatsanwaltschaft gegangen war, wo er nur wenig verdiente.

Dabei hatte er das Zeug dazu, in den großen Kanzleien zu arbeiten, die ordentlich Umsatz machten. Jariv hatte ihm verraten, dass ihm die Staatsanwaltschaft nur als Sprungbrett diente. Sobald er nach einigen Jährchen über genügend Erfahrung und ein entsprechendes Netzwerk verfügte, würde er in die Privatwirtschaft wechseln. Jariv hatte ihn in die Ereignisse des gestrigen Abends eingeweiht und er hatte dabei eine gewisse Genugtuung empfunden. In den vergangenen Jahren hatten sie Dutzende Fachgespräche über die Funktion des Verteidigers geführt. Jariv war stets arrogant aufgetreten, hatte sich strikt geweigert, sich in seine Rolle hineinzuversetzen.

»Wie kannst du diese Mistkerle verteidigen?«, hatte er sich anhören müssen, und das hatte er ihm krumm genommen. Noch zorniger hatte es ihn gestimmt, dass Jariv, der selbst Jurist war, nicht nachvollziehen konnte, dass man an dem Tag, da der Verteidiger zum Schweigen gebracht würde, die Tore der heiligen Gerichtssäle schließen und das Licht ausknipsen könnte.

Rasch wehrte er das Gefühl seines kleinen Triumphes ab. Jariv wirkte so dermaßen unglücklich und verloren, dass er seine Schadenfreude nicht zu genießen vermochte.

Ehrlich gesagt fühlte er sich wegen dem, was passiert war, auch ein wenig unwohl. Gestern Abend war ihm aufgefallen, dass Jariv zu viel trank, er hatte aber kein Wort darüber verloren. Außerdem war er nicht hundertprozentig bei der Sache gewesen, als Jariv wegen Michal Poleg und ihrer Anzeige herumgejammert hatte. Angenehm mochte diese Sache nicht sein, aber schrecklich fand er sie nun auch nicht. Der Ethik-Ausschuss würde weder ihm persönlich zu nahe treten noch seine Zulassung antasten. Ebenso wenig würde es jemanden interessieren, ob ein Gutachten des Außenministeriums durch seine Hände gegangen war oder nicht. Im Allgemeinen war er ein exzellenter Zuhörer, aber an einem Nebentisch hatte eine junge Frau gesessen, die ihm sehr gut gefiel und mit ihm flirtete. Zu einem bestimmten Zeitpunkt hatte er Jariv sich selbst überlassen und sich zu ihr gesellt, während Jariv sich dem nächsten Glas gewidmet hatte. Als sein Flirt in die heiße Phase gekommen war, hatte er sich bei Jariv erkundigt, ob er damit leben könne, wenn er mit ihr losziehe. Er hatte keinen Einspruch erhoben. Das war etwa zwei Uhr morgens gewesen. Nun plagten ihn leichte Schuldgefühle. Er hatte angenommen, dass Jariv allein zu Rande käme. Er wohnte ja ganz in der Nähe der Kneipe. Wäre er andererseits nicht so scharf auf diese Frau gewesen (mit der sich letzten Endes nichts ergeben hatte), würde sein Freund jetzt nicht vor ihm sitzen und das Gefühl haben, dass die Welt über ihm einstürzte.

»Es kann nicht sein, dass ich sie umgebracht habe«, sagte Jariv, fasste an seine gekrümmte Nase und verzog vor Schmerz das Gesicht: »Wer ist sie denn? Hat sie irgendeine Bedeutung für mich? Nein. Und außerdem, bin ich ein Mörder? Ich bin auf keinen Fall gewalttätig. Ich habe in meinem ganzen Leben noch nie jemanden geschlagen, erst recht keine Frau. Es ist ganz und gar unmöglich, dass ich sie umgebracht habe.«

Kobi schwieg. Nach sechs Berufsjahren wusste er, dass es keinen Menschen gab, der frei davon war, einen anderen umzubringen. Zuweilen war es nur eine Frage des Zeitpunkts, oder in welchem Maße eine Situation sich zuspitzte. Zudem war Jariv impulsiv, schon einmal hatte er erleben dürfen, wie er einen Wutanfall bekommen und die Kontrolle über sich verloren hatte. Und seit sie Michal vor der Kneipe gesehen hatten, hatte Jariv ihr ununterbrochen Fluch und Verderben gewünscht.

»Du glaubst mir doch, dass ich mich an nichts erinnere, nicht wahr? Ich schwöre es dir, Kobi, ich kann mich wirklich an nichts erinnern. Ich habe an ihre Tür geklopft, sie hat gesagt, dass ich gehen soll, und das war's. Ich weiß nicht mehr, was danach passiert ist …«

Er nickte. Als Verteidiger spielte es keine Rolle, was er glaubte und was nicht. Seine Aufgabe bestand darin, den Mandanten zu vertreten und für ihn zu sprechen.

Nicht zum ersten Mal sagte ein Mandant zu ihm, dass er sich nicht erinnere, was passiert war. Der überwiegende Teil tat das mit Absicht. Wenn sie sagten, dass sie sich nicht erinnerten, so hofften sie, es würde sich im Nebel verflüchtigen, was vorgefallen war. Andere erinnerten sich tatsächlich nicht. Jariv war stockbetrunken gewesen und hatte einen heftigen Schlag abbekommen, bei dem er sich einen Nasenbeinbruch und Blutergüsse im Gesicht, möglicherweise sogar eine leichte Gehirnerschütterung, zugezogen hatte. Unter diesen Umständen konnte es in der Tat sein, dass er sich an die Vorfälle nicht erinnern konnte.

»Ich möchte, dass du mich zur Polizei begleitest«, brach Jariv die Stille.

Der Beruf, den Kobi sich ausgesucht hatte, barg unzählige Widersprüche in sich. Eigentlich sollte er Jariv dazu ermutigen, zur Polizei zu gehen, um sie dabei zu unterstützen, das Verbrechen aufzuklären. Jariv konsultierte ihn jedoch nicht als Freund, sondern als Verteidiger.

»Wie kommst du darauf?«, fragte er und räusperte sich.

Jariv stutzte.

»Lass uns zunächst mal analysieren, was du weißt«, sagte er und sah ihm in die Augen. »Die Frau ist tot. Die Sache ist, dass du nicht weißt, ob du einen Mord begangen hast oder nicht. Du kannst lediglich rekonstruieren, dass du an ihre Tür geklopft hast, das ist alles …«

»Und genau das werde ich der Polizei mitteilen«, schnitt Jariv ihm das Wort ab.

»Aber dann werden sie Ermittlungen anstellen, und was dabei herauskommt, lässt sich partout nicht einschätzen. Kann sein, sie gelangen zu der Schlussfolgerung, dass du in keinem Zusammenhang dazu stehst, kann aber auch sein, dass sie tatsächlich einen aufdecken. Und es gibt noch eine dritte Möglichkeit: sie sind sich über den Zusammenhang nicht klar. Da sie keinen anderen Verdächtigen haben, kommen sie überein, den Fall rasch und ohne Aufwand abzuschließen. Zunächst reden sie es sich selber ein, dass du der Mörder bist, und danach deinen Freunden bei der Staatsanwaltschaft.«

Jariv sah ihn konsterniert an und brachte kein Wort heraus. Kobi registrierte, dass das ausgesprochene »Mörder« ihm arg zusetzte. Hätten sie ein solches Gespräch vor einer Woche geführt, hätte er diese Möglichkeit kurzerhand und definitiv ausgeschlossen. Inzwischen schienen ihm die Dinge weniger unbegründet.

»Ich will damit sagen«, fuhr Kobi fort, »dass du momentan gar nichts weißt. Kann sein, dass du sie umgebracht hast, kann aber auch sein, dass nicht. Höchstwahrscheinlich hast du damit gar nichts zu tun. Wie du selbst gesagt hast, bist du kein gewalttätiger Mensch. Wenn du zur Polizei gehst, kann aus diesem ›Vielleicht‹ rasch ein ›Ja‹ werden. Gesetzt den Fall, dass dich keiner gesehen hat, besteht kein Grund, dass du zu diesem Zeitpunkt deinen Kopf unter die Guillotine legst. Selbst wenn sie deine Fingerabdrücke oder deine DNA dort finden, können sie die nicht deiner Person zuordnen. Du bist nie verhaftet worden. Die Polizei hat nie eine Probe von dir genommen. Die Polizei kann nicht wissen, dass es deine sind. Jetzt zu ihnen zu gehen scheint mir ein Fehler.«

Jariv schwieg.

»Es sei denn, du willst gestehen oder dein Gewissen erleichtern, dann natürlich ja. Diese Möglichkeit steht dir offen. Geh zu ihnen. Gestehe. Erzähl ihnen, was du gemacht hast, und hoffe das Beste. Sollten sie herausfinden, dass du es warst, lassen sie sich vielleicht darauf ein, von Mord auf Totschlag herunterzugehen.«

Jariv warf ihm einen entsetzten Blick zu.

»Warte damit noch, bis du mehr weißt. Es besteht kein Grund zur Eile. Vielleicht hat ein anderer sie umgebracht und die Polizei kommt ihm auf die Spur? Wer weiß …« Er versuchte seinen Freund zu beschwichtigen, ihm Gründe dafür zu liefern, abzuwarten und nichts zu unternehmen.

»Und bis wann soll ich warten?« Jariv klang vollends entmutigt.

»Wird ein Mord untersucht, gibt es immer einen Staatsanwalt, der in dem Fall ermittelt. Die Polizei hält die Staatsanwaltschaft vom ersten Moment an auf dem Laufenden. Sie beraten sich, erhalten Genehmigungen für jede Menge Ermittlungsaktivitäten, um im Nachhinein die Situation zu vermeiden, dass aufgenommene Beweise nicht verwendet werden können. Es ist also möglich …«, sagte er und verstummte. Bei einem anderen Mandanten hätte er sich diese Andeutung freilich verkniffen, aber Jariv war auch ein Freund. Und noch dazu Jurist.

Jariv nickte. Kobi brauchte den Satz nicht zu vollenden. Er hatte verstanden. Als Staatsanwalt war er im Vorteil. Er konnte Dinge recherchieren, zu denen andere keinen Zugang hatten.

Schweigend saßen sie sich gegenüber.

»Ich habe in der Kneipe jede Menge Dinge über sie gesagt ...«, Jariv unterbrach die Stille, »vielleicht haben andere das mitbekommen ...«

»Ich glaube nicht, dass du in der Hinsicht etwas zu befürchten hast«, wehrte Kobi ab.

»Außerdem laufe ich mit diesem verbeulten Gesicht durch die Gegend. Mich haben schon Leute darauf angesprochen, weißt du. Ich habe gesagt, dass ich mit dem Fahrrad gestürzt wäre. Ich habe mir vorher keinen Kopf darüber gemacht, wie ich reagieren sollte. Ich hab' ja nicht mal ein Fahrrad. Ich habe dir ja erzählt, dass meins gestohlen worden ist ... Und wenn die Polizei dahinterkommt, dass ich verletzt worden bin? Kein Fahrrad habe? Das spricht nicht gerade für mich.«

»Wieso sollten sie darauf kommen? Wieso sollte überhaupt jemand dich im Sinn haben?« Kobi hatte einen unbeschwerten, aber resoluten Ton angeschlagen. »Keiner wird in Erinnerung behalten haben, was du zu ihm gesagt hast, so etwas geht bei den Leuten zum einen Ohr rein und zum anderen raus ... Sag doch, dass du von einem Dienstfahrrad der Stadtverwaltung gestürzt bist ... Glaub mir, du machst dir völlig umsonst Sorgen, es wird nie dazu kommen.«

Jariv beugte sich zu ihm und fasste ihn am Handgelenk: »Du bist mein Alibi, Kobi. Solltest du gefragt werden, kannst du sagen, dass ich's nicht gewesen sein kann, stimmt's? Dass du mich gesehen hast ... ich meine ...«, murmelte er.

Kobi gab darauf keine Antwort. Er hatte ohnehin schon zu viel geplaudert. Dass er die Polizei anlügen würde, kam nicht in Frage.

»Ich bin dabei, den Verstand zu verlieren, Kobi, du musst mir doch glauben, dass ich sie nicht um… sie nicht umgebracht habe, dass es absolut unmöglich ist.« Jariv versagte die Stimme.

Kobi blieb ihm die Antwort schuldig

15

◊◊◊

Anat fuhr sich mit den Fingern durchs Haar, während der Pathologe Dr. Jiftach Sassoon vom Institut für Gerichtsmedizin in seiner trockenen, monotonen Art Michal Poleg beschrieb: Körperbau, Alter, Größe, Gewicht, Haarlänge, die Mundhöhle, Zustand der Zähne, Kleidung.

Der Termin in der Gerichtsmedizin zählte zu den Dingen, die ihr am meisten verhasst waren. Es lag nicht am Anblick der Leiche. Auch nicht am Geruch. An den Tatorten hatte sie inzwischen genügend Leichen zu Gesicht bekommen und sich an den Anblick gewöhnt, sogar an die im Zustand fortgeschrittener Verwesung. Bevor sie im Rahmen ihrer Ausbildung an das Institut gekommen war, hatte sie die Vorstellung gehabt, dass Obduktionsräume kühl und steril wären. Dem war nicht so. Der große Edelstahltisch, das Waschbecken, die Keramikfliesen und das Sortiment an Messern erinnerten sie eher an die Großküche eines Kibbuz.

In erster Linie tat sie sich schwer damit, die Leiche in diesem Raum zu sehen. Am Tatort herrschte immer Aufregung, Leute liefen kreuz und quer. Dort war die Leiche ein Beweis neben anderen. Hier lag sie allein: isoliert, entblößt, verletzlich. Rundherum herrschte Stille. Der Tod war konkret und gegenwärtig.

Sie hatte den Blick gesenkt, als die Gerichtsmediziner Michal aus ihren Kleidern geschält hatten. Noch kleiner als am Tatort hatte sie gewirkt, beinahe mädchenhaft.

Die Familienangehörigen hatte sie bereits befragt. Aus den Gesprächen mit ihnen war hervorgegangen, dass Michal ein ziemlich schwieriger Typ gewesen war. Sie hatte keine Angst gehabt, auszusprechen, was ihr auf dem Herzen lag, gegen alle und jeden Front zu machen und den Preis dafür zu zahlen. Weder hatte sie ein Mobiltelefon (sie hasste elektronische Geräte) noch einen Führerschein (aus Angst, jemanden aus Versehen zu überfahren). Sie nahm kein Fleisch, keinen Fisch, keinen Honig, keine Milch und keine Eier zu sich. In gewissen Zeiten hatte sie sich sogar mit Fallobst begnügt. Ihre Aktivitäten konzentrierten sich auf ihre Freiwilligenarbeit bei ASSAL und einer Hilfsorganisation für Opfer sexueller Gewalt. Sie hatte ihre Bedürfnisse radikal eingeschränkt, hatte überwiegend vom Erbe der Großmutter gelebt. Da ihre Großmutter Schoah-Überlebende und selbst auf der Flucht gewesen war, hatte es Michal, nach Aussage ihres Bruders, für richtig gehalten, ihr hinterlassenes Geld für die Flüchtlinge zu verwenden. Ihre Familie war über diese Einstellung außer sich gewesen.

»Bluterguss im Bauchbereich«, unterbrach Dr. Sassoon ihre Gedanken und deutete auf einen blauen Bluterguss unterhalb der Rippen auf der rechten Körperseite.

»Jemand hat ihr eins mit der Faust versetzt«, fügte er schnell hinzu, bevor sie nachfragen würde.

Etwa fünfzig Stunden waren vergangen, seit sie am Tatort eingetroffen war. Gestern hatte sie es sich erlaubt, für drei Stunden in ihre Wohnung in der Bloch-Straße zu gehen, um zu duschen und die Sachen zu wechseln. Die letzten beiden Nächte hatte sie in ihrem Büro verbracht, wo sie auf dem Fußboden auf einer Matratze aus Armeebeständen nächtigte.

Sie schaute weg, als Dr. Sassoon den toten Körper aufschnitt und das Fleisch abschälte. Wie leid Michal ihr tat, sie war nun Wachs in fremden Händen, die an ihr, in ihr herumwühlten, ihr erst die Kleidung und dann das Fleisch abstreiften.

Bisher hatten sie nichts in der Hand. Außer Schmu'el Gonen hatte niemand einen Afrikaner aus dem Wohnhaus flüchten sehen. Sie hatten die gesamte Umgebung nach privaten Überwachungskameras abgesucht. Eine befand sich an dem kleinen Supermarkt am Ende der Straße, hatte aber nichts aufgenommen, das von Belang war.

In der Wohnung waren sie auf die Fingerabdrücke mehrerer Personen gestoßen, von denen keine erkennungsdienstlich registriert war, demzufolge war Michal Polegs Mörder nie festgenommen worden. Das Blut an der Wohnungstür stammte nicht von Michal, sondern von einer anderen Person. Die Person, die außerhalb der Wohnung Blutspuren hinterlassen hatte, hatte innerhalb der Wohnung keine hinterlassen.

Die Gerichtsmediziner drehten Michal auf den Bauch.

»Ah, da haben wir's«, sagte Dr. Sassoon mit Befriedigung.

»Was?«

»Sie hat einen schweren Schlag im Nacken abbekommen, der zum Tod geführt hat«, erwiderte er.

»Stumpfe Gewalt?«, fragte sie perplex. Wegen der Spuren am Hals war sie davon ausgegangen, dass Michal erwürgt worden war.

»Schwer zu sagen«, Sassoon sah sie an. »Höchstwahrscheinlich war es kein Sturz, sondern jemand hat mit einem spitzen Gegenstand zugeschlagen.«

»Und die Würgemale, die Kratzwunde im Gesicht, das blaue Auge, der Bluterguss im Bauchbereich?«

»Einen oder maximal anderthalb Tage vorher«, sagte er.

Sie betrachtete Michals Gesicht. Was war ihr in den Tagen vor ihrem Tod zugestoßen? Bestand zwischen den Schlägen, die sie kassiert hatte, und dem Mord ein Zusammenhang? Wirklich plausibel schien es ihr nicht, dass der, der sie verprügelt hatte, sie erst einen Tag später ermordet haben sollte. Hätte sie einen Lebensgefährten gehabt, läge dies zumindest im Bereich des Möglichen, doch soweit sie informiert war, hatte Michal in letzter Zeit weder eine Beziehung geführt noch ein Verhältnis gehabt.

Jaron hatte ihr berichtet, was Itai Fischer, Michals Chef, ihm übermittelt hatte. Jaron hielt das Gerede von einer »Bank«, die sie verfolgt hatte, für paranoiden Schwachsinn, einen Informationsfetzen, der zu nichts passte. Reine Spekulation. Was das anging, war sie jedoch eher skeptisch. Vorerst wollte sie lieber jeder Spur nachgehen.

Ihr Handy klingelte, sie stellte es leise. David wollte selbst in Österreich von jeder Einzelheit in Kenntnis gesetzt werden, ihr Schutzengel sein, der mit Zigarette in der Hand über ihrer Schulter schwebte. Und um sicherzustellen, dass die Ermittlungen unbeschadet ihren Gang nähmen, bis der Leiter der Sonderkommission aus dem Ausland zurückkäme, wollte Jochai, der Bereichsleiter, ebenfalls permanent auf dem neuesten Stand sein. Das machte sie irre. Statt sich ihrer Arbeit zu widmen, verbrachte sie einen Großteil ihrer Zeit damit, die anderen auf dem Laufenden zu halten.

»Können Sie den Zeitpunkt des Todes bestimmen?«, fragte sie, als ihr Handy erneut klingelte. Eigentlich hatte sie vorgehabt, Sassoon in Ruhe seiner Untersuchung nachgehen zu lassen und ihn möglichst wenig zu unterbrechen, aber ihr fortwährend klingelndes Handy ließ ihr keine Wahl.

Sassoon kratzte sich am Kopf, während er flott seine Listen durchging.

»Zwischen ein und drei Uhr nachts«, gab er zur Antwort.

»Sind Sie sicher?« Noch eine Überraschung. Die von Schmu'el Gonen geschilderten Ereignisse hatten sich gegen zwölf Uhr mittags ereignet.

»Absolut sicher.«

Sie zog ihr Handy aus der Tasche und sah eine SMS von Jaron: »Wir sind einem Afrikaner auf der Fährte.«

16

◊ ◊ ◊

Gabriel rollte sich wie ein Embryo ein. Er war klamm vor Kälte. Klapperte mit den Zähnen. Erst in einigen Stunden würde die Sonne aufgehen. Bis dahin würde die Temperatur weiter sinken. Um ihn lagen andere, die Schutz vor dem Regen suchten.

Er war wieder im Park, wie Aramei es ihm geraten hatte. Die meiste Zeit des Tages verkroch er sich in einem abgelegenen Winkel auf dem Rasen, bemüht, niemandem aufzufallen, sich in Luft aufzulösen. Täglich kamen neue Leute.

Zahlreiche Gesichter. Trieben wie ein Blatt im Wind, verstanden nichts, waren von Furcht ergriffen. So wie er in seiner ersten Zeit. Wer abtauchen wollte, begab sich unter sie, um sich in ihren Reihen zu verbergen.

Der Anblick von Michal, die leblos, mit kalkweißem Gesicht auf dem roten Teppich lag, ließ ihn nicht los. Hatte er nicht Michal vor den Augen, hörte er Lidi schreien, ihn rufen, um ihr Leben flehen. Ihre Schreie brachten ihn um den Verstand.

Er sprach mit niemandem, hockte da, in sich gekehrt, versunken in seine Gedanken, seine Albträume. Er schlotterte vor Angst vor dem, was auf ihn zukäme. Was sich in der Welt außerhalb des Parks ereignete, darüber war er im Ungewissen. Wie würde Itai sein Verschwinden deuten? Wurde nach ihm gefahndet? Wusste die Polizei bereits von ihm? War Michal schon beerdigt? Er verspürte das dringende Bedürfnis, zu ihrer Beerdigung zu gehen, ihr zu danken, Abschied zu nehmen.

Er versuchte, die Augen zu schließen und Schlaf zu finden. Er war hundemüde, konnte aber nicht schlafen. Er stand ständig unter Strom. Nur in seiner Malerei fand er Zuflucht. Schon einige wenige Pinselstriche vermochten ihn zu besänftigen, er ging in dieser Arbeit auf, sie half ihm, ein wenig zu vergessen.

Urplötzlich brach Unruhe aus. Er schlug die Augen auf. Die anderen erhoben sich hastig von ihrem Lager. Polizei.

Bis gestern Nachmittag hatte er vor der Polizei nichts zu befürchten gehabt. Er war von Geburt an Eritreer, Leute wie er genossen in Israel Schutz und wurden nicht abgeschoben. Im Gegensatz zu Hagos, der sich mit seiner Familie einige Jahre in Äthiopien aufgehalten hatte, weshalb die Israelis entschieden hatten, dass er Äthiopier sei, hatte er die Grenzen Eritreas nie verlassen. De facto hatte er die Dorfgrenze nie verlassen, bis er sich mit Lidi aufgemacht hatte.

Nun lagen die Dinge anders. Sicherlich hatte der Nachbar ihnen weisgemacht, dass er sie umgebracht hatte.

Er konnte drei Polizisten erkennen. Mit Taschenlampen leuchteten sie jedem Einzelnen ins Gesicht.

Sie würden ihn finden. Ihn von hier wegbringen und an den Pranger stellen, so hatte Aramei es ihm prophezeit. Und wenn die Leute, die Lidi als Geisel hielten, das Geld nicht bekämen, würde sie ebenfalls getötet.

Sollte er aufstehen und abhauen? Der große Polizist, der sich in seine Richtung vorarbeitete, war noch fünf Meter entfernt. Er war flink. Er könnte ihm entkommen. Doch wenn der gesamte Park umstellt wäre? Wohin dann?

Der Polizist beugte sich zu einem Mann dicht neben ihm hinunter und blendete ihn mit der Taschenlampe. Der Mann hob die Hände, um sich vor dem grellen Licht zu schützen, woraufhin der Polizist ihn am T-Shirt packte und hochzerrte. Kurz darauf lockerte er seinen Griff und der Mann fiel zu Boden.

Er zitterte. Was hier vonstattenging, war eindeutig. Sie suchten ihn. Nichts wie weg, schoss es ihm durch den Kopf, doch seine Glieder gehorchten ihm nicht. Er war vor Angst wie gelähmt.

Auf einmal setzte starker Regen ein, als der Polizist sich gerade einen vorknöpfte, der direkt neben Gabriel lag.

Sein Atem ging hastig. Nie und nimmer würden sie ihm glauben, dass er mit Michals Tod nichts zu tun hatte. Er war geflohen und untergetaucht, weil er der Mörder war, würden sie argumentieren.

Als der Polizist auf ihn zusteuerte, blieb sein Herz stehen. Das grelle Licht bohrte sich in seine Augen. Er presste die Schulter ans Gesicht, um die Narbe zu verbergen. Vielleicht käme ihm die Dunkelheit zu Hilfe. Gott mach, dass er die Narbe nicht sieht. Es wäre sein Ende. Lidis Ende.

Die Regentropfen mischten sich mit seinen Tränen.

17

◊ ◊ ◊

»Und Nachmias, hast du ihn schon?« Mit diesem Satz eröffnete der Bereichsleiter die morgendliche Lagebesprechung.

Bereits gestern hatte sie eine Unterredung mit ihm gehabt, aber nur für fünf Minuten, weil sie nach Abu Kabir zur Obduktion gemusst hatte. Bei den bisherigen Gesprächen war immer David anwesend gewesen, wobei ihr Vorgesetzter sie stets kaum eines Blickes gewürdigt und sich mit David unterhalten hatte, als wären die beiden Männer unter sich. Dieses »Eins gegen eins« machte ihr zu schaffen.

»Noch nicht«, räumte sie ein, »aber wir sind nah dran.«

Jochai fuhr sich ohne jeglichen Kommentar mit der Zunge über die Oberlippe. In erster Linie löste er bei ihr Stress aus, da er sich nicht in die Karten blicken ließ. War diese Mimik ein Zeichen von Nervosität, Unzufriedenheit oder dem verzweifelten Bedürfnis nach Lippenbalsam? David kannte sie bestens. Auch das hatte seine Zeit gebraucht. Inzwischen wusste sie, was ihn unter Druck setzte, ihn ärgerte und am wichtigsten – ihn in eine bestimmte Richtung führte.

Sie überlegte, ob sie das Gutachten des Gerichtsmediziners zur Sprache bringen sollte. Gestern hatte sie ihm die wesentlichsten Informationen per E-Mail geschickt und sich von der Sekretärin versichern lassen, dass er sie erhalten hatte. Er hatte darauf in keiner Weise reagiert.

»Wart ihr schon auf ihrer Arbeitsstelle, dieser Hilfsorganisation? Habt ihr euch nach den Personen erkundigt, mit denen sie dort zu tun hatte?«

»Sie hat sich für die Leute, die sie dort betreut hat, enorm eingesetzt.« Anat hielt es für notwendig, Michal und ihre Prinzipien gegenüber Jochai zu verteidigen. »Wir haben eine Liste mit den Leuten, denen sie besonders nahestand. Eine Person hat eine Narbe an der Wange und passt damit auf die Beschreibung von Gonen. Die Fahndung konzentriert sich auf ihn.«

Sie hielt es für überflüssig, ihn über die Schwierigkeiten zu unterrichten, mit denen sie zu kämpfen hatte. Sie waren ihm durchaus bewusst, und käme sie wiederholt darauf zu sprechen, würde er es als Ausrede interpretieren.

Ihr Hauptproblem bestand darin, dass der flüchtige Afrikaner in Israel keine Wurzeln, keinen Werdegang hatte. Bei Leuten wie ihm konnte man nicht die Familie unter Druck setzen, damit sie seinen Aufenthaltsort preisgäbe. Es gab keine Freunde aus dem Wohnviertel, der Schule, der Armeezeit. Keine Wohnadresse, keine festen Arbeitsplätze. Zudem sahen für Israelis alle Afrikaner gleich aus, was es erheblich erschwerte, sie aufzuspüren und zu identifizieren. Auch das Phantombild, das sie mit Hilfe von Schmu'el Gonen erstellt hatten, hatte sie nicht vorangebracht. Der Mann auf dem Bild könnte jeder der vielen Afrikaner sein, die sich in der Gegend des alten Busbahnhofs aufhielten, nur dass er eine Narbe im Gesicht hatte.

Für die Vollzugsbehörden – und offenbar nicht nur für die – stellten die Flüchtlinge, die Eingeschleusten, die Asylsuchenden – je nachdem, welchen Terminus man bevorzugte –, einen Teil der Bevölkerung dar, an den schwer heranzukommen war. »Das ist ein schwarzes Loch, das immer größer wird, in zweifacher Hinsicht«, hatte Gilad, der Koordinator im Lagezentrum, die Situation für sie zusammengefasst.

»Was ist mit den Vertretern der Gemeinde, hast du mit denen gesprochen?«, riss Jochai sie aus ihren Gedanken, »sie haben ein Interesse daran, mit uns zu kooperieren. Um in positivem Licht zu erscheinen. Vor allem jetzt, da die israelischen Einwohner des Viertels in Aufruhr sind. Wir retten ihnen den Arsch.«

»Ja, ich habe gesprochen, mit wem ich konnte, und sie haben ihre Unterstützung zugesichert«, sagte sie. »Statistisch gesehen stehen die Chancen jedoch ziemlich hoch, dass in diesem Fall der Afrikaner Eritreer und nicht Sudanese ist, und da gibt es keine richtige Gemeinde. Die Eritreer leben eher isoliert, sind weniger organisiert als die Sudanesen.«

Jochai verzog das Gesicht.

»Wir haben sein Phantombild auch in der Gegend vom alten Busbahnhof unter die Leute gebracht. Haben gefragt, ob ihn jemand kennt, dazu aufgefordert, Bericht zu erstatten, wenn er irgendwo auftaucht. Gegen Belohnung. Inzwischen sind auch einige Meldungen eingegangen, er ist gesehen worden. Nach einem anonymen Telefongespräch haben wir gestern eine Razzia im Park am alten Busbahnhof durchgeführt, ihn aber bisher nicht aufgespürt.«

»Nun gut, mach in der Richtung weiterhin ordentlich Druck, dort, wo es keine Gemeinde gibt, die ein Zusammengehörigkeitsgefühl erzeugt, aber wo Geldnot herrscht, finden sich jede Menge Informanten. Irgendwann sieht ihn einer und verrät ihn«, sagte er, warf einen Blick auf den Bildschirm und gab ihr damit zu verstehen, dass ihre Unterredung beendet war.

»Jochai, wenn es dir nichts ausmacht« – sie war nicht bereit, sich abwimmeln zu lassen –, »es gibt noch einige Dinge, die ich mit dir besprechen möchte.«

»Nur zu«, offenkundig lustlos wandte er sich wieder ihr zu und fuhr sich erneut mit der Zunge über die Lippe.

Sie holte tief Luft. Dass er auf ihre gestrige Mail nicht geantwortet hatte, sie nicht im Geringsten erwähnt hatte, war kein Zufall, so viel war ihr mittlerweile klar.

»Unsere Vermutung, dass dieser Afrikaner Michal ermordet hat«, begann sie, »basiert einzig und allein auf der Aussage von Schmu'el Gonen. Nur ist die in mehrfacher Hinsicht problematisch. Zwar hat er zu verstehen gegeben, dass Michal und er als Nachbarn nicht gut miteinander auskamen, hat aber kein Wort darüber fallen lassen, dass sie im letzten Jahr zweimal Anzeige wegen Schikane gegen ihn erhoben hat. Sicherlich ist es dir nicht entgangen, dass es nach den Ergebnissen der gerichtsmedizinischen Untersuchung ein Ding der Unmöglichkeit ist, dass Gonen gesehen haben kann, wie der Afrikaner Michal ermordet hat.«

Jochai war konsterniert und blieb stumm.

»Obendrein«, setzte sie schnell nach, denn er würde ihr nur begrenzt Zeit einräumen, »hat außer Schmu'el Gonen niemand einen Afrikaner aus dem Wohnhaus weglaufen sehen. Wir haben die gesamte Umgebung nach Kameras abgesucht, Leute befragt, nichts. Und das in einer Gegend, in der Afrikaner nicht gerade zum Straßenbild gehören.«

»Nachmias, was willst du damit eigentlich sagen? Dass dieser Gonen alles erfunden hat? Vielleicht hat er sie ja umgebracht, weil sie Anzeige gegen ihn erstattet hat?«, warf er ihr vor.

»Nein. Das will ich damit nicht sagen. Ich glaube nicht, dass er Michal etwas angetan und sich dann diese Geschichte komplett ausgedacht hat. Für derart raffiniert und kaltblütig halte ich ihn nicht. Ich nehme ihm auch ab, dass er gesehen hat, wie ein Afrikaner aus ihrer Wohnung gekommen ist, aber was der dort gemacht hat, steht auf einem anderen Blatt. Ich denke, wir sollten auch in andere Richtungen ermitteln. Uns nicht allein auf die konzentrieren, in die er uns schickt ... Kann sein, dass wir nur dem nachgehen, worauf wir mit der Nase stoßen.« Anat richtete sich im Sitzen gerade auf und versuchte, Sicherheit und Professionalität auszustrahlen.

»Angenommen, dem wäre so«, sagte Jochai ungeduldig, »was hast du noch in der Hand?«

»Erstens die Familie. Besonders harmonisch und liebevoll ging es da nicht zu. Sie haben das Testament der Großmutter gerichtlich angefochten. Sie hat ihren gesamten Besitz, einschließlich der Wohnung in der Stricker, Michal vermacht. Der jüngere Bruder hat mir erzählt, dass die Öffnung des Testaments für gewaltigen Wirbel gesorgt hat, sie der Meinung waren, dass Michal auf die Großmutter Einfluss ausgeübt hätte ... vor allem der Schwager, er hat die Eltern nach Aussage des Bruders dazu überredet, ein Verfahren einzuleiten ... Michal selbst hat kein Testament hinterlassen, sodass die Wohnung im Falle ihres Todes wieder an die Familie geht ...«

Jochai gab ihr mit einem Wink zu verstehen, dass sie zum

nächsten Punkt kommen solle. Diese Sache mit der Familie fand er nicht stichhaltig.

»Zum anderen die Blutspuren außen an der Wohnungstür …«, fuhr sie fort.

»Kann sein, dass sie von unserem Mann sind. Was wir erst wissen werden, wenn wir ihn haben …«, fiel er ihr ins Wort.

»Genau«, sie nickte, »in jedem Fall ist es ein wenig merkwürdig, dass es die einzigen Blutspuren sind …«

Jochai verzog die Miene und sie verstand, dass sie lieber weitergehen sollte. Nun gut, vielleicht hatte er recht. Die Blutprobe würde ihnen erst etwas bringen, sobald sie einen Verdächtigen hätten.

»Und dann haben wir natürlich die Nachricht, die sie Itai Fischer hinterlassen hat. Sie hat ihm auf Band gesprochen, dass jemand sie zusammengeschlagen hat, dass sie etwas herausgefunden hat … Fischer behauptet, dass es mit der kriminellen Organisation zu tun hat. Ich denke, das rechtfertigt eine Untersuchung. Diese Frau hat in der Woche die Hölle durchgemacht …«

»Jaron meint, die Sache wäre aus der Luft gegriffen, Beschuldigungen, die sich jeglicher Beweislage entziehen«, unterbrach er sie.

»Ja, ich weiß, aber …« Jaron hatte also hinter ihrem Rücken mit Jochai gesprochen, sie verbuchte es als eine Information, für die sie in der Zukunft Verwendung finden würde.

»Ja und? Was willst du damit anstellen? Was ist deine Hypothese, Nachmias?«, allmählich riss ihm der Geduldsfaden.

»Ich habe noch keine Hypothese«, entgegnete sie, wobei

sie das Wort »noch« betonte, »und ich glaube auch nicht, dass ich in einer derart frühen Phase schon eine haben muss. Zunächst brauchen wir mehr Informationen, dürfen keine Möglichkeit verwerfen. Nichts als erledigt abhaken. Der Afrikaner ist eine Möglichkeit, aber ich bin der Ansicht …«

»Ich habe dich schon verstanden.« Jochai unterbrach sie erneut und sah wieder auf seinen Bildschirm. »Machen wir doch einen Deal. Zunächst einmal findest du den Kerl und dann gehen wir die anderen Optionen durch.«

»Mir ist schon klar, dass es wichtig ist, ihn zu finden, und wie gesagt, kommen wir auch voran … Andererseits bitte ich darum, nicht unsere gesamten Ressourcen auf die Suche nach ihm zu verlegen. Lass mich …« Sie hatte den Beschluss gefasst, hartnäckig zu bleiben.

»Für eine Sonderkommission unternehmt ihr zu wenig, Nachmias«, er schnitt ihr das Wort ab. »Ich will Ergebnisse, kein Gefasel. Zunächst den Nigger, dann können wir reden, solange du willst, falls das dann noch nötig ist. Schade um die Zeit, die wir hier vergeuden, du solltest lieber deine Arbeit machen.«

18

◊ ◊ ◊

Itais Stimme bebte, als er zu sprechen begann. Gestern Abend hatte er den Nachruf geschrieben, ihn gelöscht, dann erneut geschrieben und immer wieder überarbeitet. Er hatte es kaum glauben können, dass er über sie schrieb.

Er räusperte sich. Viele Menschen waren auf den Friedhof geströmt. Seine Mutter, die Beerdigungen nach der Anzahl der Trauernden beurteilte, hätte es wohl eine »ansehnliche Veranstaltung« genannt. Nach einer Reihe von Regentagen brach sogar die Sonne durch, und der Himmel war blau und wolkenlos. Er freute sich, als er sah, dass auch einige Afrikaner gekommen waren. Mitten am Tag hier zu erscheinen war für sie alles andere als einfach. Sie hatte es verdient. Er suchte nach Gabriel – vergebens.

Dann fiel ihm Jaron auf, der große, bärtige Polizist, der ihn befragt hatte. Ob sie Michals Mörder in den vergangenen Tagen ein Stück nähergekommen waren? Er wusste, dass die Informationen, die er der Polizei gegeben hatte, nur bruchstückhaft waren. Bruchstückhaft, das hatte er damals auch zu Michal gesagt, als sie ihm die Anzeige vorgelegt hatte, die sie gegen den »Banker« erstatten wollte. Genau wie die Anzeige – zahlreiche Schuldzuweisungen, aber kein einziger Beweis. Er hatte befürchtet, dass die Polizei ihrer Anzeige gar nicht erst nachgehen würde, hatte ihr seine Vermutung jedoch erspart, um zu verhindern, dass sie auf eigene Faust etwas unternahm, was sie ursprünglich geplant hatte. Nun lagen die Dinge anders. Die Polizei konnte sie nicht länger ignorieren. Warum nur hatte Michal sterben müssen, damit man ihr Gehör schenkte?

Gegen zwei Uhr morgens hatte er seinen ersten Entwurf des Nachrufs in den Papierkorb geworfen. Michal stand mehr zu als eine Rede, die überfrachtet war mit Sprüchen von der großherzigen Frau, die keine Angst gehabt hatte, gegen den Strom zu schwimmen, die ihre Wahrheit gelebt hatte und bereit gewesen war, den Preis dafür zu zahlen.

»Ich möchte euch eine Geschichte erzählen von einem Menschen, der gerettet wurde, und einem, der gerettet hat«, begann er.

Er hätte von vielen berichten können, letztendlich entschied er sich jedoch dafür, über Mahrid Alfadel zu sprechen. Er war damals vor Ort gewesen, als abends um halb neun ein Taxifahrer an die Tür von ASSAL geklopft hatte. Er habe eine »Lieferung« für sie, so seine Worte, aus dem Soroko-Krankenhaus in Beer Schewa. Sie waren nach unten gegangen und hatten zu ihrer Verblüffung einen Mann erblickt, der im Krankenhaus-Schlafanzug mit gelähmtem Arm und Bein, in einer Hand die Tüte vom Katheter, auf dem Bürgersteig hockte. Bevor sie Einzelheiten erfragen konnten, war der Fahrer in sein Taxi gestiegen, winkte ihnen und fuhr davon. Aus einer Tasche des Schlafanzugs hing ein zusammengefaltetes Stück Papier heraus: die Entlassungsbescheinigung. Wie sie erfuhren, handelte es sich bei dem Mann um einen Asylsuchenden, der aus dem nördlichen Sudan stammte. Er war an der Grenze zu Ägypten von ägyptischen Soldaten angeschossen worden, hatte die israelische Grenze überwunden, war von der israelischen Armee aufgegriffen und ins Krankenhaus eingeliefert worden. Seine Behandlung war abgeschlossen, denn Asylsuchenden stand nur eine Notversorgung zu. Die Verwaltungsangestellten des Soroko-Krankenhauses hatten bereits Dienstschluss. Auch in den Regierungsbüros war niemand mehr erreichbar gewesen. Was sollten sie tun? Gelder standen ASSAL für solche Fälle nicht zur Verfügung, sie waren nicht dazu in der Lage, Asylsuchende in derart schlechtem Gesundheitszustand zu beherbergen. Sie waren eine kleine Hilfsorganisation, die sich gerade so über Wasser halten konnte. Michal hatte nicht lange gezögert. Sie hatte Mahrid mit zu sich nach Hause genommen. Hatte ihn über mehrere Wochen versorgt, ihm Essen, Kleidung, ein Dach über dem Kopf geboten, hatte sich darum gekümmert, dass er die medizinischen Behandlungen bekam, die er dringend benötigte. Dabei entdeckte sie auch Mahrid als Menschen, denn Michal nahm jeden als Menschen wahr, sie sprach nicht »von einem weiteren Flüchtling« oder »einer weiteren Geschichte« oder »einem weiteren Problem«. Zunächst einmal ging es bei ihr um einen Menschen. Sie fand heraus, dass die »Lieferung«, die wegen eines Schocks und Traumas anfangs kaum ein Wort über die Lippen gebracht hatte, ein Rechtsanwalt war, der in Großbritannien studiert hatte und in den Sudan zurückgekehrt war, um seiner Heimat nützlich zu sein. Dort hatte man ihm nach dem Leben getrachtet, die Behörden hatten ihn verfolgt. Er war nach Ägypten geflüchtet, und von dort aus weiter nach Israel.

Aus dem Augenwinkel sah Itai, wie einer der Polizisten mit dem Handy telefonierte. Dieses rüde Benehmen war typisch für die israelische Polizei, dachte er.

Er räusperte sich und kam auf das Telefonat zu sprechen, das er heute Morgen mit Mahrid geführt hatte. Er hatte aus London angerufen und eine Bitte geäußert: »Sprich heute auf dem Friedhof der Frau, die mir das Leben gerettet hat, einen letzten Dank aus.«

Er hatte vorgehabt, mit einigen Worten Michals besonderen Charakter zu schildern, ihren kämpferischen Pazifismus, ihren Verzicht auf den Führerschein, aus Besorgnis, dass in einem Moment geistiger Abwesenheit ein anderer durch sie zu Schaden käme, und er hatte erwähnen wollen, wie furchtbar es war, dass ausgerechnet ein Mensch wie sie Opfer von Gewalt geworden war, doch seine Stimme versagte ihm den Dienst und er übergab das Mikrofon Michals Vater.

Stille trat ein.

◊

Beim Verlassen des Friedhofs kam er an den Polizisten vorbei. Unter ihnen war auch eine Frau, sie war klein, schmächtig und recht attraktiv. Sie erinnerte ihn ein wenig an Michal. Vielleicht wegen ihrer zierlichen Statur. »Sie haben sehr schön gesprochen«, sagte sie mit einem verhaltenen Lächeln, als er an ihr vorüberging.

»Danke«, murmelte er und erwiderte ihr Lächeln. Michals Familie hatte während seiner gesamten Trauerrede keine Miene verzogen, sodass er nicht wusste, was sie davon hielt.

Er kam wieder zu sich, als Jaron, der neben ihr stand, drohend bemerkte: »Wir werden in Kürze miteinander zu sprechen haben, Fischer …«

19

◊ ◊ ◊

Anat musterte die Trauergäste. Bei der Polizei hieß es, dass ein Krimineller nicht zwangsläufig an den Tatort zurückkehre, Mörder jedoch immer zu den Beerdigungen gingen, um sich davon zu überzeugen, dass der oder die Ermordete auch wirklich tot war. Sie schätzte, dass etwa zweihundert Leute anwesend waren. Bedauerlicherweise besaß sie nicht das Talent ihrer Mutter, die nach einer Beerdigung die genaue Zahl der Trauergäste parat hatte, danach gruppiert, wer gekommen war, wer nicht gekommen war, und vor allem »wessen Abwesenheit an einen Skandal grenzte«. Der strahlende Sonnenschein war trügerisch. Ihr war kalt. Außerdem musste sie dringend mal.

Michals Vater las in monotonem Tonfall das *Kaddisch*. Wie sie es gegenüber Jochai bereits erwähnt hatte, ging es in Michals Familie nicht besonders harmonisch und liebevoll zu. Die Nachricht von der Ermordung ihrer Tochter hatten die Eltern recht gefasst aufgenommen. Als Anat sie davon in Kenntnis gesetzt hatte, dass Michal am Tag vor ihrer Ermordung zusammengeschlagen worden war, hatte die Mutter gemeint, das wundere sie nicht, da »Michali regelrecht darauf erpicht gewesen sei, den Zorn möglichst vieler Leute auf sich zu ziehen«. Unter anderem aus diesem Grund hatte Anat mit Freude zur Kenntnis genommen, dass das Gericht den Antrag von Michals Eltern, das Testament der Großmutter zu annullieren, abgelehnt hatte. Nicht allein, weil Anat vom Verhalten der augenscheinlich »normativen« Familie gegenüber dem kleinen schwarzen Schaf erschüttert war, sondern weil Michal, die den Großteil ihres Lebens offenbar mit heftigen Auseinandersetzungen befasst gewesen war und dabei nur Niederlagen kassiert hatte, ein Mal einen Sieg davongetragen hatte.

Entsprechend Jochais Anweisung richtete sie sämtliche Anstrengungen der Ermittlergruppe darauf, den Afrikaner zu finden. So wollte es auch David, obwohl er ihr recht geben musste, dass die Vermutung, er sei der Mörder, überaus problematisch war. David hatte bei ihrem letzten Telefonat angedeutet, dass der Knesseth-Abgeordnete Ehud Regev heftigen Druck machte, damit der »Nigger« gefunden werde. Leute wie Regev hatten bei der Polizei ihre Informanten, und die hatten ihn ins Bild gesetzt: Der Nachbar hatte gesehen, dass ein Schwarzer Michal ermordet hatte. Würden sie zum jetzigen Zeitpunkt bei der Ermittlung andere Wege einschlagen, gäben sie damit nur Regevs wiederholter Behauptung Nahrung, dass die israelische Polizei das Problem mit den Eingeschleusten nicht bekämpfe, sondern ihnen vielmehr Beistand leiste, um den »Betriebsfrieden« zu gewährleisten. »Komm erst einmal in der Sache weiter voran, und wenn ich wieder in Israel bin, werden wir die Lage neu bewerten. Letztendlich werden wir denjenigen schnappen, der die Tat wirklich begangen hat, ob das diesem Regev nun passt oder nicht. Lass dich von Jochai nicht verrückt machen, an und für sich hat er das gleiche Ziel wie wir. Nur sitzen ihm alle im Nacken, das setzt ihn gehörig unter Druck. Finde also zunächst diesen Afrikaner, und wenn ich zurück bin, besprechen wir mit Jochai, wie wir in die anderen Richtungen vorstoßen«, hatte David bei ihrem letzten Telefonat gesagt, bevor er vom Hotel aus zum Flughafen aufgebrochen war.

Höchstwahrscheinlich hieß der flüchtige Afrikaner Gabriel. In den Gesprächen mit den Leuten von ASSAL war immer wieder die Rede von ihm gewesen, einem engen Vertrauten von Michal. Ihr kam die Zeichnung in Michals Wohnzimmer in den Sinn, das »G« am unteren Bildrand.

Widerwillig hatten die Leute von ASSAL ihnen seine Wohnadresse und Arbeitsstelle genannt, doch wo sie auch auftauchten, stets erhielten sie die Auskunft, er sei verschwunden und man wisse nicht, wo er sei. Amir, der Inhaber des Restaurants, in dem er gearbeitet hatte, erzählte ihnen, dass Gabriel an dem Tag, an dem Michals Leiche gefunden worden war, darum gebeten hatte, früher gehen zu dürfen, nachdem er, so die anderen Mitarbeiter, einen Anruf erhalten hatte. Worum dieses Gespräch sich gedreht hatte und weshalb er das Restaurant so überstürzt verlassen musste, konnte ihnen keiner sagen. Amir hatte bestätigt, dass Gabriel eine Narbe an der Wange hatte. Bei ASSAL hatte sie nicht speziell nach diesem Merkmal gefragt, um nicht den Eindruck zu erwecken, sie würden Gabriel suchen. Andernfalls, so viel war ihr klar, würden die Leute dieser Hilfsorganisation ihre Reihen schließen und keine weiteren Informationen mit ihr teilen. Jeder, der dort mit ihr gesprochen hatte, schilderte Gabriel als einen wunderbaren, feinfühligen Menschen mit der Seele eines Künstlers. Er war sehr beliebt. Nähmen sie ihn offen ins Visier, würde es nur dazu führen, dass jemand ihn warnen und ihm helfen würde, sich zu verstecken. Wobei der Polizei von beiden Seiten misstraut wurde: Regev unterstellte ihr, dass sie zugunsten der Afrikaner operiere. Die Hilfsorganisationen meinten wiederum das komplette Gegenteil.

Sie befasste sich auch mit den Aufzeichnungen, die die Vollzugsabteilung der Einwanderungsbehörde zu Gabriel in den Akten vermerkt hatte. Wie alle Afrikaner, die von der Armee aufgegriffen wurden (was in der Praxis bedeutete, dass sie die Grenze überquerten und darauf warteten, dass die Armee sie in Empfang nahm), war auch Gabriel nach Saharonim, das zum Gefängis Ktzi'ot im Negev gehörte, zur Vernehmung und Anhörung gebracht worden, wo jene ausgemustert wurden, die zurückgeschickt werden konnten. Gabriel hatte dort berichtet, dass er aus Eritrea gekommen sei, weil seine Mutter auf ihn und die Schwester Druck ausgeübt habe, den Staat zu verlassen, um ihn vor dem Militärdienst und die Schwester vor Vergewaltigung und Misshandlungen zu bewahren. Im Sinai sei die Schwester von ihren Schleppern, den Beduinen, entführt worden, seitdem habe er sie nicht mehr gesehen.

Gabriel hatte eine befristete Aufenthaltserlaubnis bekommen und musste sich alle drei Monate beim Innenministerium registrieren. Laut Gesetz hatten die Asylsuchenden die Verpflichtung, dem Amt ihre aktuelle Adresse mitzuteilen. Nur hielt sich daran keiner. Und – wie Anat feststellte – scherte sich auch das Amt nicht darum.

Da Gabriel flüchtig war und sich verborgen hielt, so meinte Jaron, war bewiesen, dass er der Mörder war. Das konnte sie nicht gelten lassen. Menschen wie Gabriel nahmen bei jedem Anzeichen von Gefahr die Beine in die Hand. Auch wenn sie keinen Mord begangen hatten. Dass man auf sie Jagd machte, waren sie gewohnt. Sollte Gabriel Michal dennoch umgebracht haben, waren nach ihrem Dafürhalten Liebe oder Eifersucht die Motive. Es war vorerst nur ein Gefühl, das sich hauptsächlich auf die Zeichnung stützte. Das von ihm gezeichnete Gesicht sah nicht nur viel schöner als die Vorlage aus, es wohnten auch Sanftheit und Ruhe darin, welche, soweit sie bisher erfahren hatte, gemeinhin nicht ihr Wesen bestimmt hatten. Gabriel hatte in Michal etwas wahrgenommen, was anderen verborgen geblieben war, etwas, das nur von einer starken Vertrautheit herrühren konnte.

◊

»Das ist Fischer, ihr Chef«, unterbrach Jaron ihren Gedankengang. Itai Fischer war ein hochgewachsener, kräftiger Mann mit üppigem Haarwuchs, mächtigen Händen und kräftiger Stimme, die beim Sprechen in Heiserkeit umschlug. Er sprach schön, schmerzerfüllt, gefühlvoll. Er hatte große, ausdrucksstarke Augen. Er trug ein weißes Hemd, das ihm ein wenig zu klein war, und blaue Jeans – wie ein Grundschulkind auf einer Gedenkveranstaltung.

Ihre Mutter glaubte, dass sie mit niemandem von der Polizei ein Verhältnis einging, weil Polizisten Analphabeten seien. Wie sehr sie doch irrte. Fast alle, mit denen sie arbeitete, waren Akademiker. Der Großteil hatte einen zweiten Abschluss, u. a. wegen der damit verbundenen höheren Gehaltsstufe. Dass sie sich nie in einen Polizisten verliebt hatte, lag daran, dass die Polizei ein Arbeitsplatz war, wo alle sich betont männlich gaben, und darauf stand sie nun mal nicht. Die Kollegen gaben ihr zu verstehen, dass sie nicht dazugehörte. Ließ die Atmosphäre es zu und sie stimmte ins Gelächter ihrer Kollegen ein, endete es meist in dem Satz: »Ich würde ja jetzt einen Kommentar dazu abgeben, aber wir haben eine Frau unter uns.«

Mitten in Fischers Trauerrede bekam sie einen Anruf. Sie ignorierte ihn. Sie hielt es nicht nur für unhöflich, sie hörte Itai Fischer auch sehr aufmerksam zu.

»Jochai will dich dringend sprechen«, sagte Jaron zu ihr, der das Gespräch selbstverständlich auf seinem Handy entgegengenommen hatte.

»Nicht jetzt«, stauchte sie ihn zurecht. Jochai wollte sie grundsätzlich dringend sprechen.

Jaron warf ihr einen zornigen Blick zu. Er zweifelte an ihr, wie viele andere vom Bereich. Nicht allein, dass sie eine Frau war, noch dazu war sie jung, noch nicht lange im Dienst. Darüber war sie im Bilde. Daher bemühte sie sich, Autorität nur in Maßen auszuüben.

Sie sah sich die Trauergäste genauestens an, versuchte ihre Reaktionen auf Fischers bewegende Rede zu ermessen.

Als er an ihr vorüberging, kam sie nicht umhin, ihm zu sagen, dass er schön gesprochen habe.

Die Befragungen der Leute bei ASSAL hatten ergeben,

dass Gabriel Michal und Itai gleichermaßen nahegestanden hatte. Aus diesem Grund hatte sie dafür plädiert, ihm in dieser Phase der Ermittlungen keine Fragen zu Gabriel zu stellen. Sie wollte ihn nicht in Versuchung bringen, sie bei den Ermittlungen zu behindern. Sie hatten auch herausgefunden, dass Gabriel ein fortwährendes Diskussionsthema zwischen Itai und Michal gewesen war, so wie bei Eltern, die sich über die Zukunft ihres Kindes nicht einig werden konnten. Sie hatten sich häufig in den Haaren gelegen, hauptsächlich wegen Angelegenheiten, die ihre Arbeit betrafen. Nach Aussage aller Gesprächspartner war es bei ihren Auseinandersetzungen jedoch stets um die Sache gegangen. Sie rührten von der Hingabe der beiden zu den Menschen, die sie betreuten. Nach Einschätzung der Mitarbeiter war es überwiegend Itai gewesen, der eingelenkt hatte. »Er hat so ein gutes Herz«, ließ eine junge Frau sie wissen, die zweifellos in ihn verliebt war.

Ihre Hand ins Feuer legen wollte sie dafür nicht, es wäre zu früh. Doch Jarons Ablehnung von Fischers Theorie war tatsächlich nicht ganz unberechtigt. Sie hatte die Anzeige gelesen, die Michal bei der Polizei gegen den »Banker« erstattet hatte. Sie entbehrte jeglicher Grundlage. Alles waren reine Spekulationen, mündliche Aussagen von Leuten, deren Namen sie nicht nennen wollte – um sie, wie sie schrieb, zu schützen. Sie hatte in der Gegend des alten Busbahnhofs lediglich einige Israelis im Anzug gesehen und ihr waren jede Menge Gerüchte zu Ohren gekommen, doch daraus ließ sich nichts Handfestes ableiten. Zudem vertrat Anat die These, dass Michal ihren Mörder gekannt hatte; wer der »Banker« war und in welchem größeren Zusammenhang er stand, war Michal aber nicht bekannt gewesen.

Fischer reagierte auf ihr Kompliment für seine Rede mit einem verwirrten Blick, den sie recht attraktiv fand.

Beim Verlassen des Friedhofs rief sie Jochai zurück. Ihre vage Hoffnung, dass der Afrikaner mit der Narbe im Gesicht aufgetaucht sei, zerschlug sich augenblicklich.

»David hat sich in Österreich das Bein gebrochen«, teilte er ihr in sachlichem Ton und ohne Einleitung mit.

»Was? Wie ist das passiert? Geht es ihm so weit gut?«

»Die Zentrale Ermittlung will den Fall nicht übernehmen. Also haben wir ihn an der Backe.« Auf ihre Fragen ging er gar nicht erst ein. »Kriegst du es hin, den Fall zu übernehmen?« Er feuerte die Frage ab, bevor sie in irgendeiner Weise reagieren konnte.

»Ja«, erwiderte sie instinktiv.

Stille. Womöglich hatte sie zu schnell reagiert. Sie sah ihn bildlich vor sich, wie er in seinem Büro saß, in dem das Papier überquoll, und sich mit der Zunge über die Lippen fuhr.

»Okay, der Fall gehört dir. Enttäusch mich nicht, Nachmias, und halte mich auf dem Laufenden«, sagte er und legte auf.

Sie lächelte in sich hinein. Michal Poleg war ihr erster Mordfall.

20

◊ ◊ ◊

Jariv war wach. Inbar lag neben ihm, versunken in ihren Schlaf. Ihre regelmäßigen Atemzüge machten ihn rasend. Schon seit einigen Tagen konnte er nicht einschlafen.

Sie hatte nicht die leiseste Ahnung, was in ihm vorging. Wie blauäugig sie war. Hielt es für Hochzeitsstress. Das sei völlig normal, hatte sie ihm erklärt. Er sei gegen den Schrank gestoßen und habe sich dabei verletzt, hatte er ihr weisgemacht. Sie wusste ja, dass sein Fahrrad gestohlen worden war und er von Mieträdern nichts hielt. Inbar hatte ihm seine Darstellung prompt abgenommen, ohne ihn ins Kreuzverhör zu nehmen. Ohne ironischen Augenaufschlag, ohne ihn zu löchern, sich näher dafür zu interessieren, seit wann er gegen Schränke stieß. Was ihr hingegen Sorgen bereitete, war, wie erwartet, die heikle Frage, ob er bis zur Hochzeit wieder fotogen sei. »Ich will unbedingt einen Fotografen für die Schwarz-Weiß-Fotos und einen für die Farbfotos.« Sie war ganz und gar in ihre öden Hochzeitsvorbereitungen eingebunden, und die strapazierten sein dünnes Nervenkostüm erst recht.

Er musste sich in den Griff bekommen. Die Fassung wiedergewinnen. Bei jeder Sache ging er gleich in die Luft. Eckte bei allen an. Gestern vor Gericht hatte er sogar die Richterin angefaucht. Hatte sie regelrecht angeschrien. Gott sei Dank hatte sie ihm die Sache nicht krummgenommen, nur eine zehnminütige Pause angeordnet, um ihm Gelegenheit zu geben, sich wieder zu fangen.

In den Nachrichtensendungen war von Michals Beerdigung die Rede gewesen. Er war sich dessen bewusst, dass er eigentlich um sie trauern, Mitleid mit ihr haben müsste, doch er fühlte nur Wut.

Er war stinkwütend über ihre Anzeige, über ihre Ermordung, über Aloni, der ihn dazu gedrängt hatte, diesen Müll in Aktenform mit den Eingeschleusten anzunehmen, über Regev, der ihn dazu ermutigt hatte, in der Staatsanwaltschaft zu bleiben und durchzuhalten, und über diese verflixte Lage, in der er steckte.

Ausgerechnet Regevs Interview hatte ihm ein wenig Zuversicht eingeflößt. Regev beschuldigte die Eingeschleusten des Mordes an Michal und deutete an, dass der, der sich mit ihnen einließ, ebenso des Todes sei. Womöglich wusste Regev etwas, Hoffnung flammte in ihm auf. Doch so schnell, wie sie aufgekommen war, erlosch sie auch wieder. Er kannte Regev. So reagierte er instinktiv auf jedes Ereignis dieser Art.

Inbar drehte sich zu ihm und wollte ihn umarmen. Er ging auf Distanz, schreckte vor der Berührung zurück. Dieses Geheimnis hatte sich zwischen sie gedrängt und dazu geführt, dass er ihr gegenüber Hass empfand. Gestern hatten sie sich mit einem Hochzeitsfotografen treffen wollen und er hatte im letzten Moment abgesagt. Wieso musste er jetzt Fotografen treffen? Sie war enttäuscht gewesen, das wusste er, hatte es aber kommentarlos hingenommen. Selbst das hatte ihn wütend gemacht. Nahm sie denn nicht wahr, wie sein Leben in die Brüche ging?

Mit einem Ruck schlug er die Bettdecke zurück und stand auf. Draußen schüttete es wie aus Gießkannen und es war frisch, dennoch stand ihm der Schweiß auf der Haut. Als er an der Küche vorbeikam, blieb sein Blick an der Leuchtuhr der Mikrowelle hängen: 2.46 Uhr.

Mehrmals pro Tag rief er Kobi an. Er musste mit jemandem reden, und Kobi war der Einzige, den er in die Sache eingeweiht hatte, und auch der Einzige, der Immunität genoss und es keinem erzählen durfte. Er spürte, dass Kobi seiner langsam überdrüssig wurde, er merkte es seinem Tonfall an, doch er brauchte seinen Rückhalt. Einer musste ihm versichern, dass alles gut würde, die Polizei nicht jeden Moment an seine Tür klopfen würde.

Er tigerte in der Wohnung auf und ab, so wie jede Nacht.

Gestern hatte er im Internet einen Artikel über das Gedächtnis und das Vergessen gelesen. Das Gehirn verfügte über bestimmte Schutzmechanismen. Blockierte Dinge, deren Anblick schwer zu ertragen ist, löschte sie einfach.

Möglicherweise war genau das bei ihm der Fall. Vielleicht erinnerte er sich nicht an das Geschehene, weil er derjenige war, der sie umgebracht hatte.

21

◊ ◊ ◊

Itai bog in eine der kleinen Straßen des Schapira-Viertels ein. Jugendliche standen auf dem Bürgersteig, rauchten und unterhielten sich laut. Kinder waren mit dem Fahrrad unterwegs. Zwei Kleinkinder, die schäbig angezogen waren, spielten am Straßenrand. Ein alter Mann fischte Plastikflaschen aus einer offenen, überquellenden Mülltonne.

Er ging in dem heruntergekommenen Wohnhaus die Treppe hinauf und im Zickzack um die Abfallhaufen, an denen sich keiner zu stören schien. Stechender Uringeruch drang in seine Nase. Zumindest hielt der Winter die Kakerlaken fern.

Hier hatten früher Dealer hemmungslos öffentlich Heroin verkauft, die Junkies von Tel Aviv hatten bis zum Eingang Schlange gestanden. Die Drogenhändler hatte die Polizei vertrieben. Statt ihrer waren die Asylsuchenden gekommen. Auch einige wenige Israelis harrten hier aus: sozial Schwache, denen es an den nötigen Mitteln fehlte, von hier wegzukommen, die hier festsaßen und abermals vom Staat im Stich gelassen worden waren. Und das führte zu Spannungen.

Er blieb vor einer Wohnungstür stehen und klopfte. An dieser Tür stand, wie an allen übrigen, eine hohe Zahl. Es war nicht die Nummer der Wohnung, sondern die Höhe der Miete. In gewissen Abständen kam der Eigentümer vorbei, wischte ab, »wie viel« es vorher gewesen war, und schrieb eine neue Zahl an. Der Boykott, zu dem einige Rabbiner aufgerufen hatten, um die Vermietung von Wohnungen an Afrikaner zu steuern, trug Früchte und trieb die Preise hoch.

Eins begriffen die Leute nicht: Solange es keine umfassende gesellschaftliche Lösung gab, war es in ihrem eigenen Interesse, den Asylsuchenden das Leben nicht zusätzlich zu erschweren. Drängte man die Menschen in die Ecke, entlud sich die Spannung und es gab Verletzte. Ganz zu schweigen von dem Werteverfall und dem Preis, den die Gesellschaft letztendlich zahlte.

Er registrierte, wie Wassertropfen auf ihm landeten, sie stammten von nassen Sachen, die in der ersten Etage bunt nebeneinander auf einer provisorischen Wäscheleine hingen.

Michal fehlte ihm. Ihre vielen Diskussionen hatten bei ihm stets den Eindruck erweckt, dass sie nur stritten. Erst jetzt, als sie nicht mehr da war, fiel ihm auf, wie viel sie ihm geholfen hatte, wie sehr er sich auf sie hatte verlassen können und wie oft er sie um Rat gefragt hatte.

»Es reicht, es reicht jetzt mit diesen Afrikanern«, hatte seine Mutter ihm gestern am Telefon die Leviten gelesen, »dein Vater und ich werden davon irre. Was haben wir bloß getan, was dir diesen Floh ins Ohr gesetzt hat?« Er hatte sich rasch verabschiedet.

Auch von Roni war er zurechtgestutzt worden. Er hatte ihn gebeten, seine Frau möge Ayelet erklären, dass er sich zurzeit nicht mit ihr verabreden könne. »Du bist ja vollkommen bescheuert«, hatte Roni begonnen, ihm die Leviten gelesen. »Wie du es fertiggebracht hast, weiß ich nicht, aber du hast ihr gefallen. Du darfst jetzt auf keinen Fall einen Rückzieher machen, du musst mit ihr ausgehen, mit ihr vögeln. Weißt du überhaupt noch, wie das geht?«

Er hatte Roni versprochen, in sich zu gehen, obwohl er wusste, dass ihn nichts umstimmen konnte. »Na warte, in zwei Monaten ist wieder Reservedienst. Ich werde dich von morgens bis abends bearbeiten, bis du endlich kapierst, was für ein Superdepp du bist«, versicherte er ihm.

◊

»Hier ist Itai Fischer von ASSAL«, rief er, als auf sein Klopfen niemand reagierte.

Vor einigen Monaten hatte Gabriel seine Scham überwunden und sich breitschlagen lassen, ihm zu zeigen, wo er wohnte.

Die Tür ging auf. Eine junge Frau mit wollenem Kopfschal blickte ihn an. Er erinnerte sich dunkel an sie. Aus der Wohnung drang ein penetrantes Gemisch aus Zigarettenrauch, frittiertem Essen und scharfen Gewürzen.

»Ich suche Gabriel«, sagte er und trat ein paar Schritte zurück. Die Frau sah ihn mit leerem Blick an, ohne darauf einzugehen.

»Wohnt er noch hier?«, wollte er wissen.

»Ich brauche Medikamente«, sagte sie und hustete.

»Kommen Sie in unser Büro, dann werden wir sehen, wie wir Ihnen helfen können.« Er lächelte sie an.

»Wir haben auch nichts zu essen«, sprach sie weiter, »es regnet die ganze Zeit, es ist kalt, wir haben keine warmen Sachen.« Er schwieg. Mit dieser Vorgehensweise der Asylsuchenden war er bestens vertraut – sie sorgten dafür, dass man sich schuldig fühlte, damit man ihnen etwas gab: Geld, Lebensmittel, Medikamente, eine Behandlung. Bei Michal hatte diese Strategie ausgezeichnet funktioniert. Bei ihm weniger. Für ihn als Israeli gab es genügend Dinge, für die er sich schuldig fühlte. Die Situation der Asylsuchenden gehörte nicht dazu. Nicht wir haben die Probleme in Afrika verursacht, rief er sich ins Bewusstsein. Sie sind als ungebetene Gäste, als Eindringlinge in unser Land gekommen. Doch wir sind es ihnen und uns schuldig, uns ihnen gegenüber so human wie möglich zu verhalten. Schuld wäre hier fehl am Platz. Es gibt keinen Grund, sich ihnen gegenüber schuldig zu fühlen.

»Wohnt Gabriel noch hier?«, fragte er wieder.

»Die Kinder haben Hunger.« Sie deutete mit dem Kopf ins Wohnungsinnere, als sie ein neuer Hustenreiz überfiel.

In seiner Anfangszeit bei ASSAL hatte er sich darüber geärgert, dass bei den wenigen Malen, wenn er die Asylsuchenden um etwas gebeten hatte, sie prompt mit einer Gegenforderung reagiert und sich so gut wie nie bedankt hatten. Mit der Zeit hatte er gelernt, seinen Ärger hinunterzuschlucken, einen gewissen Abstand zu wahren. Hatte begriffen, dass schwache Menschen, um zu überleben, manipulieren müssen. Es war nicht fair, hungrige Menschen nach dem gleichen moralischen Maßstab wie satte Menschen zu beurteilen. Er half diesen Leuten – ob sie ihm gefielen oder nicht –, da sie die Hilfe benötigten, die er leisten konnte. Die Befriedigung kam durch das, was er tat. »Wir tun, was wir tun müssen«, ihm fiel der Satz seiner Großmutter ein, die aus Deutschland stammte und sich, im Gegensatz zu ihrer Schwiegertochter, in ihrem Leben über nichts beklagte.

Er zog fünfzig Schekel aus seiner Geldbörse und gab sie ihr.

»Gabriel wohnt nicht mehr hier.« Sie ließ den Schein umgehend in den Stofffalten ihres Kleides verschwinden.

»Wissen Sie, wo er jetzt ist?«, fragte er.

»Das weiß keiner. Eines Tages war er weg. Kam nicht zurück. Die Polizei hat ihn auch schon hier gesucht.«

»Wieso das?« Plötzlich stand sein ganzer Körper unter Strom.

Die Frau schwieg.

»Wieso? Wieso sucht die Polizei Gabriel?«

»Sie denken, dass er eine Israelin umgebracht hat.«

Ihm stockte der Atem. Auf einmal begriff er. Er hatte geglaubt, die Polizei würde den »Banker« jagen, währenddessen suchten sie Gabriel. Wie hatte er so dumm sein können? Wieso hatte er das nicht eher durchschaut?

22

◊ ◊ ◊

Als Jariv Wind davon bekam, dass Galith Lavi die ermittelnde Staatsanwältin in dem Mordfall war, hätte er das Herumschnüffeln, den Versuch herauszufinden, wie viel die Polizei wusste, beinahe unterlassen. Galith war bei der Staatsanwaltschaft nicht nur für ihren Scharfsinn bekannt, sondern auch dafür, dass sie bei niemandem Zugeständnisse machte. Überflüssig anzumerken, dass er sie nicht ausstehen konnte, und sie schien auch nicht gerade verrückt nach ihm zu sein.

Ebenso wenig trug die Nachrichtensperre, die die Polizei in dem Fall verhängt hatte, zu seiner Genesung bei. Er stritt sich unentwegt mit Inbar, hauptsächlich wegen der Hochzeitsfeier und dem Geld, das sie dafür verjubelte.

Als er an Galith Lavis Büro vorbeikam und den Kopf hineinsteckte, sah er, dass sie nicht da war. Zohar, ihre Referendarin, meinte, sie wäre früher gegangen. Es war eine einmalige Gelegenheit. Im Allgemeinen hielt sich sein Interesse an Referendarinnen in Grenzen, doch er hatte mit ihr etwas Konkretes vor. Ein Blick auf Zohar, ihr gefärbtes Haar, ihre gepflegten Fingernägel, das großzügige Dekolleté – und ihm war klar, sie war auf der Suche. Als er ihr von seinen vielen Kumpels erzählte, die Singles seien und »eine echte Partnerin suchten«, registrierte er, wie ihre Augen funkelten. Kein Zweifel, sie würde alle Informationen herausrücken, die er brauchte.

Schon nach einer kurzen Weile verriet Zohar ihm, dass die Polizei einen Afrikaner mit einer Narbe im Gesicht suchte. Michal Polegs Nachbar hatte gesehen, wie er sie ermordet hatte. Die Ermittlungen leitete die Polizistin Anat Nachmias, er hatte sie in den Nachrichten gesehen. Die Polizei kam nicht voran, wie Zohar ihm schilderte. Bisher hatte sie ihn nicht gestellt.

Er spürte eine immense Erleichterung. Einer ihrer Afrikaner war es gewesen. Und fertig. Ihre heißgeliebten Nigger waren ihr zum Verhängnis geworden.

Er hatte sich nichts zu Schulden kommen lassen. Er war kein Mörder. Wie hatte er überhaupt so etwas von sich denken können? Er war kein gewalttätiger Mensch. Wieso sollte er plötzlich jemanden umbringen?

Jetzt musste er nur noch herausfinden, was Aloni von ihm wollte. In Kürze war ihr Gespräch. Sollte er sich vorher besser mit Regev beraten, um auf Nummer sicher zu gehen? Gestern hatte er von ihm eine lobende Mail erhalten, nachdem das Gericht in einem Fall, bei dem er die Staatsanwaltschaft vertreten hatte, die Abschiebung eines Eingeschleusten genehmigt hatte.

Letzten Endes würde sich alles regeln. In zwei Monaten wäre seine Hochzeit. Und Regev würde die Hand über ihn halten. Er hatte sein ganzes Leben noch vor sich.

Würde diese Polizistin, Nachmias, nur endlich diesen Nigger auftreiben!

23

◊ ◊ ◊

Gabriel ging schnellen Schrittes an dem Computergeschäft vorbei, in Richtung der Gasse, wo er mit Aramei verabredet war. Er hatte das Gefühl, alle würden ihn anschauen und wissen, dass er untergetaucht war. Wie in Eritrea war die Polizei garantiert auch hier allerorts präsent, spionierte, ermittelte, heftete sich an die Fersen der Leute. Mit Sicherheit verfügte sie über Tausende Augen und Ohren, die über jede verdächtige Sache Meldung erstatteten und nach dem Mann mit der Narbe an der Wange fahndeten.

Beim letzten Mal war er mit heiler Haut davongekommen. Jemand hatte den Polizisten zu sich gerufen und ihn abgelenkt, daraufhin hatte er von Gabriel abgelassen. Andernfalls säße er jetzt in Haft. In den Park war er nicht zurückgekehrt. Auch nicht zur Arbeit. Schon gar nicht in die Wohnung. Das Risiko war zu hoch. Nur zu Aramei hielt er Kontakt.

Er konnte keinem vertrauen. Hier gab es Leute, die durch und durch bösartig waren, komplett verkorkst von dem, was sie in Afrika gesehen hatten, was im Sinai mit ihnen gemacht worden war. Auch er hatte schlimme Dinge mit ansehen müssen und die Hölle durchlebt, doch tagtäglich schwor er, sich davon nicht vereinnahmen zu lassen, die Erziehung nicht zu vergiften, die er zu Hause genossen hatte. Seine Eltern hatten ihn gelehrt, die Menschen zu lieben, hier empfanden allerdings viele keine Liebe für ihre Mitmenschen. Was sie durchgemacht hatten, hatte sie zu gewissenlosen Bestien gemacht. Da half auch Hunger nicht. Ebenso wenig Alkohol.

Itai hatte ihn sehr viele Male angerufen, doch er war nicht drangegangen. Er hatte Angst, empfand auch Scham. Und je mehr Zeit verging, desto größer wurde seine Scham.

Gestern war er vom Park aus ins Internetcafé gegangen. Er hatte endlich seinen Onkel in Spanien erreicht und ihm auseinandersetzen können, dass er Geld für Lidi brauchte, dass sie seine Schwester umbringen würden, wenn er nicht binnen vier Tagen fünfundzwanzigtausend Schekel zahlte. Sein Onkel lebte seit zehn Jahren dort und war als Gärtner bei der Stadtverwaltung von Barcelona angestellt. Er hatte geweint, als er ihm schilderte, dass Lidi geschrien und gehustet hatte. Der Onkel hatte versprochen, ihm zehntausend Schekel zukommen zu lassen. Mehr hatte er nicht.

Morgen oder übermorgen würde der Onkel ihn wissen lassen, wo er das Geld in Empfang nehmen solle. Er würde einer Person in Spanien das Geld aushändigen, die wiederum mit einer Person in Israel in Verbindung stand. Auf diese Weise transferierten sie Geld. Von den zehntausend Schekel, die sein Onkel auf den Weg bringen würde, kämen – bestenfalls – etwa achttausendfünfhundert bei ihm an.

Weitere dreitausendsechshundert Schekel hatte er selbst.

Aramei hatte ihm weitere zweitausend in Aussicht gestellt.

Alles in allem konnte er vierzehntausendeinhundert Schekel aufbringen. Doch wie den Rest?

Er ging zügig, das Gesicht verschüchtert auf den Boden gerichtet. Nur keinen Blick auffangen.

Eine Clique von Eritreern in seinem Alter steuerte auf ihn zu und krakeelte.

Er machte einen kleinen Bogen um sie, in der Hoffnung, ihnen entwischen zu können. »He, wohin gehst du?« Einer von ihnen baute sich vor ihm auf. Er war einen Kopf größer als er und doppelt so breit. Sein Mundgeruch verriet hochprozentigen Alkohol.

»Nirgendwohin, Verzeihung.« Gabriel schlüpfte zur Seite.

»Ich hab dir eine Frage gestellt.« Der Junge versperrte ihm mit seiner kräftigen Statur den Weg und packte ihn am Arm.

»Bitte, ich muss zur Arbeit«, sagte er und sah ihn flehend an. Ihre Blicke kreuzten sich für den Bruchteil einer Sekunde. Als er merkte, dass er nicht achtgegeben hatte, senkte er den Kopf. Zu spät. Der andere wusste Bescheid. Registrierte es in seinen Augen.

Er musste schnell handeln, bevor es kein Zurück mehr gäbe, er war in höchster Alarmbereitschaft.

Schnell wand er sich aus dem Griff seines Gegenübers und rannte los.

»Der Mörder, fasst ihn!«, schrie der Schlägertyp seinen Leuten zu.

Er rannte schneller. Ohne zu wissen, wohin. Hauptsache weg. In Freiheit sein. Nicht geschnappt werden.

»Stehen bleiben!« Er hörte sie hinter sich, wie sie rannten, wie sie ihn einzuholen drohten. Ein Passant unternahm den zaghaften Versuch, ihn abzufangen, doch er war schon an ihm vorbei.

Er rannte, so schnell er konnte. Gab alles. Sie durften ihn nicht zu fassen kriegen. Nicht jetzt. Jede Minute zählte, um Lidi freizubekommen. Er musste schleunigst von der Hauptstraße runter. Nur in den kleinen Seitenstraßen hatte er eine Chance, ihnen zu entwischen.

Bei der ersten Gelegenheit bog er rechts ein und fand sich in einer engen Gasse wieder. Kleine Kinder hüpften auf einer abgerissenen Matratze. Er schlug einen Haken. Auch um die Frauen, die sich gerade mächtig in der Wolle hatten. Ein Mann, der neben einer Tonne mit offenem Feuer saß, verfolgte seine Flucht mit dem Blick.

Er keuchte heftig. Auf keinen Fall schlappmachen. Weiter, weiter musste er. Lidis Leben hing von ihm ab. Er wagte einen Blick nach hinten und sah, dass zwei von der Clique noch immer an ihm dran waren.

Er nahm die nächste Gasse und bog erneut ab. Hinten hielt ein Müllauto, links und rechts war kaum mehr als ein Spalt. Kurz entschlossen sprang er über die Müllhaufen, streifte die Tonnen. Sollten die Männer doch fluchen. Wieder drehte er sich um. Vorerst hatte er sie abgehängt. Vielleicht war er in Sicherheit. Er rannte in die nächste kleine Seitenstraße.

Eine bedrohlich hohe Betonmauer tauchte vor ihm auf. Er rang nach Luft. War schweißnass. Das Spiel war aus. Er saß in der Falle. Aus dem Augenwinkel sah er, wie ein alter Mann mit Gehstock ein Haus betrat.

Das war die Gelegenheit. Nur so konnte er noch entkommen.

Er rannte hinüber zu dem Alten, bevor der die Tür hinter sich schließen konnte, drängte sich in den Spalt.

Der große Raum, in dem er stand, war erleuchtet, Holzstühle waren in Reihen angeordnet. Im hinteren Teil stand ein Altar mit weißer Tischdecke. Es roch nach Putzmittel.

Sie waren allein. Nur er und der Alte. Rundum nichts als Stille.

Der Raum brachte ihn aus der Fassung. Mitten in der Wüste war er auf eine Oase gestoßen. Während er überall von Armseligkeit umgeben war, roch hier alles rein, sauber, blank geputzt. Als er begriff, wo er war, lief ihm ein Schauer über den Rücken. Seit dem Mord an seinem Vater vor einigen Jahren hatte er keinen Fuß in eine Kirche gesetzt. Er wäre nicht imstande gewesen, die Stimme eines anderen Pfarrers zu ertragen, zu sehen, wie ein anderer den Platz vor dem Altar einnahm, der für immer mit der Erinnerung an seinen Vater verknüpft war.

Er hielt Ausschau nach dem Kreuz, dem Bild Jesu.

Aber nein. Er war nicht in einer Kirche. Statt Jesu erblickte er überall die Symbole der Juden.

Er sah den Alten an, der neben ihm stand. Mit erhobenen Händen. Den Stock auf den Boden geschleudert.

»No money, no money«, murmelte er.

Entgeistert sah er ihn an, ohne zu wissen, wie er darauf reagieren sollte. Noch nie hatte er es mit einem Israeli zu tun gehabt, der vor ihm Angst hatte. Erst recht keiner mit Kopfbedeckung. Michal hatte einmal zu ihm gesagt, dass die religiösen Juden die schlimmsten seien, vor denen müsse man sich am meisten in Acht nehmen. Itai hatte es als Unsinn abgetan, es gäbe solche und solche und man dürfe auf keinen Fall verallgemeinern. Wie immer hatte Michal sich nicht umstimmen lassen. Die religiösen Juden seien diejenigen, die das Verbot zur Wohnungsvermietung durchgesetzt hätten, sie seien es, die hinter der Hetzkampagne ständen, der Innenminister sei ein ultraorthodoxer Jude, hatte sie Itai klargemacht.

Der Mann, der mit erhobenen Händen vor ihm stand, machte keinen furchterregenden Eindruck auf ihn. Im Gegenteil. Seine unterwürfige Haltung hatte etwas Herzergreifendes.

Er wollte ihn beruhigen, ohne zu wissen, wie.

»It's okay. It's okay«, sagte er und lächelte ihn an.

Der Alte rührte sich nicht.

Er tat das Einzige, was ihm einfiel – bekreuzigte sich und warf sich vor dem Altar zu Boden.

Bass erstaunt sah der Alte ihn an und ließ die Arme sinken.

Sie standen sich gegenüber, wortlos.

Jemand hämmerte an die Tür, beide zuckten sie zusammen.

Einer rief etwas auf Hebräisch.

Der Alte machte eine Geste, ihm zu folgen.

Vom Saal aus gingen sie in einen kleinen Seitenraum. Er hörte, wie hinter ihnen die Eingangstür aufgeschlossen wurde und Leute hereinkamen.

24

◊ ◊ ◊

Nach dem Besuch im Frauenhaus beschloss Itai, zu Fuß ins Büro von ASSAL zurückzugehen. Er musste den Kopf freibekommen. Täglich war er den Nöten und Sorgen anderer Leute ausgesetzt, mit solchem Elend wie dort wurde er jedoch an keinem zweiten Ort konfrontiert.

In einer kleinen Wohnung, die einem Labyrinth glich, lagen die Frauen nebeneinander auf verdreckten Matratzen, die auf dem Erdboden aufgereiht waren. In den Ecken lag abgegriffenes Spielzeug, standen defekte Kinderwagen und an den Wänden verrußtes Kochgeschirr. Es roch aufdringlich nach ungewaschenen Körpern.

Ein Teil der Frauen war schwanger, ein Teil hatte die Geburt gerade hinter sich. Ihre gemeinsame Geschichte: Sie waren von ihren Schleppern, den Beduinen, im Sinai brutal vergewaltigt worden.

Bei ASSAL herrschte immer Tumult. Leute redeten. Weinten. Zuweilen lachten sie auch. Im Frauenhaus hingegen waren die Stille und Verzweiflung fortwährend, durchdrangen die Wände, verstrickten sich mit dem üblen Geruch. Stumm lagen die Frauen da. In sich versunken. Sahen das, was ihnen widerfahren war, als Strafe an. Hielten es für ihre eigene Schuld und schämten sich zutiefst, von dem zu berichten, was ihnen angetan worden war, ängstigten sich vor der Welt draußen. In erster Linie wollten sie in Ruhe gelassen werden, vergessen und, wenn machbar, so schnell wie möglich das Gift austreiben, das in ihren Körpern gedieh.

Hin und wieder wurde die Stille behelligt. Säuglinge weinten; sie stammten von den Frauen, für die eine Abtreibung zu spät gewesen war, es waren Kinder, die keiner haben wollte.

Dahlia, die Sozialarbeiterin, und die wenigen Mitarbeiter, die ihr zur Verfügung standen, setzten alles daran, die Frauen wieder auf die Beine zu bringen, ihnen das Nähen, Stricken beizubringen, kleine Arbeiten zu bewerkstelligen, die ihnen dabei behilflich wären, sich draußen zu ernähren. Wer entlassen werden konnte, wurde entlassen. Die Nachfrage nach einem Platz im Frauenhaus war enorm, es gab längst nicht genug Raum für alle. ASSAL versuchte, denen unter die Arme zu greifen, die das Frauenhaus verlassen hatten.

Obwohl er schon viele Male dort gewesen war, hoben ihn die Besuche stets aufs Neue aus den Angeln, sodass er Zeit brauchte, um die Fassung wiederzugewinnen.

Was ihn heute aus den Angeln gehoben hatte, war jedoch etwas gänzlich anderes.

Dahlia hatte ihn nach draußen, in die kleine, vom Regen nasse Gasse gezogen und ihm berichtet, dass die Frauen vor einigen Tagen gesehen hätten, wie Michal in unmittelbarer Nähe vom Frauenhaus drei israelische Männer konfrontiert hatte, einer von ihnen hatte Anzug und Krawatte getragen. Sie hätte sie angeschrien, dass sie Diebstahl betreiben würden, die Flüchtlinge ausnutzten, ihnen Geld abnahmen. Während sie den einen heruntergeputzt hätte, hätten seine

Leute sie attackiert, an den Armen gepackt und zur Seite gestoßen.

Auch davon hatte er natürlich nicht die geringste Kenntnis. Dahlia hatte versucht, die Frauen, die Augenzeuginnen gewesen waren, für eine Aussage bei der Polizei zu gewinnen, doch wie erwartet – ohne Erfolg. Sie vertrauten niemandem. Schon gar nicht der Polizei und mit aller Bestimmtheit keinen Männern.

Seit er davon wusste, dass die Polizei Gabriel unter Verdacht hatte, zermarterte er sich das Hirn. Wie könnte er ihnen plausibel machen, dass es geradezu absurd war, dass sie in die falsche Richtung ermittelten? Ihnen einfach zu sagen, dass Gabriel zu einer solchen Tat niemals fähig wäre, würde zu nichts führen, das wusste er. Er brauchte etwas Handfestes.

Dahlias Bericht könnte die Polizei davon überzeugen, dass an Michals Anzeige etwas Wahres dran war. Es handelte sich nun nicht mehr um etwas, was sie nur zu sehen geglaubt oder sich gedacht hatte. Er konnte nun vor der Polizei aussagen, was tatsächlich geschehen war. Michal hatte ihn angelogen. Sie hatte das Thema nicht ruhen lassen und sich stattdessen mit dem »Banker« und seinen Bodyguards angelegt. Die Frauen hatten Dahlia berichtet, dass diese Männer unverzüglich Gewalt angewandt hätten.

Mit hoher Wahrscheinlichkeit waren sie es auch gewesen, die Michal in der Nähe ihres Hauses überwältigt hatten. Leute aus der Unterwelt, die wer weiß wie hohe Geldsummen transferierten. Sie würden es wohl kaum zulassen, dass das kleine Mädchen mit der großen Klappe ihre Geschäfte trübte. Sie war ihnen offenbar zu nahe getreten, daher hatten sie Michal kurzerhand aus dem Weg geschafft. Hatten sie zerquetscht wie eine Fliege. Er würde der Polizei übermitteln, was er von Dahlia erfahren hatte. Diese Informationen dürften sie nicht mehr wie Luft behandeln. Es würde sie dazu verpflichten, »die Bank« ins Visier zu nehmen.

25

◊◊◊

Der Mord an Michal Poleg bereitete Schimon Faro Kopfschmerzen. Solche Dinge waren destruktiv. Am Ende würde die Polizei Leute wie ihn nicht wegen der großen Dinge, sondern wegen irgendeinem Unsinn mattsetzen. Wie diesem Mord.

Im letzten Jahr hatte er alle Hebel in Bewegung gesetzt, um am alten Busbahnhof ein Kreditsystem zu installieren. Nicht nur die Idee stammte von ihm, er hatte das Konzept auch in die Praxis umgesetzt, und was er erreicht hatte, erfüllte ihn mit Stolz. Inzwischen machte er mit diesem Geschäft Dutzende Millionen Umsatz, und würden diese Afrikaner weiterhin ins Land strömen, könnte er diese Summe sogar verdoppeln oder verdreifachen. Dass Geheimhaltung bei seiner Form der Erwerbstätigkeit zwingende Voraussetzung war, frustrierte ihn. Mehr als einmal hatte er davon geträumt, dass er, wie andere Unternehmer auch, der Wirtschaftspresse in Interviews einen Einblick in die neu erschlossene Geschäftsgelegenheit gewähren könnte, in die mutigen Entscheidungen, die er hatte treffen müssen, und in die Gewinne, die er einfuhr. Er sah sich dann in einem Café, vor ihm das Aufnahmegerät und ein emsiger Journalist, der fleißig mitschrieb und sichtlich verblüfft war angesichts der Initiativen und Prozesse, die Faro in Gang gesetzt hatte. »Das ist allein mein Verdienst«, würde er dem entzückten Journalisten sagen, »mir wurde nichts in die Wiege gelegt …« Doch ihm blieb nichts anderes übrig, als derartige Gedanken auf der Stelle zu vertreiben. Leute seines Schlages durften Interviews nur mit dem Strick um den Hals geben. Außerdem bestand nicht die geringste Chance, dass die Tel Aviver mit Krawatte ihn jemals als legitimen Geschäftsmann anerkennen würden.

Nur er hatte auf den ersten Blick das wirtschaftliche Potenzial erkannt, das in den Afrikanern steckte, die den alten Busbahnhof zunehmend überschwemmten. Diese Leute brauchten in jedem Fall eine Bank, um Geld zu deponieren oder zu transferieren, Kredite aufzunehmen. Dabei handelte es sich um ein grundlegendes menschliches Bedürfnis, wie zu wetten oder in den Puff zu gehen. Wäre *er* nicht auf die Lösung gekommen, dann wäre es ein anderer. Das öffentliche Bankwesen trieb diese Leute in den Wahnsinn. Ließ sie in der Bürokratie versacken und knöpfte ihnen horrende Gebühren ab. Als das Innenministerium damals vor den Bankfilialen in der Gegend des alten Busbahnhofs seine Inspektoren postierte, um illegale Ausländer festzunehmen, war sein Umsatz beträchtlich gestiegen. Er hatte seine Leute angewiesen, die Nachricht in Umlauf zu bringen: Seine Bank hatte keine Filialen, keine Inspektoren und die Gebühren waren nur halb so hoch. Er hatte sich sogar einen Jingle dafür ausgedacht, wie ihn Naomi Schemer oder ein Militärchor singen würde. Ein Ohrwurm. Er liebte diese Lieder von früher.

Seine ersten Aktivitäten auf dem Gebiet hatten mit den Beduinen im Sinai zu tun gehabt, die dort bereits ein

System etabliert hatten. Sie vereinbarten mit einem Afrikaner einen Preis für die Überführung nach Israel, und dann, mitten auf der Strecke, verlangten sie mehr und ließen ihn erst frei, wenn er zahlte. Woher nahm derjenige das Geld? Er rief seine Verwandten in Israel, Europa oder sonst wo an, damit sie das Geld für seine Freilassung lockermachten. Das war ja alles gut und schön, bis auf ein Hindernis – wie gelangte das Geld aus Israel zu den Beduinen im Sinai? Hier war seine Kompetenz gefragt. Seine Organisation hatte sich dabei bewährt, Geld einzutreiben und diese Gelder wie Waren zu transferieren. Darüber hinaus pflegten sie im Drogenhandel bereits gute Kontakte zu den Beduinen im Sinai.

Das neue Geschäft hatte dort begonnen und er hatte es zunehmend ausgebaut. Wollte heutzutage ein Afrikaner einen Teil seines Verdienstes der Familie zukommen lassen, wandte er sich an Faros Bank. Einige Jahre zuvor hatte er versucht, ein ähnliches System für die asiatischen Gastarbeiter einzurichten, über das die Gelder der Philippiner, Nepalesen, Chinesen und der übrigen Schlitzäugigen unbürokratisch und zu niedrigen Gebühren zu ihren Familien gelangen konnte. Allerdings war er mit dieser Idee baden gegangen und hatte viel Geld eingebüßt. Was mit den Asiaten misslang, gelang ihm jedoch mit den Afrikanern. Erstens reisten die Afrikaner, anders als die Asiaten, nur in eine Richtung. Niemand fuhr von Israel zurück in den Sudan oder nach Eritrea. Zweitens konnte das Geld in diesen Fällen nicht wie bei den Asiaten, die ihre Verwandten darum bitten konnten, an zentralen Stellen entgegengenommen, sondern zu Familien mitten in der Wüste gebracht werden, in Flüchtlingslager, in Löcher, von denen noch nie ein Mensch gehört hatte. Und drittens: Die Asiaten waren legale Einwanderer und im Besitz von Pässen, sie konnten offiziell auf dem Postamt Geldgeschäfte tätigen. Die Afrikaner hingegen waren auf jemanden wie ihn angewiesen, der in großem Umfang liquide war, sich mit Geldtransfer bestens auskannte, keine Papiere sehen wollte und zugegebenermaßen eine vernünftige Gebühr berechnete.

Und er hatte noch einen Trumpf in der Hand: seine persönlichen Kontakte nach Afrika, und das waren nicht gerade wenige.

Seit vielen Jahren verkaufte er dort, was ZAHAL, die israelische Armee, nicht mehr benötigte. Das Verteidigungsministerium verkaufte ihm Waffen, die vermeintlich irgendeinen befreundeten Staat erreichen sollten (wobei allen Beteiligten bewusst war, dass das Ziel der Lieferung nicht zwingend festgelegt war), und er übernahm den Vertrieb. Das Verteidigungsministerium stellte keine weiteren Fragen und er legte keine Karten offen. Alles in allem waren es Waffen, die ausgesondert worden waren. Solange er keine moderne Technologie anrührte – und davon ließ er schön die Finger –, kümmerte es keinen.

Ja, diese Afrikaner waren zur rechten Zeit gekommen.

Neben dem Geldtransfer brachte ihm auch das Deponieren von Geldern ordentliche Gewinne ein. Nicht jeder Afrikaner durfte in Israel ein Bankkonto eröffnen. Und jene, die es durften, durchliefen bei den Banken die sieben Stationen der Hölle. Die Leute waren mit großen Geldmengen unterwegs, trugen zuweilen ihren gesamten Besitz am Leib. Daher ereigneten sich unter ihnen jede Menge Raubüberfälle. Er und seine Leute hatten die Lösung für sie parat gehabt: Sie sollten ihr Bargeld bei ihnen deponieren. Anfangs hatte es nicht funktioniert. Sie hatten sich von ihrem Geld partout nicht trennen, es unter keinen Umständen Israelis überlassen wollen. Er hatte deutlicher werden müssen: Entweder deponierten sie es bei ihm oder es würde ihnen abgenommen. Die Ersten, die es deponierten, taten es aus Angst, die darauffolgenden wollten es. Sie begriffen, dass sie das Eingezahlte auch zurückbekamen. Abzüglich einer recht annehmbaren Gebühr. Faktisch erwies er der Polizei einen Gefallen.

Inzwischen verfügte er über ein vollständiges und ausgeklügeltes System. Er transferierte Geld, nahm es in Verwahrung; lieh Leuten Geld, denen eines schönen Tages gekündigt worden war und die Geld zum Leben brauchten, bis der nächste Lohn einträfe, oder die Bargeld brauchten, um ihre Verwandten im Sinai freizukaufen. Mochten sie darüber auch nicht erfreut sein, hatten sie zumindest kapiert, dass ihnen keine Wahl blieb.

Würden diese Afrikaner nicht den Großteil ihres Verdienstes unmittelbar nach Erhalt ausgeben und ein wenig langfristiger denken, dann hätte er nicht nur ein bisschen Erfolg, sondern würde Riesengewinne einstreichen. Doch dagegen konnte er nichts machen. Das lag an ihrer Mentalität und misslungenen Erziehung.

Einen Teil seines Geldes verdiente er auch durch den Staat. Auf die Idee war er gekommen, als er über die Templer gelesen hatte. Diese durchtriebenen Bastarde hatten von den Kreuzzügen profitiert. Sie hatten auf dem Weg nach Eretz Israel Durchgangsstationen errichtet und zu den Pilgern gesagt: »Eretz Israel ist ein gefährlicher Ort, lasst euer Geld bei uns. Wenn ihr zurückkehrt, bekommt ihr es wieder.« Wer zurückkehrte, bekam es tatsächlich wieder. Allerdings kehrten viele nicht zurück, und deren Geld fiel den Templern zu. Genauso lief es mit den Afrikanern. Wurde einer abgeschoben, der bei ihm ein Konto hatte, gehörte das Geld ihm.

Eine Operation dieser Größenordnung zu starten war keine einfache Sache gewesen. Er hatte Afrikaner finden müssen, die gegenüber ihren Freunden als Agenten auftraten. Seine Leute befassten sich nicht mit Endkunden. Das löste nicht nur Probleme der Kommunikation und des Vertrauens, was die Afrikaner anging, sondern sorgte auch für einen gesunden Puffer. Am Anfang war es schwierig und vertrackt gewesen, doch seit der »General« in Kontakt mit ihm getreten und danach fest installiert worden war, war das Ganze leichter geworden. Der General hatte in der Tat strategischen Wert. Er hatte nicht damit gerechnet, einen wie ihn zu finden. Er war es, der die Kunden und sämtliche Unterhändler auf der Wegstrecke rekrutierte. Er war äußerst nützlich und von Ehrgeiz getrieben.

Damit das Geschäft florierte, war es außerdem nötig gewesen, die entsprechenden Leute in der Ausländerbehörde zu finden und zu schmieren, damit sie die Richtigen abschoben. Wenn sie sich hin und wieder irgendeinen Afrikaner schnappten und ihm vorwarfen: »Du bist kein Eritreer, sondern Äthiopier, deshalb sag: ›Auf Nimmerwiedersehen, Israel‹« – steckte seine Organisation dahinter.

Er träumte immer noch davon, jemanden in der Staatsanwaltschaft für sich einzunehmen. Würde er das erreichen, wäre alles in Butter. Den Widerstand des Staates zu lenken, um die Frage zu feilschen, wer abgeschoben würde und wer nicht, könnte das Geschäft in dramatischer Form erweitern, den Umsatz in die Höhe treiben und die Gewinne steigern. Bisher war es ihm nicht gelungen. Doch Beharrlichkeit war eine seiner Stärken. Für ihn arbeiteten Leute von der Ausländerbehörde und Polizisten, früher oder später würde er auch einen Staatsanwalt ködern.

Als er erfahren hatte, dass Michal Poleg beim Dezernat zur Ermittlung von Wirtschaftskriminalität eine Anzeige gegen denjenigen erstattet hatte, den sie den »Banker« nannte, hatte er deswegen keine Schweißtropfen vergossen. Seine Informanten hatten ihn wissen lassen, dass die Sache im Sand verlaufen würde. Es hatte ihm sogar imponiert, dass sie Boaz einen sterilen und respektvollen Namen wie »der Banker« verliehen hatte.

Als diese Poleg jedoch auf offener Straße auf Boaz losgegangen war und ihn heruntergeputzt hatte, war es ihm nicht mehr gleichgültig gewesen. Dramen dieser Art waren fürs Geschäft nicht förderlich. Er hatte Gal und Noam zu ihr geschickt, um ihr ein wenig Angst zu machen, und gehofft, damit sei die Sache beendet, doch mit den beiden waren die Pferde ein wenig durchgegangen und sie hatten sie geschlagen. Das hatte ihn aufgebracht. Er hielt nichts von überflüssiger Gewalt und schon gar nichts von Gewalt gegenüber Frauen, aber es war nicht weiter tragisch. Er hatte ein Auge zugedrückt.

Doch jetzt war diese dumme Gans ermordet worden. Soweit er wusste, war es nicht das Werk seiner Leute. Seit der Sache mit David Meschulam, gesegnet sei sein Andenken, der hinter seinem Rücken aktiv geworden war, Verantwortung übernehmen wollte und deswegen beinahe eine Staatsanwältin umgebracht hätte, prüfte er seine Leute auf Herz und Nieren.

Die Tatsache, dass seine Organisation mit dem Mord nichts zu tun hatte, war noch lange kein Grund, die Sache auf die leichte Schulter zu nehmen. Liefen die Ermittlungen erst einmal an, wer weiß, wohin sie führen würden. Zudem gab es bei der Polizei genügend Leute, die ihm nur zu gern einen solchen Fall anlasten würden.

Zu seiner Freude hatte ihm jemand geflüstert, dass die Polizei einen Afrikaner mit einer Narbe im Gesicht suche. Er hatte Itzik eindeutige Anweisung gegeben, sämtliche Kontakte zu nutzen, um diesen Mann ausfindig zu machen und ihn der Polizei zu servieren, damit er den Mord gestehen würde. Wenn nötig, sollten die Leute dort bestochen werden, damit sie ihn schnappten. Und er auch, damit er seiner Familie etwas nach Hause schicken könnte.

Aufruhr war das Letzte, worauf er momentan aus war. Er brauchte Ruhe, um das Unternehmen, das er gegründet hatte, zu entwickeln und zu etablieren. Es gab Leute, die ihm seinen Erfolg neideten und ebenfalls eine Scheibe vom Schokoladenkuchen begehrten. Auch die Terrororganisationen, ihr Name soll ausgelöscht sein, hatten begriffen, was für einen Ertrag die Afrikaner abwerfen könnten. Die muslimischen Sudanesen traten einen Teil ihres Gehalts der Hamas in Israel ab, die es wiederum ins Westjordanland schleuste, um Waffen zu kaufen und Israelis zu töten. Diese Hamas-Leute hatten Verbindungsmänner im Sudan, die das Geld auszahlten, das ein Verwandter in Israel für Familien im Sudan deponiert hatte. Genau wie er es machte. Nur dass es sich bei ihm um Geschäfte und bei denen um Terror handelte.

Boaz Javin durfte keinesfalls verhaftet werden. Nächste Woche sollte er nach Argentinien fliegen. Der Abschluss eines großen Waffengeschäftes stand bevor. Der Mord an Michal Poleg kam ihm mehr als ungelegen.

Also dann an die Arbeit, der Afrikaner mit der Narbe

musste so schnell wie möglich geschnappt und der Polizei übergeben werden. Der »General« sollte sich dieser Sache annehmen und gefälligst Ergebnisse liefern. Er hatte verdammt noch mal ein Unternehmen zu leiten!

26

◊ ◊ ◊

Aramei wartete in der Gasse nahe seiner Wohnung auf ihn. Sie waren bereits gestern verabredet gewesen, doch er war von dieser Clique aufgehalten worden. Nur dank des alten Mannes war er durch eine Hintertür entkommen. Danach hatte ihm die Angst im Nacken gesessen, er war nicht an den vereinbarten Treffpunkt zurückgekehrt. Einmal hatte er entkommen können, ein zweites Mal würde er es vermutlich nicht.

»Die Polizei fahndet nach dir, sie laufen umher und beauftragen die Leute, einen Mann mit einer Narbe an der Wange zu suchen«, hatte Aramei ihm gestern am Telefon geschildert, nachdem er ihm von dem Zwischenfall berichtet hatte. Damit bestätigte sich sein Verdacht. Kalter Schweiß trat ihm auf die Stirn. Die Worte »Die Polizei fahndet nach dir« katapultierten ihn zurück in eine andere Zeit, in den Staat, aus dem er geflohen war. Tausende Kilometer hatte er zurückgelegt, um ein besseres Leben führen zu können, und nun war er wieder am Ausgangspunkt angelangt.

»Es tut mir leid, Gabriel, ich habe es versucht, ich habe das Geld, das ich dir versprochen habe, nicht zur Verfügung«, sagte Aramei mit resignierter Miene, als sie sich umarmt hatten.

Gabriel blickte ihn verzweifelt an. Mit diesem Geld hatte er fest gerechnet. Woher sollte er den Rest nehmen? Die Zeit raste. Er konnte die Summe unmöglich auftreiben. In der Zwischenzeit machte Lidi garantiert die Hölle durch. Sie schien sehr krank zu sein.

»Hör zu, Gabriel«, unterbrach Aramei seine düsteren Gedanken, »gestern hat sich etwas ergeben, das vielleicht eins deiner Probleme lösen könnte.«

»Was? Was hat sich ergeben?«, fragte er erwartungsvoll. Er hatte gute Nachrichten dringend nötig, etwas, das ihm den Weg weisen würde.

»Genau in dem Moment, als ich aus dem Büro von ASSAL kam, hat mich jemand auf dich angesprochen. Ich weiß nicht, wer er war, aber er war jemand Wichtiges. Er hat zu mir gesagt, dass er dich sucht …«

»Mich? Was will er?«, wieder griff die Angst nach seinem Herzen und drückte fest zu.

»Er will dir Geld geben. Geld, mit dem du Lidi befreien kannst …« Aramei stockte.

Gabriel sah ihn erwartungsvoll an.

»Aber er hat eine Bedingung.«

»Welche? Ich bin zu allem bereit, um sie zu befreien.« Sein ganzer Körper war angespannt.

»Er will, dass du zur Polizei gehst und ihnen sagst, dass du es warst, der Michal ermordet hat.«

27

◊◊◊

Jariv starrte auf den Bildschirm. Er schrieb seine Stellungnahme zu Michals Anzeige.

Sein Gemütszustand war in letzter Zeit häufigem Wandel unterworfen. Manchmal fühlte er sich ausgezeichnet, als könne ihm keiner etwas anhaben. Schließlich suchte die Polizei einen Afrikaner. Und diese Suche band ihre gesamten Ressourcen.

Doch hin und wieder war er auf dem Tiefpunkt und hatte Angst, wie gestern, als Galith Lavi in sein Büro gekommen war und ihm eine Rüge erteilt hatte, weil er ihre Referendarin ausgefragt hatte, um Einzelheiten über die Ermittlungen herauszufinden. Unter anderen Umständen hätte er sich diesen Auftritt nicht gefallen lassen, wäre es gar nicht in Frage gekommen, dass sie ihn demütigte. Doch er hatte dermaßen Muffensausen gehabt, dass er sich gleich mehrmals entschuldigt hatte, ihr darlegte, dass er neugierig gewesen sei und es ihm ausgesprochen leidtäte.

Er konnte nur hoffen, sie überzeugt zu haben. Ein Königreich dafür, dass sie sich damit zufriedengäbe. Gewissheit hatte er darüber nicht. Und wenn sie damit zur Polizei ginge? Sie konnten bei den Ermittlungen plötzlich eine andere Richtung einschlagen. Wieder rief er Kobi an, der meinte, er brauche sich keine Sorgen zu machen. Galith demonstrierte gern Überlegenheit und ließ keine Gelegenheit für eine Moralpredigt aus. Seiner Einschätzung nach würde sie es jedoch dabei bewenden lassen. Und wenn nicht, was tat das schon zur Sache? Die Polizei fahndete nach einem Eingeschleusten schwarzer Hautfarbe, nicht nach einem weißen Staatsanwalt. Außerdem, Kobi lachte, seit wann änderte die Polizei bei ihren Ermittlungen die Richtung?

◊

Abermals las er die Anzeige. Michal schrieb, dass der Mord an Hagos ein direktes Resultat seines Handelns, seiner hartnäckigen Leugnung der Gefahr für die Abgeschobenen war.

Aber Michal war tot und ihre Anzeige interessierte keinen mehr. Die Rechtsanwaltskammer stimmte mit dem Außenministerium keine Informationen ab. Und auch im Außenministerium wussten nur sehr wenige von der Existenz dieses Gutachtens, das Doktor Jigal Schemesch geschrieben hatte. Er war zwar, trotz ihres Todes, dazu verpflichtet, zu der Anzeige Stellung zu nehmen, aber es war nur noch eine protokollarische Angelegenheit. Die Akte würde geschlossen und im Archiv vergessen. Wozu also jetzt anfangen, sich zu rechtfertigen und großartige Erklärungen abzugeben?

»Dem Unterzeichnenden ist nicht bekannt, um welches Gutachten es sich hier handeln soll, die von der Anzeigenden dargestellten Tatsachen sind aus der Luft gegriffen. Ein solches Gutachten gab es nicht und gibt es nicht.« Er tippte schnell und verfolgte die Wörter, die auf dem Bildschirm erschienen. Ja, so war es am besten. Abstreiten. Wenn er das Gutachten nicht bekommen und keine Kenntnis davon hatte, dann hatte er auch nichts Schlechtes getan.

28

◊ ◊ ◊

Gabriel stand an der Straßenecke und sah auf das Gebäude, das ihm bestens vertraut war. Er hatte die dunkle, abgelegene Ecke gewählt, von der aus er den besten Blick hatte.

Als ein weiteres Licht ausging, wusste er: Jetzt war es an der Zeit.

Er schaute sich nach allen Seiten um, und als er niemanden erblickte, trat er aus seinem Versteck. Tagsüber war es hier brechend voll, da viele Leute in die Gegend kamen, um in den Werkstätten ihre Autos reparieren zu lassen. Doch abends war es still.

Schnell überquerte er die Straße. Nur keine Zeit vergeuden. Er musste in die Tat umsetzen, was er beschlossen hatte. Es war der einzige Weg, um Lidi zu retten. Welche Zukunft hatte er in diesem Land? Die Israelis wollten ihn hier nicht haben. Und täglich kamen neue Eritreer. Eine Arbeit zu finden wurde zusehends schwieriger. Weg von hier konnte er allerdings auch nicht. Auf Leute wie ihn war kein Staat erpicht. Ginge er nach Eritrea zurück, würde er hingerichtet.

In die Angst und Panik, die er ohnehin hatte, mischte sich große Scham. Was würde sein Vater dazu sagen, wenn er wüsste, was sein Sohn drauf und dran war zu tun?

Er ging die Treppe des Gebäudes hinauf. Kein Laut war zu hören. Und wenn er ihn nicht allein anträfe? Damit die Sache gelingen würde, musste er ihn unter vier Augen sprechen.

Er stand vor der verschlossenen Tür und klopfte.

»Wer ist da?«, hörte er seine Stimme, »wer ist da?«

29

◊ ◊ ◊

Anat hatte nicht die Absicht gehabt, Itai Fischer selbst zu befragen. Eine Viertelstunde vor seiner Vernehmung hatte sie jedoch die Information erhalten, dass ein Afrikaner mit Narbe in der Gegend des alten Busbahnhofs gesichtet worden sei, und Jaron, der ihr Stellvertreter war, hatte unbedingt das Büro verlassen und die Verhaftung übernehmen wollen. Sie hatte mit ihm keine Diskussion vom Zaun gebrochen. Sie traten bei den Ermittlungen auf der Stelle, und es tat den Männern mal gut, Dampf abzulassen. Wenn sie ihre schusssicheren Westen überzogen, die Instruktionen für den Einsatz entgegennahmen und in Kolonne und mit Sirene durch die Stadt rasten, sorgte das bei den meisten Polizisten für den nötigen Ausgleich. Sie hatte bereits begriffen, dass es Ereignisse gab, bei denen sie sich besser im Hintergrund hielt. Frauen taugten am besten dazu, frisch Verhaftete zu durchsuchen und die Anzeigen vergewaltigter Frauen aufzunehmen, so die gängige Auffassung bei der Polizei. Bei Vorfällen, wo Gewalt angewandt werden musste, wie bei Auseinandersetzungen oder Festnahmen, waren sie eher unnütz und sogar eine Belastung. Daher hielt sie sich von vornherein von Orten fern, wo mit solchen Vorfällen zu rechnen war, damit die Männer ihren Kameradschaftsgeist ungestört ausleben konnten. Da es draußen ziemlich kalt war, hatte sie nicht lange mit sich ringen müssen. So konnte sie die letzten Ereignisse kurz Revue passieren lassen. Seit dem Auffinden von Michal Polegs Leiche waren bereits fünf Tage vergangen, ohne dass sie von Gabriel eine Spur hatten. Bei der morgendlichen Lagebesprechung mit Jochai hatte er sie deutlich darauf hingewiesen, dass er mit ihrer Arbeit an dem Fall nicht zufrieden war. »Ich will Ergebnisse, kein Gefasel«, hatte er in überheblichem Ton gesagt. Diesmal war er wenigstens nicht mit der Zunge über seine Lippen gewandert. Sie hatte es für das Klügste gehalten, sich von ihm nicht aus der Fassung bringen zu lassen, um eine Konfrontation zu vermeiden. Und zählte ihm auf, was sie bisher vorzuweisen hatte. Daher erkundigte sie sich stoisch, ob es darüber hinaus noch etwas gäbe, dass sie unternehmen sollten und bisher noch nicht unternommen hatten. Selbstverständlich hatte er da geschwiegen. Konstruktive Vorschläge kamen von ihm selten.

Fischer hatte exakt in dem Moment angerufen, als sie aus Jochais Büro gekommen war, und um ein dringendes Gespräch mit dem leitenden Ermittlungsbeamten gebeten. Da Jaron die erste Befragung mit ihm durchgeführt hatte, hielt sie es für das Beste, wenn er auch dieses Gespräch übernähme. Doch dann war in der Zentrale die Meldung eingegangen und Jaron war losgestürmt, um Katz und Maus à la C.O.P.S. zu spielen.

◊

»Sie wollten dringend mit uns sprechen?« Sie entschied, gleich zur Sache zu kommen. »Was ist passiert?« Die Leute reagierten auf die Ermittlungen der Kripo unterschiedlich: Itai Fischer wirkte gestresst. Bedenklich fand sie, dass er es unbedingt verbergen wollte.

Er fuhr mit der Hand durch sein volles Haar. Kein sehr häufiger Anblick bei Männern seines Alters. Sie musste es wissen. Nach zahlreichen Dates mit Männern über dreißig.

»Ich würde gern erfahren, wie die Ermittlungen vorankommen«, sagte er und rutschte unruhig auf dem Stuhl hin und her.

»Und das halten Sie für dringend?« Sie legte es darauf an, die Anspannung noch zu steigern.

»Michal hat sich als Freiwillige sehr engagiert. Ich habe lange mit ihr zusammengearbeitet. Da ist es doch normal … Vorgestern waren Sie und Ihre Kollegen bei uns im Büro und ich war nicht … Daher dachte ich …«, stotterte er.

Sie erwiderte nichts. Gestresste Leute setzte Stille unter Druck, dann redeten sie.

»Wie ich erfahren habe, fahnden Sie nach Gabriel …«

Sie beschränkte sich aufs Nicken.

»Darf ich erfahren wieso? Wieso ist er auf einmal der Hauptverdächtige?«, fragte er etwas forsch und kreuzte die Arme über der Brust.

Sie hätte entgegnen können, dass ihn das nichts anginge, sie in dem Fall ermittle und nicht er, doch sie verlegte sich weiterhin aufs Schweigen.

»Gabriel hat Michal nicht umgebracht. Sie hat ihm geholfen und war gut zu ihm. Aus welchem Grund hätte er sie umbringen sollen? Mir ist schon klar, dass es am einfachsten ist, den Mord diesem schwarzen Jungen anzulasten. Die Propaganda von Ehud Regev scheint ja bei Ihnen allen von der Polizei zu fruchten, oder?«, fuhr er fort. Seine Angriffslust schien ihm Kraft zu verleihen. Seine Stimme stabilisierte sich, gewann an Ausdruck.

Ihr Handy vibrierte. Es war Jaron: »Ziel identifiziert«.

»Glückwunsch«, simste sie schnell zurück.

»Wer hat dann Michal Poleg umgebracht?« Die SMS von Jaron erbaute sie. Endlich. Sie hatte das Gefühl gehabt, einem Phantom nachzujagen. Der Junge hatte sich in Luft aufgelöst, hatte keinerlei Spuren hinterlassen. In Israel sei es schwierig, zu verschwinden, hieß es immer, die unbändige Neugier der Israelis würde einen bis in den letzten Winkel verfolgen. Du kannst in eine andere Stadt ziehen, den Arbeitsplatz wechseln – unerkannt zu bleiben wird dir nicht gelingen. Die neuen Nachbarn werden wissen wollen, wo du zur Schule gegangen bist, wo du beim Militär warst, warum du nicht verheiratet bist, wie es sein kann, dass du keine Kinder hast, und überhaupt, wen du so kennst. Auch in dieser Hinsicht hatten die Afrikaner eine neue Realität geschaffen.

Sie fand die Orte, die sie im Laufe dieser Ermittlungen aufgesucht hatte, äußerst befremdlich. Unter der Oberfläche von Tel Aviv hatte sich ein zweiter Staat herausgebildet mit eigenen Gerüchen, Farben und Sitten. Sie hatte das Gefühl, unbekanntes Territorium zu betreten, in dem Gesetze und Regeln galten, die sich ihrem Verständnis entzogen und von einem verborgenen Mechanismus gelenkt wurden. Sie versuchte die Realität, die Gesichter und Worte der Menschen zu deuten, ohne im Geringsten dafür gerüstet zu sein.

Die Abstecher in diese fremde Welt empfand sie in erster Linie deprimierend. Ihr taten die Afrikaner leid, die in dieser elenden, grausamen Armut hausten, und ebenso die Israelis, die alten Einwohner des Viertels, die dort ausharrten und sich ängstigten, ihre eigenen vier Wände zu verlassen, weil in der Wohnung nebenan zwanzig, zuweilen dreißig Eingeschleuste lebten.

Als Ermittlerin war es ihre Aufgabe, sich in die Köpfe der Leute hineinzuversetzen, um ihre Motive zu erforschen und die Dinge, die ihnen zu schaffen machten oder die sie erreichen wollten. Je tiefer sie vordrang, desto mehr wurde ihr klar, wie komplex und vertrackt die Lage war. Die Soldaten mieden es, den Afrikanern, die die Grenze erreichten, Hilfe zu leisten, um für andere keinen Anreiz zu schaffen, es ihnen gleichzutun. Die Welt machte gegen sie Front. Kaum waren die Afrikaner einige Tage im Land, mischten sich die Terrororganisationen unter sie, um sie für ihre Zwecke zu rekrutieren. Und auch ein Gegenbeispiel: Erleichterte man ihnen die Arbeitssuche, wurden dadurch die Israelis aus den sozial schwachen Schichten benachteiligt. Wurde andererseits verhindert, dass sie Arbeit fanden, trieben sie als hungrige Arbeitslose durch die Straßen, was zu einer höheren Kriminalität führte. Ein Ende war nicht in Sicht. Der Großteil der Bevölkerung war der Meinung, komplexe Probleme ließen sich im Eilverfahren lösen. Als Polizistin wusste sie, dass man eine Lösung nicht übers Knie brechen durfte. Zuweilen gab es auch keine.

»Ich habe Ihrem Stellvertreter, Jaron, gesagt, wer es war … Michal hat nicht nur Anzeige erstattet. Sie hat auch einen von diesen Leuten fotografiert, sie hat sie verbal attackiert, sie hat sie konfrontiert, dafür gibt es Zeugen. Sie haben sie mit Gewalt von sich ferngehalten. Solche Leute schrecken vor Brutalität nicht zurück. Bestimmt waren sie es, die sie vor ihrem Haus zusammengeschlagen haben. Warum kann man nicht davon ausgehen, dass die sie auch umgebracht haben?«, fragte er.

Zivilisten hatten immer Theorien parat. Sie hatten das Gefühl, es müsse eine einfache Lösung her, und waren felsenfest der Meinung, dass die Polizei nie im Leben darauf käme. Im Gegensatz dazu vermieden es Polizisten, Theorien aufzustellen, sondern sammelten zunächst einmal möglichst viele Informationen. Zudem wussten sie, dass es zuweilen keine einfache Lösung gab.

Ihr Handy vibrierte schon wieder. Jaron. »Gleich«, schrieb sie.

»Störe ich?«, fragte Itai verärgert.

»Nicht im Geringsten. Wir sind wirklich dankbar für Ihre Hinweise. Uns ist auch Michals Anzeige bekannt. Wir nehmen jede Information ernst, die wir erhalten.«

In seinem Blick lag Zweifel. Um ihm zu beweisen, dass sie nicht einfach so daherredete, zog sie einen Ordner heraus, der hinter ihr im Regal stand, schlug ihn an der Stelle auf, wo die Anzeige abgeheftet war, und schob sie ihm hin.

»Wissen Sie, wer der Mann ist, den sie fotografiert hat?«

Er schüttelte den Kopf.

»Können Sie mit Sicherheit sagen, wer die Leute sind, die Michal attackiert haben?«, fuhr sie fort, klappte den Ordner zu und legte ihn zur Seite. Ihr ging der brutale Vorfall, den Michal nur einen Tag vor ihrem Mord erlebt hatte, durch den Kopf, obwohl sie immer noch nicht glaubte, dass er in direktem Zusammenhang mit dem Mord stand.

Wieder vibrierte ihr Handy.

Ihr Herz krampfte sich zusammen. »Tut mir leid, er ist es nicht«, blinkte es auf dem Display.

»Wieso das?«, schrieb sie enttäuscht.

»Der Mann ist ca. 40, Narbe rechts, Fehler bei Identifizierung«, antwortete Jaron.

»Inspektor Nachmias, hören Sie mir bitte zu, Gabriel ist es nicht.« Itai Fischer unterbrach das Schweigen. Er klang verzweifelt. »Sie müssen sich von den Vorurteilen und der Gehirnwäsche freimachen. Nur weil er Afrikaner ist, ist er noch lange kein Mörder. Auch nicht, weil er flüchtig ist und sich vor der Polizei versteckt. Leute wie er kommen aus einer

Region, wo die Regierung Hetzjagden auf ihre Bürger veranstaltet, sie misshandelt und foltert. Zur Polizei zu gehen und zu erzählen, was sie wissen, ist nicht Teil ihrer Begriffswelt. Und Sie müssen auch bedenken – sie sind mit der hiesigen Sprache und den Normen nicht vertraut. Die Israelis machen ihnen Angst. Sie sehen einen Polizisten und denken sofort an Folter und Abschiebung. Solche Dinge muss man im kulturellen Kontext sehen.«

Seine Arroganz ging ihr über die Hutschnur.

»Von Vorurteilen kann hier keine Rede sein, Herr Fischer. Nur von Tatsachen und Beweisen. Im Gegensatz zu Ihnen, der felsenfest davon überzeugt ist, dass Gabriel nicht der Mörder ist, bin ich es nicht. Was ich weiß, ist, dass ihn jemand am Tag von Michals Ermordung vor ihrer Wohnung gesehen hat. Vorerst fahnden wir nach ihm. Wenn wir ihn finden, werden wir die Dinge lückenlos aufklären. Wenn Sie uns irgendwie behilflich sein können, wäre ich Ihnen sehr dankbar. Wenn nicht …« Sie stand auf.

»Ich möchte Sie nur darum bitten, bei der Vernehmung nicht von der Annahme auszugehen, dass er Michal umgebracht hat. Hören Sie ihm zu. Hören Sie genau hin. Mit ihm können Sie nicht wie sonst üblich verfahren. Sie müssen die äußeren Umstände berücksichtigen. Leute wie er sind in den Händen anderer nur Spielzeug. Die meisten werden erpresst, bedroht, leben in permanenter Angst. Hier muss man zwischen den Zeilen lesen, über die Äußerungen hinausblicken. Wenn sie etwas zugeben, heißt das noch lange nicht, dass sie schuldig sind.« Er blieb sitzen.

»Ich verspreche es.« Sie machte jetzt keinen Hehl mehr aus ihrer Ungeduld und erhob sich. »Darin besteht übrigens unsere Arbeit, und jetzt …«

Auf einmal hielt sie inne und sah Fischer an, der sie unverwandt anschaute. Er versuchte ihr etwas mitzuteilen. Sie hatte sich von der Verfolgungsjagd, die nichts gebracht hatte, ablenken lassen und war nicht hundertprozentig bei der Sache gewesen.

»Sie wissen, wo er ist, richtig?« Sie setzte sich wieder und sah ihm in die Augen.

Er nickte. »Ja, Inspektor Nachmias. Ich weiß, wo er ist, er ist zu mir gekommen und hat mir erzählt, was passiert ist.«

30

◊ ◊ ◊

Itai war allein im Raum. Nachmias war aufgewühlt gewesen, als er sie davon in Kenntnis gesetzt hatte, dass Gabriel gestern in seinem Büro aufgetaucht war, ihm etwas erzählt hatte und dass er seinen Aufenthaltsort kannte. »Sie bleiben hier sitzen und rühren sich nicht von der Stelle«, hatte sie ihm befohlen und den Raum verlassen.

◊

Obwohl Itai ihn überall gesucht hatte, war ihm ein Schrecken durch die Glieder gefahren, als er am späten Abend in sein Büro gekommen war. Gabriels Anblick machte ihn betroffen. Er schien äußerst angespannt und nervös zu sein.

»Gabriel, wo warst du? Ich habe mir große Sorgen gemacht. Ich suche dich seit Tagen, habe dich mehrmals angerufen«, rief er ihm zu.

Gabriel wich seinem Blick aus. »Ich habe etwas Schreckliches getan, Itai. Bitte, bitte, sei mir nicht böse«, sagte er mit bebender Stimme und brach dann mit einem Mal in Tränen aus.

Erschrocken musterte er ihn, hielt den Atem an.

»Was versuchst du mir zu sagen?«, fragte er mit zitternder Stimme.

Gabriel gab keine Antwort, weinte nur.

»Hat es damit zu tun, dass die Polizei dich sucht?« Er schluckte.

Gabriel schluchzte.

»Hat es mit Michal zu tun?«

Gabriel hob den Blick. Die Augen waren vom Weinen geschwollen.

»Ja … Ich war es … ich … ich habe sie umgebracht …«, murmelte er und verbarg das Gesicht in den Händen.

Bei diesen expliziten Worten wich Itai zurück. Er war des festen Glaubens gewesen, dass Gabriel ihm sagen würde, dass er vor der Polizei geflüchtet war, sie ihn wegen eines Mordes schnappen wollten, den er nicht begangen hatte.

»Sag das nicht, Gabriel. Warum sagst du so etwas?« Alles in ihm sträubte sich, das für bare Münze zu nehmen. Er wusste sehr gut, was für ein enges Verhältnis Michal und Gabriel gehabt hatten.

Gabriel gab kein Wort von sich, wirkte verloren, verzweifelt.

»Was ist passiert? Erzähl mir, was passiert ist. Warum hast du das getan?«, bat er eindringlich um Aufschluss.

»Ich möchte, dass du mit mir zur Polizei gehst.«

»Nein, sag mir erst, warum.« Zorn schlug in ihm hoch. Von allen Gefühlen, die ihn übermannten, kam ausgerechnet Zorn zum Vorschein.

Kopflos stand er da, während Gabriel in Tränen aufgelöst

war. Viele Asylsuchende saßen weinend vor ihm. Inzwischen wusste er zu unterscheiden, ob ihm jemand etwas vorspielte oder tatsächlich mit den Nerven am Ende war. Bei Gabriel war Letzteres der Fall.

»Ich dachte, du hättest sie gemocht, sie hat dir geholfen, wie konnte es dazu …?« Er weigerte sich, ihm das abzukaufen.

»Ich habe sie wirklich sehr gemocht, sie war für mich wie eine große Schwester«, murmelte Gabriel.

»Also was ist vorgefallen?« Itai wusste nicht, woran er bei ihm war.

Gabriel gab keine Antwort.

»Wolltest du Geld von ihr? Hat sie dich nicht in dem Maße geliebt, wie du sie geliebt hast?« Er brachte die ersten Möglichkeiten zur Sprache, die ihm in den Sinn kamen.

»Nein, nein, wie kommst du denn darauf?« Gabriel schüttelte den Kopf.

»Gabriel, sieh mich an und sag mir die Wahrheit. Hast du Michal umgebracht?« Ihm kam die ganze Situation unwirklich vor. Sie entzog sich jeder Logik. Wieso hätte Gabriel ihr auf einmal etwas antun sollen?

Gabriel schwieg.

»Ich gehe mit dir zur Polizei, aber sieh mir in die Augen und versichere mir, dass das stimmt, dass du es warst.«

◊

Er ging hinüber zur Tür von Nachmias' Büro, in dem er ausharren sollte, und öffnete sie. Er hatte es satt, zu warten. Die Ekstase, die er in ihren Augen registriert hatte, während er ihr von Gabriel berichtet hatte, fuchste ihn.

Je mehr Fragen er Gabriel gestellt hatte, desto mehr hatte

sich abgezeichnet, dass dieses Geständnis höchst merkwürdig war. Er konnte keine Einzelheiten zu dem Mord benennen. Und vor allem konnte er nicht erklären, warum er Michal etwas angetan haben sollte.

Niemand legte einfach so ein Geständnis ab, da machte er sich nichts vor, ebenso wenig stellte sich jemand freiwillig der Polizei. Allerdings lebten die Asylsuchenden in einer schier unbegreiflichen Realität. Die Verzweiflung, der Hunger, das Gefühl der Unsicherheit, die Erpressung, der viele zum Opfer fielen, führten dazu, dass ihr Verhalten sich scheinbar jeglicher Logik entzog.

Außerdem kannte er Gabriel. Er war kein Mörder.

Als er nachgefragt hatte, ob ihn jemand dazu zwinge, diese Dinge zu sagen, ob er von jemandem erpresst würde, hatte er gestresst gewirkt. Damit hatte er den wunden Punkt getroffen, sagte ihm sein Bauchgefühl. Als er in Erfahrung bringen wollte, wer derjenige war, war aus ihm kein Wort mehr herauszubringen gewesen.

Für die Polizei wäre die Sache damit zweifellos gelöst. Sie würden Gabriel nicht an den Lippen hängen, wie Itai es getan hatte, nähmen seine Aussage wörtlich – ein Geschenk des Himmels. Ein Geständnis galt als »die Königin der Beweise«, der ultimative Schuldbeweis. »Der Mensch stellt sich nicht als Böser dar« – ihm fiel diese These des jüdischen Zivilrechts ein, die in den Urteilen des Obersten Gerichtshofes immer wieder zitiert wurde. Hast du gestanden, ist es das Indiz, dass du schuldig bist. Auch wenn Gabriel Israeli wäre, würde sein Geständnis für eine Verurteilung ausreichen.

Der Ausgang wäre bekannt. Gabriel würde für einen Mord verurteilt, den er nicht begangen hatte. Der eigentliche Mörder bliebe verschont.

◊

Der Flur war leer. Er bat darum, mit den Polizisten mitfahren zu dürfen, wollte auf Nummer sicher gehen, dass sie mit Gabriel angemessen umgingen, aber sie verwehrten es ihm. Nachmias versicherte ihm, dass sie sanft vorgehen, Gabriel nicht ein Haar krümmen würden. Hatte er falsch gehandelt? Hätte er sich eine klügere Strategie überlegen müssen? Seinen Aufenthaltsort erst preisgeben sollen, wenn sie ihm garantiert hätten, sich bei der Verhaftung an seine Vorgaben zu halten? Hinterher war man immer klüger. Er steckte zum ersten Mal in solch einer Lage. Schon während seiner Zeit als Rechtsanwalt hatte er das Strafrecht wie das Feuer gescheut.

Er schloss die Bürotür und ging rastlos in dem Raum auf und ab. Wollte er Gabriel helfen, für die Gleichgültigkeit einstehen, die er gegenüber Michal an den Tag gelegt hatte, und ihr Gerechtigkeit widerfahren lassen, musste er etwas unternehmen, die Initiative ergreifen.

Er konnte sich nicht entsinnen, wie der »Banker« aussah. Michal hatte ihm damals die Fotos gezeigt, doch seither war eine Menge Zeit vergangen.

Er schaute zu der verschlossenen Tür hinüber. Er musste das Foto noch einmal sehen. Konnte nicht mit verschränkten Armen dasitzen. Er musste Gabriel helfen. Die Polizei dazu bringen, die richtige Richtung einzuschlagen.

Bei dem Gedanken an sein Vorhaben wurde ihm mulmig. Viel Zeit blieb ihm nicht. In ein, zwei Minuten stände sie wieder vor ihm. Obwohl es sie entzückt hatte, dass er ihr Gabriel auf dem Silbertablett servierte, war ihm ihr vorwurfsvoller Blick nicht entgangen. Er hatte Gabriel unbeaufsichtigt gelassen. Und wenn die Polizei ihn nicht im Park anträfe? Wieso hatte er ihn nicht umgehend zur Polizei begleitet? Gabriel hatte mit ihm gehen wollen. Mit diesem Anliegen war er zu ihm gekommen. Itai hatte jedoch zunächst mit der Polizei sprechen wollen. Auch wenn die Chance, sie von Gabriels Unschuld zu überzeugen, gleich null war, hatte er nichts unversucht lassen wollen.

Zügig griff er sich den Ordner und schlug ihn auf. Und wenn sie jetzt hereinkäme? Welche Ausrede gäbe es dafür?

Er blätterte in Windeseile durch die Aktenberichte, suchte Michals Anzeige.

Er hatte immer die Auffassung vertreten, man müsse sich an die Regeln halten. »Du Angsthase«, hatte Michal dann oft zu ihm gesagt. »Ich bin nüchtern und realistisch«, hatte er entgegnet. Wenn sie ihn jetzt sehen könnte …

Schnell ging er den Ordner durch. Nichts. Von vorn. Das Foto musste dort sein. Sie hatte es ihm gezeigt.

Da war es – erleichtert atmete er auf. Es gab drei Fotos von dem »Banker«.

Er zog sein Handy aus der Hosentasche und drückte mit zitternden Händen auf den Auslöser. Noch einmal, zur Sicherheit, rasch klappte er den Ordner zu und stellte ihn zurück.

Kaum hatte er sich, von der verbotenen Aktion noch ganz aufgewühlt, hingesetzt, ging die Tür auf. Nachmias kam herein.

31

◊◊◊

Ein Beben durchfuhr Gabriels Körper, als die Polizeisirenen näherkamen. Er fühlte sich mutterseelenallein. Vor Hunger hatte er Magenschmerzen. Früher hatte er große Träume gehabt. Ein berühmter Maler werden, seiner Familie Ansehen bringen wollen. Er hatte sich verlieben, eine Familie gründen, Kinder auf die Welt bringen wollen. In Eritrea war es ihm schlecht ergangen. Er hatte gehofft, dass es in Israel besser wäre. Doch hier ging es ihm ebenfalls schlecht. Immerzu schlecht. Und nun, nun würde alles noch weitaus schlimmer.

Gestern Abend war er zu ASSAL gegangen, um Itai zu sprechen. Wobei das nicht seine Idee gewesen war. Er hatte gewollt, dass Aramei mit ihm zur Polizei ginge, aber der hatte es für das Beste gehalten, mit Itai zu reden.

Die Polizei und die Gerichte zogen Aramei als Dolmetscher heran, hatte er ihm erklärt, da es nicht viele gab, die Englisch und Tigrinya sprachen. Wenn Gabriel sein Englisch verheimlichen würde, ständen die Chancen recht gut, dass Aramei als Dolmetscher gerufen würde. Bekäme die Polizei mit, dass sie sich kannten, würden sie auf ihn verzichten.

»Mach dir keine Sorgen, Gabriel«, hatte er ihm Mut gemacht, bevor sie auseinandergingen, »so wirst du dort zwei Freunde an deiner Seite haben, mich und Itai. Wenn du nicht weißt, was du sagen sollst, werde ich dir helfen. Lass dir auf keinen Fall anmerken, dass du verstehst, was sie sagen. Stell dich dumm. Die halten uns sowieso für behindert. Ich werde dort, bei der Polizei auf dich warten.«

Der fremde Israeli wollte ihm zwanzigtausend Schekel zahlen, wenn er sich der Polizei stellen und aussagen würde, dass er Michal ermordet hatte.

Aber was, wenn dieser Mann sein Versprechen nicht hielt? Er hätte lieber zuerst das Geld gesehen, doch Aramei hatte gemeint, darauf würde sich der Mann nicht einlassen.

Aramei kannte den Mann nicht und wusste nicht, warum er wollte, dass Gabriel sich der Polizei stellen und den Mord gestehen sollte, doch er stimmte seiner Vermutung zu, dass er höchstwahrscheinlich der Mörder war oder für jemanden arbeitete, der der Mörder war. Der Gedanke, dass der wahre Täter ungeschoren davonkäme und er selbst ihm dazu verhalf, sich seiner Strafe zu entziehen, marterte ihn. Aber hatte er eine Wahl? Welche? Willigte er in ihre Forderungen nicht ein, würde Lidi sterben und die Polizei ihn letztendlich fassen. Und diese Leute? Wer wusste schon, wer sie eigentlich waren?

Michal ist tot, hatte Aramei gesagt, keiner kann sie mehr retten. Lidi ist noch am Leben, sie kann gerettet werden. Und außerdem: wenn sie zur Polizei gingen und ihnen die Wahrheit sagten, würden die Israelis ihnen nicht glauben. In ihren Augen waren alle Afrikaner schlechte Menschen, Ausbeuter, ungebetene Gäste im eigenen Heim, die nur nach ihrem Geld trachteten. Gerechtigkeit interessierte sie nicht. Die Wahrheit interessierte sie nicht. Sie dachten nur an sich. Waren in ihrem Rassismus, ihrem Hass gefangen. Wenn man also freiwillig zur Polizei ging, sollte man dabei wenigstens etwas herausschlagen.

Gestern Abend hatte er zu Jesus gebetet und ihn um Vergebung ersucht. Es war das zweite Mal gewesen, seit die Soldaten seinen Vater ermordet hatten. Das erste Mal hatte er in der Wüste, mit Lidi gebetet, als alles darauf hingedeutet hatte, dass sie sterben würden. Er hatte hauptsächlich gebetet, um ihr Kraft zu geben, denn er hatte zu viel Zorn auf Jesus, der zugelassen hatte, dass ein Mensch von einer solchen Güte wie sein Vater getötet worden war. Doch gestern Abend hatte er sich dazu verpflichtet gefühlt, und die Worte waren aus ihm herausgesprudelt.

Itai hatte ihm angeboten, in seiner Wohnung zu übernachten, aber er hatte abgelehnt. Das Gespräch war wesentlich schwieriger gewesen, als er gedacht hatte, und hätte er sich nicht aus dem Staub gemacht, so seine Befürchtung, wäre er eingeknickt und mit der Wahrheit herausgerückt. Er hasste es, ihn anzulügen.

Nach Arameis Einschätzung würde die Polizei ihm nicht übermäßig viele Fragen stellen. Sie hielten alle Afrikaner für Verbrecher, und kam einer daher und sagte, dass er in der Tat einer war, bestärkte es nur, was sie ohnehin dachten.

Er hoffte sehr, dass Aramei recht hatte. Sein Plan ginge nur auf, wenn sie es ihm abnähmen. Zu guter Letzt hatten sie entschieden, dass er in Itais Büro bei ASSAL übernachten und am Morgen in den Park an der Newe Scha'anan gehen sollte. Dort würde er auf Itai warten, der die Polizei kontaktierte.

Er hatte die ganze Nacht kein Auge zugemacht. Unermessliche Furcht vor der Zukunft hatte ihn überwältigt. Er hatte von Leuten, die bei den Israelis im Gefängnis gesessen hatten, gehört, dass die Bedingungen dort alles in allem gut seien, sie schlugen nicht, es gab Duschen und das Essen war kostenlos. Allerdings kannte er keinen, der dort als Mörder eingesessen hatte. Hatten sie mit einem dieser Sorte zu tun, waren die Israelis unter Umständen weniger nett. Womöglich wären sie auf Rache aus, weil einer aus den eigenen Reihen getötet worden war.

Nicht auszuschließen, dass sie ihn wie Hagos abschieben würden. Nach seiner Ankunft in Äthiopien hatten sie ihn nach Eritrea abgeschoben, wo er hingerichtet worden war. Vielleicht wäre es auch das, was ihm widerfahren würde.

◊

Drei Einsatzwagen hielten mit quietschenden Bremsen vor dem Park. Die Sirenen dröhnten in seinen Ohren, dass ihm schwindlig wurde. Er hatte einen trockenen Mund. Am Morgen hatte er fluchtartig das Büro verlassen, nicht einmal einen Schluck Wasser getrunken. Ohnehin nahm er nie viel zu sich, doch seit Michals Tod bekam er kaum einen Bissen herunter.

Polizisten stürmten aus den Einsatzwagen und steuerten auf ihn zu. Jemand erteilte ihm Anweisungen durch ein Megaphon, die er nicht verstand. Was für ein Lärm. Der Polizist, der als Erster auf ihn zugerannt kam, zog seine Pistole.

◊

Eines Tages waren Soldaten in ihr Haus in Eritrea eingedrungen, während die Familie zu Abend gegessen hatte. Sie hatten den Vater gepackt und nach draußen geschleppt. Die Mutter hatte geschrien. Lidi und er hatten geschluchzt. Im Garten vor dem Haus hatten sie ihm in den Kopf geschossen. Obwohl er erst acht Jahre alt gewesen war, würde dieses Bild ihn sein ganzes Leben nicht mehr loslassen: Der Vater liegt im Garten, reglos, in einer Blutlache. Beim Verlassen des Dorfes hatte seine Mutter zu ihm gesagt, dass sie in jenem Augenblick entschieden hatte, ihn und Lidi bei der ersten sich bietenden Gelegenheit an einen anderen Ort zu schicken, denn in Eritrea hätten sie keine Zukunft.

◊

Die Polizisten kamen auf ihn zugestürmt, schrien ihm Worte zu, die er nicht verstand. Hielten ihre Pistolen auf ihn gerichtet.

Urplötzlich war ihm schrecklich kalt. In seinem Kopf begann sich alles zu drehen, und er spürte, wie er das Gleichgewicht verlor.

32

◊ ◊ ◊

Anat saß in ihrem Büro und traf Vorbereitungen für die Vernehmung. In der letzten halben Stunde hatte sie Anrufe vom Bereichsleiter und sogar vom Distriktleiter bekommen, die ihr gratulierten. Die Nachricht über Gabriels Verhaftung war wie im Fluge bis in die oberen Etagen gelangt und ebenso zu den Verantwortlichen in der Politik wie diesem Regev, der dem Distriktleiter telefonisch seinen Glückwunsch übermittelt hatte. Obwohl die Botschaft dieser Anrufe eindeutig gewesen war, hatte sie sich jeglichen Kommentar verkniffen und sich lediglich höflich bedankt. Erst als der Bezirks-Pressesprecher der Polizei anrief und ausdrücklich verlangte, dass sie die Vernehmung innerhalb von zwei Stunden absolvieren solle, denn er wolle die Meldung in den Zwanzig-Uhr-Nachrichten bringen und drei Fernsehsendern die Möglichkeit geben, ihre Teams zum Interview vorbeizuschicken, war sie richtiggehend genervt gewesen.

Vernehmungen dieser Art waren kein Kinderspiel. Beherrschte der Beschuldigte die Sprache nicht und man war auf einen Dolmetscher angewiesen, beschränkte dies die Möglichkeiten im Verhör. Als Ermittler konnte man keine unvorhergesehenen Fragen stellen und die gesamte Vernehmung ging nur schleppend vonstatten.

Einen Eritreer hatte sie noch nie vernommen, diese Tatsache verunsicherte sie. Vernehmungsmethoden, die bei Israelis Wirkung zeigten, würden hier nicht greifen. Israelis flößten sie Angst ein, indem sie ihnen drohten, den Familien zu erzählen, was sie verbrochen hatten. Dass ihre Haft den Familienmitgliedern arg zu schaffen machte, sie herabsetzte und nicht zuletzt ihre eigene Person herabwürdigte. Gabriels Familie war Tausende Kilometer entfernt. Sie wusste nicht, welcher Instrumente sie sich bedienen sollte, um sein Gewissen zu belasten. Ob es hilfreich wäre, ein Foto von Michal Poleg auf den Tisch zu platzieren und an die guten Dinge zu erinnern, die sie für ihn getan hatte, oder würde sein Herz sich daraufhin verschließen? Um ihn zu ködern, musste sie eine neue Strategie entwerfen. Gilad, der Koordinator im Lagezentrum, hielt die Androhung von Freiheitsentzug für das wirksamste Mittel. Leute wie Gabriel waren dringend auf ihre Arbeit angewiesen. Mussten Geld verdienen. Ihre Familien waren von ihrem Einkommen abhängig.

»Das schaffst du schon, Nachmias, was machst du dir Sorgen?« Jaron hatte ihr einen Klaps auf die Schulter gegeben, bevor er in den Park von Newe Scha'anan aufgebrochen war, um Gabriel festzunehmen. Er hatte ihr nahegelegt, die Vernehmung ihm zu überlassen. Im Polizeibereich herrschte Konsens darüber, dass Jaron aus jedem Festgenommenen ein Geständnis herausholte. Er machte sie mürbe, bis sie letztendlich gestanden. Aber sie hatte dankend abgelehnt. Es war ihre Vernehmung.

◊

Die Tür ihres Büros ging auf und Jaron kam herein. »Er gehört dir, Nachmias.« Sein Ton verriet ihr, dass er gern hinzugefügt hätte: »Also verpatz es nicht.«

»Ist der Dolmetscher da?«, fragte sie.

»Ja, er ist hier. Joschua kann erst morgen. Aber wir hatten Glück. Aramei war in der Nähe und hatte Zeit.«

»Sehr gut«, sie lächelte ihn an.

Sie stand auf und strich ihre Uniformbluse glatt. Solche Vernehmungen führte man besser in Uniform. Sie atmete tief durch. Nun war sie am Zug.

33

◊ ◊ ◊

Gabriel schreckte hoch, als die Tür aufging. Als Erstes erblickte er eine kleine, schmächtige Polizistin, sie kam in Begleitung des großen, bärtigen Polizisten, der im Park mit Pistole auf ihn zugerannt war und ihn festgenommen hatte. Vor lauter Angst war er ohnmächtig geworden, und der Lange hatte ihm Wasser ins Gesicht geschüttet und einige Ohrfeigen versetzt, um ihn wiederzubeleben. Sie hatten ihm Hand- und Fußfesseln angelegt und in diesen kleinen Raum verfrachtet, in dem nichts stand außer einem Tisch und vier Plastikstühlen. Er hatte sich umgeschaut, ob Blutflecken an den Wänden wären, sah aber keine. Das beruhigte ihn ein wenig. Der Polizist hatte ihm einen Tee mit einer Unmenge

Zucker vorgesetzt und gestikulierte, dass er den Becher austrinken solle. Als er nicht schnell genug getrunken hatte, schrie er ihn auf Hebräisch an. Er verstand ihn nicht.

Die Polizistin lächelte ihn an und begrüßte ihn mit »Schalom«. Er erwiderte nichts. In Eritrea waren die Soldatinnen oftmals grausamer als die Soldaten.

Er unterdrückte einen Stoßseufzer, als die Tür erneut aufging und Aramei den Vernehmungsraum betrat. Er musste sich beherrschen, nicht aufzuspringen, nicht zu zeigen, wie sehr er sich freute, ihn zu sehen. Obwohl er zuvor selbst gemeint hatte, sich nichts anmerken zu lassen, schmuggelte Aramei ihm ein kleines Lächeln zu. Es gab ihm Kraft und das Gefühl, nicht allein zu sein.

Er setzte sich neben ihn und – ohne dass die Polizisten es bemerkten – berührte ihn unter dem Tisch leicht am Knie.

Die Polizistin fragte ihn auf Englisch nach seinem Namen, Aramei übersetzte und er antwortete. Es folgten Fragen über Fragen zu seiner Herkunft, seiner Familie, wie er nach Israel gekommen sei, wo er gearbeitet habe, wo er wohne. Die Polizistin schrieb die Dinge schnell mit.

Abrupt kam sie mit ihren Fragen zu Ende und begann über alle möglichen Dinge zu sprechen, die das israelische Gesetz Menschen in seiner Situation gewährte. Er verstand es nicht in vollem Umfang und es kümmerte ihn wenig. Die Polizistin kümmerte es ebenso wenig, ob er verstand oder nicht. Sie schien diesen Vortrag, den sie ihm da hielt, schon viele Male heruntergebetet zu haben. Aramei nutzte ihren Vortrag aus, um ihm zu übermitteln, dass er ihn beschützen würde und hoffe, dass alles seinen Gang ginge. Der Mann, der ihm das Geld zugesagt hatte, zahle morgen, ließ er ausrichten.

Die Polizistin erkundigte sich, ob er einen Rechtsanwalt haben wolle, er schüttelte den Kopf.

Für einen Moment zuckte er zusammen, denn er bemerkte, dass er vor Arameis Übersetzung geantwortet hatte, der Polizistin schien es jedoch entgangen zu sein.

Aramei ließ ihn wissen, dass er ihn für sehr mutig halte, und er hoffe, dass seine Söhne auch in einem solchen Maße zu ihrer Familie halten würden. Gabriel spürte, wie seine Augen feucht wurden.

Dann wurde die Polizistin still und ihr Gesicht ernst.

»Itai Fischer hat uns gesagt, dass Sie ihm erzählt haben, dass Michal Poleg wegen Ihnen zu Tode gekommen ist«, sagte sie schließlich.

Aramei übersetzte das Gesagte.

Er schwieg. Sein Herz schlug wie wild.

Sie fragte ihn, ob das richtig sei, und Aramei übersetzte wieder.

Er holte tief Luft. Das war der Augenblick der Wahrheit. Itai hatte ihm auseinandergesetzt, dass es von einem Geständnis bei der Polizei kein Zurück gäbe. Eine solche Aussage ließe sich nicht ungeschehen machen. Er dachte an Lidi und das Geld, das er bekäme. Er tat es für sie. Musste für sie stark sein.

Aramei nickte ihm leicht zu, wollte ihm zu verstehen geben, dass er richtig handele. Diese Geste gab ihm Kraft.

Er nickte und senkte den Blick.

»Ich möchte, dass Sie es aussprechen«, sagte sie zu ihm.

Er sah sie an und sagte mit ruhiger Stimme: »Wegen mir ist Michal zu Tode gekommen.«

Aramei übersetzte.

Die Mimik der Polizistin verriet keinerlei Regung, sie

musterte ihn ernst. Der große Polizist hingegen grinste. Auch wenn er es kaschierte, stand ihm die Genugtuung ins Gesicht geschrieben.

»Sie haben sie umgebracht?«, fragte die Polizistin.

Aramei übersetzte und er nickte.

»Sprechen Sie es aus«, trieb ihn der Polizist in die Enge, und nachdem er Arameis Übersetzung abgewartet hatte, sagte er mit zitternder Stimme: »Ich habe Michal umgebracht.«

Sie saßen ihm gegenüber, schwiegen. Mittlerweile grinste der Polizist offenkundig, streckte sich und legte die Hände auf den Kopf. Die Polizistin sah ihn nach wie vor ernst an.

»Warum?«, schleuderte sie ihm plötzlich entgegen.

Das war die Frage, vor der er Angst hatte. Er schwieg und senkte den Blick, hoffte, sie würde nicht nachhaken, sondern fortfahren. Stattdessen wiederholte sie ihre Frage, die Aramei übersetzte.

Hatte Itai unter Umständen Überzeugungsarbeit geleistet, dass er nicht der Mörder war? Womöglich hatte er begriffen, dass er nur ein Geständnis ablegte, weil er dafür bezahlt wurde?

»Hilf mir, Aramei, sag du mir, was ich ihr antworten soll.«

34

◊ ◊ ◊

»Worüber reden Sie?« Anat ging energisch dazwischen.

Sie fand die Unterredung zwischen Aramei und Gabriel bedenklich. Sie konnte es partout nicht leiden, wenn zwischen ihr und dem Beschuldigten ein Vermittler stand.

Die Vernehmung wollte sie leiten, und dieses Zwiegespräch war ein deutliches Zeichen, dass das nicht der Fall war. Ihre Frage war simpel und präzise gewesen. Sie zu übersetzen konnte so lange nicht dauern.

»Er hat darum gebeten, die Frage zu wiederholen«, gab Aramei zur Antwort.

»Dann tun Sie das«, schnauzte Jaron ihn an.

Aramei senkte unterwürfig den Blick und murmelte etwas. Gabriel antwortete ihm.

»Es ist aus Versehen dazu gekommen«, gab Aramei schlussendlich in ruhigem Ton wieder.

»Was soll das heißen ›aus Versehen‹?« Sie versuchte, der Sache auf den Grund zu gehen und Gabriels Blick einzufangen. Sie hatte das Gefühl, dass er alles verstand, was sie sagte.

Aramei übersetzte die Frage und Gabriel antwortete. Sie wartete ab, dass Aramei für sie übersetzte, aber er redete nach wie vor mit dem Beschuldigten.

Sie wollte an ihrer Mimik und Gestik ablesen, worüber sie sprachen, doch ohne Erfolg. Sie probierte es damit, die Wörter zu zählen, um in etwa einzuschätzen, ob die Länge der Antworten den Fragen entsprach, die Aramei übersetzen sollte, doch die Sprache mit den vielen Kehllauten machte es ihr unmöglich, zu unterscheiden, wo ein Wort begann und das nächste endete. Sie stand kurz davor, die Kontrolle über die Vernehmung zu verlieren, was ihr auf keinen Fall passieren durfte, schon gar nicht in dieser heiklen Phase der Vernehmung.

»Schluss damit!«, wetterte Jaron und hieb mit der Faust auf den Tisch.

Das Gespräch zwischen den beiden brach abrupt ab, gespannt sahen sie ihn an.

»Ich möchte, dass Sie mir exakt das übersetzen, was er antwortet«, sagte sie mit sanfter Stimme. Sie hatte keine Wahl. Sie war auf Aramei angewiesen. Wenn die Gemüter sich beruhigten, hätte sie die Situation wieder besser im Griff.

Aus dem Augenwinkel registrierte sie Jarons missbilligenden Blick.

35

◊ ◊ ◊

Gabriel blieb stumm.

»Was soll das heißen ›aus Versehen‹?« Die Polizistin wiederholte die Frage und suchte Blickkontakt. Aus dem Ton, den sie anschlug, hörte er deutlich heraus, dass sie ihm nicht glaubte. Auch Itai hatte ihm nicht geglaubt und ihm geraten, er solle aussagen, dass das, was Michal zugestoßen war, nicht seine Schuld war und schlichtweg ein Ding der Unmöglichkeit. Itai hatte ihn, Gabriel, unter seine Fittiche genommen, hatte ihm vertraut und keinem mordenden Ungeheuer. Und nun wollte die Polizistin, dass er aussprach, dass er Michal vorsätzlich umgebracht habe.

»Sag ihnen, dass ihr eine Auseinandersetzung hattet und es nicht deine Absicht war. Sie hat dir Geld geborgt und wollte, dass du deine Schulden zurückzahlst, und dir fehlte es an den Mitteln«, instruierte ihn Aramei.

Er nickte.

»Worüber reden Sie?«, die Polizistin ging erneut dazwischen.

»Ich habe ihm die Frage erklärt …« Aramei stellte sich naiv.

»Dann soll er tunlichst antworten«, entgegnete der Polizist ungehalten.

Er hatte vorgehabt, die Antwort zu geben, die Aramei ihm angetragen hatte, aber die Polizistin unterbrach ihn und blickte ihm in die Augen.

»Sie hatten eine sexuelle Beziehung zu Michal, richtig? Und sie wollte nicht mehr mit Ihnen schlafen. Haben Sie Michal deswegen ermordet?«, fragte sie und ließ ihn nicht aus den Augen.

»Nein! Wieso denn das!«, entgegnete er hastig, ohne nachzudenken. Sie hatte ihm eine Falle gestellt und er war prompt darauf reingefallen.

Die Polizistin sagte etwas zu ihrem Kollegen. Offensichtlich kochte sie vor Wut. Der Polizist stand mit einem Mal auf und packte Aramei am Kragen.

»Sei stark, Gabriel«, rief Aramei ihm zu, »ich helfe dir. Das verspreche ich dir! Ich werde Lidi befreien. Lass dich von ihnen nicht fertigmachen. Sie sind keinen Deut besser als wir. Wir sind stärker als sie. Vergiss das nie.«

»Gib mir Bescheid, sobald Lidi freikommt«, flehte er ihn an, bevor die Polizisten ihn hinausbeförderten.

»Mach dir keine Sorgen, Gabriel, mach dir keine Sorgen!«

Die Tür fiel ins Schloss. Gabriel war sich selbst überlassen.

36

◊ ◊ ◊

Nachdem man ihm auf der Wache eindeutig zu verstehen gegeben hatte, dass er bei der Vernehmung nicht zugegen sein durfte, verließ Itai das Polizeirevier. Im Stillen wog er ab, ob er Gabriel verteidigen solle, verwarf die Idee jedoch gleich wieder. Er war zwar Jurist, aber mit Strafrecht hatte er nie zu tun gehabt. In diesem Fall das Mandat zu übernehmen wäre fahrlässig und verantwortungslos. Stattdessen sorgte er dafür, dass die Staatsanwaltschaft so schnell wie möglich einen Rechtsanwalt bestimmte. Als er auf die Straße trat, empfand er trotz allem eine tiefe Schuld, als würde er Gabriel durch die Rückkehr in sein normales Leben im Stich lassen.

Obwohl bei ASSAL eine Unmenge an Arbeit auf ihn wartete, trieb ihn nichts zurück. Er hatte das dringende Bedürfnis, etwas in die Wege zu leiten. Er konnte nicht ins Büro zurückkehren und zur normalen Tagesordnung übergehen.

Es wurde bereits dunkel. Er hatte den kompletten Tag auf dem Revier verbracht. Er hatte Hunger, außerdem war ihm kalt. Heute Morgen war er ohne Mantel aus dem Haus geeilt. Er ging in ein Bistro und bestellte Humus.

Er zog das Handy aus der Hosentasche und nahm die Fotos genauer unter die Lupe. Der »Banker« stand vor irgendeinem Restaurant. Es war nicht zu erkennen, ob er aus dem Restaurant gekommen war oder sich nur in dessen Umgebung aufhielt. Das Restaurant kannte Itai nicht, doch als er das Foto schrittweise vergrößerte, sah er in der oberen Ecke des Gebäudes das Schild mit dem Straßennamen. Entziffern konnte er den Namen nicht, aber er war kurz. Die Zahl der

Restaurants dieser Sorte hielt sich in der Gegend des alten Busbahnhofs in Grenzen. Er würde wetten, dass es die Fuenn-Straße war. Er wischte sich mit der Serviette über die Lippen und stand auf.

Rasch hatte er das Restaurant mit dem Straßenschild ausfindig gemacht. Wie erwartet, war es zum Abendessen gut gefüllt. Die Chance, hier mit jemandem unter vier Augen reden zu können, war gering.

Ob unter den Asylsuchenden, die zu ihnen kamen, jemand war, der den »Banker« kannte? Gestern hatte er mit sich gerungen, ob er Nachforschungen anstellen solle. ASSAL war ein Zufluchtsort. Die Leute kamen zu ihnen, weil sie Unterstützung, Trost, Sicherheit brauchten. Er wollte keinen von ihnen mit Fragen unter Druck setzen. Der Mord an Michal war traumatisch genug. ASSAL musste außen vor bleiben.

Der Trubel, der in dem Restaurant herrschte, hob seine Stimmung ein wenig. Den ganzen Tag über waren er und seinesgleichen mit der Notlage der Asylsuchenden konfrontiert. Ihr Leben, so wie sie es schilderten, bestand nur aus Leiden, eine Tragödie folgte auf die nächste. Er freute sich, daran erinnert zu werden, dass es Orte gab, wo sie sich entspannten, sich amüsierten, die täglichen Schwierigkeiten ein wenig vergaßen.

Der Geruch von *Berbere* schlug ihm in die Nase. Mit dieser orange-roten Gewürzmischung versahen die Eritreer jedes Gericht. Der scharfe Geruch war sämtlichen Restaurants dieser Küche eigen, legte sich sogar über den Gestank der Mülltonnen und den Straßenmüll.

Das Restaurant unterschied sich kaum von den übrigen Lokalen am alten Busbahnhof – ein kleiner, düsterer Raum, vermutlich ein ehemaliges Ladengeschäft. Die Möblierung bestand aus schwarzen Plastiktischen und -stühlen. Über der Bar hing eine billige Lichterkette und an einer Wand die Fahne von Eritrea. Farbige Bilder auf Leinen erzählten vom dörflichen Leben in Afrika.

Es waren ausschließlich Männer anwesend, die Schulter an Schulter an den Tischen saßen, sich Stühle teilten. Alle aßen mit der rechten Hand von einer großen Platte, die in der Mitte jedes Tisches stand. Die Platte war ausgelegt mit *Ingera*, einem großen Fladenbrot säuerlichen Geschmacks. Dazu gab es *Zigni* – einen Rindfleisch-Eintopf, *Dorho* – Geflügelkeulen, die wegen einer besonderen Gewürzmischung von dunkelroter Farbe waren, oder *Schiro* – ein orangefarbenes vegetarisches Kichererbsen-Mus mit Zwiebel, Knoblauch und Tomaten. Er hielt Ausschau nach einem freien Platz. Ein Kellner, höchstwahrscheinlich der Inhaber, deutete auf einen kleinen Seitentisch, an dem ein einzelner Stuhl stand. Auf dem Weg dorthin spürte er, wie sich aller Augen auf ihn hefteten. Auch wenn es hier gastfreundlich zuging, betraten nur wenige Israelis solche Orte.

Er sah sich um nach einem bekannten Gesicht. Bei ASSAL herrschte reger Durchgangsverkehr. Doch er erkannte niemanden.

Nachdem er Platz genommen hatte, brachte ihm der Kellner die Speisekarte auf Tigrinya. »Nur einen Tee«, entschuldigte er sich beinahe. Obwohl er das Essen mehrmals probiert hatte, mochte er die eritreische Küche nicht. Auch wenn das Purpurrot, Rot und Orange durchaus seinen Appetit anregten, waren die Gerichte für seinen Geschmack entweder zu scharf oder zu schal. Er entsann sich wieder, wie Michal ihm gegenüber einmal halbherzig zugegeben hatte, dass ihr das Essen auch nicht schmeckte. Für ihre Verhältnisse war es ein außergewöhnliches Geständnis gewesen. Michal war ein Mensch der Extreme – wenn sie liebte, kannte sie keine Grenzen. Dergleichen wenn sie hasste. Es war äußerst schwierig, ihr ein schlechtes Wort über die Asylsuchenden abzuringen, die sie hartnäckig als »Flüchtlinge« bezeichnet wissen wollte. Er erinnerte sich, dass er beim Anblick ihrer beschämten Miene vor Lachen nicht an sich halten konnte, während sie ihm offenbarte, was sie tatsächlich von ihrem Essen hielt. Selbstverständlich hatte sie nicht nachvollziehen können, was daran so ungemein lustig war.

Am Nebentisch lief eine angeregte Diskussion. Ab und zu brach jemand in Gelächter aus. Er versuchte herauszuhören, worüber sie sprachen, konnte dem Gespräch jedoch nicht folgen. Seine Tigrinya-Kenntnisse waren längst nicht so gut wie Michals.

Hin und wieder sahen die Leute zu ihm, er lächelte sie höflich an.

Als der Kellner ihm den Tee brachte, holte er sein Handy hervor und zeigte ihm das Foto. »Verzeihen Sie, kennen Sie zufällig diesen Mann?«, fragte er. Der Kellner griff nach dem Handy und sah zunächst das Foto, dann ihn an. »Kennen Sie diesen Mann?«, wiederholte er die Frage. Der Kellner schüttelte den Kopf und gab ihm das Handy rasch zurück.

»Er hat etwas verloren und ich möchte es ihm zurückgeben«, log Itai.

»Tut mir leid, kenne ich nicht«, sagte der Kellner und machte auf dem Absatz kehrt.

Das Restaurant war bereits voll gewesen, als er gekommen war, doch immerzu strömten mehr Gäste herein, an den bereits vollen Tischen rückte man enger zusammen, hielt

Schulterkontakt – wie unter Eritreern üblich – und brachte damit zum Ausdruck, dass man sich mochte, einander nahestand. Einige erhoben sich von ihren Plätzen, fiel ihm auf, und gingen offenbar in einen anderen Raum, den er von seinem Platz aus nicht sehen konnte.

Ein Mann um die zwanzig, der ziemlich nah saß, lächelte ihn an. Er nutzte die Gelegenheit, um ihm das Foto zu zeigen. Der junge Mann nahm sichtlich gewillt das Handy, doch als er das Foto erblickte, zuckte er mit den Schultern: »Kenne ich nicht, tut mir leid«, sagte er. »Können Sie Ihre Freunde fragen? Ich würde sehr gern mit diesem Mann sprechen«, bat Itai. Um den Tisch saßen sechs weitere Männer.

Er beobachtete ihre Gesichter, während sein Handy die Runde machte. Hin und wieder tauschten sie sich im Flüsterton aus. Zwei von ihnen schielten zu ihm herüber, und als ihre Blicke sich kreuzten, senkten sie verstohlen die Augen.

»Entschuldigung, mein Herr, kennen wir nicht.« Der junge Mann gab ihm das Handy zurück, rückte mit dem Stuhl ein wenig ab und drehte ihm den Rücken zu. Er hatte genug Zeit mit Asylsuchenden verbracht, um zu wissen, dass diese kleine Geste eine Abfuhr bedeutete.

Er sah zum Fernseher, der über der Eingangstür angebracht war. Ein ihm unbekannter afrikanischer Musiker sang in ein Mikrofon, doch in dem lauten Trubel ging seine Stimme unter.

Die Tür ging auf, und drei Afrikaner betraten den Raum. Keiner, der nicht zu ihnen sah. Schlagartig waren die Stimmen gedämpft.

Die drei Männer, einer mit schwarzer Ledertasche, durchquerten im Eilschritt das Restaurant und verschwanden in einem Bereich hinter der Bar, der seinem Blick verborgen blieb. Die an den Tischen saßen, wandten sich rasch wieder ihren Gesprächen zu.

Er blieb noch einige Minuten sitzen. Dort hinten war etwas im Gange. Operierte dort womöglich jene illegale Bank, der Michal auf die Spur gekommen war? Wenn er wollte, dass die Polizei in Aktion trat, musste er ihr etwas Konkretes liefern. Einen Beweis. Ginge er dort hinein und würde die Szene ablichten, könnte er sie unter Umständen zu Ermittlungen bewegen.

Ein weiterer Mann kam herein und ging schnell nach hinten.

Er stand auf. Das war seine Gelegenheit.

Dem Mann folgend, bahnte er sich zwischen den vollbesetzten Tischen einen Weg. Der Mann ging um die Bar herum und betrat einen dunklen Gang, wo die Luft stickig war. Sein Herz raste. Er drehte sich um. Es schien keinem aufgefallen zu sein. Der Mann bog nach rechts in einen zweiten Gang ein. Es roch nach Zigarettenqualm, er musste husten. Am Ende des Gangs blieb er stehen, zog das Handy aus der Hosentasche und schaltete die Kamera ein. Der Mann klopfte an eine weiße Tür. Kurz darauf wurde ihm geöffnet und die Tür schloss sich hinter ihm.

Itai steuerte auf die Tür zu und spitzte die Ohren. Aus dem Raum drangen laute Stimmen.

Sollte er anklopfen? Bevor er eine Entscheidung treffen konnte, ging die Tür einen Spalt auf. Ein hochgewachsener Afrikaner kam heraus und blockierte mit seiner Gestalt den Durchgang. Itai war eins fünfundachtzig, doch der Mann war einen Kopf größer als er und noch dazu breiter.

»Toilette?« Er platzte mit dem ersten Wort heraus, das ihm in den Sinn kam.

Der Mann schüttelte den Kopf und bedeutete ihm, sich vom Acker zu machen.

»Was läuft dort drinnen?« Er ließ nicht locker.

»Hau ab, hau ab«, der Mann drängte ihn zurück und brachte ihn kurz aus dem Gleichgewicht.

»Ich will da rein.« Er gab nicht auf.

Der Mann drängte ihn tiefer in den Gang, diesmal heftiger, sodass er umfiel. Der Kellner stand hinter ihnen, taxierte sie.

»Was wickelt ihr hier hinten ab?« Itai rappelte sich auf, hielt das Mobiltelefon in der Hand, richtete es auf den Mann.

Ihm stockte bereits der Atem, noch bevor er die Wucht des Hiebes spürte. Der Mann rammte ihm kurzerhand die Faust in den Magen. Itai ging in die Knie. Rang nach Luft. Das Handy fiel ihm aus der Hand.

37

◊ ◊ ◊

Der energische Schritt, mit dem Schmu'el Gonen ihr Büro betrat, machte Anat misstrauisch. Erst vor einer halben Stunde hatten sie ihn telefonisch zur Gegenüberstellung vorgeladen – und schon war er zur Stelle. Wild und entschlossen. Enthusiastische Zeugen mochte sie gar nicht leiden. Mit ihnen gab es immer Probleme.

Im Allgemeinen wurde der Tathergang mit dem Beschuldigten rekonstruiert und erst danach die Gegenüberstellung vorgenommen, ihre Vorgesetzten hatten jedoch auf die umgekehrte Reihenfolge bestanden. Die Polizei litt, was ihr Ansehen betraf, unter Minderwertigkeitskomplexen. Daher ließ sie nicht eine Gelegenheit aus, um der Öffentlichkeit zu beweisen, dass sie nicht war, wofür man sie hielt. Gabriel hatte gesagt: »Wegen mir ist Michal zu Tode gekommen« und »Ich habe Michal umgebracht«. Dieses Geständnis würde in sämtlichen Medien verbreitet und immer wieder im Fernsehen gesendet. Auf der Zielgeraden zur Lobeshymne, die die Medien anstimmen würden, war die Gegenüberstellung ein Hindernis, das so schnell wie möglich überwunden werden musste.

Nach der Vernehmung war Jochai in ihr Büro gekommen, um ihr persönlich zu gratulieren. »Ich war vom ersten Moment an sicher, dass du die Sache schon schaukeln würdest.« Er hatte ihr die Hand gedrückt. Sie spielte bis zum Ende mit und dankte ihm höflich. Sie hätte sich über seine Worte gefreut, hätte nicht fünf Minuten, bevor er sich aus seinem Büro zu ihr herabbegeben hatte, David aus Österreich angerufen und ihr erzählt, dass Jochai ihm gestern Druck gemacht habe, so schnell wie möglich nach Israel zurückzukehren.

Sie selbst wusste noch nicht, was sie von der Vernehmung halten sollte. Gabriel schien ihr eher verängstigt als schuldig. Alle waren von seiner Schuld überzeugt, nur sie nicht.

»Er hat gestanden. Ohne dass wir Druck auf ihn ausgeübt, ihm gedroht, bearbeitet oder stundenlang bohrende Fragen gestellt haben. Was willst du denn noch, Nachmias?«, wollte Jaron wissen und fügte stichelnd hinzu: »Deshalb bist du auch immer noch Single. Du bist einfach mit nichts zufrieden.«

»Im Ernst, Nachmias.« Er kehrte sein Lächeln aus dem Gesicht, als sie ihm einen abfälligen Blick zuwarf. »Wenn es

Beweise gäbe, die seine Behauptung widerlegen würden. Irgendetwas, das dagegen spräche, dass er der Täter ist. Gibt's aber nicht.«

Sie beneidete ihre Kollegen um ihre Gewissheit, ihre Fähigkeit, eine klare, zweifelsfreie Antwort zu geben. Das muss man so machen. Das muss man anders machen. Er war es. Er war es nicht. Überwiegend: Er war es. Ihr kamen die Dinge immer komplexer vor.

Sie nahm es sich persönlich übel, dass sie nicht gleich kapiert hatte, dass Gabriel Englisch sprach. Was das anging, hätte sie sich zuvor bei Itai Fischer erkundigen können oder sich zumindest nicht auf ihre bloße Vermutung verlassen sollen.

Zu Beginn der Vernehmung hatte sie den Eindruck gehabt, dass er verstand, was sie sagte. Sie hatte es aber ihrer Unerfahrenheit in der Vernehmung von Afrikanern zugeschrieben. Als sie ihn gefragt hatte, ob er sich mit einem Rechtsanwalt beraten wolle, hatte er den Kopf geschüttelt, noch bevor er die Übersetzung gehört hatte. Sie hatte es eindeutig gesehen und daraufhin beschlossen, sich zurückzunehmen, weil sie unsicher war, ob sie die Zeichen richtig deutete. Sie hatte ihn nicht gleich zu Beginn der Vernehmung unter Druck setzen wollen.

Sie war wütend auf Jaron, der nicht gründlich recherchiert hatte, ob Aramei und Gabriel sich kannten. Sie hatte ihn darum gebeten, es zu prüfen, und er hatte zu ihr gemeint, dass nichts gegen den Einsatz von Aramei sprach. Derartige Umstände konnten die Brauchbarkeit eines Geständnisses leicht zunichtemachen. Sie musste mit Jaron strenger sein. Sie hatte versucht, die Sache auszubügeln, und Gabriel sämtliche Fragen noch einmal gestellt. Sie war erleichtert gewesen, dass er die gleichen Antworten gegeben hatte wie in Arameis Gegenwart.

Gabriel behauptete, Michal nicht vorsätzlich getötet zu haben. Es sei ein Versehen gewesen. Sie hatte ihm das halbherzige Geständnis abgerungen, dass sie um Geld gestritten hatten. Wie viel Geld er ihr schuldete, wusste er nicht.

Allerdings hielt er daran fest, dass sich alles am Morgen abgespielt habe, während sie Gewissheit darüber hatte, dass der Mord in der Nacht verübt worden war.

Unterm Strich waren Gabriels Antworten bei zwei kritischen Fragen – dem »Wie« und »Warum« – alles andere als zufriedenstellend.

Itais Worte hallten durch ihren Kopf – Gabriel sage womöglich nicht die Wahrheit, werde unter Umständen erpresst und von jemandem bedroht. Hatte er die Schuld eines anderen auf sich genommen? Und falls ja – wer war derjenige? Im Gegensatz zu Itai hatte sie keinen Zweifel daran, dass Michal ihren Mörder gekannt hatte. Ob Gabriel denjenigen kannte, der ihn erpresste? Wie konnte man ihn unter Druck setzen?

◊

Brauchten sie israelische Statisten für eine Gegenüberstellung, mussten sie alle Hebel in Bewegung setzen, bis sie genügend Leute rekrutiert hatten, die dem Beschuldigten mehr oder weniger ähnlich und obendrein noch bereit dazu waren. Anders in diesem Fall – ein Telefonanruf bei einer Personaldienstleistung, und sie hatten fünfzehn Leute beisammen. Sechs davon sogar mit einer Narbe an der Wange. Für Israelis war der Standardsatz, den sie den Statisten zahlten, unattraktiv, für Afrikaner nicht.

Die Gegenüberstellung verzögerte sich lediglich, da sie auf den Rechtsanwalt warten mussten, den die Staatsanwaltschaft zu diesem Zweck ernannt hatte.

Schmu'el Gonen stand neben ihr und schien angespannt.

»Ich habe ziemliche Angst, dass ich einen Herzinfarkt bekomme, wenn ich ihn sehe. Er hätte mich fast umgebracht, dieser Nigger, so wie sie«, sagte er.

Sie bemühte sich, ihn zu beruhigen, ihm zu vermitteln, dass seine Angst unbegründet sei, denn hier stände er unter polizeilichem Schutz.

Sie ließ ihn nicht aus den Augen, als er die Statisten der Gegenüberstellung musterte. Schnell ging er von einem zum nächsten. Viel zu schnell. Wegen der Rassenunterschiede war eine Identifizierung in diesem Fall schwierig. Das hatte sie ihm auseinandergesetzt, bevor sie den Raum betreten hatten.

»Nummer vier«, gab er nach einigen Sekunden bekannt.

»Sind Sie sicher?«, fragte sie nach.

»Nummer vier. Absolut sicher. Ich habe ihn bestens in Erinnerung«, tönte er.

»Vergewissern Sie sich noch einmal«, bat sie ihn.

»Nicht nötig. Die Vier«, sagte er mit deutlicher Ungeduld.

Sie sagte kein Wort. Gabriel war Nummer sieben.

38

◊ ◊ ◊

Lidi lag auf einer dünnen Matratze. Sie war zwar wach, hielt die Augen aber geschlossen. Im Zimmer war es finster, nur durch den Türschlitz stahl sich ein schwacher Lichtstrahl herein. Es roch penetrant nach Schweiß und Samen, ein Gemisch, das auch an ihr, der Matratze und dem Laken haftete, das sie sich umgeschlungen hatte.

Sie hatte am ganzen Leib heftige Schmerzen. Schon seit zwei Wochen fühlte sie sich unwohl, musste unaufhörlich husten. Der Husten saß tief und ließ ihren ganzen Körper beben. Sie rollte sich in das stinkende Laken ein, ihr war eiskalt. Sie zitterte an allen Gliedern, die Zähne schlugen aufeinander.

Das Zimmer war klein und schmal. Seit Monaten war sie darin gefangen. Die Welt draußen bekam sie nicht zu sehen, sie hörte nur den Lärm der Autos, der großen Stadt. Seit sie hierhergebracht worden war, war sie nicht ein einziges Mal vor der Tür gewesen.

Außer der Matratze gab es in dem Raum ein kleines Waschbecken und einen Eimer für ihre Bedürfnisse und die Kondome, die die Männer abstreiften. Achmad achtete streng darauf, dass sie Kondome benutzten und sie sich jeden Abend am Waschbecken wusch. Offenbar musste der gute Zustand der Ware gewährleistet werden.

In letzter Zeit hatte er keine Männer zu ihr geschickt. Ihr Husten sei abstoßend, hatte er zornentbrannt zu ihr gesagt.

Als sie gesund gewesen war, hatte er sie die ganze Zeit über geschunden. Meist hatte er ihr mit einem Schlag zwei oder drei Männer geschickt. Einmal waren es sechs gewesen.

Alle Afrikaner wie sie. Es gab welche, die sich auf sie legten und sofort in sie eindrangen. Andere wollten, dass sie ihnen einen blies. Wie am Fließband. Einer nach dem anderen, sie rieben sich an ihr, fielen in ihren Körper ein, spritzten ihren Samen ab.

Beim ersten Mal, als sie noch im Sinai gewesen und Rafik zu ihr gekommen war, hatte sie geweint, geschrien und inständig gefleht, dass er von ihr ablassen möge. Sie war doch erst siebzehn und noch Jungfrau gewesen. Daraufhin hatte er ihr den Gewehrkolben in den Bauch gestoßen und ihr einen Fausthieb ins Gesicht versetzt. Er hatte einen Finger auf den Mund gelegt, um ihr verständlich zu machen, dass sie die Klappe halten solle, und dann schnell die Hand an die Kehle geführt, um ihr klarzumachen, was ihr drohte, wenn sie nicht parierte. Von da an hatte sie nie wieder in seiner Gegenwart geweint. Nur wenn sie allein war. Später hatte sie auch damit aufgehört. Wenn Rafik seine Leute zu ihr brachte, war nicht mal ein Zwitschern von ihr zu hören.

In der Wohnung war sie nicht die Einzige. In den anderen Zimmern lagen Frauen wie sie. Sie hörte, wie Achmad sie anschrie, und sie hörte die Schritte der Männer, die sich in ihre Zimmer drängten. Manchmal, spät in der Nacht, vernahm sie das Schluchzen der anderen.

Dreimal am Tag ging die Tür auf und Achmad warf ihr etwas zu essen herein: Pitabrot, eine Tomate, eine Gurke. Ab und zu auch Reis und Kichererbsen. Hatte Achmad gute Laune, gab er die doppelte Ration. Einige Male hatte er sogar Fleisch vorbeigebracht.

Die vielen anderen Male sperrte er die Tür nur auf, um Männer hineinzulassen. Sie schaute ihnen nicht ins Gesicht, starrte nur an einen bestimmten Punkt in der Luft, presste die Lippen aufeinander, wenn es wehtat. Gab Achmad ihr ein Zeichen, stöhnte sie für Freier, die ihm dann mehr zahlten.

Anfangs hatte sie versucht, ihr Gesicht vor ihnen zu verbergen. Hatte Panik gehabt, dass jemand sie erkennen würde, einer aus ihrem Dorf in Eritrea oder Leute, denen sie auf dem Weg hierher begegnet war: im Flüchtlingslager im Sudan, in Ägypten, im Sinai. Sie hatte viele Stationen absolviert, bis sie nach Israel gekommen war. Sie wollte nicht, dass jemand davon erfuhr, was sie hier tat. Was aus ihr geworden war. Die Leute redeten. Gerüchte nahmen blitzschnell ihren Lauf und überquerten Landesgrenzen. Ihre Mutter könnte davon erfahren. Gabriel. Was für eine Schande.

Was für eine Schande. Als Achmad davon Wind bekam, versetzte er ihr eine Tracht Prügel. Von den Freiern, die zu ihr kamen, verlangte er einen Aufschlag, weil sie ein schönes Gesicht hatte, was dachte sie sich also dabei, es ihnen vorzuenthalten?

Vor einiger Zeit, vielleicht vor einem Monat oder mehr, hatte ein Mann sie erkannt. Es abzustreiten hatte keinen Sinn gehabt. Sein Name war Fetsum. Er war auch Eritreer. Und in der Gruppe gewesen, in der sie im Lkw vom Sudan nach Ägypten gelangt war. Mehrere Tage lang hatten sie dicht nebeneinandergedrängt auf der Ladefläche verbracht, in Säcken, aus Angst, an den Straßensperren der Polizei herausgefischt zu werden. Um die Zeit totzuschlagen, hatten sie einander erzählt, woher sie stammten. Sie hatten von dem neuen Land geträumt, von dem Leben, das sie dort führen würden.

Sie hatte ihm ins Ohr geflüstert, dass er zu Dahlia, der Sozialarbeiterin des Frauenhauses in Newe Scha'anan, gehen und ihr schildern solle, wo sie sich aufhielt oder zumindest, dass sie nicht von sich aus verschwunden war, ohne sich zu verabschieden. Aber nur ihr. Kein Wort zu Gabriel. Er sollte nicht erfahren, dass sie in Israel war und was ihr zugestoßen war.

Doch als Achmad spitzbekommen hatte, dass sie miteinander sprachen, hatte er Fetsum von ihr heruntergezogen. Er hatte ihm deutlich zu verstehen gegeben, dass er mit einer Kugel im Kopf enden würde, falls er auspackte. Er habe seine Kontakte und würde jeden aufspüren. Dann hörte sie, dass einer zuschlug und Fetsum einen Schrei unterdrückte.

◊

Vor einigen Tagen war die Tür aufgegangen, Achmad war in das Zimmer gestürmt und hatte sie aus heiterem Himmel verprügelt. Es hatte Fausthiebe in den Bauch und Ohrfeigen gehagelt. Was war bloß in ihn gefahren, was hatte sie sich zuschulden kommen lassen?

»Ich hab die Nase voll von dir!«, schrie er sie an. »Das hier ist kein Hotel! Liegst faul herum, frisst nur und die ganze Zeit dieser Scheißhusten. Auf dich hat kein Kunde Bock. Die haben Riesenschiss, sich bei dir anzustecken …«

Er packte sie an der Kehle, drückte sie zu Boden und setzte sich auf sie.

»Ich hab gehört, du hast einen Bruder in Israel …«, sagte er und drückte noch fester zu. »Du rufst jetzt deinen Bruder an und sagst ihm, dass er dich holen kann … Ich will dich hier nicht mehr haben … Dein Bruder hat einen Haufen Kohle. Wenn er bezahlt, lass ich dich laufen, hast du kapiert?«

Sie hatte nichts erwidert. Sie wollte nichts wie raus aus

diesem Gefängnis, schämte sich jedoch vor Gabriel und wusste nicht, was sie draußen erwartete.

»Damit dein Bruder sich die Mühe macht und ein Flittchen wie dich haben will, musst du ihn anflehen, hast du kapiert? Sonst lässt er dich hier verfaulen. Was braucht er eine Nutte wie dich, die ihm nur Schande macht?« Und dann schlug er ihr mit voller Wucht ins Gesicht. »Du tust jetzt, was ich dir sage, damit dein Bruder kommt und dich holt, hast du kapiert?«

Sie nickte. Blut strömte aus ihrer Nase, da holte er zum nächsten Schlag aus.

Es war ihr sehr nahegegangen, Gabriels Stimme zu hören. Sie hatte ihm sagen wollen, dass es ihr leidtat, was alles passiert war, dass sie Sehnsucht hatte, doch sie hatte Angst, dass sie Gabriel nie wiedersehen würde, wenn sie nicht exakt das tat, was Achmad von ihr verlangte.

Daher handelte sie so, wie Achmad es verlangte.

Seitdem wartete sie. Bisher war alles unverändert.

Sie hielt sich den Mund zu, als erneuter Hustenreiz sie überkam. Wenn er sie noch einmal husten hörte, hatte Achmad gedroht, würde er sie kaltmachen.

Der Regen draußen ließ nicht nach. Ihr war hundekalt, sie schlotterte.

39

◊ ◊ ◊

Anat stieg die Stufen des Hauses in der Stricker 122 in Tel Aviv hinauf. Vor ihr hievte Gabriel sich mit Hand- und Fußfesseln die Treppe hoch, während Jaron ihn stützte. Hinter ihr ging Nimrod, der für die Aufnahme des Gesagten verantwortlich war. Sie hörte ihn keuchen. Vor einigen Monaten, bei der Rekonstruktion eines anderen Mordes, hatte er sie gefragt, ob sie mit ihm ausgehen wolle, obgleich er zwanzig Jahre älter war und fünfzig Kilo mehr wog. Sie hatte in Erwägung gezogen, darauf einzugehen, und sei es nur, um die Miene ihrer Mutter zu sehen, die ihr immer wieder ins Gewissen redete, »dass die äußere Erscheinung nicht alles sei«.

Vom unteren Treppenabsatz hörte sie die Stimme von Amit Giladi, dem Korrespondenten für Verbrechen, der sehr laut in sein Telefon sprach. Er hatte sie bereits vor dem Haus erwartet. Er habe eine Genehmigung von der Pressestelle, bei der Rekonstruktion dabei zu sein.

Das käme nicht in Frage, hatte sie stehenden Fußes entgegnet. Nicht nur, dass sie die inzwischen recht gängige Praxis, Journalisten an den Rekonstruktionen teilhaben zu lassen, missbilligte. Diesmal mischten sich in ihre ohnehin schon vorhandene Abneigung zusätzliche Bedenken – sie hatte keine Ahnung, wie die Rekonstruktion verlaufen würde und Gabriel sich äußerte.

»Sei doch nicht dumm, Nachmias«, hatte Giladi zu ihr gesagt, während er versucht hatte, die Pressestelle zu erreichen, um ihr zu beweisen, dass er die Genehmigung dafür hatte. »Wenn ich deine Vorgesetzten recht verstanden habe, willst du auf der Karriereleiter nach oben. Da solltest du jemanden wie mich an deiner Seite haben. Ohne die richtigen Medien und gute Öffentlichkeitsarbeit kommt man heute nirgendwohin. Ein schlaues Mädchen wie du versteht das doch von selbst, oder nicht?«

Zu ihrer Genugtuung war der Pressesprecher nicht erreichbar, und sie nutzte die Tatsache aus, um mit den anderen nach oben zu gehen.

»Du machst einen Fehler«, flüsterte Jaron ihr auf der Treppe zu, »was kümmert es dich, ob er dabei ist? Das machen alle so.«

Sie sah zu Gabriel, der zitterte und sichtliche Probleme mit den Treppenstufen hatte.

Medienrummel war wirklich das Letzte, was sie hier gebrauchen konnte.

»Ich will, dass die Sache ruhig vonstattengeht«, sagte sie in entschiedenem Ton zu Jaron. Seit er sich diesen Patzer mit Aramei geleistet hatte, hielt sie ihn besser an der kurzen Leine.

◊

Am frühen Morgen hatte sie sich Michals Familie angeschlossen, die am Ende der Trauerwoche das Grab aufsuchte. Versammelt waren die Eltern, die Schwester, der Bruder und der Schwager. Sie war von der intimen Situation, in die sie sich begeben musste, peinlich berührt. Die Familie war befremdet, sie zu sehen, und verstummte, als sie näherkam.

Der Vater las in Eile das *Kaddisch*, das Trauergebet, als hielte ihn nichts an diesem Ort. Die übrigen Familienmitglieder standen schweigend, den Blick auf das frische Grab gerichtet. Als der Vater mit dem Gebet zu Ende gekommen war, trocknete die Mutter ihre Augen, die sie hinter einer großen Sonnenbrille verbarg.

In den vergangenen Tagen hatte Anat das Alibi jedes einzelnen Familienmitglieds überprüft. Die Eltern hatten sich in ihrer Wohnung in Ramat Aviv aufgehalten. Roni, der jüngere Bruder, hatte die Zeit mit einem Freund verbracht. Dana, die ältere Schwester, hatte sich um ihre Kinder gekümmert. Schlomi, der Schwager, war auf Geschäftsreise in Belgien gewesen.

Sie gingen bereits auseinander, als Roni leise folgende Inschrift für den Grabstein vorschlug: »Wer auch nur eine einzige Seele Israels rettet, hat eine ganze Welt bewahrt.«

»Israels? Hat sie etwa ›Israel‹ geholfen?«, zischte der Vater verächtlich.

»Was macht das schon? Es geht doch ums Prinzip … Michal war ein guter Mensch, sie hat anderen geholfen …«, entgegnete der Bruder.

»Das ist ein immenser Unterschied, mein Lieber. Wenn sie Israelis geholfen hätte, wäre vielleicht all das … dieser Mord nicht passiert«, schaltete der Schwager sich ein.

»Schlomi, ich bitte dich«, hob die Mutter an, »das geht nur die Familie etwas an.«

»Ach, guck mal einer an, auf einmal gehöre ich nicht zur Familie?« Er war gekränkt. »Aber wenn ihr Geld braucht, gehöre ich zum engsten Kreis. Als ihr euch bei mir ausgeheult habt, dass eure Tochter das komplette Erbe verschleudert …«

»Hört sofort damit auf«, der Vater ging dazwischen und deutete auf Anat.

Mit einem Schlag verstummten alle und mieden Anats Blick. Anat seufzte und musste sich, wohl oder übel, Jochais

Meinung anschließen. So grässlich diese Familie auch sein mochte, die Chance, dass von ihr ein Mord ausgegangen war, war gleich null.

Michal hatte ihrem Mörder spät in der Nacht die Tür geöffnet. Und im Stillen dachte Anat, dass sie an Michals Stelle keinen von diesen Leuten, zu keiner Stunde des Tages, in ihre Wohnung gelassen hätte.

◊

Sie blieb vor der Wohnungstür neben Gabriel und Jaron stehen. Als Nimrod sich von dem Aufstieg erholt hatte, gab sie ihm die Anweisung, mit der Aufnahme zu beginnen.

Sie hatte entschieden, dass Jaron den Tathergang mit Gabriel rekonstruieren solle. Er verfügte bei Mordfällen nun einmal über mehr Erfahrung.

Dass die Gegenüberstellung schiefgelaufen war, machte ihr nur bedingt Sorgen. Wäre Gabriel Israeli, hätte die Gegenüberstellung geradezu dramatische Bedeutung. In diesem Fall war sie kaum von Belang. Es war nur natürlich, dass Schmu'el Gonen die Wiedererkennung schwerfallen würde. Andererseits untermauerte es ihr Gefühl, dass Gonens Zeugenaussage tendenziös war. Für ihn wäre jeder »Afrikaner« der Richtige. Hatte sie Gonen zu schnell von der Liste der Verdächtigen gestrichen?

Jaron nannte zu Protokollzwecken Ort, Uhrzeit und Anwesende. Von nun an lief die Sanduhr. Die gesamte Rekonstruktion würde mit Bild und Ton aufgenommen. Sobald die Anklageschrift eingereicht würde, könnte Gabriels Verteidiger die Rekonstruktion minutiös verfolgen.

Jaron bat Gabriel, zu schildern, wie die Dinge sich der Reihe nach abgespielt hatten. Neutrale Fragen durften sie ihm stellen, so lautete die Regel, sie durften den Beschuldigten jedoch in keiner Weise beeinflussen.

Gabriel warf ihnen einen verwirrten Blick zu und blieb ihnen die Antwort schuldig.

»Lassen Sie mich Ihnen helfen«, sagte Jaron ungeduldig, als er auf seine Aufforderung nicht reagierte, »Sie sind hierhergekommen. Haben Sie an die Tür geklopft? Haben Sie geklingelt?«

Gabriel schüttelte den Kopf.

»Haben Sie an die Tür geklopft oder geklingelt?«, wollte Jaron wissen, betonte jedes einzelne Wort, als sei Gabriel debil.

»Die Tür war offen«, antwortete Gabriel kaum hörbar.

Jaron und Anat tauschten Blicke aus. Sie gab ihm mit einer Geste zu verstehen, dass er fortfahren solle. Die Antwort verblüffte sie. Aber immerhin war es eine Antwort. Sie hatte große Angst gehabt, dass er sich bei der Rekonstruktion ausschweigen würde oder Dinge von sich gäbe, die mit den Beweisen am Tatort nicht übereinstimmten.

»Wo war sie, als Sie die Wohnung betraten?«, fragte Jaron.

Gabriel deutete Richtung Wohnzimmer.

»Zeigen Sie es mir genau«, wies Jaron ihn an, fortzufahren.

Gabriel ging zu der Stelle, wo Michals Leiche gelegen hatte.

Anat stand an der Stelle, auf die Gabriel zeigte.

»Und was ist dann passiert?«, wollte Jaron wissen.

Gabriel senkte den Blick und gab keine Antwort.

»Was hat sie zu Ihnen gesagt? Was haben Sie zu ihr gesagt? Was ist passiert?« Ungehalten feuerte Jaron eine Frage nach der anderen ab. Anat gab ihm zu verstehen, dass er sich beherrschen solle.

Schweigen.

»Wie stand sie hier?«, fragte er. »Mit dem Rücken zu Ihnen? Mit dem Gesicht? Nun los, machen Sie schon … reden Sie«, machte Jaron ihm Dampf.

Schweigen.

»Gabriel«, intervenierte sie, »wie ich sehe, fällt Ihnen die Sache sehr schwer. Das ist ganz normal und verständlich. Atmen Sie tief durch und erzählen Sie uns, was hier vorgefallen ist. Mehr wollen wir nicht – wir wollen wissen, was vorgefallen ist. Erzählen Sie es uns und dann sind wir hier wieder raus. Das verspreche ich Ihnen.«

Gabriel hielt den Blick gesenkt.

Jaron kratzte sich am Kopf. Sie kannte dieses Zeichen und wusste, was es zu bedeuten hatte.

»Ich glaube, es gibt ein Problem mit dem Gerät … Ich schalte es mal kurz aus«, sagte Nimrod just in dem Moment.

Jaron nutzte die Gelegenheit, hob Gabriel kurz in die Luft und knöpfte ihn sich vor.

»Hör mal gut zu, du schwachsinniges Miststück. Die Vorstellung, die du hier abziehst, funktioniert so nicht …«, drohte er ihm. Sie rang mit sich, ob sie dazwischengehen sollte, unternahm aber nichts. Jarons Vorgehen war immer noch vertretbar.

»Wenn du uns nicht genau erzählst, was hier abgelaufen ist und wie du sie umgebracht hast, bist du echt nicht zu beneiden. Dann sind wir nicht mehr so nett zu dir. Wir gehen dann so mit dir um, wie es bei euch in Afrika üblich ist, oder wir schicken dich gleich zurück. Überlassen dich dort deinen Leuten …«

»Hör auf, Jaron, das reicht«, sagte sie mit ruhiger Stimme, ging zwischen die beiden und stellte sich neben Gabriel.

Sie musste die Sache schnell voranbringen. Zu Protokollzwecken hatten sie die Uhrzeit festgehalten. Jede Minute, die verging und in der Nimrods Kamera ausgeschaltet war, erhöhte das Risiko, dass die Rekonstruktion für unbrauchbar erklärt würde.

»Hier, Nachmias, der Pressesprecher ist in der Leitung, ich habe die Genehmigung, dabei zu sein«, hörte sie Giladi hinter sich.

»Schaff ihn raus, bitte«, sagte sie zu Nimrod, der schnell auf Giladi zuging und ihn mit Hilfe seines kolossalen Bauchumfangs aus der Wohnung schob.

»Geh mir aus den Augen, du Fettsack«, hörte sie Giladi hinter der verschlossenen Tür zetern: »Nachmias, du machst einen Riesenfehler. Mich als Feind ist wirklich das Letzte, was du brauchst. Hast du gehört?«

»Kommen Sie, erzählen Sie mir, was passiert ist.« Sie wandte sich wieder Gabriel zu und bat ihn mit sanfter Stimme, ignorierte, dass Giladi im Treppenhaus herumschrie.

»Haben Sie Michal erdrosselt?« Sie hatte sich für diese Möglichkeit entschieden, denn sie meinte, dass es ihm dabei behilflich wäre, Dinge zu verneinen.

Gabriel sah sie an und sagte nichts.

»Haben Sie Michal erdrosselt?«, fragte sie wieder. »Wenn nicht, dann reicht es, wenn Sie nein sagen …«

»Ja, ich habe sie erdrosselt …«, sagte er leise. Jaron und sie wechselten Blicke. Diese Rekonstruktion würde wie ein Bumerang auf sie niederprasseln. Auf dem Revier hatte Jaron vorgeschlagen, mit Gabriel zunächst »ein Hintergrundgespräch« zu führen. Ihn darauf vorzubereiten. Aber sie hatte die Idee verworfen.

»Lassen Sie uns noch einmal von vorn beginnen, Gabriel …«, sie nahm einige tiefe Atemzüge.

»Lass mich mal …«, sagte Jaron und stieß sie beinahe zur Seite.

»Hör mir zu, hör mir mal gut zu«, er packte Gabriel am T-Shirt, »hör auf mit deinen Lügenmärchen, uns brauchst du nicht für dumm zu verkaufen. Gleich schalten wir die Kamera ein und dann erzählst du gefälligst, dass ihr eine Auseinandersetzung hattet, dass du wütend auf sie warst …«

»Jaron, hör auf!«, befahl sie ihm.

»Du hast ihr mit der Bierflasche, die hier war, eins übergezogen. Sie fiel hin und hat einen Schlag auf den Kopf abbekommen. Hast du verstanden?« Er machte weiter, sie war für ihn Luft.

»Jaron, hör sofort auf! Was machst du da? Bist du verrückt geworden?« Sie wurde jetzt laut.

Gabriel schwieg.

»Ist das klar?« Jaron ließ sich nicht von ihr beirren.

Gabriel nickte.

»Funktioniert die Kamera wieder, Nimrod?« Jaron warf einen Blick nach hinten.

»Die Kamera bleibt aus«, wies sie Nimrod an. »Das nehmen wir nicht auf.«

Alle Augen waren auf sie gerichtet.

»Er ist in einem schwierigen psychischen Zustand … So lässt sich kein Fall rekonstruieren, das bringt nichts …«, sagte sie resolut. Ihr Herz raste, dennoch hatte sie eine feste Stimme. Sie würde zurück ins Revier fahren und die Sache überdenken.

»Anat, sei doch nicht dumm«, wandte Jaron sich an sie, »gleich haben wir die Sache im Kasten, begreifst du das denn nicht? Wirklich schade, schade für dich. Du solltest …«

»Nimm dich vor mir in Acht, Jaron«, unterbrach sie ihn. »Ich hab hier das Kommando, und ich sage, dass wir es nicht aufnehmen.«

»Was geht denn hier ab, seid ihr schon fertig?« Amit Giladi passte sie im Treppenhaus ab.

Sie ließ ihn kommentarlos stehen und ging unverzüglich die Treppe hinunter.

»Der Pressesprecher hat mir versichert, dass du mir die Rekonstruktion zeigst.« Er lief ihr nach. »Wenn du mir nicht glaubst, hol ich ihn an die Strippe.«

»Es gibt keine Aufnahme.« Sie drehte sich wutentbrannt zu ihm um.

»Wieso das denn?«

»Es gibt keine«, sagte sie und ging die Treppe hinunter.

40

◊ ◊ ◊

Schimon Faro war drauf und dran, die Schale seines Zorns über den beiden auszugießen, er konnte nicht länger an sich halten und schrie Itzik und Boaz an, die mit gesenkten Häuptern vor ihm standen. Es kam selten dazu, dass er schrie. Die Leute bekamen eher Fracksausen, wenn sie nicht wussten, ob und wann er explodieren würde, als wenn es dann tatsächlich dazu kam.

Seit ein paar Tagen hatte er Stress. Der bevorstehende Deal in Argentinien brachte ihn um den Schlaf. Er handelte seit Jahren mit Waffen, doch ein Geschäft solcher Größenordnung hatte er noch nie abgewickelt.

An der Größenordnung allein lag es allerdings nicht. Auch am Ziel. Er hatte Waffen nach Nigeria, Äthiopien, Namibia verhökert. Aber noch nie in den nördlichen Sudan, der Staat wurde weltweit boykottiert, und was den Verkauf von Waffen anging, gab es Verbote ohne Ende.

Er hätte sich niemals auf dieses Geschäft eingelassen, wenn man ihm nicht mittels der Flüchtlinge, die nach Israel strömten, einen direkten Nachschubweg für Drogen aus Ägypten garantiert hätte. Bei allem Respekt für die Kohle, die er mit den Flüchtlingen, den Nutten und der Zockerei machte, die Drogen waren nach wie vor sein Hauptgeschäft. Seit dem schönen Durcheinander, das David Meschulam, gesegnet sei sein Andenken, angerichtet hatte, war ihm der Handelsweg über den Libanon so gut wie versperrt. In seiner Welt war für ein Vakuum kein Platz. Wenn er die Ware nicht lieferte, lieferte sie ein anderer. Und das konnte er sich nicht erlauben.

Bei dieser Sache stand er mit dem Rücken zur Wand. Waffen an die Iraner oder Syrer zu verkaufen käme für ihn nicht in Frage, davon und auch von Hightech-Waffen ließ er die Finger. Aber hier ging es alles in allem nur um den Nordsudan. Um ausrangiertes Kriegsmaterial. Nigger, die Nigger umlegten. Wen kümmerte das schon?

Boaz sollte nach Argentinien fahren und dort alle Enden zusammenführen. Das Geschäft hatte zwei Seiten – eine legale und eine illegale. Damit das Geschäft zustande käme, musste die legale Seite geradezu formvollendet ablaufen. Sämtliche Dokumente mussten in Ordnung und unterschrieben sein.

Und nun kam Itzik und erzählte ihm, dass diese Michal Poleg am alten Busbahnhof Boaz abgelichtet habe und die Bullen davon Abzüge hätten, und ein Spaßvogel namens Itai Fischer, ein Freund der Verstorbenen, treibe sich am Busbahnhof herum und halte die Fotos von Boaz jedem, der sie sehen wolle, unter die Nase. Dieser Fischer war sogar in eine von Faros Filialen gegangen und die Nigger hatten ihn dort rausgeprügelt.

»Arbeitest du nebenbei als Fotomodell oder was?«, schrie er Boaz an, der nicht ein Sterbenswörtchen hervorbrachte. »Hast du denn nicht mitgekriegt, dass die dich fotografiert? Hast du Tomaten auf den Augen?«

Boaz murmelte etwas Unverständliches.

»Und du?« Jetzt knöpfte er sich Itzik vor. »Dass ihm das passiert, na gut, aber wie konnte dir entgehen, dass er fotografiert wird? Wie konnte diese kleine Schlampe, kaum anderthalb Meter groß, euch so reinlegen? Das kapier ich nicht, zur Hölle noch mal.«

Auch Itzik sagte kein Wort. Sie schwiegen immer, wenn sie bei ihm waren.

»Und wieso, verfluchter Mist«, er kam mehr und mehr in Fahrt, »wusstet ihr nicht, dass diese Fotos in der Polizeiakte herumliegen?«

»Schimon, ich sage dir, diese Anzeige ist nicht die Bohne wert … Kein Mensch wird sich für sie interessieren, schon gar nicht jetzt …« Itziks Stimme zitterte. »Ich versichere dir, dass dieser Afrikaner zur Polizei gegangen ist und gesagt hat, dass er es war. Auf diese Anzeige spuckt nicht mal einer.«

»Aber jetzt haben wir auch noch diesen Fischer am Hals. Was machen wir mit dem? Ihn ausschalten?« Seine Faust krachte auf den Tisch.

Itzik hatte sagen wollen, dass die Idee sicher nicht schlecht sei. Doch Faros Blick versiegelte ihm den Mund. Man legt keinen um, wenn's nicht sein muss, das war immer sein Motto gewesen.

Sein Problem war, dass er nur mit Idioten arbeitete. Ging es darum, Macht zu demonstrieren, stand ihm ausreichend Personal zur Verfügung, Gott sei Dank. Da musste er nur die Entscheidung fällen. Aber wenn es darum ging, den Verstand zu gebrauchen? Wen hatte er da? Wie sollte er mit all diesen Blödhammeln ein Unternehmen führen? Wie konnte man wachsen, wenn ein Einzelner die ganze Denkarbeit leisten musste?

Boaz war nicht auf den Kopf gefallen. Aber diese Fotos waren ein Problem. Hätte er gekonnt, hätte er ihn sich vom Hals geschafft. Aber wer sollte ihn ersetzen? Er hatte zu wenig Leute, die etwas taugten. Das war das Problem.

Wenigstens hatte diese kleine Nervensäge nur Boaz abgelichtet und nicht den »General«, andernfalls säßen sie gewaltig in der Klemme.

Boaz sah auf die Uhr. Zwar nicht offensichtlich, aber Schimon registrierte diese kleine Handbewegung sehr wohl. Diese kleine Null empfand bei der neuen Situation sicherlich Genugtuung. Boaz hasste die Gegend um den alten Busbahnhof wie die Pest, Faro wusste das, und Boaz konnte es kaum abwarten, dort abgelöst zu werden. Vielleicht musste man ihm mal ins Gedächtnis pusten, weshalb er hier war und was er für ihn tat. Hätte er damals den Geschäftsführern der Steuerkanzlei Rede und Antwort stehen müssen, säße er jetzt im Knast.

»Herr Javin, langweile ich Sie? Erwartet Sie jemand? Halte ich Sie etwa auf?« Er bohrte sich in seine Pupillen.

»Nein, wieso denn … ich …«, murmelte Boaz.

»Geht mir aus den Augen …«, sagte er ungehalten.

Boaz zu behalten wäre ein Fehler. Er musste den Kontakt abbrechen. Ihm eventuell eröffnen, dass er Israel verlassen müsse. Unter Umständen wäre es damit nicht getan. Andererseits brauchte er ihn noch. Das Geschäft in Argentinien duldete keinen Aufschub. Was konnte er tun? Wenn man ein Unternehmen leitete, musste man auch Risiken eingehen.

41

◊ ◊ ◊

»Ich muss mit dir reden.« Anat stürmte in Jochais Büro. Ihr lag daran, dass er es aus ihrem Munde erfahren und Verständnis für ihre Entscheidung aufbringen würde, bevor er es von einem anderen hörte. Auf dem Rückweg zum Revier hatten Jaron und sie kaum ein Wort gewechselt. Was zum Henker hatte ihn da bloß geritten? Einem Beschuldigten schonungslos die Worte in den Mund zu legen? Damit war er zu weit gegangen.

Bei ihrer Ankunft im Revier hatte sie Jaron gebeten, Gabriel in den Vernehmungsraum zu führen, sie würde Jochai unterrichten.

»Das ist dein Untergang, Nachmias. Gebrauch deinen Verstand, nicht alles richtet sich gegen dich persönlich. Du arbeitest innerhalb eines Apparats, und den gilt es zu durchschauen …«, klärte Jaron sie in ruhigem, leisem Ton auf und führte Gabriel ab.

»Kurz und bündig.« Jochai erhob sich von seinem Stuhl.

»Ich habe einen Termin beim Distriktleiter. Lass mal hören. Wie ist die Rekonstruktion gelaufen? Ich habe dem Distriktleiter versichert, dass wir den Fall heute abschließen.«

Sie schwieg. Obwohl sie ihm unbedingt auseinandersetzen wollte, was vorgefallen war, wollte sie dies nicht im Telegrammstil tun, noch dazu, wenn er ihr nur mit halbem Ohr zuhörte.

»Na los, red' schon«, drängte er sie und machte sich auf den Weg.

»Die Rekonstruktion war eine einzige Katastrophe.« Sie folgte ihm aus dem Büro. »Der Beschuldigte hat nicht geredet. Jaron hat zu viel Druck auf ihn ausgeübt und ihm die Worte in den Mund gelegt. Daraufhin hat der Beschuldigte sich zunehmend verschlossen. Ich war gezwungen, die Aufnahme abzubrechen, bevor das Ganze in einem Fiasko geendet hätte.«

»Was hast du gemacht?« Er blieb stehen und sah sie entgeistert an. Sein Umgangston war beängstigend, sie prallte zurück. Sie standen am Eingang zur Zentrale, in der sich viele Kollegen aufhielten.

»Lass uns im Anschluss darüber reden«, wandte sie mit kraftloser Stimme ein. Ein Drama vor aller Augen war das Letzte, worauf sie aus war.

»Nein! Jetzt!« Er wurde immer lauter. »Ich will jetzt darüber reden!«

»Was hätte ich denn tun sollen? Schließlich hat Jaron …«, setzte sie an.

»Hör mal zu, Süße, und hör mir gut zu …«, schnitt er ihr das Wort ab, »bist du denn vollkommen verrückt geworden? Hast du deine Tage oder was?«

Sie brachte kein Wort hervor, sah ihn nur fassungslos an.

Aus dem Augenwinkel registrierte sie, dass alle Kollegen sie angafften. Sie wurde knallrot.

»Was glaubst du eigentlich, was wir hier machen? Rumsitzen und Däumchen drehen? Du hattest einen Beschuldigten, der aus freiem Willen und ohne jeglichen Druck ein Geständnis abgelegt hat, und du … du«, er fuchtelte mit dem Zeigefinger vor ihr herum, »hast es verpatzt, du hast es einfach ruiniert … Ist dir überhaupt klar, was du da angerichtet hast?«

Ihre Knie zitterten. Sie hatte keineswegs erwartet, dass Jochai über den Vorfall beglückt wäre. Auch sie war tief enttäuscht davon, dass die Rekonstruktion gescheitert war, aber mit einer unkollegialen Reaktion dieser Art hatte sie nicht gerechnet. Das war ein Standgericht, eine öffentliche Demütigung.

»Und wozu? Ich frage dich: wozu?«, ließ er nicht locker.

»Jochai, beruhige dich … Lass uns in Ruhe darüber reden«, flüsterte sie, ihr Gesicht glühte. »Die Beweislage in diesem Fall ist ohnehin nicht schlüssig, auch ohne Rekonstruktion. Das Ganze muss neu analysiert werden. Ich glaube nicht, dass Gabriel der Mörder ist …«, murmelte sie, ohne das Beben in ihrer Stimme überwinden zu können. Noch nie hatte sie ihn in diesem Jargon erlebt. Noch nie hatte sie sich derart gedemütigt gefühlt. Doch was wunderte es sie? Rassismus und Sexismus gingen stets Hand in Hand.

»Dann verrate mir doch bitte mal, wieso er gestanden hat!« Mittlerweile schrie Jochai und hatte einen puterroten Kopf. »Antworte mir gefälligst!«

Sie räusperte sich und zwang sich zum Sprechen. »Wie du weißt, gibt es viele Gründe, warum Leute ein Geständnis ablegen …«, sagte sie. Alle im Raum starrten sie an. Sie kannte jeden Einzelnen. Arbeitete mit ihnen. Wie sollte es nach dieser Lynchjustiz für sie hier weitergehen?

»Hör mir zu, Schnecke, und hör mir gut zu.« Schon wieder unterbrach er sie. Gleich würde die Ader auf seiner Stirn platzen. »Ich bin seit über dreißig Jahren im Dienst. Ich brauche keine junge Lady mit Juraabschluss, die nur zur Polizei gegangen ist, um ihren Eltern eins auszuwischen, und mir jetzt irgendwelche Lektionen erteilen will. Du hattest hier ein Geständnis, wie es im Buche steht. Da kommt einer, aus freiem Willen, setzt sich vor euch hin, und ohne dass ihr auf ihn Druck ausübt, sagt er: ›Ich habe einen Mord begangen.‹ Nun erkläre mir zum Teufel noch mal, was daran verkehrt sein soll?«

Jochai marschierte wieder los und sie lief ihm nach. Zumindest wäre die öffentliche Vorstellung zu Ende.

»Und wozu, frage ich dich, wozu?« Er blieb ruckartig stehen und sah sie an. »Wenn es einer gewesen wäre, der uns mit seinen Anwälten die Hölle heißgemacht hätte. Doch der hier hat gestanden, und es gibt keinen Beweis, der seine Zeugenaussage widerlegt. Und diese ganze Szene in Gegenwart der Presse? Unglaublich, einfach unglaublich …«

»Dem Journalisten habe ich den Zutritt verwehrt …«, sagte sie schnell.

»Na, wenigstens das …« Die Information schien seinen Ärger allerdings nicht zu mildern.

Sie holte tief Luft. »Ich schlage vor, wir brechen hier ab und sprechen in einer Stunde, wir müssen auch über die weiteren Schritte nachdenken …«, sagte sie in sachlichem Tonfall und blieb stehen. Es hatte keinen Sinn, ihm die Gänge nachzujagen, während er eine Demütigung nach der anderen auf sie abfeuerte.

»Deine erste gute Idee heute«, schnaubte er und ließ sie stehen.

42

◊ ◊ ◊

Jariv biss von seinem Pitabrot ab, ließ sich die knusprigen Falafelbällchen genüsslich auf der Zunge zergehen. Draußen schien die Sonne, und der klare blaue Himmel vervollkommnete seine ohnehin gute Laune.

Sein Fracksausen wegen des Gesprächs mit Aloni war umsonst gewesen. Der hatte ihm lediglich mitteilen wollen, dass seine unbefristete Festanstellung genehmigt worden war. Freilich hatte er dabei eine saure, widerwillige Miene aufgesetzt. Diese Entscheidung war ganz oben und ohne ihn gefällt worden, von weiter oben hätte sie nicht kommen können.

»Ich gebe Ihnen einen Rat, Ninio«, hatte er ihm kurz vor ihrer Verabschiedung in ruhigem Ton vermittelt. »Politiker sitzen auf wackligen Stühlen. Sie kommen und gehen. Als Staatsanwalt müssen Sie dem Gesetz treu sein und nicht der ein oder anderen Person.«

Jariv hatte ihm mit regloser Miene zugehört. Was wollte Aloni ihm da weismachen? Er gehörte einer aussterbenden Generation an. Bekam gar nicht mit, dass die Welt sich veränderte, die altbekannten Spielregeln ihre Gültigkeit verloren. Kaum in seinem Büro angekommen, rief er Regev an, um ihm die Neuigkeit kundzutun.

»Du hast eine große Zukunft vor dir, Ninio«, gratulierte er ihm – Jariv labte sich an jedem Wort.

Dabei hatte er noch einige Tage zuvor, dem Wahnsinn nahe, wie ein Blatt im Wind getrieben, war wegen der Geschichte mit Michal mit sich ins Gericht gegangen, ob es im Bereich des Möglichen lag, dass er den Mord begangen hatte. Und hatte heftig mit sich gerungen, ob er zur Polizei gehen solle. Was für ein Glück!

Nach wie vor wollte sein Gedächtnis ihm nicht preisgeben, was in der Nacht vorgefallen war, doch was spielte das schon für eine Rolle? Er war nicht der Mörder. Das war der eingeschleuste Eritreer. Als er von dessen Geständnis erfahren hatte, war er der glücklichste Mensch auf Erden gewesen.

Zufrieden streckte er sich auf seinem Schreibtischstuhl. Er dachte an Inbar, ihren Duft, ihre sanfte Haut. Schon geraume Zeit hatten sie nicht mehr miteinander geschlafen. Vom Masturbieren vor dem Computer hatte er die Nase voll. Er brauchte sie. Vielleicht heute Abend. Es würde ihnen beiden guttun.

Morgen würde es erneut um die Petition eines Eingeschleusten gehen. Wieder eine herzzerreißende Geschichte. Wieder würde er sagen: »So leid es mir auch tut, eine Abschiebung ist unvermeidlich.« Und wie immer würde er höchstwahrscheinlich gewinnen.

Die Festanstellung auf Lebenszeit kam im rechten Augenblick. Sie gewährte ihm Immunität. Gab ihm die Möglichkeit, Forderungen zu stellen. Als Erstes musste er diese Fälle mit den Eingeschleusten und ihren Klagen abgeben. Sie waren seiner Psyche alles andere als zuträglich. Das einzige Problem wäre, Regev davon zu überzeugen. Er musste jemanden mit weißer Hautfarbe finden, den Regev hasste und ins Visier nehmen würde. Davon gab es genügend. Er entsann sich, wie Regev Michal und ihre Gesinnungsgenossen bei einer Demonstration vor seinem Haus verflucht hatte. Er hatte behauptet, sie würden ihn vor den Medien lynchen, Rufmord betreiben. Vor allem Michal war ihm ein Dorn im Auge gewesen. Sie hatte die Demonstration initiiert und noch ausgeharrt, als die anderen längst gegangen waren, und auch danach hatte sie mehrmals allein protestiert. Eine ähnliche Auseinandersetzung käme Regev zupass.

Er schaltete den Computer ein.

Er bekam Herzrasen, als er die Überschrift las: »Rekonstruktion gescheitert«. Er biss sich auf die Lippe, die prompt blutete.

43

◊ ◊ ◊

Anat tobte vor Wut. Sie war außer sich wegen Jochai und der Art und Weise, wie er mit ihr geredet hatte. Mit einem Mann hätte er es nicht gewagt, so umzuspringen, da machte sie sich nichts vor. Was sie durch harte Arbeit zu erreichen versucht hatte, hatte er in null Komma nichts ruiniert. Er hatte sie vor der kompletten Belegschaft herabgewürdigt.

Nicht zuletzt war sie wütend auf sich selbst, ärgerte sich über ihr Verhalten.

Den Abbruch der Rekonstruktion bereute sie nicht. Ihre Entscheidung war korrekt gewesen. Sie wusste, dass es Kriminalbeamte gab, die darüber hinweggesehen hätten. Ihr war klar, dass auch andere nach Jarons Art zu Werke gingen, die Regeln missachteten, die ihrer Ansicht nach zu starr waren und jeglicher Logik entbehrten, und der Gerechtigkeit zum Durchbruch verhelfen wollten. Diese Vorgehensweise kam für Anat nicht in Frage. Es gab ein System und es gab Regeln, und daran hatte man sich zu halten. Natürlich waren sie nicht ausgereift und brachten hin und wieder problematische Ergebnisse, doch alles in allem funktionierten sie, und gäbe es sie nicht, würde das System zusammenbrechen.

Ihre Wut auf sich selbst gründete nicht darin, dass sie die Rekonstruktion hatte abbrechen müssen, sondern auf den Ereignissen im Anschluss. Ihr war klar gewesen, dass Jochai mit dem Vorfall nicht zufrieden wäre, doch sie hätte sich in dem Gespräch durchsetzen müssen. Jaron hatte sie zuvor gewarnt, ihr prophezeit, dass exakt das eintreten würde, doch sie hatte nicht auf ihn hören wollen. Sie hatte es so dermaßen eilig gehabt, in Jochais Büro zu kommen. Wozu?

Sie machte sich Vorwürfe, dass sie eingeknickt war, ihren Standpunkt nicht durchgeboxt hatte. Auf den ersten Blick hatte Jochai recht. Gabriel hatte ein Geständnis abgelegt, ohne dass Druck auf ihn ausgeübt worden war. Dagegen gab es nichts einzuwenden. Ein Mensch klagte sich nicht grundlos an. Schon gar nicht bei einem derart hohen Strafmaß. Allerdings wirkte er geradezu begierig, seinen Kopf unter die Guillotine zu legen … Er hatte keine Ahnung, auf welche Weise Michal ermordet worden war, und würde jede Version unterschreiben, die man ihm vorlegte. Schließlich hatte sie ihm selbst die Frage gestellt, ob Michal erdrosselt worden sei, und er hatte genickt. Sollte sie sich mit diesem Geständnis begnügen und »den Fall für abgeschlossen« erklären, derweil es eine Menge ungelöster Fragen gab? Das Geständnis mochte als »die Königin der Beweise« gelten, doch auch die Roben von Königen konnten Löcher haben.

Sie musste aus dieser Erfahrung lernen. Würde sie das nächste Mal Jochais Büro betreten, würde sie sich nicht darüber ausheulen, dass sie einen Misserfolg erlitten hatte. Sie würde Tatsachen präsentieren. Eine neue Richtung, in die die Ermittlungen gehen sollten.

Sie musste den Fall noch einmal aufrollen. Sämtliche Leute befragen, mit denen Michal im Clinch gelegen hatte. Wie viele es auch sein mochten. »Jeden Stein umdrehen«, wie die Polizisten in den Fernsehserien es gern nannten.

Beispielsweise hatte Schmu'el Gonen ihr bei der ersten Befragung erzählt, dass in der Mordnacht vor Michals Tür jemand geschrien habe. Sie war dieser Aussage nicht weiter auf den Grund gegangen. Hatte vermutet, es wäre »der flüchtige Afrikaner« gewesen.

Sie konnte diesen Ausrutscher noch berichtigen. Bei jedem Fall steckten die Ermittlungen hin und wieder in der Krise. Nun auch in ihrem. Wichtig war, wie ein Fall gelöst wurde. Sie musste an sich selbst glauben. Sie würde diesen Mord aufklären. Sie war eine gute Polizistin.

Sie begann, mit der Maus hin und her zu klicken. Monotone Computerspiele beruhigten sie. Noch ein paar Runden und dann würde sie die Lage neu einschätzen.

Sie bekam Herzrasen, als sie im Internet die Überschrift las. In der Meldung stand geschrieben: »Die Pressestelle der Polizei teilte mit, dass in wenigen Tagen eine zweite Rekonstruktion durchgeführt werde, sobald Kriminalkommissar David Karmon, der Leiter der Sonderkommission, von seinem kurzen Auslandsaufenthalt zurück sei.« Fassungslos biss sie sich auf die Lippe, die prompt schmerzte.

44

◊ ◊ ◊

Gabriel wartete. Der große, bärtige Polizist hatte ihn in diesen Raum verfrachtet und war dann gegangen. Hatten sie ihn vergessen? Oder durchschauten sie nach dem Vorfall am Tatort, dass er nicht der Mörder war? Schon beim Betreten der Wohnung war er wie versteinert gewesen. Er hatte Michal regelrecht spüren können. Sah sie jeden Moment aus dem Zimmer nebenan kommen, ihn anlächeln. Ihm war aufgefallen, dass seine Zeichnung nicht mehr an der Wand hing. Wer hatte sie abgenommen? Er hatte den Tag ihrer Entstehung noch gut in Erinnerung. »Ich bin für dich extra zum Frisör gegangen, also mach auch eine schöne Frau aus mir«, hatte sie lachend gesagt. Damals hätte er wetten können, dass sie nicht mehr als fünf Minuten still sitzen würde. Sie war ein rastloser Mensch. Doch zu seiner Verblüffung war sie während der zwei Stunden nicht ein einziges Mal aufgestanden.

In die guten Erinnerungen drängte sich die schreckliche: die Erinnerung an das letzte Mal, als er dort gewesen war. Nicht nur, dass er nicht gewusst hatte, was er auf die Fragen der Kripo antworten sollte, schon allein das Sprechen an sich war ihm schwergefallen, das Artikulieren der entscheidenden Worte: über die Lippen zu bringen, dass er sie getötet hatte. Wie sehr er sie geliebt, geschätzt hatte. Er hatte gewusst, dass er es aussprechen musste, war dazu jedoch außerstande gewesen.

Als die Kommissarin genau an der Stelle stand, wo er Michal vorgefunden hatte, hatte er die Tränen nur mit Mühe zurückhalten können. Sie waren sich sogar ein wenig ähnlich, was die Größe und das gutmütige Gesicht anging. Er ermahnte sich jedoch, dass sie nicht auf seiner Seite war. In ihrer Gegenwart hatte er nicht weinen wollen.

Er musste sich zusammennehmen. Sie mussten ihm den Mord unbedingt abkaufen. Sonst würde dieser fremde Israeli Aramei kein Geld aushändigen, und Aramei bekäme Lidi nicht frei. Wäre Michal noch am Leben, würde sie ihm sagen, dass er diesen Weg gehen müsse.

Er sah zur Tür. Ihm war entgangen, ob der Polizist sie abgeschlossen hatte. Sollte er besser fliehen und eine andere, eine bessere Lösung finden, um Lidi zu befreien?

Er erhob sich von dem Stuhl. Zwar trug er Hand- und Fußfesseln, er konnte sich aber noch bewegen.

In kleinen Schritten arbeitete er sich Richtung Tür voran. Selbst wenn sie nicht verschlossen wäre, wie weit käme er? Selbst wenn er entwischen könnte, wohin konnte er gehen?

Er atmete tief durch, bevor er die Klinke betätigte. Wenn die Tür offen wäre, könnte das ein Omen sein. Gott würde ihm bedeuten, was zu tun sei.

Abrupt ging die Tür auf und stieß ihm an den Kopf. Er taumelte und fiel zu Boden.

»Wohin willst du denn?« Der bärtige Polizist stand über ihm.

Bevor er etwas antworten oder reagieren konnte, packte der Polizist ihn am T-Shirt, wirbelte ihn durch die Luft und warf ihn auf den Tisch.

Er wollte sich aufsetzen, aber der Polizist war schneller und drückte Gabriels Oberkörper nieder. »Du wolltest wohl abhauen, du Dreckskerl?«, schrie er ihn an.

Er schüttelte den Kopf. In seinem Rücken spürte er einen stechenden Schmerz.

Wieder griff der Polizist nach ihm und ließ ihn brutal auf einem Stuhl landen.

»Hör mir gut zu«, zischte er und zog Gabriels Gesicht nah an seines heran. »Gleich kommt ein Kommissar herein, der hier das Sagen hat, und dem erzählst du genau, was sich da abgespielt hat. Du sagst ihm, dass du kein Geld hattest, und Michal Poleg dir helfen sollte. Dazu war sie nicht bereit, und du warst stocksauer auf sie. Du hast eine Bierflasche genommen und hast ihr einen heftigen Schlag auf den Hinterkopf verpasst. Sie ist gestürzt und dabei ist der Tisch zu Bruch gegangen. Als dir klar war, dass sie tot ist, bist du schnell aus der Wohnung gerannt. Am nächsten Morgen ist dir eingefallen, dass du die Flasche in der Wohnung vergessen hast, und hast Schiss bekommen, dass du geschnappt wirst. Deshalb bist du noch einmal in die Wohnung. Der Nachbar von Michal hat dich gesehen und du bist abgehauen. Auf dem Weg hast du die Flasche in eine Mülltonne geworfen.«

Schweigend hörte er zu. Obwohl der Polizist kein gutes Englisch sprach, verstand er, worum es ihm ging. Gott sandte ihm ein Omen. Nicht das Omen, mit dem er gerechnet hatte, aber immerhin ein Omen. »Die Wege des Herrn sind unergründlich«, hatte sein Vater stets gesagt. Nun gab er ihm eine zweite Gelegenheit, zu berichten, wie er Michal umgebracht hatte. Wenn er tat, wie verlangt, würde der Israeli Aramei das Geld aushändigen und Lidi käme endlich frei.

»Hast du kapiert?«, drohte ihm der Polizist.

Er nickte.

»Jetzt wiederhole, was ich dir gesagt habe, ich will es von dir hören«, befahl er ihm.

Er wiederholte den Text. Jede Einzelheit. Während er die

Worte aussprach, spürte er, wie ihm das Blut aus der Unterlippe rann.

Danach klopfte ihm der Polizist auf die Schulter. »Alle Achtung, vielleicht bist du ja gar nicht so dumm«, sagte er und verließ den Raum.

Wieder war er allein. Vorsichtig betastete er seinen Mund, um das Blut abzuwischen.

Die Tür ging auf und der bärtige Polizist kam mit einem anderen Polizisten herein, der war klein, dick und hatte eine Glatze.

Der Bärtige kam auf ihn zu, sogleich wich er zurück. Doch diesmal legte er zum Glück nicht Hand an, ordnete nur Tisch und Stühle.

Der andere stand da und beobachtete sie, während er sich mit der Zunge über die Lippen fuhr.

45

◊ ◊ ◊

Lidi saß, an Händen und Füßen gefesselt, im Laderaum eines Fahrzeugs, ihr Gesicht war mit einem schwarzen Tuch umwickelt. Einige Minuten zuvor war Achmad in ihr Zimmer geprescht, hatte sie gepackt. »Los, du verdammte Nutte, auf geht's«, hatte er gesagt und sie hinter sich hergezerrt.

Seit dem Telefonat mit Gabriel war nichts geschehen. Sie hatte allein in dem Zimmer gelegen, die dünne Decke um sich geschlungen. Hin und wieder war die Tür aufgegangen und Achmad hatte ihr etwas zu essen hereingeworfen. Ihr Husten hatte sich verschlimmert. Sie hatte Gabriels Namen in die Finsternis gerufen, ihn angefleht, dass er kommen und sie retten möge. Sie hatte gebetet. Wenn er nicht bald käme, das wusste sie, würde sie hier, in diesem Zimmer sterben.

Sie hatte nicht gefragt, wohin sie gebracht wurde. Das letzte Mal, als sie urplötzlich irgendwohin verfrachtet worden war, hatte sie noch bestens in Erinnerung: Damals im Sinai. Rafik war ihrer überdrüssig gewesen, als er von ihrer Schwangerschaft erfahren hatte, und wollte sie loswerden.

»Mach dich fort, sollen die Juden sich um dich kümmern«, hatte er zu ihr gesagt, sie zur Grenze gebracht und gemeint, sie solle die Beine in die Hand nehmen. Die ägyptischen Soldaten hatten auf sie geschossen, aber sie war gerannt und gerannt. Es war ihre Chance gewesen, Rafiks Hölle zu entkommen, den tagtäglichen Vergewaltigungen, den Demütigungen, den Hieben, die er und seine Kumpane ihr versetzten. Über Israel hatte sie in der Kirche gehört. Das Land, in dem Milch und Honig flossen. Das Heilige Land. Der Ort, wo Jesu geboren wurde. Sie war um ihr Leben gerannt. Sie musste über die Grenze. Rafik entkommen, das sichere Land erreichen. Was mit Gabriel war, wusste sie nicht, sie hoffte inständig, dass er bereits dort sei, auf sie warte.

Die israelischen Soldaten hatten sie und alle anderen, die es bis hinüber geschafft hatten, in Untersuchungshaft festgehalten. Seit sie ihr Zuhause verlassen hatte, war es das erste Mal gewesen, dass sie eine warme Mahlzeit bekam, ein Bett und die Gelegenheit, zu duschen. Sie war von einem Arzt untersucht worden. Sie war vernommen und gefragt worden, woher sie käme, zu welchem Zweck sie hier sei, was sie auf dem Weg durchgemacht habe und warum sie ausgerechnet nach Israel gekommen sei. Nach zwei Wochen hatte man sie entlassen, ihr eine Busfahrkarte in die Hand gedrückt, mit der sie bis zum zentralen Busbahnhof in Tel Aviv fahren konnte, und eine Adresse, wo man sich um Frauen in ihrer Lage kümmerte.

Dort war sie zum ersten Mal Dahlia begegnet. Ihrem Engel. Dort hatte sie andere Frauen kennengelernt, denen es wie ihr ergangen war. Alle schleppten in ihrem Bauch ein Kind mit sich herum, das sie nicht haben wollten. Ein Teil kam zu spät und hatte keine Wahl, aber für sie hatte Dahlia eine Abtreibung organisieren können. Was die Schwangerschaftswoche betraf, hatte sie Dahlia anlügen müssen, da sie mitbekommen hatte, dass die Israelis diese Eingriffe nur bis zu einer bestimmten Zeit vornahmen.

Dahlia hatte sie umarmt. Hatte ihr immer wieder versichert, dass sie sich für nichts zu schämen brauche. Was Rafik und seine Kumpane ihr angetan hatten, sei nicht ihre Schuld. Fast allen Frauen, die aus Afrika nach Israel kamen, war einer wie Rafik über den Weg gelaufen.

Dahlia hatte ihr versichert, dass von nun an alles besser würde, und sie hatte sogar begonnen, es für bare Münze zu nehmen. Nicht ahnend, dass Rafik, der Beduine, sie an Achmad, den Israeli, verkauft hatte. Er hatte sie an der Grenze abgesetzt, damit die israelischen Ärzte das Kind aus ihr herausholten. Sobald das geschehen und sie wieder funktionstüchtig gewesen war, hatte Achmad sie aus dem Frauenhaus entführt, was von vornherein der Plan gewesen war. Rafik hatte sie nicht retten wollen, als er sie den Israelis vor die Füße geworfen hatte, sie hatte lediglich den Besitzer gewechselt.

Inzwischen war auch Achmad ihrer überdrüssig.

Seit sie krank war, hatte sie keine Kunden mehr empfangen. Wohin wurde sie jetzt gebracht? Um ihr zu helfen, würde Gabriel alles unternehmen, was in seiner Macht stände, das wusste sie. Die Summe, die Achmad verlangt hatte, schien jedoch schier unmöglich. Woher sollte Gabriel so viel Geld nehmen?

Das Fahrzeug hielt an.

Ihre Mutter hatte gewollt, dass sie ihr Zuhause mit Gabriel verließ. »Hier habt ihr keine Zukunft«, hatte sie immer wieder zu ihnen gesagt und sie dazu angespornt, zu gehen, sie zu verlassen. Ihre arme Mutter. Sie hatte keine Ahnung gehabt, wohin sie ihre Kinder schickte.

Achmad öffnete die Tür und zerrte sie an der Kleidung heraus. »Mach schon, mach schon«, knurrte er und zog sie von der Ladefläche. Jeden Tag hatte sie gebetet, dass sich eine Möglichkeit auftun würde, aus Achmads Gefängnis zu entkommen. Und nun, da es passierte, hatte sie Angst. Was erwartete sie da draußen?

Ihr ganzer Körper schmerzte, als sie auf einer harten Fläche aufschlug. »Beweg dich.« Achmad versetzte ihr einen Tritt. Ihr Körper zog sich zusammen, war gefasst auf den nächsten Hieb. Um sie herum war Lärm. Wo war sie?

Der nächste Hieb blieb aus. Sie hörte, wie Achmad sich entfernte. Reglos blieb sie liegen, zitterte am ganzen Leib vor Kälte. Um sie waren Leute, die redeten. Autos. Die hupten. Sicher war sie sich nicht, aber ein Fahrzeug schien wegzufahren. Sie wollte die Augenbinde abnehmen, doch ihre Hände waren gefesselt.

»Kommen Sie, ich helfe Ihnen«, hörte sie die Stimme eines Mannes über sich. Er sprach Tigrinya.

Sie wich vor der Stimme zurück. Mehr Menschen schienen sich um sie zu versammeln.

Was hatte Achmad ihr angetan? Wohin hatte er sie gebracht? An wen hatte er sie verkauft?

Mit einem Mal wurde ihr die Augenbinde abgenommen.

Über ihr standen vier Männer. Gleich würden diese Männer sie vergewaltigen. Achmad hatte sie einem Rudel Wölfe als Beute vorgeworfen.

Lidi sah sie an, ihr war angst und bange. Nein. Nicht noch einmal.

Einer wollte sie mit der Hand berühren, sie schreckte zurück. Sie klapperte mit den Zähnen. Die Kälte der Nacht kroch in ihre Knochen.

Ihre Augen suchten Gabriel, doch er war nicht da.

»Gabriel?«, schrie sie.

»Gabriel, wo bist du?«, schrie sie wieder.

Doch er kam nicht.

»Lidi, ich bin Aramei, ein Freund von Gabriel«, sagte ein Mann, den sie nicht kannte und der sie im Gesicht berühren wollte. Auch Achmad hatte ihren Namen gewusst, hatte abgewartet, bis die Israelis ihr Kind geholt hatten, und als es ihr ein wenig besser ging, hatte er sie sich geschnappt und eine Prostituierte aus ihr gemacht. Sie wollte diese Hölle nicht noch einmal durchleben. Dazu fehlte ihr die Kraft. Diesmal würde sie kämpfen. Und wenn es ihr Leben kosten würde, es wäre ihr gleichgültig. Ihr Leben hatte ohnehin keinen Wert.

»Lidi.« Sie spürte seinen Atem an ihrer Wange.

»Nein!«, schrie sie und biss ihn in die Hand.

46

◊◊◊

Anat klingelte in der Stricker 122 an Wohnung Nummer drei. Seit der Artikel im Internet veröffentlicht worden war, wurde sie von jedermann gemieden. Auch David hatte sich nicht mehr aus Österreich gemeldet.

Solange sie jedoch nichts Gegenteiliges hörte, leitete sie nach wie vor die Sonderkommission und konnte die Ermittlungen fortsetzen, machte sie sich Mut.

Der Hund in der Wohnung bellte. Das letzte Mal hatte sie Schmu'el Gonen bei der gescheiterten Identifizierung gesehen.

Seine Frau öffnete die Tür nur einen Spaltbreit.

»Schmu'el macht ein Nickerchen«, sagte sie mit saurer Miene.

»Ich möchte ihn nur kurz sprechen«, versicherte sie, während sie den American Staffordshire Terrier streichelte, der sich an ihrem Bein rieb.

»Er nimmt es sich sehr zu Herzen, dass er bei Ihrer Identifizierung versagt hat …« Dvoras Stimme hatte einen vorwurfsvollen Ton, sie versperrte ihr den Zutritt zur Wohnung.

»Es tut mir wirklich sehr leid, Frau Gonen«, erwiderte sie mit sanfter Stimme, obgleich sie nicht der Meinung war, sich entschuldigen zu müssen. »So etwas kommt vor, manchmal irren sich Leute bei der Identifizierung, kein Grund zur Beunruhigung … Wir machen ihm keinerlei Vorwürfe. Es handelt sich nicht um eine Prüfung, die man besteht oder nicht besteht.«

»Genau das habe ich auch zu ihm gesagt, Frau Nachmias,

aber er hätte Ihnen so gern geholfen … Er wollte das Gefühl haben, die israelische Polizei zu unterstützen … Haben Sie überhaupt eine Ahnung, was das für Leute wie ihn bedeutet?«, wies Dvora sie in die Schranken, trat aus der Wohnung ins Treppenhaus, nicht, ohne die Tür hinter sich zu schließen, um ein für alle Mal klarzustellen, dass sie da ohne ihre Genehmigung nicht hineinkäme.

»Ich verstehe, aber ich muss ihm in der Tat noch einige Fragen stellen.«

Anat bemühte sich um einen ruhigen Ton, obwohl sie Dvoras Verhalten zunehmend lächerlich fand.

»Sie haben ihn genug ausgefragt.« Dvora ging vor der Tür in Stellung. »Was gibt's da großartig nachzuforschen? Schmu'el hat Ihnen erzählt, was er gesehen hat. Wozu ihm Löcher in den Bauch fragen?«

Sie blieb ihr die Antwort schuldig.

»Für sowas gebt ihr unsere Steuergelder aus?«, zischte Dvora laut – um kein Aufsehen zu erregen, dachte Anat, und unterdrückte ein Schmunzeln. »Es reicht. Genug damit. Stecken Sie diesen Neger ins Gefängnis und kümmern Sie sich um andere Dinge. Was belästigen Sie Bürger, die sich ans Gesetz halten, mit solchem Unsinn? Dieser Knesseth-Abgeordnete, wie heißt er doch gleich, Regev? Der hat vollkommen recht. Statt sich um die zu kümmern und sie abzuwimmeln, beschützt ihr von der Polizei die auch noch.«

»Ihr Mann hat uns erzählt, dass ihm in der Nacht, in der Michal ermordet wurde, zu Ohren gekommen ist, wie jemand herumgeschrien hat. Da wollte ich noch einmal nachfragen …«, sagte sie ihr mit ruhiger Stimme. Die Leute griffen jemanden, der Ruhe ausstrahlte, weniger häufig verbal an, das hatte sie als Streifenpolizistin gelernt.

»Nun aber wirklich«, winkte Dvora Gonen ab, »in der Nacht hört Schmu'el nicht einen Mucks.«

»Wie bitte?« Anat war perplex.

»Er schläft wie ein Bär«, flüsterte Dvora und beugte sich ein wenig zu ihr, »und schnarchen tut er auch.«

»Er hat uns ausdrücklich berichtet, dass in der Nacht vor dem Mord …«

»Das war ich, die das gehört hat«, unterbrach Dvora sie resolut.

»Und was genau haben Sie gehört?« Bisher hatte sie es versäumt, Frau Gonen zu vernehmen. Da Schmu'el erklärt hatte, dass er Gabriel gesehen habe, hatten sich alle auf ihn konzentriert. Sie hatten zwar weitere Nachbarn befragt, aber bisher hatten sie Dvora Gonen ausgelassen. Als ihr Mann Gabriel über den Weg gelaufen war, hatte Dvora mit den Freundinnen Bridge gespielt.

»Na ja, jemand hat herumgeschrien … hat sie gerufen, sie beschimpft …« Dvora sprach nun lauter.

»War es ein Mann oder eine Frau?«, wollte Anat wissen.

»Ein Mann, auf alle Fälle ein Mann«, antwortete Dvora leicht überheblich. »Eine Frau würde sich niemals mitten in der Nacht derart aufführen, geschweige denn, so herumfluchen.«

»Kam Ihnen die Stimme bekannt vor? Wissen Sie, wer das war? Haben Sie gesehen, wer geschrien hat?« Sie konnte nicht an sich halten, feuerte eine Frage nach der anderen ab.

Dvora schüttelte den Kopf.

»Und was ist dann passiert? Haben Sie noch etwas gehört? Gesehen?« Sie ließ sich nicht abschütteln.

»Nein. Das Geschrei hat mich gestört, da habe ich den

Fernseher lauter gedreht ... Was sich in anderen Wohnungen abspielt, geht mich ja nichts an«, erwiderte sie.

Anat warf ihr einen skeptischen Blick zu.

»Der Film war gut, ich wollte nichts verpassen«, stellte Dvora klar, und zum ersten Mal hatte Anat den Eindruck, als ob sie ein wenig um Nachsicht bat.

Anat stand vor ihr und enthielt sich jeglichen Kommentars. Irgendetwas in Dvoras Äußerungen machte sie stutzig, wollte enträtselt werden. Auf einmal dämmerte es ihr.

»Er hat geflucht, sagten Sie?«

Dvora nickte.

»Auf Hebräisch?« Sie wollte auf Nummer sicher gehen, dass sie sich nicht irrte.

»Na klar. Ich bin vielleicht alt, aber taub bin ich nicht.«

47

◊ ◊ ◊

Mehr und mehr Menschen versammelten sich um Lidi. Sie sah sie an, in Angstschweiß gebadet. Was wollten sie von ihr? Was würden sie mit ihr machen?

Gleich würde der Mann, den sie gerade gebissen hatte, zuschlagen. Doch obwohl er vor Schmerz das Gesicht verzog, tat er nichts dergleichen. Weder schrie er sie an, noch beschimpfte er sie. Er wies nur die Leute um sie an, sich zu entfernen.

Keiner rührte sich.

Er beugte sich zu ihr.

»Ich bin Aramei, ein Freund von Gabriel«, sagte er abermals.

Der Name ihres Bruders ließ eine Gänsehaut über ihren Rücken wandern.

»Wo ist Gabriel?« Ihre Stimme überschlug sich.

»Er ist nicht hier, er hat mich darum gebeten, Sie abzuholen.« Seine Stimme klang angenehm.

Nein! Das war eine neue Falle. Auch Achmad hatte anfangs nette Dinge zu ihr gesagt. Als sie ihm auf der Straße vor Dahlias Frauenhaus begegnet war, hatte er sie freundlich angesprochen. Er wolle sie zu einer kleinen Rundfahrt durch Tel Aviv einladen. Ihr in seinem Wagen die Stadt zeigen. Als sie abgelehnt hatte, hatte er sie gepackt und mit Gewalt in sein Auto geschleift. Sie versuchte sich aufzurichten, doch Schwindel überkam sie.

Aramei hielt ihr einen Zettel hin.

»Das ist ein Brief von Gabriel, den soll ich Ihnen geben, darin erklärt er alles.«

Er wollte sie dazu bringen, nach dem Zettel zu greifen. Sie sah ihn an, schaute auf das Papier, ohne zu wissen, was sie tun sollte. Er wollte sie für sich einnehmen, schrillten die Alarmglocken in ihrem Kopf.

»Er bittet Sie darum, mit mir zu kommen, bis er wieder da ist. Ich bin sein Freund«, sagte er wieder.

Widerwillig schüttelte sie den Kopf. Sie würde nirgendwohin gehen. Nichts von ihm annehmen, sie hatte ihre Lektion gelernt.

Erneut versuchte sie aufzustehen, und stürzte.

»Hier, nehmen Sie, Wasser.« Aramei gab ihr eine Flasche.

Obwohl sie nichts von ihm annehmen wollte, konnte sie sich nicht beherrschen. Sie hatte unglaublichen Durst und griff nach der Flasche. Während sie trank, bat Aramei die anderen Leute weiterzugehen, sie allein zu lassen.

»Danke«, sagte sie und gab ihm die Flasche zurück.

Er lächelte sie an. Wann hatte sie eigentlich zum letzten Mal jemand angelächelt?

»Kommen Sie, Lidi, ich kümmere mich um Sie.« Er sah ihr in die Augen, schien es ernst zu meinen, reichte ihr wieder die Hand.

»Nein!«, schrie sie. Was auch immer passieren mochte, sie durfte sich auf keinen Fall von ihm berühren lassen. Sie wollte nicht, dass jemand sie berührte. Nie wieder.

Er sagte nichts. Die Schaulustigen verloren offenbar das Interesse und gingen davon. Hätte er sie entführen wollen, hätte er es längst getan.

Mit Gewalt rappelte sie sich vom Boden auf. Ihre Knie zitterten, womöglich würde sie gleich ohnmächtig. Sie musste diesem Mann entkommen. Die Leute traten beiseite, ließen sie durch. Auch Aramei hielt sie nicht auf.

Sie sah sich um, wollte herausfinden, wo sie war. Während ihres Aufenthalts im Frauenhaus war sie so gut wie nie allein vor die Tür gegangen, doch Dahlia hatte sie hin und wieder mitgenommen.

»Wohin wollen Sie?« Er lief ihr nach, wahrte indessen einen gewissen Abstand.

Sie versuchte ihn auszublenden und ihrer Wege zu gehen, bot alle Kräfte auf, um sich auf den Beinen zu halten, ohne zu wissen, wohin sie gehen sollte. Die Lichter, der Autolärm, die Menschen – bohrten sich schmerzhaft in ihren Körper. Monatelang war sie eingesperrt gewesen und nun war sie auf einmal draußen, mitten in einer lauten Großstadt, die bedrohlich wirkte.

»Sagen Sie mir wenigstens, wohin Sie gehen, damit ich es Ihrem Bruder ausrichten kann«, bat er.

Sie drehte sich um und sah ihn an. Er schien kein schlechter Mensch zu sein, und solange sie auf der Straße und unter Menschen war, genoss sie einen gewissen Schutz. Hatte ihn tatsächlich Gabriel geschickt?

Schnell, bevor sie es bereuen könnte, verriet sie ihm die Adresse des Frauenhauses.

»Zu Dahlia? Sie kennen Dahlia?«, fragte er sie verblüfft.

Sie nickte.

48

◊ ◊ ◊

Anat sprang aus ihrem Wagen und rannte ins Gebäude. Draußen schüttete es wie aus Kübeln. Sie hatte sich in aller Eile aufgemacht und den Regenschirm vergessen. Sie war gerast. Die Befragung von Dvora Gonen schuf eine neue Dringlichkeit. Ihr Gefühl hatte sie nicht getäuscht. Nun bestand auch die Chance, dass sie es beweisen könnte.

Die bisherige Analyse der Blutspur, die sie an der Außentür gesichert hatten, war nur eine allgemeine gewesen, um die Blutgruppe festzustellen. Nun war es an der Zeit, tiefer zu graben.

Sie hatte beschlossen, unverzüglich nach Abu Kabir zu fahren, um persönlich mit Grischa zu sprechen. Vor zwei Monaten hatten sie zufällig bei einer Weiterbildung nebeneinandergesessen. Während der Vorträge hatte Grischa sie mit seinen meist zynischen Kommentaren abgelenkt und prächtig amüsiert.

Am späten Nachmittag jenes Tages hatte er sie eingeladen, einmal die »hochmodernen fortschrittlichen Laboratorien« in Abu Kabir zu besichtigen, so seine Worte. »Der reine Wahnsinn, eine Augenweide«, hatte er mit starkem russischen Akzent gesagt, woraufhin sie schmunzeln musste. »Wie in der Serie bei CSI«, hatte er als Antwort auf ihren skeptischen Blick mit ernster Miene hinzugefügt.

Sie hatte ihn besuchen wollen, es jedoch immer wieder verschoben, wie alle Dinge, die sie tun wollte und die nicht in direktem Zusammenhang mit den Fällen standen, an denen sie gerade dran war.

Grischa war über ein Mikroskop gebeugt, als sie das Labor betrat, das auf den ersten Blick dem Biologielabor ihrer Schule ähnelte. Sie wusste, dass er ein enormes Arbeitspensum zu bewältigen hatte. Das Labor, das er leitete, war die einzige wissenschaftliche Einrichtung Israels, die sich mit der Identifizierung von Gefallenen, von Körperteilen und Knochen befasste. Es war auch das einzige Labor, das DNA-Analysen zur Aufklärung schwerer Mordfälle durchführte.

»Deswegen stellt mir der Staat Israel so viele Mitarbeiter zur Verfügung«, hatte er ihr damals erklärt und im gleichen Atemzug hinzugefügt, dass sein Team aus ihm und zwei Assistentinnen bestand.

»Hallihallo, Kriminalhauptmeisterin Nachmias, wie nett, dass Sie uns einen Besuch abstatten. Auch wir hatten immense Sehnsucht«, sagte er zu ihr, als er registrierte, dass sie hinter ihm stand.

»Ich wollte mal sehen, was es Neues in der Welt der Wissenschaft gibt.« Sie wollte ihm schmeicheln, merkte aber, dass sie alles andere als geistreich klang.

»Na klar, aus diesem Grund kommen sie alle … Die Polizei – Freund und Förderer der Wissenschaft.« Grischa bewahrte, wie immer, einen ernsten Gesichtsausdruck, aber sie kannte ihn gut genug, um zu wissen, dass er sie neckte.

Sie wollte etwas Scharfsinniges sagen. Wie bei ihren Dates. Etwas Humorvolles von sich geben, schlagfertig sein, und am Ende brachte sie irgendeinen lahmen Satz heraus, für den sie im besten Fall ein aufgesetztes Lächeln erntete.

»Und im Rahmen deines wissenschaftlichen Interesses hast du dir wohl gesagt, dass der liebe Grischa eine kleine DNA-Analyse für dich machen soll. Liege ich richtig?« Er machte es ihr leicht.

»Du liest in mir wie in einem offenen Buch.« Sie schmunzelte. Sie brauchte die Ergebnisse so schnell wie möglich. Noch bevor David in Israel landen und ihr die Leitung des Falls für immer entzogen würde.

Sie nickte.

»So ist es mit allen«, seufzte er. »Alles ist dringend, dringend, dringend. Aber Geld, um noch jemanden einzustellen, das gibt es nicht.«

Sie schwieg. Man unterbrach ihn besser nicht, wenn er sich beklagte, das hatte sie in der kurzen Zeit ihrer Bekanntschaft begriffen.

»Na gut, sprich. Wie ich gehört habe, bist du jetzt eine ziemlich wichtige Ermittlerin. Die ganz oben treiben dich bestimmt in den Wahnsinn. Bestimmt nicht einfach als Frau bei der Polizei«, sagte er und fügte sogleich hinzu: »Als Neueinwanderer übrigens auch nicht …«

»Stimmt es, dass man durch eine DNA-Analyse herausfinden kann, ob es sich um einen Menschen weißer oder dunkler Hautfarbe handelt?«, fragte sie, obwohl sie die Antwort wusste. Sie wollte Grischa die Gelegenheit geben, es ihr darzulegen. Sie mochte nicht scharfsinnig sein, aber sie hatte genügend Dates hinter sich, um zu wissen, dass Männer Frauen unwahrscheinlich gern das Gefühl vermittelten, mehr als sie zu wissen. Vor allem Männer mit Minderwertigkeitskomplexen.

»Die DNA ist eine spannende Lektüre, Kriminalhauptmeisterin Nachmias. Es gibt ein bestimmtes Allel, das 99,9 Prozent der Weißen haben, Asiaten oder Afrikaner jedoch kaum«, antwortete er.

»Dann kannst du mir tatsächlich sagen, ob Blut, das am Tatort gefunden wurde, von einem Menschen weißer oder dunkler Hautfarbe stammt?«, fragte sie und schaute ihn mit naiver Miene an.

»Aber sicher. Dafür bezahlt der Staat Israel mir ja ein Wahnsinnsgehalt. Sechstausend Schekel pro Monat«, wetterte er, aber sie registrierte, dass ihre Fragen ihm schmeichelten.

Die Person, die an Michals Tür geklopft hatte, hatte sie, laut Dvora Gonen, auf Hebräisch beschimpft. Normalerweise hätte sie über diese neue Erkenntnis umgehend Bericht erstattet, doch angesichts der Umstände wartete sie lieber noch ab, sie wollte kein Risiko eingehen. Zeugen waren wankelmütig. Ihre Aussagen wandelbar. Wenn sie zu Jochai ging, sollte sich ihre Theorie auf etwas Aussagekräftigeres stützen als die Äußerungen einer älteren mürrischen Frau. Sie brauchte eindeutige wissenschaftliche Beweise.

»Wie schnell kannst du eine solche Analyse für mich durchführen?«, fragte sie ihn mit flehenden Augen. »Ich brauche das unbedingt, Grischa, und schnell, so schnell wie möglich«, wisperte sie, als er nicht antwortete.

Die Ergebnisse würden ihren Verdacht untermauern, dass der Mörder von Michal Poleg offenbar kein afrikanischer Flüchtling dunkler Hautfarbe war, sondern ein weißer israelischer Mann. Und nicht irgendein Israeli, sondern einer, den Michal gekannt und zu später Stunde in ihre Wohnung gelassen hatte.

49

◊ ◊ ◊

»Ich dachte, du hättest mit dem Rauchen aufgehört«, sagte Itai zu Dahlia, als sie beide vor dem Frauenhaus standen. Der Fausthieb, den ihm der Türsteher in dem Restaurant verpasst hatte, war nach wie vor deutlich zu spüren, insbesondere bei einer abrupten Bewegung. Hätte der Kellner ihn nicht aus dem Restaurant gezerrt, hätte der Türsteher sicher weiter auf ihn eingeprügelt. Den Kollegen bei ASSAL sagte er, er sei mit dem Fahrrad gegen einen Bordstein gefahren. Seine Mutter, die es von vornherein nicht befürwortet hatte, dass er Fahrrad fuhr, hatte die Gelegenheit für einen erneuten Angriff genutzt. »Wie willst du jetzt eine Frau finden? Du verdienst kein Geld und jetzt humpelst du auch noch?« Sie hatte die Hände gen Himmel gehoben und geseufzt: »Du bringst mich noch um.«

Dahlia und er nutzten die kurze Regenpause, um ein wenig Luft zu schnappen. In anderen Gegenden dieser Stadt atmeten die Leute genussvoll »den Duft nach dem Regen« in ihre Lungen ein. Hier blieb trotz Regen alles beim Alten, die Straße stank wie eine Mülltonne.

Lidi war bei ihr eingetroffen und hatte unentwegt nach Gabriel gefragt, einige Stunden später hatte Dahlia ihn alarmiert. Bei Itais letztem Besuch im Frauenhaus hatte er ihnen von Gabriel erzählt, und sie hatte eins und eins zusammengezählt.

Dahlia zuckte die Schultern. »Jeden Tag sage ich mir: Schlimmer geht es nicht mehr, das ist an Skrupellosigkeit und Elend nicht zu überbieten. Doch es wird jeden Tag überboten«, sagte sie und blies den Zigarettenrauch in die Luft.

Ein halbnacktes Kind kam aus dem Frauenhaus in ihre Richtung gekrabbelt, die Hände des Mädchens waren vom Erdboden schmutzig. Dahlia warf die Zigarette weg, ging zu ihr und nahm sie in den Arm. Das Mädchen lächelte Dahlia an und dann Itai, der schnitt eine Grimasse und brachte sie zum Lachen.

»Sie hat bestimmt Übles durchgemacht.« Dahlia wiegte das Mädchen, das ihre Kleidung schmutzig machte.

»Hat sie dir etwas erzählt?«, fragte er, während er zur Belustigung des Kindes sein Mienenspiel fortsetzte. Er war auf der Stelle ins Frauenhaus geeilt, doch als er eintraf, war Lidi vor Erschöpfung eingeschlafen.

Dahlia schüttelte den Kopf. »Sie hat nur immerzu gefragt, wo Gabriel ist.«

»Weiß sie, wo sie festgehalten wurde?«

»Nein. Die haben ihr die Augen verbunden, als sie Lidi von hier entführt haben, und auch, als sie sie wieder auf die Straße geworfen haben.«

Schweigend standen sie nebeneinander, betrachteten das Kind, das sich an Dahlia klammerte.

Gabriel hatte ihm von seiner Schwester und dem, was mit ihr passiert war, berichtet. Er war sich gewiss gewesen, dass sie im Sinai getötet worden war. Ihr plötzliches Auftauchen war kein Zufall. Ihre Entführer hatten sie nicht ohne Grund freigelassen. Jemand hatte für sie bezahlt, und dieser Jemand musste Gabriel sein. Allerdings verfügte Gabriel nicht über die erforderlichen Mittel, es sei denn, jemand hatte sie ihm gegeben. Aber aus welchem Grund sollte ihm jemand diesen Gefallen erweisen? Michal hatte solche Summen nicht besessen. Daher konnte er der Theorie der Polizei, Gabriel habe Michal aus finanziellen Gründen ermordet, nicht beipflichten. Itai hatte ihr mehrmals Geld geliehen. Schließlich zahlte ASSAL ihr kein Gehalt.

»Wie ist sie hierhergekommen?«

»Der Mann, der damals den Soldaten in Ktzi'ot bei der Entbindung geholfen hat, hat sie hergebracht. Der Mann, der ihnen bewiesen hat, dass nicht jeder, der aus Afrika kommt, kurz vorher vom Baum geklettert ist.« Dahlia wiegte das Kind, das nun zu weinen begann. »Dieser Freund von Hagos, der bei euch gearbeitet hat.«

»Aramei?«

»Ja, Aramei.« Dahlia nickte und sang für das Kind.

Dass Aramei Lidi geholfen hatte, verblüffte ihn nicht, so war er eben, Aramei.

Seit Gabriel in U-Haft war, hatte Itai ihn mehrmals besucht – seine Zulassung als Rechtsanwalt öffnete ihm Tor und Tür, allerdings waren diese Treffen zutiefst frustrierend. Wieder und wieder hatte er Gabriel bekniet, ihm die Wahrheit zu sagen, die Leute zu benennen, derentwegen er die Schuld auf sich geladen hatte, aber er hatte geschwiegen wie ein Grab. Stumm hatte Gabriel vor ihm gesessen, die Augen auf den Fußboden geheftet und war seinem Blick ausgewichen.

Die einzige Frage, die Gabriel ihm bei den Treffen gestellt hatte, war gewesen, ob Aramei mit ihm gesprochen habe. Als er nachgefragt hatte, warum Aramei mit ihm in Kontakt treten solle, hatte er wiederum nichts erwidert. Auch Aramei hatte ausweichend geantwortet, als er sich bei ihm erkundigt hatte, was das Ganze zu bedeuten habe.

Nun lag es für ihn auf der Hand.

Er musste mit Aramei reden, und zwar schnell. Er konnte ihn zu einer Spur führen. Wenn er gewusst hatte, wo er Lidi in Empfang nehmen sollte, wusste er womöglich auch, woher Gabriel das Geld und wen er bezahlt hatte. Derjenige, der Gabriel dafür bezahlt hatte, ein von ihm nicht begangenes Verbrechen zu gestehen, und den Weg dafür geebnet hatte, seine Schwester freizubekommen, der hatte zweifellos auch Michal ermordet, und dieser Jemand stand garantiert in Verbindung mit dem »Banker«.

50

◊ ◊ ◊

Jariv steckte mitten in den Vorbereitungen auf die Verhandlung am Bezirksgericht. Wenn er arbeitete, vergaß er. Die juristische Auseinandersetzung, die Möglichkeit zu gewinnen, sorgten bei ihm stets dafür, dass er sich in seiner Haut wohlfühlte.

Er hob den Blick von dem dicken Aktenordner, als es an der Tür klopfte. Auf der Schwelle erschien Galith Lavi, neben ihr eine kleine Frau, die er verschwommen in Erinnerung hatte.

»Darf ich vorstellen, Anat Nachmias, Leiterin der Sonderkommission im Mordfall von Michal Poleg«, stellte Lavi die halbe Portion vor und kam schnurstracks in sein Büro marschiert.

Jetzt fiel ihm ein, woher er sie kannte. Ihm entgleisten die Gesichtszüge. Damit hatte er nicht gerechnet.

»Ich weiß, dass Sie sich für die Ermittlungen interessieren, und Anat hat mich gerade auf den neuesten Stand gebracht. Ich habe mir gedacht, Sie beide würden sich gerne einmal unterhalten.« Lavi präsentierte ihm ein aufgesetztes Lächeln. Im Innersten wünschte er ihr die Pest an den Hals. Er hasste diese Frau inständig.

»Ich habe in der Tat die ein oder andere Frage. Könnten Sie einige Minuten für mich erübrigen?«

Nachmias war mager und hatte gelocktes, unfrisiertes Haar. Sie mochte in seinem Alter sein oder ein wenig jünger. Während seiner Zeit als Staatsanwalt im Strafrecht hatte er die Erfahrung gemacht, dass die Ermittlerinnen, die am naivsten wirkten, absolut tödlich waren.

»Wozu?« Er bemühte sich um eine gelassene Miene.

»Soweit ich weiß, standen Sie mit ihr in Verbindung«, warf sie den Köder aus.

Er blieb ihr die Antwort schuldig. Biss nicht an. Um der Falle, die Galith Lavi ihm gestellt hatte, wohlbehalten aus dem Weg zu gehen, musste er die Nerven bewahren. Kobi hatte ihn vorgewarnt, dass sie ihn irgendwann vernehmen würden.

»Na dann, schönen Tag noch!« Lavi grinste ihn an und damit war die Sache amtlich: Sie machte gegen ihn Front. Und auf dem Absatz kehrt. Wie konnte sie es wagen, ihn in die Falle zu locken? Er hätte sich vorher ausrechnen können, dass ihm eine ihres Kalibers die kleine Recherche bei ihrer Referendarin übel nehmen würde. Nun wischte sie ihm eins aus.

»Darf ich?«, fragte die Polizistin und deutete auf den Stuhl.

»Ehrlich gesagt bin ich ziemlich beschäftigt. Ich habe morgen eine wichtige Verhandlung. Vielleicht ein andermal?«, versuchte er sich zu drücken.

»Nur ein paar Minuten, ich werde mich kurzfassen, das verspreche ich.«

Kaum hatte sie es ausgesprochen, saß sie auch schon, er kam gar nicht zum Zuge.

Wortlos sah er sie an. Dieser scheinbar spontane Besuch löste bei ihm gehörigen Stress aus. Was führte sie im Schilde? Wussten sie etwas? Würden sie einen Verdacht gegen ihn hegen, hätten sie ihn zur Vernehmung vorgeladen, versuchte er sich Mut zu machen. Die Polizei würde sich die Gelegenheit nicht entgehen lassen, mit der Verhaftung eines Staatsanwaltes zu wuchern. Er wusste nur zu gut, wie diese Dinge funktionierten.

»Sie haben Michal Poleg also gekannt, wenn ich richtig verstanden habe«, begann sie.

»Ja, vor vielen Jahren ... waren wir mal ein Paar. Aber wir kamen nicht miteinander aus. Wir haben uns in gegenseitigem Einvernehmen getrennt.« Er räusperte sich.

Sie erwiderte nichts, sah ihn nur an.

»In zwei Monaten werde ich heiraten«, ergänzte er schnell, um klarzustellen, dass zwischen ihm und Michal nichts mehr lief.

»Meinen Glückwunsch.« Sie lächelte ihn an.

Gestern hatten Inbar und er sich schon wieder gestritten, er hatte gebrüllt, dass er von »ihrer Hochzeit« die Nase voll habe, bevor er türenknallend die Wohnung verlassen hatte.

»Soweit ich weiß, hat sie vor nicht allzu langer Zeit Anzeige gegen Sie erstattet«, arbeitete sie sich vor.

Er wurde feuerrot. Damit hatte sie ihn in der Tasche.

Er setzte sich aufrecht hin und äußerte zügig die Dinge, auf die er sich mit Kobi geeinigt hatte: ideologische Meinungsverschiedenheiten, die zwei Fronten des politischen Lagers, eine unbegründete Anzeige, volle Rückendeckung durch die Staatsanwaltschaft.

»Michal Poleg hat Sie schwerwiegender Dinge beschuldigt … dieses Gutachten, das Sie vom Außenministerium erhalten und unterschlagen haben …« Sie ließ nicht locker.

»Ich muss doch sehr bitten! Ich habe das von ihr erwähnte Gutachten nie erhalten, und Ihre Andeutungen kann ich so nicht gelten lassen.« Er gab sich erdenkliche Mühe, unaufgeregt zu klingen.

Die Polizistin entgegnete nichts.

»Ich habe meine Anmerkungen dazu auch an die Rechtsanwaltskammer geschickt – dieses Gutachten, falls es überhaupt existieren sollte, ist nicht durch meine Hände gegangen«, fuhr er fort.

Als er seine Reaktion an die Kammer geschickt hatte, hatte er sich eingebildet, dass der Sache ohnehin niemand nachgehen und die Anzeige schlichtweg in der Ablage landen würde. Da hatte er sich wohl geirrt. Vielleicht hätte er sich bezüglich des Wortlauts auch mit Regev besprechen sollen. Als das Gutachten vom Justizministerium bei ihm eingetroffen war, hatte er es an Regev weitergeleitet, der ihm geraten hatte, es zu den Akten zu legen. Sie mussten sich in der Sache unbedingt abstimmen, sich gleichermaßen äußern.

Die Polizistin sah ihn skeptisch an, was ihm zu schaffen machte. Ob sie über bestimmte Dinge im Bilde war, die er nicht wusste?

Er musste Selbstsicherheit ausstrahlen, demonstrieren, dass er die Sache im Griff und keine Angst hatte.

»Frau Nachmias«, er sah ihr in die Augen, wie Kobi es ihm geraten hatte, »wenn Sie mich fragen, ob zwischen mir und Michal Poleg etwas Persönliches war, nach all den Jahren, so lautet die Antwort nein. Unsere Affäre lag schon lange zurück. Und war beendet. Ich bin meinen Weg gegangen. Und sie ihren.«

»Was Sie aber nicht davon abgehalten hat, sich bei Galith Lavis Referendarin nach dem Stand der Ermittlungen zu erkundigen«, sagte sie ungerührt und gab ihm zu verstehen, dass seine Äußerungen sie kaltließen.

Er wurde etwas lauter. »Ich durchschaue nicht so ganz, worauf Sie hinauswollen … Mir missfallen Ihre Fragen.«

»Ich möchte lediglich wissen, weshalb Sie sich so ungemein für unsere Ermittlungen interessieren, das ist alles«, setzte sie in ihrem ruhigen, nervtötenden Ton fort.

»Wie ich Staatsanwältin Galith Lavi bereits gesagt habe, war das ein Fehler von mir. Ich war neugierig. Ich bedauere das. Immerhin haben wir uns früher einmal nahegestanden, und ich wollte … nun gut, Sie verstehen schon …« Er hasste es, vor dieser Polizistin Abbitte leisten zu müssen.

Sie saßen sich schweigend gegenüber. Sie schien zu wollen, dass er weiterredete, nur fiel ihm partout nichts ein.

»In dieser Anzeige steht nur Unsinn«, brach er die Stille. »Ich habe das gar nicht ernst genommen … leider erstatten viele Leute gegen uns Anzeige.«

Sie schwieg weiterhin.

»Sie kennen das von der Polizei … Die Leute reichen gern Beschwerden ein, bilden sich ein, wir würden sie verfolgen.« Er versuchte, sie anzulächeln.

»Wurde in der Vergangenheit Anzeige gegen Sie erstattet?« Sie erwiderte sein Lächeln nicht.

»Ich möchte betonen, dass nahezu alle gegen Staatsanwälte erhobenen Anzeigen niedergeschlagen werden. Das ist die gängige Praxis.« Jariv spürte, dass er auf verlorenem Posten kämpfte.

»Es geht hier nicht um andere Anzeigen«, rief sie ihm ins Gedächtnis.

»Das stimmt, Frau Nachmias, wir reden exakt von einer gegenstandslosen Anzeige, an der, wie ich bereits gesagt habe, nichts dran ist und die ich nicht ernst genommen habe«, gab er zurück.

Er schmunzelte in sich hinein, als sie nichts entgegnete. Nun war sie sprachlos. Er überlegte kurz, ob er Regevs Lieblingsvortrag abspulen sollte über »den Feind der Nation« und »Israelis, an denen der Selbsthass nagte«, ließ es aber lieber sein. Sie kapierte auch so.

»Wann sind Sie Michal Poleg das letzte Mal begegnet?«

Auch diese Antwort hatte er sich zurechtgelegt.

»Warten Sie mal, Kriminalhauptmeisterin Nachmias … ich weiß es nicht mehr genau … Sie wohnte ganz in der Nähe … hin und wieder sind wir uns im Lebensmittelladen oder anderswo im Viertel über den Weg gelaufen. Alles ist nah beieinander … Ich hab keine Ahnung … vor einigen Wochen, einigen Monaten, schätze ich. Genau kann ich es wirklich nicht sagen …« Er hatte die Antwort einstudiert, auch das Herumstottern. Nur der Schuldige, hatte ihm Kobi gesteckt, besinnt sich auf jede Einzelheit.

»Haben Sie Michal in letzter Zeit zu Hause besucht?«, fragte sie ohne die geringste Regung in ihrer Miene.

»Nein«, antwortete er rasch. Sie kam ihm zu nahe. »Ich kann diese Fragen absolut nicht nachvollziehen.« Er musste zum Angriff übergehen, wie Kobi es ihm geraten hatte. »Bei allem guten Willen, den ich habe, die israelische Polizei in der Sache zu unterstützen, kann es nicht sein, dass Sie einfach hier aufkreuzen und …«

»Was haben Sie in der Nacht gemacht, als Michal Poleg ermordet wurde?«, schnitt sie ihm das Wort ab und beugte sich näher zu ihm.

»Ich war mit einem Freund in einer Kneipe.« Er bemühte sich, es wie am Rande zu erwähnen.

Sie zog ein kleines Heft und einen Stift aus ihrer Tasche und gab ihm damit zu verstehen, dass sie mehr Details haben wollte.

»Meine Verlobte war nach Eilat gefahren und ich bin mit meinem Freund etwas trinken gegangen, Kobi Atkin … vielleicht kennen Sie ihn?«, fuhr er fort, während sie sich Notizen machte.

»Der Verteidiger.« Sie hob den Kopf und er nickte.

»Wann haben Sie das Lokal verlassen?«

»Das weiß ich nicht mehr … das muss so gegen zwölf gewesen sein …«, sagte er lustlos.

»Und dann?«

»Ich bin ins Bett gegangen. Allein.«

Sie notierte etwas und sah ihn an.

»Es tut mir leid, Frau Nachmias, aber ich bin echt unter … Ich habe morgen eine große Verhandlung … und Ihre Fragen müssten damit auch beantwortet sein«, sagte er und versuchte, souverän zu wirken.

»Ja, natürlich«, sagte sie und stand auf.

Er begleitete sie hinaus, um sich zu vergewissern, dass er sie vom Hals hatte.

»Wie ich sehe, haben Sie sich kürzlich verletzt«, sagte sie, bereits über der Türschwelle, und deutete mit einer leichten

Kopfbewegung auf die verblassten Blutergüsse, die immer noch unter seinen Augen waren.

»Ja, ich bin mit dem Fahrrad gestürzt … ein Unfall …« – noch eine Antwort aus dem Nähkästchen.

»Wann?«

»Auf dem Weg zur Arbeit … ein dummer Unfall.«

»Na dann, hoffentlich ist bis zur Hochzeit alles verheilt«, erwiderte sie.

51

◊ ◊ ◊

Itai machte sich ein Bild von dem Tumult, der sich vor seinem Büro abspielte, und wartete darauf, dass er sich legen würde. Im Abstand von wenigen Minuten sah er auf die Uhr. Seit dem Treffen mit Dahlia glaubte er, das Motiv für Michals Mord zu kennen, ebenso die Mörder und vor allem – wie man an sie herankäme.

Er musste dringend Aramei sprechen, doch er brauchte sich nicht lange zu gedulden.

»Ich brauche deine Hilfe, Itai.« Aramei kam in sein Büro. »Bitte sag Gabriel, dass Lidi, seine Schwester, wohlauf ist. Alles ist gut gegangen. Sag ihm auch, dass ich ihn besuchen wollte, sie mich aber nicht zu ihm lassen.«

Itai schlug sich kurz mit dem Gedanken, einen verblüfften Eindruck zu machen, um Aramei mehr zu entlocken, verwarf die Idee aber schnell.

»Ich weiß, Dahlia hat mir erzählt, dass du sie freibekommen hast.« Er stand auf und trat auf ihn zu. »Ehrlich gesagt, hatte ich gehofft, mit dir darüber reden zu können.«

◊

Aramei saß ihm gegenüber und gab den Unwissenden.

Laut Aramei hatte Gabriel für Lidis Freilassung bezahlt. Wen und wie viel wusste er nicht. Sämtliche Vereinbarungen wie Uhrzeit und Ort der Übergabe hatte Gabriel getroffen, bevor er sich der Polizei gestellt hatte. Er hatte Aramei gebeten, sich um Lidi zu kümmern, und genau das hatte er getan. Mehr wusste er nicht, so sagte er.

Itai hatte keinen Zweifel daran, dass er log. In seiner Anfangszeit bei ASSAL hatte es ihn jedes Mal aufs Neue frustriert und verletzt, wenn Leute, denen er versucht hatte zu helfen, und für die er Himmel und Hölle in Bewegung gesetzt hatte, es ihm mit Märchen gedankt hatten, in denen nicht ein Fünkchen Wahrheit steckte. Im Laufe der Zeit hatte er gelernt, damit zu leben oder ihre Lügen zumindest nicht persönlich zu nehmen. Wem er hier mit seiner Arbeit half, war kein unbeschriebenes Blatt und bediente sich in der Tat hin und wieder einer Lüge.

Diesmal lagen die Dinge jedoch anders. Er war wütend auf Aramei.

Nicht nur, weil sie sich bereits lange Zeit kannten und Aramei sein Angestellter war, oder weil dieser es als erwachsener Mann mit Frau und Kindern besser hätte wissen müssen, sondern in erster Linie wegen dem, was hier auf der Tagesordnung stand. Von ihm hatte er mehr erwartet.

»Hast du gesehen, wer sie dorthin gebracht hat?« Itai hatte nicht vor, sich damit zufriedenzugeben.

Aramei zuckte mit den Schultern. »Jemand hat sie aus dem Auto gelassen und ist dann weggefahren.«

»Und du weißt nicht, wer das war?«

»Nein. Gabriel hat mir gesagt, wann ich wo sein soll, und daran habe ich mich gehalten.«

»Aber woher hatte Gabriel das Geld?« Itai war inzwischen aufgebracht.

Aramei wich seinem Blick aus.

»Die Leute, die miteinander bekannt sind, leihen sich Geld. Gabriel war sehr beliebt. Ich habe ihm auch etwas geliehen, soweit es meine Verhältnisse erlaubten«, sagte er schließlich.

Ihm war klar, dass die Flüchtlinge sich untereinander halfen, doch dabei ging es zweifelsohne um kleine Geldsummen. Diese Leute kämpften ums tägliche Überleben und schickten das wenige Geld, das sie hatten, nach Hause zu ihren Familien. Aus diesem Grund waren sie außerstande, Tausende Schekel aufzubringen, die in solchen Fällen zumeist gefordert wurden. Noch dazu, da sie häufig bedroht und erpresst wurden.

»Warum sagt Gabriel, dass er Michal ermordet hat?« Itai tat sein Möglichstes, Aramei zum Sprechen zu bewegen, doch der zuckte wieder nur mit den Schultern.

»Glaubst du, dass er sie ermordet hat?« Er ließ nicht locker.

Stille.

»Aramei, hilf mir, hier geht es um Gabriel und Michal. Kannst du dir vorstellen, dass er sie umgebracht hat?« Er versuchte, an sein Gefühl zu appellieren.

Aramei sah ihn mit leerem Blick an.

Er probierte einen anderen Weg. »In der Fuenn-Straße gibt es ein Restaurant. Ich vermute, dass die illegalen Geschäfte, denen Michal möglicherweise auf die Schliche gekommen ist, von dort aus geführt werden.«

Aramei sagte kein Wort.

»Ich war dort, wollte wissen, was da läuft«, fuhr Itai fort. »Außer einer Tracht Prügel habe ich aus den Leuten nichts herausholen können.«

»Sei vorsichtig, Itai«, sagte Aramei und erhob sich.

»Sprich mit mir, Aramei. Sag mir, was du weißt.« Er stand ebenfalls auf. »Ich denke, dass die Leute in diesem Restaurant … der, für den sie arbeiten … diese Leute haben Michal umgebracht, weil Michal sie behindert hat.«

»Es tut mir leid.« Aramei wandte ihm den Rücken zu und verließ sein Büro.

◊

Er hatte inständig gehofft, Aramei zum Reden bewegen zu können. Er hatte sogar die Illusion gehabt, dass sie gemeinsam zu Anat Nachmias gingen und Aramei ihr berichten würde, was er wusste. Unter Umständen würde Arameis Aussage ihr schließlich und endlich die Augen öffnen: die Polizei jagte den falschen Mann, der Fall war keinesfalls gelöst.

Gabriel bewahrte ein großes Geheimnis, um seine Schwester zu retten. Und Aramei wusste garantiert mehr, als er preisgab. Aramei würde sein Versprechen gegenüber Gabriel nicht brechen, er würde ihm nicht erzählen, was er wusste. Das hatte er inzwischen begriffen: Gleich in welchem Maße er ihnen helfen und sie unterstützen würde, vollständig vertrauen würden sie ihm nie. Diese Menschen hatten die Hölle durchgemacht, bevor sie hier gestrandet waren. Sie waren angelogen, ausgebeutet, verraten worden. Nach alldem jemandem zu vertrauen, fiel ihnen schwer. Er würde nie als einer von ihnen gelten.

Für sie bliebe er immer ein Weißer.

Das war ein Faktor, der Michal in hohem Maße frustriert hatte und mit dem sie sich nicht hatte abfinden können. Da Aramei sich nun aus seinem Büro davonstahl und ihm die Antwort schuldig blieb, war auch er frustriert.

Würde Aramei sich nicht zum Reden entschließen, würde Gabriel des Totschlags oder sogar des Mordes beschuldigt und Michals Mörder bliebe auf freiem Fuß.

Es war höchste Zeit, bekanntes Terrain zu verlassen, sagte er sich, während er sich an die schmerzenden Rippen fasste. Bis dato hatte er versucht, alles im Stillen zu regeln, ohne etwas erreicht zu haben. Nun war es an der Zeit, Wellen zu schlagen, die Dinge öffentlich zu machen.

Er hatte auch schon einen Plan.

Eine Ironie des Schicksals. Genau das sei ihre Pflicht, hatte Michal stets gesagt.

52

◊◊◊

Gabriel verfolgte die Lippen des Rechtsanwaltes, die sich schnell bewegten. Es war bereits ihre dritte oder vierte Besprechung. Alle waren ähnlich verlaufen. Der Anwalt redete, während er dasaß und schwieg.

Der Anwalt war wütend auf seinen Mandanten. Das hatte er ihn schon mehrfach spüren lassen. Er wollte, dass Gabriel ihm etwas darüber sagte, was sich mit Michal ereignet hatte.

»Ich kann nicht mit leeren Händen vor Gericht gehen und mich lächerlich machen. Immerhin geht es hier um einen Mord. Ich will unter keinen Umständen wegen Ihnen zum Gespött der Leute werden. Verstehen Sie?«, sagte er immer wieder und richtete den Zeigefinger vorwurfsvoll auf ihn.

Die Dinge, die der Anwalt ihm über das israelische Gesetz darlegte, interessierten Gabriel nicht. Für ihn war von Bedeutung, was mit Lidi war.

Aramei hatte versprochen, ihm Bescheid zu geben, sobald Lidi frei wäre. Dass er nichts von ihm gehört hatte, bereitete ihm seelische Strapazen. Er hatte begonnen, an Aramei zu zweifeln, und fürchtete schon, er hätte dieses Opfer umsonst gebracht. Nachdem Itai ihm gestern von ihrer Freilassung berichtet hatte, bereute er es, schlecht über Aramei gedacht zu haben. Von Itai erfuhr er, dass Aramei mehrmals versucht habe, ihn zu besuchen, aber nicht zu ihm gedurft habe.

Die Nachricht, dass Lidi in Freiheit war, machte ihn glücklich. Was er nun hinter sich bringen musste, hatte einen Grund und einen Zweck. Er wollte mehr über sie erfahren. Vor allem wie es ihr ging, wo sie die ganze Zeit über gewesen war und was sie durchlebt hatte. Aus dem Fenster seiner Zelle sah er, dass es regnete. Ob sie es warm genug hatte? Ob sie für diese Temperaturen die richtige Kleidung hatte? War der Husten abgeklungen, den er am Telefon gehört hatte? Itai hielt ihn mit Informationen kurz. Setzte ihn unter Druck: Er sollte damit herausrücken, was passiert war – eine Hand wäscht die andere. Aber das konnte er nicht. Itai wusste bereits zu viel.

Der Anwalt redete mit ihm, als wäre er geisteskrank. Er sprach langsam, Wort für Wort und in einer gewaltigen Lautstärke. Fragte ihn ständig, ob er ihm folgen könne. Nach diesem Kriterium hatte er die Israelis, mit denen er Umgang hatte, immer beurteilt. Vor denen, die im Duktus dieses Anwalts sprachen, nahm er sich lieber in Acht. Leuten wie Michal oder Itai hingegen hatte er vertrauen können. Sie redeten mit ihm wie mit einem Erwachsenen, wie mit einem echten Menschen. Auch die kleine Polizistin hatte auf diese Weise mit ihm kommuniziert.

Er hätte gern Itai als Anwalt gehabt, aber er hatte ihm erklärt, dass er die Verteidigung nicht übernehmen könne, es sei nicht sein Fachgebiet. Ihm wär's einerlei. Jeder wäre besser als dieser Anwalt.

In der U-Haft hatte er kein leichtes Leben. Was brachten ihm ein eigenes Bett und geregelte Mahlzeiten? Er hatte das Gefühl, zu ersticken. Er konnte nirgendwohin.

Zu Hause, in Eritrea, hatte er den Blick in die weite, offene Landschaft genossen. Tagelang konnte man gehen, ohne manchmal auch nur einem Menschen zu begegnen. Es gab jede Menge frische Luft. Viel Sonne. Er sehnte sich nach diesen Breiten. Nach dem Gefühl von Freiheit. Danach, gegenüber der Natur verschwindend klein zu sein. Tief einzuatmen. In Tel Aviv war alles zugebaut. Hohe Türme ragten bis in den Himmel, sodass ihm schwindlig wurde. Kein Ort für Stille. Keine Möglichkeit, mit sich allein zu sein. Überall Abgase. Wohin er ging, Menschen und Autos. Immerfort Menschen und Autos.

In der U-Haft, von der Außenwelt ausgeschlossen, war das Gefühl der Beengtheit noch schlimmer. Er hockte in einer Ecke der Zelle. Zeichnete in Gedanken, denn Papier und Bleistift wurden ihm verwehrt. Seine Beine wollten mit ihm davon, so wie damals. Seine Lungen sehnten sich nach frischer Luft. Doch die Beine durften nirgendwohin, und in die Nase drang nur Gestank und stickige Luft.

Sie waren zu acht in der Zelle. Die anderen Insassen waren allesamt Israelis. Sie nahmen von ihm kaum Notiz, und falls doch, beschimpften sie ihn oder erteilten ihm Aufträge, als wäre er ihr Sklave oder Diener. Ein großer Mann, der entsetzlich stank und am Kopf tätowiert war, schlug ihn auch. Trat ihn in den Po und versetzte ihm als Zugabe gern einen Faustschlag ins Gesicht. Die anderen hielten sich raus. Aus der Zeit im Sinai unter Rafik hatte er gelernt, dass es am besten war, sich nicht zu wehren und die Schmerzen auszublenden. Irgendwann war Rafik seines Zeitvertreibs müde geworden. Einen leblosen Gegenstand zu treten machte keinen Spaß. Auch der große, stinkende Mann wäre es irgendwann leid.

Sein Anwalt meinte, dass er ihm helfen wolle. Würde er reden, könne er ihn hier herausholen. Gabriel glaubte ihm nicht, kein Sterbenswörtchen würde über seine Lippen kommen.

Der Mann, von dem das Geld stammte, hatte eine Bedingung gestellt: Er musste die Schuld für den Mord an Michal auf sich nehmen. Beim Abschied hatte Gabriel Aramei schwören müssen, sich an das Abkommen zu halten. »Wenn du die Wahrheit sagst, bringt er Lidi um und sorgt dafür, dass wir beide abgeschoben werden, genau wie Hagos. Dieser Mann hat ungeheuer viel Macht und Einfluss, das ist ihm anzusehen.«

Er musste jetzt stark sein. Durfte der Versuchung nicht nachgeben. Es war sein Schicksal, und damit hatte er sich abzufinden.

◊

Im Gegensatz zu den vorangegangenen Malen schien sein Anwalt heute guter Laune. Er lächelte ihn sogar an. Der Kommissarin, die ihn vernommen hatte, sei der Fall entzogen worden. Er hatte sich mit ihrem Stellvertreter getroffen, der nunmehr für die Ermittlungen zuständig war. Nach dessen Aussage sei die Staatsanwaltschaft, aufgrund der neu entstandenen Situation, einer informellen Absprache gegenüber weniger abgeneigt.

Der Anwalt hielt das für ausgezeichnete Neuigkeiten, sie könnten die Situation zu ihren Gunsten wenden. »Da lässt sich was drehen, verstehen Sie?«

»Vertrauen Sie mir, Gabriel«, sagte er sichtlich zufrieden, »ich weiß, wie der Hase läuft. Die werden sagen: fünfundzwanzig Jahre, dann sagen wir fünfzehn. Am Ende treffen wir uns bei zwanzig. Wenn Sie ein braver Junge sind, kommen Sie nach dreizehn Jahren raus. Verstehen Sie?«

Gabriel schwirrte der Kopf vor lauter Zahlen.

»Was sagen Sie dazu?« Er beugte sich zu ihm, sprach noch lauter und jedes einzelne Wort wie in Zeitlupe: »Soll ich darauf eingehen? Dafür brauche ich Ihre Zustimmung. Ich will Sie nicht unter Druck setzen, verstehen Sie? Aber das ist ein ausgezeichneter Deal. Dreizehn bis fünfzehn Jahre – und Sie sind draußen, haben Sie verstanden? Und wie neugeboren.«

53

◊ ◊ ◊

Anat saß an ihrem Schreibtisch und ging immer wieder die Unterlagen durch.

Zu Beginn der Ermittlungen hatte sie Michals Anzeige gegen Jariv Ninio keine großartige Bedeutung beigemessen. Der Text ließ auf eine hysterische Person schließen, die sich echauffierte. Ihre Formulierungen hatten dramatisch und überzogen geklungen, etwa der Absatz, in dem sie Jariv Ninio unterstellte, er habe dem Gericht ein Gutachten des Außenministeriums vorenthalten und damit den Asylsuchenden »eine Kugel in den Kopf gejagt«. Das eigentliche Problem war weniger ihr Schreibstil, sondern der Inhalt. Ihre Äußerungen entbehrten jeglicher Grundlage. Michal hatte das Gutachten, das ihrer Behauptung nach Hagos hätte retten können, nie gesehen.

Dvora Gonens Äußerungen brachten sie nun dazu, die ganze Angelegenheit neu zu beurteilen. Jariv Ninio mochte zwar nicht der ideale Kandidat für die Rolle des Mörders sein, denn sein Motiv schien zu dürftig (alles in allem eine Anzeige vor der Rechtsanwaltskammer). Nichtsdestotrotz war er ein Mann heller Hautfarbe, den Michal kannte und der sich mit ihr überworfen hatte. Außerdem durfte sie ein Motiv nicht aus ihrer Perspektive bewerten, sagte ihre Erfahrung. Sie musste sich in die andere Person hineinversetzen. Was ihr trivial und als Motiv unzureichend erschien, konnte für einen anderen die ganze Welt bedeuten.

Sie hatte eigentlich gar nicht vorgehabt, Ninio zu befragen. Sie war zur Staatsanwaltschaft gegangen, um mit Galith Lavi zu sprechen, sie darauf hinzuweisen, dass längst nicht alles geklärt sei und sie die Anklageschrift nicht so schnell einreichen solle.

Im Laufe ihres Gesprächs hatte sie gegenüber Galith Lavi beiläufig die Anzeige erwähnt. Erstens war diese Information für Lavi neu und zweitens fand Lavi sie bedenklich. Anat hatte leichten Druck auf sie ausgeübt, woraufhin Lavi ihr von Ninios Recherchen bei ihrer Referendarin erzählt hatte. Und obwohl sie auf eine Befragung von Jariv Ninio nicht rundum vorbereitet gewesen war, hatte sie beschlossen, das Risiko einzugehen und ihrem Bauchgefühl zu vertrauen.

Im Nachhinein war sie froh darüber. Ninios Verhalten hatte ihr Gefühl bekräftigt. Er spielte ein Spiel, es war ihm anzumerken gewesen. Er hatte alle Register gezogen, um unaufgeregt zu wirken. Außerdem schien er mit einer Befragung gerechnet zu haben und war daher, bis zu einem gewissen Grad, auf einige Fragen vorbereitet.

Als sie die Verletzung in seinem Gesicht erwähnt hatte, hatte sie Panik in seinen Augen registriert, was die Hypothese erhärtete, dass durchaus Anlass bestand, Ninio auf den Zahn zu fühlen.

Nach seiner Aussage hatte er auf Michals Anzeige schriftlich reagiert, daher hatte ihr erster Anruf der Kammer gegolten. In weniger als einer halben Stunde stand ihr sein Schreiben elektronisch zur Verfügung. Die Formel: »Ich bin polizeiliche Ermittlerin« wirkte Wunder. Die Leute gaben sehr viel preis, mehr als sie mussten oder als sie verpflichtet waren. Anders als bei Michal Poleg stieß sie, was seine Person anging, weder auf Schweigen noch auf schalldichte Mauern.

Von Ninio hatte sie eine ausführliche, juristisch verklausulierte Antwort erwartet, aber sie war kurz und sachlich. Er dementierte nacheinander sämtliche Behauptungen Michals. Bezüglich des Gutachtens des Außenministeriums antwortete er trocken, von einem solchen keine Kenntnis zu haben.

Sie war von seinem Antwortschreiben enttäuscht. Die Anzeige schien ihn nicht großartig beeindruckt zu haben, sie war ihm nur lästig gewesen. Dennoch hatte sie vor, die Ermittlungen gegen ihn fortzusetzen. Wenn sie eine überzeugende These aufstellen wollte, durfte nichts ungeklärt bleiben.

Anschließend rief sie im Außenministerium an. Sie hatte sich zu Dr. Jigal Schemesch, einem Sachverständigen für Afrika, durchgefragt, nachdem sie mit nicht weniger als zehn Leuten verbunden worden war. Wie sich herausstellte, hatte Michal ihn in seinem Büro aufgesucht und ihn wegen der offiziellen Position angegriffen, die das Außenministerium in Bezug auf die Asylsuchenden und die Gefahren vertrat, die ihnen bei ihrer Abschiebung drohten.

Dr. Schemesch hatte Anat gegenüber zugegeben, dass ein solches Gutachten des Außenministeriums in der Tat existiere. Erfunden hatte Michal die Sache also nicht. Er habe es Michal jedoch weder gezeigt noch zugegeben, dass es existiere. Möglicherweise habe er jedoch eine Andeutung gemacht.

»Ich habe mich mit diesem Thema bereits ausreichend in Schwierigkeiten gebracht«, bemerkte er ernüchtert.

Vor einigen Monaten hatte er ein Positionspapier aufgesetzt, wonach eine Person, die aus Israel nach Äthiopien abgeschoben werde, in echter Lebensgefahr sei. »Im Großen und Ganzen habe ich mich an den Wortlaut des britischen Außenministeriums in den Berichten der UNO gehalten. Ich habe nichts Neues geschrieben, schon gar nichts Revolutionäres ... Nur etwas, das alle wissen«, rechtfertigte er sich.

Dieses Positionspapier hatte er an das Innen- und Justizministerium geschickt, wie er Anat sagte. Auf ihre Bitte hin schickte er es auch ihr.

Obwohl er versuchte, die Sache herunterzuspielen, begriff Anat sofort, welche Tragweite dieses Gutachten hatte. In den letzten Nächten hatte sie vor dem Schlafengehen Hintergrundmaterial zu dem gelesen, was viele Leute als »das Flüchtlingsproblem« bezeichneten. Aus den ihr vorliegenden Urteilen erfuhr sie von der erbitterten juristischen Auseinandersetzung, die an den Gerichten um die Definition der Staatsbürgerschaft geführt wurde. Eritreer und Nordsudanesen wurden nicht abgeschoben. Als Gruppe genossen sie Schutz aufgrund der Lage, die in ihrem Landesteil herrschte, und der Gefahren, die sie im Falle ihrer Rückkehr erwarteten.

Äthiopier hingegen durften abgeschoben werden.

Äthiopien und Eritrea waren sich als Staaten keineswegs fremd. Nicht allein, dass sie Nachbarn waren. Erst 1993 hatte Eritrea nach einer langandauernden Auseinandersetzung die Unabhängigkeit von Äthiopien erlangt, was bedeutete, dass ein Teil der Eritreer früher die äthiopische Staatsbürgerschaft besessen hatte und auch die äthiopische Sprache beherrschte. Das israelische Innenministerium hatte beschlossen, diesen historischen Umstand auszunutzen und sie nicht als Eritreer, sondern als Äthiopier zu bezeichnen, womit der Weg für ihre Abschiebung frei war.

Ein Gutachten wie das von Dr. Jigal Schemesch konnte sich in diesem Prozedere als Hindernis erweisen. Es prophezeite den Eritreern, die mit der Unterstellung, sie seien Äthiopier, aus Israel abgeschoben wurden, eindeutige Lebensgefahr. Faktisch war das Positionspapier ein Rettungsanker. Es konnte ihnen das Leben retten.

Diese Äußerungen waren zwar, laut Dr. Schemesch, bereits weltweit von verschiedenen Quellen an die Öffentlichkeit gebracht worden, doch sein Gutachten war das erste auf Hebräisch verfasste, und zwar auf dem offiziellen Briefpapier des Außenministeriums. Schemesch hatte sehr wohl erfasst, dass sein eigentlicher Stellenwert darin bestand.

Und es hatte eine weitere Bedeutung: Würde es dem Gericht vorgelegt, wäre mit der nahtlosen Siegesserie von Jariv Ninio, liebstes Kind des Innenministeriums, und von Personen wie Ehud Regev, deren Karriere darauf fußte, zum Hass auf Afrikaner anzustacheln – Feierabend.

Das Gutachten aufzuspüren war Phase eins gewesen. Nun musste Anat beweisen, dass Ninio es entgegen seiner Behauptung auch erhalten hatte.

Die relevante Quelle im Justizministerium zu eruieren kostete sie glücklicherweise weniger Zeit. Die Juristin Chen Schabtai von der internationalen Abteilung bestätigte ihr gegenüber, dass sie das Material vom Außenministerium bekommen habe. »Im Großen und Ganzen war es ein Positionspapier.« Auch sie versuchte die Dinge nebensächlich erscheinen zu lassen.

»Und was haben Sie damit gemacht?«, fragte sie.

»Ich habe es weitergeleitet. An die Mitarbeiter, für die es von Belang war.« Anat konnte beinahe hören, wie sie am anderen Ende der Leitung die Schultern zuckte.

»An den Staatsanwalt Jariv Ninio, zum Beispiel?«, hakte sie nach. Juristin Schabtai schwieg, dann antwortete sie mit zögernder Stimme, dass sie nicht sicher sei, ob sie ihr darüber Auskunft geben dürfe.

»Hier geht es um einen Mordfall. Sie können mir jetzt antworten, am Telefon, oder wir laden Sie zu einer Befragung in unserer Dienststelle vor.« Anat hatte sich für einen drohenden Ton entschieden.

»Ja, ich habe es ihm geschickt.« Diesmal kam die Antwort schnell. Diese billigen Tricks funktionierten bei jedem. Auch bei Juristen.

»Sind Sie sicher, dass er es bekommen hat?«, fragte sie nach.

»Ja, ich bin mir sicher.«

»Wieso?«

»Ich habe die Mail gespeichert. Er hat mir geantwortet: ›Danke.‹«

◊

Anat lehnte sich auf dem Stuhl zurück. Heute Nachmittag würde David in Israel landen und die Ermittlungen in die Hand nehmen. Wie sie ihn kannte, wären die Ermittlungen in ein, zwei Tagen abgeschlossen. Die Polizei würde der Staatsanwaltschaft unmissverständlich nahelegen, Gabriel des Mordes an Michal Poleg anzuklagen.

Diese Empfehlung würde auf einer irrigen Annahme beruhen, aber auf Anat würde in der jetzigen Situation ohnehin keiner hören. Seit der misslungenen Rekonstruktion wurde sie auf der Polizeistation wie eine Aussätzige gemieden. Keiner wollte mit ihr reden. Keiner sah ihr in die Augen. Bevor David ins Flugzeug gestiegen war, hatte er ihr eine SMS geschrieben: »Das wird sich schon regeln. Ich halte meine Hand über dich. Halt du dich zurück.«

Noch einmal las sie sich das Gutachten und die E-Mail durch, die das Justizministerium an sie weitergeleitet hatte.

Michal Poleg hatte einfach drauflosgeschossen. Sie hatte bei der Rechtsanwaltskammer Anzeige erhoben, ohne zu wissen, ob die Anzeige begründet war. Jariv Ninio hingegen hatte es sehr wohl gewusst. Entgegen seiner Behauptung hatte er das Gutachten bekommen, hatte es unter den Teppich gekehrt und in seiner Stellungnahme gelogen. Sie hatte keinen Zweifel daran, dass er sich über dessen Tragweite und die Konsequenzen im Falle der Veröffentlichung im Klaren gewesen war.

Diese Information war dramatisch, aber nicht ausreichend.

Sie brauchte mehr.

Immerhin wusste sie nun, in welche Richtung sie vorstoßen musste.

54

◊ ◊ ◊

Itai sah angespannt auf die Website, wartete darauf, dass sie vollständig geladen wurde, etwas passierte. Der Journalist hatte ihm vor einer halben Stunde eine SMS geschickt, dass der Artikel in wenigen Minuten auf der Seite stände. Bisher war nichts geschehen. Sein Computer war schneckenlangsam, was ihn zusätzlich reizte. Er hatte die Nase voll davon, auf diese mittelalterliche Technik angewiesen zu sein, er hatte die Nase voll davon, dass nichts um ihn funktionierte.

Er hatte lange mit sich gerungen, bevor er an Amit Giladi herangetreten war. Bisher hatte er den Kontakt zu den Medien weitestgehend vermieden. Schon einmal hatte er sich die Finger verbrannt und damit war sein Bedarf gedeckt. Es war in seiner Anfangszeit bei ASSAL gewesen. Er hatte das Innenministerium unter Druck setzen wollen, um die Abschiebung von Sue, einer Thailänderin, zu verhindern. Sie hatte für die ortsansässige Gemeinde eine Zeitung herausgegeben. Der Journalist hatte ihn u. a. gebeten, Sue zu beschreiben und ihm zu sagen, was er über sie dachte. Verständlicherweise hatte er nur positive Dinge über sie geäußert. Sue war charmant, klug und sehr attraktiv. Am Tag darauf erschien der Zeitungsartikel, der seinen Zorn erregte. Die Unterzeile suggerierte eine Verbindung zwischen seinem Anliegen, Sue zu helfen, und seiner Vorliebe für thailändische Massagen. Im Artikel selbst gab es einen solchen Zusammenhang zwar nicht, doch die Wirkung der Unterzeile war irreparabel. Nicht allein, dass Sue, die letztendlich abgeschoben wurde, geschädigt worden war, auch sein Ruf und die Ziele, die er sich gesetzt hatte, waren erheblich beeinträchtigt worden. Ganz zu schweigen von der Wirkung, die der Artikel auf seine Mutter gehabt hatte und die ihn zum Anlass nahm, um am selben Tag für sich und seinen Vater eine Grabstätte zu erwerben, da er ihr zu viel Schande antue und sie das nicht mehr lange mitmache. Aus Spaß hatte er ihr vorgeschlagen, die Prozedur abzukürzen und doch gleich in Friedhofsnähe zu ziehen. »Lach nur, lach nur, am Ende wirst du heulen« – diese Floskel war der krönende Abschluss ihres Gesprächs gewesen.

In diesem Fall durfte er sich Pessimismus nicht erlauben. Eine Frau, die er sehr geschätzt hatte, war ermordet worden, und ein junger Mann, den er sehr mochte, saß in U-Haft. Er konnte sich nicht genau erklären, warum er das Bedürfnis hatte, Gabriel zu beschützen, er hatte eben ein besonderes Verhältnis zu ihm, wie es Väter oder zumindest große Brüder empfinden. Es lag nicht allein an seinem stillen Charakter, seiner Bescheidenheit und seinem Englisch, das die Kommunikation mit ihm erleichterte, sondern an der Tatsache, dass sein Zeichentalent Anlass zu der Hoffnung gab, dass er seinem Leben eine Wende geben könnte. Itais Aufgabe bestand darin, den Asylsuchenden das Leben zu erleichtern, ihnen das Leben erträglicher zu machen. Darüber hinaus hatte er keine Erwartungen. Sie hatten im Staat Israel keine Zukunft und würden nie Teil der israelischen Gesellschaft werden. Kaum einer wäre imstande, seine Lebenssituation zu verbessern. Er glaubte jedoch daran, dass die Dinge in Gabriels Fall anders lagen, er den Sprung schaffen würde. Das wollte er nicht nur Gabriels wegen, sondern auch seinetwegen. Er wollte einen Sieg erringen.

Was die Polizei sich mit Gabriels Verhaftung geleistet hatte, war daher in vielerlei Hinsicht zu seiner persönlichen Angelegenheit geworden.

Er hatte sich für Giladi entschieden, weil er aus dessen Artikeln entnommen hatte, dass er bei der Rekonstruktion der Polizei zugegen gewesen war. Zudem hatte er über ihn gelesen, dass er zu den Journalisten gehörte, die Auseinandersetzungen nicht scheuten und sich gegenüber niemandem zur Loyalität verpflichtet fühlten. In seiner Naivität hatte er gemeint, dass der Journalist auf die Geschichte scharf wäre. Schließlich enthielt sie alles: Einen Verdächtigen, der vollkommen unschuldig festgenommen worden war und beschlossen hatte, für seine Schwester ein Opfer zu bringen. Die Schwester, die im Sinai gekidnappt, misshandelt und vergewaltigt worden und als Sexsklavin nach Israel gebracht worden war. Die Polizei, die Augen und Ohren verschloss, die Realität nicht wahrnehmen wollte und ihr Urteil rasch gefällt hatte. Den Mörder, der sehr wahrscheinlich einer kriminellen Organisation angehörte, die Flüchtlinge erpresste und der sich auf freiem Fuß befand.

Allerdings hatte Giladi skeptisch und wenig begeistert geklungen. »Aber der Junge hat den Mord gestanden, was ist daran als Geschichte noch spannend?«, fragte er.

Immerhin hatte er sich bereit erklärt, ihn zu treffen. Obwohl der Journalist anfangs recht unterkühlt gewesen war, hatte er den Eindruck, er könne ihn dafür gewinnen. Giladi hatte eifrig mitgeschrieben, vor allem hatten ihn die näheren

Umstände interessiert, wie Aramei Lidi auf der Straße gefunden hatte, in welchem Zustand sie gewesen war, was sie durchgemacht hatte.

»Ich möchte Lidi und Aramei interviewen«, sagte Giladi. »Auf Gabriel müssen wir in der Phase verzichten, weil er in U-Haft ist …«

Selbstverständlich hatte er ihm erklärt, dass Interviews nicht möglich waren. Aramei und insbesondere Lidi waren in einer zu schwachen Position und zu verängstigt, um der Presse Rede und Antwort zu stehen. Sie kamen aus einer Diktatur und waren dazu erzogen worden, den staatlichen Behörden zu gehorchen, wollten sie am Leben bleiben. Selbst wenn sie die beiden davon überzeugen könnten, dass sie unter dem Schutz des israelischen Gesetzes ständen, könnten sie ihnen nicht die Furcht nehmen, durch ein Interview ins Visier der Einwanderungsbehörde zu geraten, die es ihnen dennoch auf die ein oder andere Weise heimzahlen würde. Die Tatsache, dass die israelische Öffentlichkeit die Existenz der Asylsuchenden ausblendete, schien in beidseitigem Interesse. Die Israelis wollten nicht wissen. Die Asylsuchenden wollten nicht auffallen. Sie hatten regelrechte Todesangst, aufzufallen.

»Dann geben Sie mir wenigstens Fotos, irgendetwas«, hakte Giladi nach.

Auch die konnte er ihm nicht aushändigen. Erstens hatte er keine, und selbst wenn, hätte er sie ihm ohne ihr Einverständnis nicht gegeben.

»Schade, dass sie keine Israelis sind.« Diese Bemerkung rutschte Giladi enttäuscht heraus, bevor sie sich verabschiedeten. »Dann würde die Geschichte für Schlagzeilen sorgen.«

◊

Abermals sah er auf die Uhr am unteren Bildschirmrand. Vierzig Minuten waren vergangen und nichts war geschehen. Wütend stand er auf. Ein wenig zu schnell. Ihn plagten immer noch Schmerzen in den Rippen. Wieder musste er an Michal denken, an die Schläge, die sie hatte einstecken müssen. Sie hatte angerufen, um sich ihm mitzuteilen, und er hatte ihre Anrufe ignoriert. Warum bloß war er nicht drangegangen? Die Frage »Was wäre, wenn …?« brachte ihn um den Verstand.

Obwohl er ihm nicht auf die Nerven gehen wollte, hielt er es nicht länger aus und schickte Giladi eine SMS: »Was ist los?« In weniger als zehn Sekunden kam die Antwort: »Gehen Sie auf die Nachrichtenseiten.«

Er hatte Herzrasen, fieberte eine lange Minute mit seinem altersschwachen Computer, bis er die Seite aktualisiert hatte. Dann sah er den Artikel.

Er war zwar nicht so gut platziert, wie er gehofft hatte, doch zumindest war er veröffentlicht worden.

Die nächste Enttäuschung brachte die Überschrift: »Anwalt für Menschenrechte wirft Polizei bei Ermittlungen zu eingeschleustem Afrikaner Fehler vor«. Er war nicht blauäugig. Die Bezeichnung »Anwalt für Menschenrechte« erregte bei der Mehrheit der israelischen Öffentlichkeit Abscheu und würde die Glaubwürdigkeit seiner Äußerungen in Frage stellen.

Sein Mut sank, während er den Inhalt überflog. Der Text war lakonisch, informativ und in erster Linie kurz. Leser fühlten sich von einer Geschichte angesprochen, wenn es um Menschlichkeit ging, um eine Sache, mit der sie sich identifizieren konnten. Doch Michal war flüchtig als »32-jährige Alleinstehende und Freiwillige aus Tel Aviv« beschrieben. Eine halbe Stunde lang hatte er dem Journalisten auseinandergesetzt, wer Michal gewesen war, mit welcher Hingabe sie sich ihrer Arbeit gewidmet hatte, in welchem Maße sie andere geliebt hatte und wie sehr diese wiederum Michal geliebt hatten, und was war dabei herausgekommen? 32-jährige Alleinstehende?

Er übersprang einige Sätze und las die letzten Zeilen. Die trockene Reaktion der Polizei, die »die unbegründeten Anschuldigungen abwehrte«, machte ihm deutlich, dass der Artikel zu nichts führen würde, auch wenn er große Erwartungen und Hoffnungen in diese öffentliche Enthüllung gesetzt hatte. Giladi hatte es ihm prophezeit. Die israelische Öffentlichkeit war gegenüber den Problemen, mit denen er sich jeden Tag befasste, gleichgültig.

Trotz der bescheidenen Länge des Artikels gab es, wie er sah, bereits einige Leserkommentare – allerdings ausnahmslos negative. Sie riefen dazu auf, die Asylsuchenden samt ihrer Freunde und Bekannten zum Teufel zu jagen, und drohten Itai mit verschiedenen Arten des Todes, wie es einem Verräter gebührte. Immerhin gab es Reaktionen.

Womöglich waren seine pessimistischen Schlussfolgerungen vorschnell. Vielleicht würde sich dennoch etwas Positives daraus ergeben, das Schneeballprinzip die Polizei dazu zwingen, diesem Fall auf den Grund zu gehen.

Er ging mit der Maus an den Anfang des Artikels und las ihn noch einmal.

Sein Atem stockte, als der Computer auch die Fotos hochgeladen hatte. Dort erschienen nicht nur die Fotos von Gabriel und Aramei, sondern auch ihre Namen. Nun fiel ihm auf, dass die Namen auch im Artikel abgedruckt waren. Beim ersten Überfliegen war es ihm entgangen.

Wie hatte Giladi ihm das antun können? Diese Bedingung hatte er gleich zu Anfang ihres Gesprächs gestellt, und er hatte versprochen, sich an ihre Abmachung zu halten. Zweifellos hatte er die Fotos von der Polizei bekommen. Dieses Foto war von Gabriel nach der Verhaftung gemacht worden, und das Foto von Aramei stammte offensichtlich aus seinem Dolmetscher-Ausweis.

Er blickte in die Gesichter von Aramei und Gabriel – vorwurfsvoll schauten sie ihn an.

Er schloss die Augen. Er spürte einen bitteren Geschmack auf der Zunge. Er hätte sich nicht an die Presse wenden dürfen. Ein Unwetter schien sich zusammenzubrauen.

55

◊ ◊ ◊

Anat schreckte panisch zusammen, als urplötzlich hinter den Büschen eine alte Frau hervorkam. »Kann ich der Frau Polizistin helfen?«

Anat sah sie entgeistert an, konnte nicht nachvollziehen, woher diese Frau aufgetaucht war, und vor allem, woher sie wusste, dass sie Polizistin war. Sie trug keine Uniform.

Statt im Büro zu sitzen und mitzuerleben, wie sämtliche Kollegen ihr aus dem Weg gingen, hatte sie entschieden, sich ein weiteres Mal mit Dvora und Schmu'el Gonen zu unterhalten und Informationen darüber einzuholen, welche Männer weißer Hautfarbe, wenn überhaupt, Michal zu Hause besucht hatten. Womöglich hatte noch ein anderer, außer Jariv Ninio, eine Rechnung mit ihr zu begleichen gehabt. Das Gespräch hatte nichts Neues zutage gefördert. »Diese Frau hatte nur Nigger im Kopf«, hatte Schmu'el ihr sein Leid geklagt, und Dvora hatte zustimmend genickt. Einen Mann, der auf die Beschreibung von Jariv Ninio passte, hatten sie nicht gesehen. Schmu'el Gonen, der erst kürzlich noch über alles und jeden im Bilde gewesen war, gab plötzlich den gänzlich Ahnungslosen. Mindestens dreimal ließ er den Satz fallen: »Ich habe der Polizei alles gesagt, ich habe nichts hinzuzufügen.« Als er ins Badezimmer gegangen war und sie mit Dvora allein gewesen war, hatte auch sie diesen Satz in den Mund genommen.

Zurück im Auto – sie wollte gerade wieder zum Revier fahren – hatte sie sich entschlossen, kurzerhand zu überprüfen, wie weit die Wohnungen von Jariv Ninio und Michal Poleg auseinanderlagen.

»Sarah Glaser«, die alte Dame vor Ninios Haus gab ihr die Hand, »ich wohne in der dritten Etage. Ich wohne schon vierzig Jahre in diesem Viertel. Ich füttere hier die Katzen.« Sie deutete mit einer Kopfbewegung in die Richtung, aus der sie gekommen war. »Die armen. Keiner kümmert sich um sie. Vor allem jetzt im Winter nicht. Was soll nur aus ihnen werden, wenn ich nicht mehr bin? Daran mag ich nicht einmal denken. Ich habe Sie und das Blaulicht schon von oben gesehen, Sie sind herumgelaufen und haben etwas gesucht«, fuhr Frau Glaser fort, ohne sich von der Stelle zu rühren. »Haben Sie etwas verloren, dann könnte ich Ihnen beim Suchen behilflich sein?«

»Ich bin Kriminalhauptmeisterin Anat Nachmias. Wir befassen uns mit dem Fahrraddiebstahl hier im Viertel«, improvisierte sie schnell, bevor Frau Glaser zu einem neuen

Monolog ansetzen würde. Die Leuchte, die sie oben aufs Auto gestellt hatte, damit das Ordnungsamt ihr kein Knöllchen ausstellte, hatte sie verraten. Nicht weiter schlimm. Die Klatschbasen der Nachbarschaft erwiesen sich bei Ermittlungen hin und wieder als recht nützlich, hatte man ihren Gesprächsstoff erst einmal vom Klatsch und Tratsch gereinigt. Jariv Ninio hatte behauptet, er sei auf dem Weg zur Arbeit mit dem Fahrrad gestürzt, allerdings hatte sie in seinem Treppenhaus kein Fahrrad entdecken können. Ebenso wenig ein Fahrradschloss.

»Na das wird ja höchste Zeit! Wissen Sie, wie viele Fahrräder den Nachbarn hier schon gestohlen wurden? Und Frau Polizistin, das ist nur die eine Sache, der Sie nachgehen müssen. Vergessen Sie nicht die Nachbarn, die ihre Fahrräder in die Flure stellen, sodass man nicht durchkommt. Ich rede nicht gern schlecht über die Leute, aber hier gibt es Nachbarn, die scheren sich einen Dreck darum. Wissen Sie, wie viele Male ich die schon angesprochen habe?«

»Können Sie mir sagen, wer von den Mietern ein Fahrrad hat und wessen Fahrrad gestohlen wurde?« Anat entschied sich vorerst dafür, das Thema »Wegelagerei per Fahrrad« zu übergehen.

»Da stellen Sie mir keine leichte Frage. Lassen Sie mich nachdenken. Ich wohne immerhin schon vierzig Jahre hier.«

»Mir würden die letzten Wochen genügen.« Sie musste ein Schmunzeln unterdrücken.

»Da ist die Nachbarin aus der ersten Etage. Juli Rosenthal. Die besitzt seit vielen Jahren ein Fahrrad. Aber das will keiner. Deshalb schließt sie es nicht einmal an. Und dann … ach ja … natürlich. Der Herr Staatsanwalt, dem ist das Fahrrad vor ein paar Monaten gestohlen worden.«

»Jariv Ninio?«, fragte sie, um sich zu vergewissern.

»Genau. Er hat sehr um sein Fahrrad getrauert. Mehrmals hat er mich auf der Treppe angesprochen und gefragt, ob ich etwas gesehen hätte.«

»Und haben Sie das?«, wollte sie wissen, um Zeit zu gewinnen, bis ihr eine gute Idee käme, wie sie sich weiter vortasten sollte.

»Wieso sollte ich was gesehen haben? Ich kümmere mich um meine Angelegenheiten. In meinem Alter, wissen Sie, hat man eine Menge Probleme, das ist nicht einfach«, gab sie sich unwissend.

»Hat er sich ein neues Fahrrad zugelegt?«

Frau Glaser schüttelte den Kopf.

»Soweit ich weiß, wird er bald heiraten.« Anat probierte es mit einer Anspielung, die hoffentlich zu einem kleinen Plausch über Ninios Paarbeziehung und etwas Aufschlussreichem führen würde.

»Wirklich? Das ist mir neu«, sagte Frau Glaser in einem Ton, der verriet, dass sie von der Hochzeit sehr wohl wusste.

»Nun sagen Sie bloß, Sie sind nicht eingeladen.« Sie goss ein wenig Öl ins Feuer. Das war stets eine effektive Methode, Informationen aus den Leuten herauszuholen.

»Nicht, dass ich mit einer Einladung gerechnet hätte. Wenn sie das nicht wollen, dann ist das eben so. Andererseits finde ich, dass es sich gehören würde. Man wohnt gegenüber von jemandem und lädt ihn nicht ein?«

Anat nickte energisch.

»Bei ihm wundert mich das nicht. Er ist ein mürrischer Typ, wenn Sie verstehen, was ich meine. Hält sich für sonst was. Kann im Treppenhaus kaum grüßen. Aber über die Frau wundere ich mich. Die ist unglaublich nett. Lächelt immer und sagt freundlich ›Guten Morgen‹. Aber es liegt ganz bei ihnen. Wenn sie mich nicht einladen wollen, werde ich mich nicht aufdrängen.«

»Wann ist denn die Hochzeit? Vielleicht kommt die Einladung erst noch.« Auf einmal hatte sie das Bedürfnis, der alten, offensichtlich einsamen Frau Mut zu machen.

»Ich wäre mir da gar nicht so sicher, dass die Hochzeit überhaupt stattfindet, wenn Sie mich fragen.«

Frau Glaser beugte sich zu ihr, als wolle sie ihr ein Geheimnis anvertrauen. Anat sah sie verblüfft an. Jariv Ninio hatte die Sache mit der Hochzeit ihr gegenüber mehrmals betont.

»Hören Sie. In meinem Alter durchschaut man viele Dinge«, ließ die alte Dame stolz durchblicken.

»Was ist denn Ihrer Meinung nach passiert?«

Frau Glaser schüttelte den Kopf. »Ich werde nichts sagen, sonst heißt es nachher, ich hätte das in Umlauf gebracht.« Sie legte die Hand aufs Herz.

»Was immer Sie sagen, Frau Glaser, es bleibt unter uns.« Anat setzte eine bitterernste Miene auf. Auch ihre Mutter kündigte stets hochdramatisch an, dass sie nichts sagen würde, sonst hieße es nachher … worauf ein langer Monolog folgte und sie nicht das kleinste Detail von dem ausließ, was »sie nicht sagen wollte«.

»Sie machen beide den Eindruck, als wäre ihnen eine Laus über die Leber gelaufen. Streiten sich immerzu und schreien sich an. Vor allem er sie. Als ich und mein Sefi, gesegnet sei sein Andenken, vor unserer Hochzeit standen, bin ich vor Glück auf der Straße gehüpft. Sie sind nicht verheiratet, stimmt's?«, fragte sie etwas vorwurfsvoll und musterte Anats Hand, an der sie einen Ring vermisste.

Sie ging nicht darauf ein.

»Na ja, heute haben es die Frauen nicht so eilig. Ihr meint, ihr habt alle Zeit der Welt, und wenn ihr dann wollt, ist keiner mehr übrig. Hören Sie auf mich, Frau Polizistin, es gibt Dinge, die muss man anpacken, solange man noch jung und schön ist.«

»Wissen Sie, worüber die beiden streiten?« Anat wollte das Gespräch wieder in die gewünschte Bahn lenken. Andernfalls liefe sie Gefahr, noch mit einem ihrer Enkelsöhne verkuppelt zu werden.

»Es fing damit an, dass sie für einige Tage verreist ist«, setzte Frau Glaser fort, die ihre Freude daran zu haben schien, ein wenig über die Nachbarn von gegenüber lästern zu können.

»Was ist passiert?«

»Wenn Sie mich fragen, ist sie nach ihrer Rückkehr dahintergekommen, dass er fremdgeht«, flüsterte Glaser, und an ihrem faltigen Gesicht war abzulesen, dass sie an dem Geheimnis sichtlich Vergnügen hatte.

»Was Sie nicht sagen!«

»Sind Sie sicher, dass das mit dem Fahrraddiebstahl zusammenhängt?« Frau Glaser überkam urplötzlich Misstrauen.

»Und ob. Alles hängt zusammen«, versicherte Anat.

»Sein Gesicht war geschwollen. Ein Mann kommt mitten in der Nacht betrunken und mit einem ramponierten Gesicht nach Hause. Wo soll er gewesen sein, wenn nicht bei seiner Geliebten?«

Anat nickte. Dass Glaser die Verletzung auf eine Affäre zurückführte, amüsierte sie. Aber Affäre hin oder her, das war zweitranging. Jariv Ninio hatte sie ein zweites Mal angelogen.

56

◊ ◊ ◊

Itai ging gerade die Rechnungsbücher durch, als er sie hereinkommen sah. Sie fielen ihm sofort ins Auge. Die Leute, die normalerweise das erste Mal zu ihnen kamen, traten nur zögerlich ein, hatten einen verwirrten, verängstigten Blick. Stets waren sie erst einige Tage zuvor aus »Saharonim« entlassen worden und in Tel Aviv gestrandet. Sie kamen, weil sie Hilfe brauchten, und die abgetragenen Kleider, die sie am Leib trugen, waren alles, was sie besaßen.

Die drei Herren dunkler Hautfarbe, die soeben die Räume von ASSAL betreten hatten, trugen teure, winterfeste Anzüge aus Schurwolle. Sie gingen zügigen, sicheren Schrittes, ignorierten die erstaunten Blicke der Leute, die um diese Uhrzeit das Büro bevölkerten.

In den letzten vierundzwanzig Stunden seit der Veröffentlichung des Artikels hatte er immer wieder versucht, Aramei auf seinem Mobiltelefon zu erreichen. Er war heute auch nicht zur Arbeit erschienen. Dabei hatte er noch nie einen Tag gefehlt und war stets pünktlich gewesen. Itai wollte sich bei ihm entschuldigen, ihm versichern, dass sich daraus keine Folgen für ihn ergäben, er ihn unter seinen persönlichen Schutz stellen würde, sollte auch nur einer mit dem Gedanken spielen, ihm wegen des Artikels aufs Dach zu steigen.

»Rechtsanwalt Itai Fischer?«, fragte ihn einer der drei, der um die vierzig war, in akzentfreiem Englisch. Die beiden anderen wahrten einen gewissen Abstand.

»Ja, sehr angenehm, mit wem habe ich die Ehre?«, fragte er verhalten und erhob sich. Ein Teil seiner Arbeit bestand darin, Spenden einzuwerben, und er ersuchte regelmäßig verschiedene Organisationen um Unterstützung. Möglicherweise waren diese drei Männer Repräsentanten einer dieser Organisationen, Hoffnung kam in ihm auf.

Der Mann lächelte und reichte ihm die Hand. Itai fiel die goldene Armbanduhr auf.

»Sehr angenehm, mein Name ist Tapsmariam Apoworki, ich habe die Ehre, der stellvertretende Konsul von Eritrea in Israel zu sein«, sagte der Mann aalglatt.

Itai wich das Lächeln mit einem Schlag aus dem Gesicht. Eritrea war eine brutale Diktatur. Es gab keine Redefreiheit, keine Pressefreiheit, keine Religionsfreiheit, keine Bewegungsfreiheit, und die Männer wurden unbefristet zum Militärdienst verpflichtet. Die Bürger Eritreas lebten in ständiger Existenzangst. Das Land war ein einziges großes Gefängnis, aus dem weltweit die höchste Anzahl Flüchtlinge kam, die nicht nur nach Israel strömten. Zehntausende und sogar Hunderttausende von ihnen harrten an verschiedenen Orten Afrikas in Flüchtlingslagern aus. Hagos hatte ihm viel über das dortige Leben erzählt, hatte gesagt, dass er darüber Bescheid wissen müsse, auch wenn er es nicht begreifen könne. Wer in einem Staat wie Israel, in einer Demokratie geboren worden sei, so hatte er gemeint, wäre niemals imstande, ein Leben in permanenter Angst nachvollziehen zu können. In den Menschenrechtsorganisationen herrschte Konsens darüber, dass in diesem Staat eine Regierung an der Macht war, die ihre Bürger wie kaum eine andere unterdrückte. Dass Israel zu einem solchen Regime diplomatische Beziehungen unterhielt, war ein Skandal für sich.

»Was wollen Sie?«, fragte Itai in einem Ton, der nicht verbarg, dass er sich von ihnen distanzierte. Er war kein hitziger Mensch und politische Losungen schreckten ihn ab, aber diese Leute waren die Abgesandten des Teufels. Wie hatte er nur auf die Idee kommen können, es handele sich um Sponsoren? Ihre teure Kleidung, die Seidenkrawatten, die goldenen Armbanduhren, das besondere Aftershave – symptomatisch für das Regime, das sie schickte, das korrupt war und schamlosen Raubbau an seinem Volk betrieb.

»Wir sind auf der Suche nach Herrn Aramei Ligas. Soweit mir bekannt ist, arbeitet er hier und Sie stehen mit ihm in Verbindung. Wir dachten, dass Sie uns vielleicht weiterhelfen können«, fuhr der Vizekonsul in seiner aufgesetzten Freundlichkeit fort.

»Was wollen Sie von Aramei?«, fragte er sichtlich aggressiv.

»Mit ihm sprechen«, entgegnete der Mann in aller Ruhe.

»Worüber?«, fragte er wesentlich lauter.

Sie hüllten sich in Schweigen. Und dieses Schweigen erregte seinen Zorn und machte ihm Angst.

»Herr Kabri ist Bürger unseres Staates, wir möchten uns mit ihm unterhalten … Bis gestern war uns nicht bekannt, dass er sich in Israel aufhält, das heißt, bis wir den Artikel im Internet lasen …«

Itai schnitt ihm das Wort ab. »Ich möchte Sie darum bitten, diese Räume zu verlassen.« Es gelang ihm nicht, seiner Schrecken Herr zu werden. »Sie haben bei uns nichts zu suchen. Die Leute hier sind Opfer der Regierung, die Sie repräsentieren. Ich bin nicht im Geringsten gewillt, Ihnen behilflich zu sein.«

»Das ist noch lange kein Grund, ausfallend zu werden, Herr Fischer.«

»Gehen Sie, bitte«, bat er erneut. Ihre glatte Rede, ihre

ausgesuchte Höflichkeit, ihr gutes Englisch – beeindruckte ihn nicht im Mindesten.

»Kein Problem, Herr Fischer, wir gehen schon. Wir wollten nicht stören. Sollten Sie Herrn Kabri sehen, richten Sie ihm bitte aus, dass wir gern mit ihm sprechen würden.« Der Vizekonsul überreichte ihm seine dicke, mit Gold verzierte Visitenkarte: »Wir würden uns auch gern mit Ihnen unterhalten, wenn Sie einverstanden sind.«

»Daran habe ich keinerlei Interesse«, sagte Itai. Er kochte vor Wut. Der Staat Israel hatte Hagos abgeschoben, was rechtswidrig gewesen war. Doch der Staat Israel hatte ihn nicht ermordet. Er war von der Regierung Eritreas hingerichtet worden, die diese Leute repräsentierten.

»Schade, Herr Fischer. Bei allem, was mit unserem Land und seinen Problemen zu tun hat … Wie heißt es so schön? Nicht alles ist schwarz-weiß.«

Er sank auf seinen Stuhl. Sie waren endlich gegangen. Er hätte sich nie ausgemalt, dass der Artikel, den er angeregt hatte, eine der grausamsten und bösartigsten Regierungen der Welt dazu bewegen würde, Aramei ein weiteres Mal zu suchen. Aramei war Aktivist für Menschenrechte in Eritrea gewesen und hatte schnellstens fliehen müssen, um sein Leben zu retten. Nun befand er sich erneut in Gefahr. Und Gabriel vielleicht auch.

57

◊ ◊ ◊

Anat lag wach im Bett und war von Papier förmlich zugedeckt. Schon einige Nächte konnte sie partout keinen Schlaf finden. Draußen goss es in Strömen, sie lauschte dem Regen. Ihre Augen brannten, sie hatte beim schwachen Licht der Nachttischlampe eine Unmenge an Seiten verschlungen.

Jariv Ninio hatte sie und die Kammer angelogen. Inwiefern hatte er sich noch schuldig gemacht? Was sie bisher herausgefunden hatte, war unerheblich. Zudem waren ihre Kollegen ohnehin der Überzeugung, den Täter gefasst zu haben. Sie brauchte mehr Beweise. Und mehr Zeit.

David hatte sie vor einer halben Stunde angerufen und für morgen früh in sein Büro bestellt. »Wir haben eine Menge zu besprechen«, sagte er, ohne näher darauf einzugehen. Er hatte heiter geklungen, weder vorwurfsvoll noch wütend.

Wer würde ihr überhaupt zuhören? Sie hatte lediglich eine Theorie, die, überraschenderweise, auf den Aussagen von zwei Damen beruhte, die längst die siebzig überschritten hatten.

Ihr Handy klingelte und der laute Ton ließ sie in der Stille ihrer Wohnung zusammenzucken.

Grischa.

»Dein Mörder ist weiß«, sagte er ohne Vorwort.

58

◊ ◊ ◊

Kurz bevor er das Licht ausschaltete und sich schlafen legte, versuchte Itai ein weiteres Mal Aramei zu erreichen. Seit »die drei Engel« ihm einen Besuch abgestattet hatten, hatte er ihn unzählige Male angerufen, ohne Erfolg.

»Wo warst du? Wir haben uns Sorgen um dich gemacht.« Ihm fiel ein Stein vom Herzen, als er Arameis Stimme am anderen Ende der Leitung hörte.

»Ich habe nicht den Eindruck, dass du dir Sorgen um mich machst. Wie konntest du mir so etwas antun? Ich habe dir vertraut«, unterbrach Aramei ihn.

»Es tut mir leid … dieser Journalist … Er hatte mir versprochen …«, stotterte Itai.

Stille in der Leitung. »Ich habe den ganzen Tag versucht, dich zu erreichen, weil ich mich entschuldigen wollte, und auch … weil heute etwas vorgefallen ist.« Er holte tief Luft und berichtete Aramei vom Besuch der Leute aus dem Konsulat.

Aramei schwieg.

»Aramei, ist alles in Ordnung?« Sein Schweigen bedrückte ihn.

»Wie konntest du das tun, Itai? Verstehst du überhaupt, was du mir da eingebrockt hast?« Er klang aufgewühlt.

»Es tut mir wirklich leid … wenn es etwas gibt …« Wie hatte er einen solchen Fehler begehen können? Er war dazu da, den Flüchtlingen zu helfen, nicht, ihnen noch mehr Schwierigkeiten aufzubürden!

Wieder Stille in der Leitung.

»Vielleicht solltest du in nächster Zeit besser nicht zu

ASSAL kommen«, sagte er, als die Schuldgefühle ihn übermannten.

»Das kann ich nicht machen, die Leute brauchen mich, und ich brauche mein Gehalt, um es meiner Familie zu schicken.«

»Wir kommen schon klar«, versicherte Itai ihm, obwohl er keine Ahnung hatte, wie sie ohne ihn zurechtkommen sollten. Seit Hagos' Abschiebung war Aramei ihr einziger Dolmetscher. »Nur für kurze Zeit … und selbstverständlich beziehst du weiterhin dein Gehalt.«

Erneute Stille.

»Gibt es etwas, was ich tun kann?«, fragte Itai noch einmal.

»Du hast schon genug getan, du hast schon genug getan«, gab Aramei zurück und legte auf.

59

◊ ◊ ◊

Anat atmete tief durch, bevor sie Davids Büro betrat.

»Ich denke, dass deine Entscheidung gerechtfertigt war.« David entwaffnete sie, kaum dass sie Platz genommen hatte. Er saß am Schreibtisch, sein rechtes, eingegipstes Bein ruhte auf einem Stuhl, und er rauchte, wie immer.

Sie disziplinierte sich, damit er nicht mitbekäme, wie erleichtert sie über seine Äußerung war. Sie freute sich zu hören, dass er der gleichen Ansicht war. Seine Meinung war ihr wichtig. Außerdem hatte sie die Nase voll davon, auf dem Revier wie eine Aussätzige behandelt zu werden.

»Gerechtfertigt, aber nicht klug« – setzte er ihr einen Dämpfer auf.

Enttäuscht sah sie ihn an. Damit hätte sie rechnen müssen. Es entsprach seinem Führungsstil und auch seiner Vernehmungstaktik: Zuckerbrot und Peitsche.

»Weißt du, wo dein Problem liegt?«, fragte er in einem Ton, in dem mehr als ein Anflug von Zuneigung lag, so hoffte sie.

»Das wirst du mir sicher gleich eröffnen.«

»Du bist eine ausgezeichnete Ermittlerin. Klug, gründlich, eine der besten, mit denen ich je gearbeitet habe. Aber? Eine gute Politikerin bist du nicht.«

»Was soll das genau heißen? Dass ich mich nicht bei den richtigen Leuten einkratze?«, fragte sie trotzig.

»Dass du nicht durchschaust, wie der Apparat funktioniert und welche Forderungen er an dich stellt«, fuhr David in ruhigem Ton fort. »Du hättest die Rekonstruktion unter keinen Umständen abbrechen dürfen. Zumal vor der Tür ein Journalist stand. Zumal es die Rekonstruktion mit dem einzigen Verdächtigen war, den die Polizei hatte.«

»Was hätte ich denn tun sollen? Däumchen drehen und Jaron die Souffleuse spielen lassen?«, protestierte sie.

»Nachmias, versteh doch. Ein Mord versetzt den gesamten Apparat in Aufruhr. Vor allem unsere Herren Direktoren. Ihnen sitzen alle im Nacken: der Bereichsleiter, der oberste Polizeichef, der Minister, die Medien, die Familie des Opfers. Speziell bei einem Fall wie diesem, da Politiker wie Regev sich permanent in die Ermittlungen einmischen, um daraus politisches Kapital zu schlagen. Der einzige Weg, um ihnen den Druck zu nehmen, besteht darin, einen Verdächtigen zu präsentieren. Sobald man den möglichen Täter in Gewahrsam nimmt, glätten sich die Wogen. Der Druck lässt nach. Haben sich die Gemüter beruhigt, kann man mit den Ermittlungen beginnen. Du hast exakt das Gegenteil gemacht. Statt die Wogen zu glätten, hast du einen Sturm ausgelöst. Du hast sie zu dem Eingeständnis gezwungen, dass der einzige Verdächtige nicht der Mörder ist. In dem Fall schlägt der Apparat zurück.«

»Und nun?«, fragte sie ungeduldig. Sie hatte keinen Nerv für Davids philosophische Ausführungen über den Apparat.

»Gar nichts. Ich habe mit Jochai gesprochen. Er wird dir die Sache nachsehen. Der erste Mordfall ist immer verzwickt.« Er blies ihr seinen Zigarettenrauch entgegen.

»Ich meinte, was … mit Gabriel passiert«, stotterte sie.

»Er wandert in den Vollzug.« Er drückte seine Zigarette im Aschenbecher aus.

»Aber er war es nicht. Er hat Michal Poleg nicht umgebracht«, brach es aus ihr heraus.

»Er sagt etwas anderes. Auch sein Anwalt sagt etwas anderes. Die Akte liegt bei der Staatsanwaltschaft. Ich schätze, sie werden demnächst eine Vereinbarung über das Strafmaß treffen.« Er zündete sich eine neue Zigarette an. Sie fragte sich, wie er das Rauchverbot im Flugzeug überstand.

»Ich nehme an, dass die Rekonstruktion bravourös verlaufen ist? Gabriel war sicher in der Lage, für sämtliche Details der Ermittlungen Hinweise zu liefern.« Sie versuchte gar nicht erst, mit ihrem Zynismus hinterm Berg zu halten.

»Bei der Rekonstruktion ist alles glatt gelaufen. Dein Aufstand hat dafür gesorgt, dass den Apparat bei seinem einzigen Verdächtigen der Ehrgeiz gepackt hat. Das habe ich dir ja gerade erklärt.«

»Du willst also sagen, dass er wegen mir im Vollzug landet? Bei allem Respekt, David, das ist totaler Schwachsinn.«

»Das habe ich nicht gesagt, und das weißt du. Gabriel landet aufgrund des Geständnisses hinter Gittern«, erwiderte er seelenruhig. Er würde sich mit ihr nicht auf einen Streit einlassen.

»Aber du meinst, wenn ich Gabriel als Verdächtigen gelten lassen hätte, die Ermittlungen fortgesetzt und einen anderen Verdächtigen geliefert hätte, könnte es sein, dass die Dinge anders liegen würden?« Sie beschloss, das Gespräch zu lenken.

»Das ist nicht ganz zutreffend, denn du hattest ein freiwilliges Geständnis. Aber unterm Strich hast du es richtig formuliert. Du musst Folgendes verinnerlichen: Wenn es Zweifel an Gabriels Täterschaft gab, hättest du Jaron weiterhin ermitteln lassen und parallel dazu, ohne dass es einer spitzkriegt, deine eigenen Ermittlungen anstellen müssen. Ohne großen Aufruhr zu verursachen. So läuft das – man tauscht einen Verdächtigen gegen den nächsten aus. Damit der Apparat nie mit leeren Händen dasteht.« Er grinste.

»Wenn das so ist, stimme ich mit dem Apparat ja voll überein. Ich habe einen weiteren Verdächtigen.« Nun grinste sie.

David war sichtlich verblüfft.

»Dumm bist du nicht, das habe ich Jochai bereits gesagt. Na los, lass mal hören.« Er lehnte sich zurück und hüllte sich in seine Rauchwolke.

Sie redete eine ganze Weile, genoss sein offenes Ohr, das machte ihr Mut. Sie berichtete ihm von dem merkwürdigen Verhalten Jariv Ninios während der Befragung in seinem Büro, von dem Gutachten des Außenministeriums, das er unterschlagen hatte, von der falschen Auskunft hinsichtlich seiner Verletzung und nicht zuletzt von Grischas Laborergebnissen.

David hörte ihr ruhig zu. Hin und wieder beugte er sich zum Schreibtisch und machte eine Notiz.

»Keine Chance, Nachmias«, sagte er, als sie zu Ende gekommen war. »Vergiss es. Du wirst Ninio nicht zu einer Vernehmung vorladen.«

Ihr Mut sank. »Sag mal, David, hast du mir nicht zugehört? Das kann ich wirklich nicht nachvollziehen. Warum sollten wir ihn nicht vorladen?« Es fiel ihr schwer, ihre Enttäuschung zu verbergen.

»Es gibt Millionen Gründe. Erstens ist es zu spät. Die Akte ist bereits bei der Staatsanwaltschaft. Zweitens: Um bei den verdächtigen Personen einen Afrikaner gegen einen Staatsanwalt einzutauschen, muss man wesentlich mehr vorbringen können, als du in petto hast. Und drittens: Du hast keinerlei Anhaltspunkte, dass er der Täter ist. Es sind alles reine Vermutungen …«

Sie schnitt ihm das Wort ab. »Dann laden wir ihn vor und finden es heraus. Wir nehmen seinen Fingerabdruck, seine DNA-Probe und vergleichen die mit dem Material vom Tatort.«

»Keine Chance, Nachmias. Ich habe dir doch gesagt, dass du dich davon verabschieden musst.« Zum ersten Mal wurde er lauter.

»In fast allen Belangen hat er mich angelogen. Er hat vom Außenministerium das Gutachten erhalten. Er ist nicht mit dem Fahrrad gestürzt. Und am wichtigsten: Der Vergleich seiner DNA mit der in der Wohnung würde ergeben, dass sie sich, entgegen seiner Behauptung, in der Mordnacht sehr wohl gesehen haben.«

»Muss ich dich daran erinnern, Nachmias? Die Blutspur wurde an der Außenseite der Tür gefunden. Nicht in der Wohnung.« Er gab nicht einen Millimeter nach.

»Ich verstehe«, fuhr sie mit der gleichen inneren Überzeugung fort, »aber es wäre ein Anfang. Lass uns doch mal schauen, wie weit wir kommen. Am Tatort gibt es Fingerabdrücke, die wir nicht zuordnen können. Ich gehe mit dir jede Wette ein, dass es seine sind.«

David schwieg.

»Warum hat er im Zusammenhang mit dem Gutachten und dem Sturz vom Fahrrad gelogen?« Sie ließ nicht locker.

David schüttelte den Kopf. »Ein für alle Mal nein, Nachmias. Weißt du überhaupt, was das heißt, einen Staatsanwalt zur Vernehmung vorzuladen? Dafür braucht man Genehmigungen vom Rechtsberater der Regierung, vom Generalstaatsanwalt. Wer stellt uns auf Basis dessen, was du hast, diese Genehmigungen aus, zumal es einen Verdächtigen gibt, der den Mord gestanden hat und dessen Verteidiger bereits Verhandlungen über das Strafmaß führt?«

»Wir wissen beide, wie viel Geständnisse wert sind«, sagte sie.

»Dann erkläre mir doch bitte mal, warum er gestanden hat? Habt ihr ihn unter Druck gesetzt? Habt ihr ihm die Hand verrenkt?« Er wollte aufstehen, da fiel ihm sein gebrochenes Bein ein.

Sie erriet, was er brauchte, und gab ihm eine neue Schachtel Zigaretten aus der Schublade. »Es gibt Millionen Gründe«, drehte sie ihm seine Worte im Mund herum. »Erstens weil wir ihn wie eine Nadel im Heuhaufen gesucht, Informanten eingeschaltet, Leute geschmiert haben und er sich dem Druck gebeugt hat.«

Er machte eine abwertende Geste.

»Zweitens kann es sein, dass ihn jemand dafür bezahlt.« Sie registrierte, dass Itai Fischer aus ihrer Kehle sprach.

»Und wer hat ihn bezahlt? Jariv Ninio? Ist das etwa deine

Theorie? Jariv Ninio hat Michal Poleg ermordet und bezahlt einen Eingeschleusten dafür, damit der die Schuld auf sich nimmt?«

Sie schwieg. Darauf hatte sie noch keine Antwort, was ihr zu schaffen machte, seit sie gegen Ninio ermittelte. Zwischen Ninio und Gabriel musste es einen Zusammenhang geben. Waren sie miteinander bekannt gemacht worden? Hatten sie sich durch Michal kennengelernt? Beim Prozess gegen Hagos? Sie würde ihre Verbindung aufdecken.

»Anat, quäl dich nicht. Wir haben hier ein Geständnis vorliegen, das aus freien Stücken abgelegt wurde. Der Angeschuldigte hat einen Verteidiger. Es reicht, hör auf damit, widmen wir uns dem nächsten Fall«, sagte er in versöhnlichem Ton.

»Um jemand auf Basis eines Geständnisses zu verurteilen, muss es mittels Beweisen, durch ›etwas Zusätzliches‹ untermauert werden. Was soll das in diesem Fall sein?« So schnell würde sie nicht das Handtuch werfen.

»Die Zeugenaussage von Gonen, beispielsweise.«

»Er hat sich bei der Gegenüberstellung geirrt.«

»Dann die Rekonstruktion«, sagte er ungehalten.

»Meine Rekonstruktion oder eure Orchesterfassung?«

»Genug, es reicht. Ich habe es dir erklärt. Wir drehen uns jetzt im Kreis. Und das hat keinen Sinn.«

David drückte energisch seine Zigarette aus. »Die Akte ist bei der Staatsanwaltschaft. Damit ist der Fall für uns erledigt.«

60

◊ ◊ ◊

Itai stutzte, als er den Namen auf dem Display seines Handys erblickte. Nach ihrem letzten Telefonat hätte er nicht erwartet, von Aramei so bald zu hören.

»Ich werde Israel verlassen«, sagte Aramei ohne Vorrede, »ich habe euer Innenministerium dazu bewegen können, mir ein Ausreisevisum zu bewilligen.«

Itai war überrascht und beeindruckt zugleich. Von einem israelischen *Laissez-Passer* träumten viele, da er zur Ein- und Ausreise berechtigte. Der Staat geizte damit. Freilich würde Israel in die Hände klatschen, wenn die Asylsuchenden die Länder jenseits des Mittelmeeres ansteuern würden. Das Problem war, dass die Zielländer die israelische Regierung dazu verpflichteten, den Inhaber des Reisedokumentes, sollte er die Rückkehr wünschen, wieder aufzunehmen, wozu der israelische Staat nicht bereit war. Sein Interesse bestand vielmehr darin, den Asylsuchenden zu signalisieren, dass die israelischen Grenzen gleichbedeutend mit Gefängnismauern waren: Wer hereinkam, kam nicht mehr heraus. Sie sollten sich ihre Einreise zweimal überlegen und besser davon Abstand nehmen.

»Alle Achtung, Aramei, ich bin beeindruckt. Du hast das Unmögliche erreicht«, sagte er und biss sich auf die Lippe, um nicht nachzufragen, wie er es angestellt hatte.

»Glaub nur ja nicht, dass das einfach war«, sagte Aramei und beantwortete die nicht gestellte Frage. »Dass du dafür gesorgt hast, dass der Konsul von Eritrea mich sucht, hat ein wenig nachgeholfen.«

Er war sich nicht darüber im Klaren, welche Reaktion

Aramei von ihm erwartete. Sollte er sich nochmals für den Artikel entschuldigen? Oder sich darüber freuen, dass der Artikel ihm zum Reisedokument verholfen hatte?

»Ich brauche mein Gehalt ... Ich kann nicht bis Monatsende warten«, unterbrach Aramei ihn in seiner Unschlüssigkeit.

»Natürlich, ich kümmere mich darum ... Das wird einige Tage dauern ... Du weißt ja, wie das ist«, entgegnete er. Bisher hatte er grundsätzlich jeden Gehaltsvorschuss abgelehnt. Er bewegte sich stets am Rande der Liquidität, hier lagen jedoch außergewöhnliche Gründe vor.

»Alle halten mich mit irgendwelchen Versprechen hin, die Polizei, die Inhaber des Restaurants. Ich brauche das Geld jetzt, ich kann nicht darauf warten ...«

»Lass mich sehen, was ich tun kann ... Ich melde mich bei dir, sobald ich zahlen kann, das versichere ich dir«, entschuldigte er sich. Was Aramei wollte, war gerechtfertigt, er konnte nicht warten, er wollte umgehend ausreisen.

Stille.

»Wohin wirst du gehen?«

»Nach Frankreich ... Mein Schwager lebt dort, ich werde versuchen, meine Familie nachzuholen. Dein Artikel hat auch sie in Gefahr gebracht. Einfach wird das nicht, aber unmöglich ist es vielleicht auch nicht. Die Franzosen sehen nicht in jedem Afrikaner eine existentielle Bedrohung für ihren Staat.«

»Wenn ich noch etwas für dich tun kann ...« Itai rang mit sich, wann der günstigste Zeitpunkt wäre, seine Bitte anzubringen.

Schweigen.

»Aramei«, sagte er mit sanfter Stimme, »ich möchte dich

um einen Gefallen bitten … Ich weiß, dass ich nicht das Recht dazu habe, aber es geht nicht um einen Gefallen für mich, sondern für Gabriel. Sag mir, bevor du fährst, wer Gabriel dafür bezahlt hat, damit er den Mord an Michal gesteht.«

Aramei erwiderte nichts.

»Das ist die letzte Gelegenheit. Gabriel wird viele Jahre im Gefängnis verbringen, wenn wir ihm nicht helfen«, versuchte er ihn zu überzeugen.

»Wir sind dazu verpflichtet, das Richtige zu tun.«

Er blieb beharrlich, als vom anderen Ende der Leitung keine Reaktion kam. »Ist es ein Afrikaner? Ein Israeli?«

»Hast du mit Gabriel gesprochen? Hast du sein Einverständnis bekommen?«, warf Aramei ein.

»Ich habe mit ihm gesprochen, aber darum geht es nicht. Er ist völlig aufgelöst, verängstigt.« Itai versuchte, Gabriel außen vor zu lassen.

»Wieso glaubt ihr immer zu wissen, was gut für uns ist? Diese Entscheidung hat Gabriel getroffen. Er weiß schon, was er tut. Wieso mischst du dich da ein? Was weißt du denn über ihn? Über seine Entscheidung? Statt uns immerzu wie Kinder zu behandeln, die ständig Hilfe und Schutz benötigen, solltet ihr mal damit anfangen, uns zu respektieren! Was meinst du, Itai, wäre das für dich machbar?«

»Ich verstehe, was du sagen willst, aber ich denke, dass hier außergewöhnliche Gründe vorliegen.«

»Und Tschüs, Itai. Versuch das Geld für mich aufzutreiben, das ihr mir schuldet, ich bin darauf angewiesen.« Aramei legte auf.

Itai verzog den Mund. Arameis Zeugenaussage war Gabriels einzige Chance, ohne die stände er mit leeren Händen da.

61

◊ ◊ ◊

Anat saß an ihrem Schreibtisch, grübelte, welchen Schritt sie als Nächstes ergreifen sollte – wie sie verdeckt ermitteln könnte, ohne Davids Anordnung zu untergraben –, als Jariv Ninio höchstpersönlich in ihr Büro stürmte.

»Hören Sie mir zu, hören Sie mir gut zu«, er baute sich vor ihr auf und fuchtelte mit erhobenem Zeigefinger vor ihrer Nase herum.

Sie sah ihn an, leicht konsterniert.

»Damit, dass Sie mir nachspionieren und mich belästigen, hat es jetzt ein Ende. Dafür werde ich sorgen. Für wen halten Sie sich eigentlich?«, tobte er. »Jawohl, ganz recht, ich bin über alles bestens informiert. Sie bespitzeln mein Haus, stellen angeblich Nachforschungen in Sachen Fahrraddiebstahl an. Ich habe alles notiert, dokumentiert und an die Polizeidirektion geschickt«, stieß er in voller Lautstärke aus.

Sie verbiss es sich, nachzufragen, was seine Nachbarin zum Reden veranlasst hatte. Hatten sie sich dazu durchgerungen und ihr die begehrte Einladung in die Hand gedrückt? Nun könnte Glaser sich bei ihren Freundinnen darüber beklagen. »Wer braucht so eine Einladung?«, würde sie sicherlich beim Kaffeekränzchen in die Runde werfen und umgehend antworten: »Aber hingehen muss ich schon. Sie haben mich ausdrücklich darum gebeten. Die Einladung auszuschlagen wäre mir wirklich unangenehm.«

»Seit mein Fahrrad gestohlen wurde, bin ich mit einem Fahrrad der Stadtverwaltung unterwegs, Sie drittklassige Dorfspionin!« Seine Handflächen schlugen auf ihren Schreibtisch nieder. »Mit diesem Dienstfahrrad bin ich gestürzt und habe mich verletzt, haben Sie das kapiert? Also stellen Sie gefälligst Ihre dämlichen Nachforschungen ein!«

Sie verlegte sich aufs Schweigen, auch wenn er ihr die Hölle heißmachte, um dafür zu sorgen, dass ihrer kurzen Karriere ein Ende gemacht würde, noch bevor sie begonnen hatte.

Auch als er sie der Sympathie mit Afrikanern und der Feindseligkeit gegenüber Israelis bezichtigte, wahrte sie Contenance.

Die ganze Zeit über beobachtete sie seine Hände.

Die Menschen lernten nichts hinzu. Ein ums andere Mal begingen sie die gleichen Fehler. – Ein Faktor, der es der Polizei erleichterte, Kriminelle aufzuspüren.

Seit dem Gespräch mit David hatte sie sich den Kopf darüber zerbrochen, wie sie Ninio eine Falle stellen könnte. Obgleich die Versuchung immens war, wollte sie seine Anordnungen, Ninio in Frieden zu lassen und sich dem nächsten Fall zu widmen, nicht offensichtlich untergraben. Außerdem lag es ihr fern, etwas in Gang zu setzen, was im Nachhinein als ungesetzlich eingestuft würde.

Und siehe da, ihre Probleme hatten sich von allein gelöst.

Durch seine unglaubliche Arroganz hatte er sich selbst eine Schlinge gelegt. Die Sünde des Hochmuts ließ ihn auf andere herabsehen, immer wieder aufs Neue.

Jetzt musste sie sich nur vergewissern, ob sie im Recht war.

Wehe, wenn sie ihr die Verhaftung dann noch verweigern würden.

62

◊ ◊ ◊

Rot wie ein Krebs verließ Jariv das Polizeirevier. Das Gespräch mit Anat Nachmias war merkwürdig und aufreibend gewesen. Er hatte von ihr eine Entschuldigung erwartet, hatte mit einem Wortwechsel gerechnet, dass es laut zugehen würde – nichts dergleichen. Stumm wie ein Fisch war sie gewesen, während er sie stehenden Fußes angeschrien, sie beschuldigt und ihr gedroht hatte.

»Haben Sie nichts dazu zu sagen?«, hatte er ihr an den Kopf geworfen, als er fertig gewesen war.

»Ich habe es mir notiert«, hatte sie mit olympischer Ruhe geantwortet.

»Was?«, hatte er gefragt. Er fand ihre Antwort höchst seltsam.

»Ich habe es mir notiert«, wiederholte sie. »Das ist alles.«

»Was haben Sie sich notiert? Haben Sie überhaupt verstanden, was ich zu Ihnen gesagt habe? Wenn Sie nicht aufhören, mir zu nahe zu treten, werde ich dafür sorgen, dass Sie nicht mal mehr als Politesse arbeiten dürfen.« Schon wieder versetzte sie ihn in Rage.

»Viel Erfolg.« Sie lächelte ihn an.

Die Worte waren angesichts der Dickfelligkeit, mit der Nachmias sie entgegennahm, aus ihm herausgesprudelt. Er hatte ihr den Rücken zugekehrt und war aus ihrem Büro marschiert. Zunächst hatte er gemeint, ihr Schweigen rühre daher, dass sie auf seine Anschuldigungen nichts zu erwidern wusste, inzwischen war er sich da nicht mehr sicher.

Es hatte damit begonnen, als er gestern Abend nach Hause gekommen war.

Er war in guter Stimmung gewesen. Kobi war im Gericht dem Verteidiger des Eingeschleusten begegnet, der Michal umgebracht hatte. Wie nebenbei hatte der ihm erzählt, dass sie in Kürze die Vereinbarung über das Strafmaß unterschreiben würden. Sein Mandant habe bereits eingewilligt, und nun gelte es nur noch, die endgültige Zustimmung der Staatsanwaltschaft abzuwarten. »Ende gut, alles gut«, hatte Kobi das Gespräch zusammengefasst – und er war vor Freude ganz aus dem Häuschen gewesen. Der Stress, den das urplötzliche Auftauchen von Nachmias in seinem Büro bei ihm ausgelöst hatte, klang allmählich ab. Umgehend hatte er Regev darüber informiert, dass die Polizei Michals Anzeige prüfte. Regev hatte gestresst geklungen und Bedenken gehabt, dass er seinen Namen erwähnt habe, erholte sich jedoch wieder, als er ihm versicherte, dass dies nicht der Fall gewesen sei. Regev war dafür, dass sie in nächster Zeit besser die Füße stillhielten. Diese Sache würde vorübergehen, redete er ihm zu. Schließlich war diejenige, die das Ganze ins Rollen gebracht hatte, mausetot.

Dennoch hatte er das dumpfe Gefühl, über ihm braue sich etwas zusammen.

»Inbari, ich bin da«, hatte er ausgelassen gerufen, als er in die Wohnung gekommen war. In den letzten Wochen war er ungehalten und wahrlich nicht nett zu ihr gewesen. Ihre ununterbrochene Beschäftigung mit den Hochzeitsvorbereitungen, diesen nervtötenden Nebensächlichkeiten, während über ihm eine gewitterschwere Wolke schwebte, die sein ganzes Leben unter Wasser zu setzen drohte, hatte ihn fuchsteufelswild gemacht. Als sie ihn darin eingeweiht hatte, dass sie schon eine ganze Weile hin- und herüberlege, wohin sie Tante Bela und Onkel Efraim setzen solle, war ihm der

Kragen geplatzt. Es sei ihm so dermaßen scheißegal, wohin sie die Cousine seiner Mutter platziere, das könne sie halten, wie sie wolle. Wie eine Furie war er hochgeschnellt, hatte sie im Wohnzimmer ihrer verflixten Tischordnung überlassen und war ins Schlafzimmer gestürmt. Als ihr Schluchzen an seine Ohren gedrungen war, hatte er nachdrücklich die Tür zugeknallt.

◊

Er fand sie im Badezimmer vor, wo sie sich mit einer Zigarette tröstete. Sie war aufgewühlt.

Sie hatte Frau Glaser, diese alte Schnüffeltante von gegenüber, zur Hochzeit eingeladen. Dabei hatten sie nicht vorgehabt, sie einzuladen, was hatten sie mit ihr zu schaffen? Reichte es nicht, dass Inbars Großmutter, die im Rollstuhl saß, mit ihrer Filipina käme? Damit war sein Bedarf an alten Leuten gedeckt, sie sorgten nur für triste Stimmung. Er hatte gedacht, da gingen sie konform. Aber sie hatte kein Rückgrat, ständig war ihr daran gelegen, mit allen ein gutes Verhältnis zu haben. Sie ertrug nicht die zornigen, gekränkten Blicke, die die Alte ihr jedes Mal zuwarf, wenn sie sich auf dem Gang begegneten, daher hatte sie sich breitschlagen lassen. Die Glaser war über die Einladung hocherfreut gewesen und hatte Inbar brühwarm von der Polizistin erzählt. Die hätte einen Rundgang um das Haus gemacht und sich nach den gestohlenen Fahrrädern und in der Hauptsache nach seinem erkundigt.

Aufgeblasen wie ein Luftballon hatte er gegenüber bei Frau Glaser geklingelt, die den Namen der Polizistin und damit seinen Verdacht prompt bestätigte.

Dass Nachmias hinter seinem Rücken agierte und ihm

auf die Pelle rückte, indem sie vor seinem Haus Recherchen über ihn anstellte, brachte das Fass zum Überlaufen. Er ärgerte sich die Schwindsucht an den Hals, dass sie ihm nicht geglaubt und nachgeprüft hatte, ob er überhaupt ein Fahrrad besaß, ganz so, als wäre er ein kleiner armseliger Gauner.

◊

Er startete den Motor und trat aufs Gaspedal. Am Morgen hatte er Inbar darum gebeten, ihm heute das Auto zu geben. Wegen des Regens war eine Ampel ausgefallen und er steckte im Stau. Wutschnaubend schlug er aufs Lenkrad und hupte den Fahrer vor ihm an, dieser Trottel ließ auch wirklich jeden auf ihre Spur.

Er hatte für die Unterredung mit Nachmias große Pläne gehabt. Er hatte ihr die Flügel stutzen, ihr ordentlich Angst einjagen wollen.

Letztendlich hatte er sie nur angeschrien und ihr gedroht. Er hatte sich sogar einer Taktik Regevs bedient und ihr vorgeworfen, über Gebühr mit den Afrikanern zu sympathisieren und gegen die Interessen des Staates zu verstoßen. Aber sie hatte vor ihm gesessen wie Baldrian und war durch nichts aus der Fassung zu bringen.

Er hupte wie von Sinnen, als ein anderer Fahrer ihn abdrängen wollte. Ohne viel Aufwand hatte Nachmias zu guter Letzt den Spieß umgedreht: Ihre Verschlossenheit war beängstigend.

63

◊ ◊ ◊

Schimon Faro schmunzelte zufrieden. Soeben hatte Boaz angerufen: Alles lief bestens. Umsonst hatte er Bedenken gehabt. Bei Geschäften musste man eben gewisse Risiken eingehen, wie gut, dass er den Mut hatte.

Der Ausgang der Sache war ungewiss, aber er hatte das Steuer fest in der Hand – er legte sich Sätze für ein Interview zurecht, das nie geführt würde.

Der Hersteller, eine israelische Firma, hatte die Waffen gestern an eine argentinische Firma verkauft, wie in der Ausschreibung des Verteidigungsministeriums festgelegt. Sämtliche Dokumente waren ordnungsgemäß unterschrieben und nach Israel zurückgeschickt worden.

Allerdings wusste man im Verteidigungsministerium nicht, dass die argentinische Firma ihre Verpflichtung damit als erfüllt ansah. Statt die von Israel aussortierten Waffen an die argentinische Armee zu verkaufen, würde sie die Waffen an eine peruanische Firma veräußern, die sie wiederum an das Militär im Nordsudan verkaufen würde.

Käme man ihm mit Beschwerden, würde er argumentieren, dass er über die argentinische Firma leider keine Kontrolle habe und diese die mit ihm getroffene Vereinbarung schlicht gebrochen hätte.

Selbstverständlich war das nicht die ganze Wahrheit. Zwar hatte sich die argentinische Firma nicht an das Abkommen gehalten, aber man konnte nicht unbedingt sagen, dass er keine Kontrolle über sie hatte. Er kannte dort jemanden. Den Direktor, der von einer brasilianischen Firma eingesetzt worden war. Zufällig hieß der Boaz Javin.

Es trafen noch mehr gute Neuigkeiten ein. Diesmal von Itzik, auf den er nach wie vor wütend war, weil er es der Entschlafenen erlaubt hatte, Boaz zu fotografieren.

Itzik machte ihm die erfreuliche Mitteilung, dass der »General« ihnen behilflich gewesen sei, einen Staatsanwalt zu kaufen. Damit ging ein alter Traum von ihm in Erfüllung. Er hatte Beamte in den Regierungsbüros und Polizisten rekrutiert, jedoch nie einen Staatsanwalt geködert. Dieser Mann repräsentierte den Staat in den Widerspruchsverfahren, die die Eingeschleusten einlegten. – Eine Goldgrube.

»Was hat der ›General‹ gemacht? Hat er den Verstand verloren?« Er war fassungslos, als Itzik ihm verriet, mit welcher Taktik der »General« den Staatsanwalt in die Falle gelockt hatte. Er war enttäuscht. Er hatte den »General« für weitaus klüger, vorsichtiger gehalten und nie gedacht, dass er ihm eine solche Information über derart lange Zeit vorenthielte.

»Er hat die Ware geliefert, das ist die Hauptsache«, versuchte Itzik ihn zu beschwichtigen. Der »General«, der für sie die Kundschaft unter den Eingeschleusten rekrutierte, war für Itzik eine große Entlastung.

Obwohl er auf ihn sauer war, beschloss er, es dabei bewenden zu lassen. Der »General« mochte Dreckarbeit geleistet haben, hatte aber hinter sich gekehrt, anders als manche seiner Jungs.

Die Frage war, was der nächste, klügste Schritt sei. In solchen Angelegenheiten war Eile verfassungswidrig. Man musste Geduld aufbringen. Sich nicht gleich nach dem Fang auf den Fisch stürzen.

Seine neue Errungenschaft, dieser Ninio, war ein bösartiger Knabe. Je bösartiger sie waren, desto mehr Bammel hatten sie, und man konnte sie ausnutzen. Als Itzik sich damals Boaz vorgeknöpft hatte, hatte er ihn vor die Entscheidung gestellt: Entweder arbeitete er für sie oder er wanderte in den Knast. Boaz hatte nicht für sie arbeiten wollen, doch ihm war nichts anderes übrig geblieben. Inzwischen schloss er für ihn hübsche Geschäfte über Dutzende Millionen Dollar ab und wohnte in einer schönen Villa in Ramat Hascharon. Was war schlecht daran?

Da es sich als schwierig erwies, akademische Mitarbeiter anzuwerben, pflegte er mit ihnen einen sehr guten Umgang. Auch Jariv Ninio würde, sobald er die unweigerliche erste Abscheu vor den Geschäftspraktiken der Organisation überwunden hatte, begreifen, dass unterm Strich alles in bester Ordnung war.

Er musste mit Bedacht vorgehen. Ein Staatsanwalt hatte Format, mit ihm durfte er nicht wie mit einem Beamten vom Innenministerium oder einem korrupten Politiker umspringen. Ihn musste man für Zwecke einsetzen, wo es um das große Geld ging. Andererseits musste man Ninio alsbald zu verstehen geben, dass sie über seine Lage im Bilde waren. Und da sie im Bilde waren, hatte er fortan einen neuen Arbeitgeber und hatte neue Prioritäten zu setzen, die sollte er ruhig schon einmal verinnerlichen.

Am besten wäre es wohl, wenn er Schuki Borochov zu ihm schicken würde. Er mochte ihn, obwohl er Rechtsanwalt war. Sie kooperierten seit Jahren, und ehrlich gesagt beherrschte es keiner wie er, juristische Fachleute anzuheuern.

64

◊◊◊

»Kann ich Ihnen behilflich sein?«, sagte Jariv Ninio mürrisch zu dem Mann im Anzug, der ihn vor seinem Büro zu erwarten schien. Im Augenblick konnte er für niemanden Kraft oder Geduld erübrigen. Sein Auftritt bei Nachmias steckte ihm noch in den Knochen.

»Rechtsanwalt Schuki Borochov, sehr angenehm.« Der Mann lächelte und reichte ihm die Hand.

Da er ihm nicht ausweichen konnte, willigte er in die Begrüßung ein. Er hatte mit einem leichten, kurzen Händedruck gerechnet, aber dieser Borochov wollte seine Hand partout nicht wieder loslassen, drückte sie herzlich und ausgiebig.

»Ich hatte ohnehin hier im Haus zu tun und wollte Sie endlich einmal persönlich kennenlernen«, sagte er und marschierte, ohne die Aufforderung dazu erhalten zu haben, in sein Büro.

»Es tut mir leid, aber Sie werden sich mit einer anderen Gelegenheit begnügen müssen, ich bin momentan etwas unter Druck.« Demonstrativ blieb Jariv vor seinem Büro stehen. Zu jedem anderen Zeitpunkt hätte er dem Anwalt ein wenig mehr Aufmerksamkeit gewidmet. Schon bei einem flüchtigen Blick auf dessen Kleidung hatte er erfasst, dass dieser Mann nicht in der Staatsanwaltschaft arbeitete. Ob er Eingeschleuste verteidigte? Eher fraglich. Jariv lag enorm daran, mit Rechtsanwälten aus der Privatwirtschaft in Kontakt zu kommen, vor allem mit den erfolgreichen. Allerdings fehlte ihm heute die nötige Energie. Er wollte allein sein und nachdenken.

»Natürlich, natürlich, ich bin sicher, dass ein Staatsanwalt wie Sie enorm beschäftigt ist.« Borochov lächelte immer noch. »Ich will Sie auch nicht lange aufhalten. Eigentlich wollte ich Ihnen nur ein Kompliment für Ihre ausgezeichnete Arbeit machen.«

Diese Worte waren Balsam für seine Ohren und tauten ihn ein wenig auf, aber sein Wutanfall auf dem Polizeirevier hallte noch nach. Daher enthielt er sich jeglichen Kommentars, ging jedoch in sein Büro und deutete mit der Hand auf einen Stuhl. Borochov nahm sogleich Platz, das Lächeln war nach wie vor auf seinen Lippen.

»Ich habe just mit Aloni über Sie gesprochen«, sagte Borochov, »es hat sich ergeben, dass ich einige Urteile von Verhandlungen studiert habe, bei denen Sie die Staatsanwaltschaft vertreten haben. Der Wortlaut der Plädoyers verrät eindeutig einen brillanten Juristen. Mir scheint, Sie haben in keinem Widerspruchsverfahren verloren.«

»Sind Sie mit dem Thema vertraut?«, hakte Jariv skeptisch nach. Seit wann machten sich Juristen gegenseitig Komplimente? Während seiner bisherigen Dienstzeit hatte ihn noch nie jemand gelobt, obwohl er es verdient hätte.

»Gott behüte, Gott behüte, es interessiert mich einfach. Ein spannendes Fachgebiet.« Borochov kreuzte die Arme über dem Bauch und schien es sich auf seinem Stuhl gemütlich zu machen.

So gern Jariv auch allein gewesen wäre, witterte er, dass es ein großer Fehler wäre, ihn hinauszuwerfen. Er kannte Aloni. Mit Eingeschleusten befasste der sich herzlich wenig, achtete auf gute Kleidung ... Anat Nachmias war es nicht wert, dass er wegen ihr eine solche Gelegenheit versäumte, entschied er. Er musste sich zur Vernunft rufen.

»Meiner Ansicht nach ist diese Arbeit eine Berufung. Zuweilen habe ich das Gefühl, dass ich die letzte Bastion bin, wissen Sie? Dass mein Scheitern zur Sintflut führen würde.« Jariv spuckte schnell die Phrasen aus, die Regev so gern hörte.

»Es ist wirklich erfreulich, Juristen wie Ihnen zu begegnen, die noch Idealismus haben, wirklich eine Genugtuung.« Borochov strich über seine Krawatte. Die Seide raschelte.

»Sicher kein Kinderspiel, wenn man sich auf dieses Thema einlässt«, fuhr er fort.

Jariv biss sich auf die Lippen. Bei diesen Dingen war Vorsicht angebracht, das wusste er aus Erfahrung. Bei allem, was die Eingeschleusten betraf, waren die Leute unberechenbar. Es war ihm schon passiert, dass er jemandem sein Glaubensbekenntnis erläutert hatte und sich im Gegenzug einen ausführlichen, selbstgerechten Vortrag über die Menschenrechte, die Barmherzigkeit der Mitbürger und den übrigen Schwachsinn anhören musste. Er hatte auch die Kehrseite erlebt: Er hatte etwas zugunsten der Eingeschleusten gesagt und eine regelrechte Dusche abbekommen: sie wären tickende Zeitbomben, der Untergang der Nation und würden den jüdischen Charakter des Staates gefährden. Er hatte keine Geduld, weder für die einen noch die anderen.

»Diese Menschenrechtsorganisationen«, Borochov beugte sich zu ihm, »machen Ihnen bestimmt das Leben schwer.«

»Die Gerichte machen einem die Arbeit auch nicht leichter.« Jariv beschloss, auf Nummer sicher zu gehen: Juristen übten immer gern Kritik an den Gerichten.

Borochov lachte und er stimmte gezwungenermaßen ein.

»Meine Rede ist immer«, fuhr Borochov fort, »wer jetzt zu sehr auf Kuschelkurs mit ihnen geht, wird am Ende, wenn wir uns in einer Situation wiederfinden, aus der es keinen Ausweg geben wird, grausam zu ihnen sein müssen. Verstehen Sie, was ich meine?«

Er nickte. Das war eine bekannte Paraphrase auf einen Lieblingssatz Regevs.

»Nun gut, vielleicht ist nach dem jüngsten Vorfall bei den Leuten der Groschen gefallen. Ich habe gelesen, dass jemand von diesen Liberalen ermordet worden ist«, sagte Borochov ganz entspannt. »So ist das. Wer mit Hunden zu Bett geht… wie heißt es doch gleich?«

»… steht mit Flöhen auf …«, erwiderte Jariv instinktiv. Die Anspielung auf Michal sorgte bei ihm für ein ungutes Gefühl.

»Ich vertrete ein großes Finanzunternehmen, das hier und da Afrikaner beschäftigt, daher sind mir die Probleme mit ihnen vertraut.«

»Wie heißt das Unternehmen?«, wollte Jariv wissen, der froh über den Themawechsel war.

»Lassen wir das, das spielt keine Rolle. Die Arbeit ist eintönig. Den ganzen Tag dreht sich alles nur um Geld. Ich würde mich viel lieber mit etwas beschäftigen, das eine Bedeutung hat, so wie Ihre Arbeit«, ging er ihm weiterhin um den Bart.

Jariv nickte, und zum ersten Mal in diesem Gespräch lächelte er, weil ihm ehrlich danach zumute war.

»Da fällt mir ein, dass wir unter Umständen voneinander profitieren könnten.« Borochov klatschte fröhlich in die Hände, Jariv fand es leicht überschwänglich.

»Voneinander profitieren?« Er konnte ihm nicht folgen.

»Das ist mein Lebensmotto, Jariv. Ich darf Sie doch Jariv nennen?«, erkundigte sich Borochov. »Zusammenarbeit zahlt sich immer aus. Das sagt ihnen jeder, der Erfolg hat. Meinen Sie nicht?«

»Ich bin verbeamtet, Rechtsanwalt Borochov. Ich denke nicht, dass Sie von mir profitieren können. Sie wissen ja …« Er beschränkte sich auf diesen Hinweis. Er kannte genügend Staatsanwälte, die Borochov bei einem solchen Vorstoß die Tür weisen würden. Möglicherweise hätte er das auch getan, wäre sein erstes Gespräch mit Regev nicht, mehr oder weniger, ebenso verlaufen. Hätte er ihm damals die Tür vor der Nase zugeknallt, wäre der bedeutendste Kontakt, den er im Leben geknüpft hatte, nie zustande gekommen.

»Schuki, ich bitte Sie darum, nennen Sie mich Schuki … Helfen Sie uns, helfen wir Ihnen! Eine Hand wäscht die andere. Das meine ich …«, sagte er wohlwollend und wieder glitten seine Finger über die Krawatte.

»Mir helfen? Wobei?«, fragte er misstrauisch.

»Dabei, weiterhin erfolgreich zu sein, mein Lieber, Ihr gesamtes Potenzial auszuschöpfen … Ihr Erfolg ist unser aller Erfolg.«

Jariv sagte nichts. Inzwischen war ihm klar, dass Borochov etwas von ihm wollte, aber er tappte im Dunkeln, was das genau war.

»Es gibt jede Menge Leute, die neidisch sind und Dinge in Umlauf bringen … Für einen von Ihrem Schlag ist das ja keine Neuigkeit.« Borochov verlegte sich aufs Flüstern.

»Leute, hm? Und, was plaudern die so?«, hakte Jariv nach und versuchte, den Eindruck zu erwecken, als würde er das Gespräch lenken, obwohl er nicht die geringste Ahnung hatte, worauf Borochov hinauswollte.

»Ach, nur so … Gerüchte … schade um die Zeit.« Borochov grinste ihn an.

Wovon zum Teufel redete er?

»Ich habe wirklich sehr viel zu tun.« Jariv erhob sich. Wenn er ihm etwas zu sagen hatte, dann nur zu, raus damit. Seine Zeit war zu kostbar, um Verstecken zu spielen.

Borochov stand ebenfalls auf und drückte ihm wieder die Hand.

»Es heißt, dass diese junge Frau, die ermordet wurde, Ihnen Schwierigkeiten gemacht hat«, bemerkte er, während sie sich die Hand gaben.

Jariv zuckte zurück.

»Ich meine … diese Anzeige bei der Kammer …« Borochov fuchtelte mit erhobenem Finger vor seiner Nase herum, als wäre Jariv ein ungezogenes Kind.

»Ach, die?« Er war beruhigt. »Nun ja, als Schwierigkeiten würde ich diesen Schwachsinn nicht bezeichnen.«

»Ja, sicher. Totaler Schwachsinn. Ich arbeite bei der Kammer, und ich sage Ihnen, Jariv, das hat mich echt gewurmt, was die Frau sich da zusammengedichtet hat. Ich kann mir gut vorstellen, dass Ihnen die Galle übergelaufen ist.« Borochov warf ihm einen durchdringenden Blick zu.

»Das eigentlich weniger, solche Dinge lassen mich kalt.« Jariv zwang sich zu einem Lächeln.

»Enttäuschte Liebe. Das wäre die Überschrift, die ich über die Anzeige setzen würde. Es ist doch klar, dass diese Frau noch Interesse an Ihnen hatte und sich rächen wollte. Vor allem jetzt, da Sie heiraten«, setzte Borochov in ruhigem, beinahe konspirativem Ton hinzu.

Jariv sah ihn entgeistert an, woher wusste er von dem Verhältnis, das er mit Michal gehabt hatte? In der Anzeige stand kein Wort davon, natürlich nicht. Ebenso wenig über seine bevorstehende Hochzeit.

»Nun gut, ich muss los. Ich wollte Sie ja nicht aufhalten.« Borochov klopfte ihm auf die Schulter.

Jariv nickte, war erleichtert, dass dieses ihm unerklärliche Gespräch zu Ende ging. Die Hand bereits auf der Klinke drehte Borochov sich noch einmal zu ihm um.

»Nur ein kleiner Tipp, Jariv, von einem Freund: Nehmen Sie sich in Acht. Es gibt bösartige Leute, die Ihnen eins auswischen wollen, Ihnen den Erfolg nicht gönnen«, sprach er mit ernster Miene.

»Wovon reden Sie?«, erkundigte er sich, aber seine Stimme wurde heiser. Dieser Mann trieb ihn in die Enge.

»Kein Grund zur Aufregung. Ich bin auf Ihrer Seite. Ich bin wegen Ihnen hier, ich werde für Sie sorgen.« Borochov ließ ihn nicht aus den Augen. Sein Lächeln war verschwunden, als wäre es nie da gewesen.

»Für mich sorgen, wie das?«

»Sehen Sie, Leute machen manchmal Unfug, vor allem, wenn sie betrunken sind und die Kontrolle verlieren. Sie wissen ja, wie das ist. Trinken zu viel und sind kopflos. Erst recht, wenn sie auf jemanden zornig sind. Danach muss jemand hinter ihnen das Chaos beseitigen … damit der eine Fehler, den dieser Mensch begangen hat, nicht sein Leben ruiniert … Dafür braucht man Freunde wie mich. Seien Sie unbesorgt, Ninio. Wie ich bereits gesagt habe, mein Lebensmotto lautet Kooperation. Man arbeitet zusammen, hilft sich gegenseitig, dann läuft die Sache … und alle sind zufrieden«, sagte Borochov, und bis auf seinen Mund zeigte sein Gesicht nicht die geringste Regung.

»Ich weiß wirklich nicht, wovon Sie reden«, sagte Jariv mit trockenem Mund.

»Das wissen Sie, Ninio. Das wissen Sie sehr wohl.«

65

◊ ◊ ◊

Erst als seine Augen auf sein Ebenbild im Innenspiegel trafen, bemerkte Itai, dass er, ohne es zu wollen, seine Haare geordnet hatte. Wie kam er denn darauf? Was glaubte er denn, wohin er unterwegs war?

Auf einmal kam ihm die Idee, Nachmias mitzunehmen, völlig bescheuert vor. Dafür konnte er keinen anderen belangen – das ging auf seine Kappe. Er hatte Dahlia seit einigen Tagen Druck gemacht, damit sie ihn mit Lidi zu Gabriel fahren ließe, doch sie hatte ihre Zustimmung verweigert. Lidi war in einem sehr schlimmen physischen und psychischen Zustand. Eine solche Begegnung konnte für sie traumatisch sein. Lidi selbst war auch nicht unbedingt darauf erpicht, sprach es jedoch nicht aus. Als sie nach Israel gekommen war, hatte sie mit ihrem Bruder auch keine Verbindung aufgenommen, weil sie sich für das geschämt hatte, was ihr im Sinai angetan worden war. Inzwischen schämte sie sich nicht nur, sondern sie fühlte sich auch schuldig. Der Gedanke an ihren Bruder, der in U-Haft saß, umgeben von Verbrechern und Wärtern, steigerte ihre Ängste ins Unerträgliche. Aber Itai gab keine Ruhe. Seit dem Artikel im Internet, seit Aramei nach Frankreich ausgereist war, gingen ihm die Munition und die Ideen aus. Demnächst würde die Vereinbarung über das Strafmaß unterzeichnet und dann gäbe es kein Zurück. Lidi war Gabriels letzte Chance. Itai hoffte inständig, dass Gabriel, wenn er sie sehen und begreifen würde, wie sehr sie ihn brauchte, es sich anders überlegen würde und nicht länger darauf beharrte, einen Mord zu gestehen, den er nicht verübt hatte. Letztendlich war es Itai geglückt, Dahlia zu überreden (»Ich kann mir das nicht länger anhören, du bist solch eine Nervensäge!«). Sie hatte Lidi zur Kooperation bewegen können, unter der Bedingung, dass er mit ihr hineinginge.

Vor zwei Tagen waren sie zu dritt zu Gabriel gefahren – Lidi, Dahlia und er. Er hatte telefonisch einen Besuchstermin mit dem Gefängnis vereinbart, damit zumindest die Formalitäten reibungslos vonstattengingen, und hatte sogar seine Mutter gebeten, ihm das Auto zu leihen. Die Fahrt zur Untersuchungshaftanstalt »Hadarim«, nördlich von Tel Aviv, hatten sie schweigend zurückgelegt. Lidi saß auf der Rückbank, in sich zusammengesunken und zitterte. Dahlia saß neben ihr, streichelte und umarmte sie, machte ihr Mut.

Er hatte nicht im Geringsten damit gerechnet, dass sie keinen Zutritt bekämen. Dass Dahlia nicht mit zu Gabriel dürfe, war logisch, aber dass es wegen Lidi, seiner Schwester, Probleme gäbe? Er hatte vom Gefängnis ausdrücklich die Auskunft bekommen, dass Verwandte ersten Grades ihre Familienmitglieder in der U-Haft besuchen dürften. Demnach wurden auch in dieser Hinsicht Rassenunterschiede gemacht. Die Vollzugsbeamtin am Eingangstor wollte von Lidi einen Beweis, dass sie Gabriels Schwester war. Lidi konnte sich jedoch durch nichts ausweisen.

Sosehr er auch Überzeugungsarbeit leistete, nichts half. Auch dass er sich als Rechtsanwalt ausweisen konnte, ließ sie unbeeindruckt. Auch nicht, dass er herumschrie und ihnen drohte. »Ohne Ausweis kein Zutritt, was ist daran unklar?«, wurde die Beamtin ungemütlich.

Ratlos hatte er Jossi Knoller, Gabriels Rechtsanwalt, angerufen, der ihm mitteilte, er wolle damit nichts zu tun haben. Woher solle er denn wissen können, ob es sich um Gabriels

Schwester handele? In letzter Zeit habe es genügend Fälle gegeben, bei denen Rechtsanwälte sich in Schwierigkeiten gebracht hätten, weil sie versucht hatten, Besucher in die U-Haft einzuschleusen, die dort nichts verloren hatten. Da mache er nicht mit. Von dem Fall sei er ohnehin frustriert.

Erst als sie schon wieder in Tel Aviv gewesen waren, fiel ihm Nachmias ein. Zwar war es größtenteils ihr zu verdanken, wenn nicht gar hauptsächlich, dass Gabriel in U-Haft saß, doch er hatte ihre einfühlsamen Worte auf der Trauerfeier nicht vergessen. Auch Gabriel hatte, alles in allem, einen guten Eindruck von ihr gehabt. Und außerdem – blieb ihm etwas anderes übrig?

»Das kann ich nicht gutheißen, dass sie seine Schwester nicht hineinlassen«, sagte sie postwendend, als er ihr das Problem schilderte. »Wenn Sie morgen nach ›Hadarim‹ fahren, wird für die Schwester eine Besuchserlaubnis vorliegen.«

Obwohl er befürchtet hatte, dass sie einen Kommentar dazu abgeben würde, dass er die Polizei in dem Interview eines herzlosen und nachlässigen Vorgehens bezichtigt hatte, ging sie darauf nicht ein. Hielt sie damit hinterm Berg oder fand sie den Artikel bedeutungslos?

Er hatte sich für die unbürokratische Regelung herzlich bedankt und damit war ihr Telefonat beendet gewesen.

Erst am Abend, als er allein im Büro gesessen hatte, war ihm die spontane Idee gekommen, sie zu fragen, ob sie mitkommen wolle. Würde sie die Begegnung von Gabriel und seiner Schwester miterleben, käme sie vielleicht zu der Überzeugung, dass Gabriel nicht der Mörder sein konnte. Was hatte er zu verlieren? Insgeheim musste er auch zugeben, dass er ungern die ganze Zeit über allein neben Lidi sitzen wollte. Er war sich im Klaren darüber, dass sie vor Männern zurückschreckte, sie bei ihr völlig zu Recht Schauder erregten. Daher war es ihm unangenehm, ihr seine Anwesenheit aufzuzwingen. Dahlia war an dem Tag verhindert, und er hatte niemanden finden können, der für sie einsprang. Zu seiner Verblüffung hatte sie auch diesem Vorschlag prompt zugestimmt. Von seiner Idee hochbegeistert hatte er es für das Beste gehalten, wenn sie Lidi gemeinsam im Frauenhaus abholen würden. Dieser Ort war so dermaßen traurig und düster, dass er niemanden ungerührt ließ. Und er war auf ihr Wohlwollen, ihr Verständnis dringend angewiesen, um seinen Plan umzusetzen.

»Ach, egal, lassen wir das, ich hole Sie vom Polizeirevier ab«, hörte er sich sagen, nachdem er sich bei seiner Wegbeschreibung ordentlich verheddert hatte. Er war nie ein guter Pfadfinder gewesen.

◊

Er hatte die Zeit unter vier Augen nutzen wollen, um ihr nochmals auseinanderzusetzen, weshalb Gabriel nicht der Täter sein konnte und dass die Polizei einen Fehler beging, aber wegen einer ihm unerklärlichen Aufregung war ihm sein Text entfallen. Beim Einsteigen erschien sie ihm weniger als Polizistin, sondern vielmehr als eine ganz normale Frau seines Alters. Eine ziemlich attraktive Frau seines Alters.

»Ich dachte, die Uniform würde ihr eher Angst einjagen«, kommentierte sie seinen Blick.

Er nickte. Da er so viel organisiert und jede Menge Pläne ausgeheckt hatte, hatte er glatt verschwitzt, daran zu denken. Er freute sich, dass er mit seinem ursprünglichen Gefühl richtig lag: Sie war eine empfindsame Frau, die zweifellos Feingefühl bewies.

»Wir müssen uns wohl bei Ihrer Mutter für das Auto bedanken«, brach sie die Stille.

»Alle Achtung, neben mir sitzt ja ein echter Sherlock Holmes!« Er hatte es liebenswürdig herüberbringen wollen, hörte jedoch, wie er sich hinter einem zynischen Ton verschanzte. »Woher wissen Sie das? Liegt es an der Farbe vom Lack?«

»Na, das ist doch kinderleicht, Watson«, kicherte sie, und er war erleichtert, dass sie es ihm nicht krummgenommen hatte.

»Um ehrlich zu sein, liegt es nicht an der Farbe des Lacks, sondern an der Farbe des Lippenstifts. Das ist ganz und gar nicht Ihr Farbton.« Sie deutete auf die kleine Kosmetikauswahl seiner Mutter in der Ablage. »Darüber hinaus war mir der Führerschein behilflich, der hier vor meiner Nase herumbaumelt …«

Er lachte verlegen.

»Wenn wir schon von Ihrer Mutter reden, könnten wir vielleicht den Sender wechseln und etwas anderes hören als die Klatschnachrichten?«

Mitten im Satz hatte sie eine SMS bekommen. Er warf ihr einen flüchtigen Blick zu, während sie las. Sie hatte ein Grübchen, das ihm bisher nicht aufgefallen war.

»Etwas Erfreuliches?«, fragte er, als er ihr Lächeln sah.

»Ja, etwas sehr Gutes, darauf habe ich recht lange gewartet.«

66

◊ ◊ ◊

Gabriel hatte die strenge Vereinbarung mit sich getroffen, stark zu sein und nicht einzuknicken. Itai hatte ihn darauf vorbereitet, dass Lidi schlecht aussah und ihr übel mitgespielt worden war. Er hatte sich jedoch keine Vorstellung davon gemacht, wie schwer es ihm fallen würde, sich an seine Vereinbarung zu halten. Im ersten Augenblick erkannte er sie nicht. Sie hatte Blutergüsse im Gesicht, lief gebeugt, hinkte auf dem rechten Bein und wirkte um zehn Jahre gealtert. Am meisten Angst machte ihm jedoch ihr Husten. Ununterbrochen wurde sie von Hustenanfällen geplagt, sah aus und hörte sich wie jene an, die sie in den Flüchtlingslagern im Sudan gesehen hatten, jene, zu denen alle auf Distanz gegangen waren, mit denen sie nicht in Berührung kommen wollten. Die zweifelsohne sterben würden.

Was war seiner kleinen Schwester zugestoßen? Sein Herz krampfte sich zusammen.

»Prinzessin« hatte ihr Vater sie als kleines Mädchen genannt und die Familie hatte es übernommen. Seit der Ermordung des Vaters war Lidi in Gabriels Verantwortung übergegangen. Seine Mutter, die nicht wieder geheiratet hatte, hatte arbeiten gehen und den Lebensunterhalt verdienen müssen, sie war nicht in der Lage gewesen, sich um Lidi zu kümmern. Kein Ort, wohin er sie nicht mitgenommen hatte. Auch in die Schule waren sie zusammen gegangen. Kilometerlang hatte er sie auf den Schultern getragen, hatte ihr Geschichten erzählt, ihr Lieder gesungen. Sie war erst zwei gewesen und hatte wesentlich früher Lesen und Schreiben gelernt als andere Kinder. »Ihre Prinzessin ist sehr klug«, hatte Jackson, der Lehrer, stets gesagt, wenn er der Mutter begegnet war – überglücklich hatte sie ihn angelächelt. Dieses Lächeln war tief in Gabriel verankert, da es seit dem Mord an seinem Vater ein sehr seltenes Ereignis auf ihrem Gesicht gewesen war.

Er liebte Lidi, sie erfüllte ihn mit unbändigem Stolz, denn sie war anmutig und klug. Als die Mutter ihn gebeten hatte, Lidi mit sich ins Ausland zu nehmen, hatte er nicht einen Moment gezögert. Wie sehr er sich nach ihrem Lachen gesehnt hatte. Wie oft er sich den Moment ihres Wiedersehens ausgemalt hatte, endlich würde ihr schallendes Lachen erklingen, das ansteckend war, das bei ihm und ihr sämtliche Dinge in Vergessenheit rückte, die sich abgespielt hatten.

Doch wie viel war von dieser Lidi noch übrig?

Hatte er sich dort, im Sinai, zu wenig zur Wehr gesetzt? War er ein Schwächling gewesen? Hätte er ihnen die Fäuste gezeigt, demonstriert, dass er stärker als sie war, hätten sie ihn möglicherweise in Ruhe gelassen. Was würde ihre Mutter sagen, wenn sie Lidi in ihrem jetzigen Zustand sehen würde? Ob sie ihm glauben würde, dass er Wort gehalten, die kleine Schwester beschützt hatte?

Aus diesen Gründen war er, trotz der strengen Vereinbarung, die er mit sich getroffen hatte, außerstande, die Flut an Tränen aufzuhalten, die ihn bei ihrem Anblick übermannte.

Er trat zu ihr und schloss sie wortlos in die Arme. Seine Tränen benetzten ihr Haar.

Auch Lidi weinte.

Bei ihrer Umarmung registrierte er, wie sehr sie abgenommen hatte, wie fragil sie war. Unter anderen Umständen würde er seine Schwester nicht auf diese Weise umarmen, erst recht nicht vor anderen Leuten, doch daran störte er sich jetzt nicht. Nicht in Gegenwart von Itai und nicht in Gegenwart dieser Kommissarin, die nebeneinanderstanden und sie anschauten. Er wollte Lidi zu verstehen geben, dass er da war, sie beschützte und nie wieder im Stich ließe.

»Weißt du noch«, flüsterte er ihr ins Ohr, »als sie uns auf dem Weg hierher urplötzlich vom Laster gezerrt haben?« Er lockerte seine Umarmung und schaute ihr in die Augen. Nachdem sie die sudanesisch-ägyptische Grenze überwunden hatten, hatte der Fahrer ihnen befohlen, abzusteigen. Als sie seiner Aufforderung nicht nachgekommen waren, hatte er sie gepackt und vom Laster heruntergezerrt. Mitten in der Wüste waren sie sich selbst überlassen worden. Ohne Wasser. Ohne Lebensmittel. Sie beide. Allein.

Sie nickte und schluchzte leise.

»Weißt du noch, dass wir dachten, es wäre unser Ende? Dass wir dort nie lebend herausfänden?«

»Du hast gesagt, dass alles gut werden und Gott uns retten wird«, sagte sie kaum hörbar.

»Und er hat uns gerettet, Lidi, er hat uns gerettet. Er hat unsere Gebete erhört.« Er freute sich, dass sie kooperierte, die Erinnerung mit ihm teilte, auf seine Worte reagierte.

»Er wird uns auch jetzt retten.« Er blickte in ihre tränennassen Augen. »Du wirst sehen, du musst nur stark sein und Gott wird uns retten.«

»Er meint«, sie deutete mit einer Kopfbewegung auf Itai, »du hättest gestanden, dass du ein Mörder bist, um mich zu retten.«

Gabriel schwieg. Itai und die Kommissarin sahen ihn erwartungsvoll an – er senkte den Blick.

»Du bist kein Mörder, Gabriel«, sagte Lidi und packte ihn energisch am Arm. »Du kannst niemandem etwas zuleide tun. Ich will nicht, dass du meinetwegen sagst, dass du ein Mörder bist.«

»Schon gut, Lidi, alles wird sich richten«, versuchte er sie zu beruhigen.

»Ich will das nicht, Gabriel. Ich will nicht, dass du hier wegen mir zugrunde gehst. Sag ihnen die Wahrheit, bitte darum, dass sie dich freilassen.« Sie flehte ihn an.

Das Richtige wäre, ihr ins Gesicht zu sagen, er hätte Michal tatsächlich umgebracht. Dessen war er sich bewusst. Danach nähme das Leben für sie seinen Lauf. Und das seine für ihn. Doch sosehr er auch wollte, brachte er die Worte nicht über die Lippen.

»Da draußen gibt es bösartige Menschen, Lidi.« Er flüsterte ihr ins Ohr, damit Itai es nicht hörte.

»Sei unbesorgt, Gabriel«, ihre Stimme gewann mit einem Male an Sicherheit, »gute Leute werden die Hand über uns halten. Sie werden auch dich beschützen. Und wenn nötig, fliehen wir. Wie damals. Nur du und ich.«

Er blieb stumm.

»Weißt du noch, wie dort, in der Wüste, als ich dachte, dass kein Lastwagen anhalten und wir vor die Hunde gehen würden, auf einmal einer hielt?«

Er nickte.

»Er wollte nicht einmal Geld von uns und nahm uns bis Kairo mit«, fuhr sie fort.

Er schmunzelte. Ali war einer der sehr wenigen guten Menschen gewesen, dem sie auf ihrem Weg begegnet waren. »Genau wie du es vorausgesagt hattest, Gabriel, genau so.« Sie streichelte sanft sein Gesicht. »Ich brauche dich, Gabriel. Allein stehe ich das da draußen nicht durch. Ich habe Angst, dass sie mich wieder schnappen.« Sie blickte auf den Boden.

Wieder rannen Tränen über sein Gesicht. Die Wahrheit war zu riskant. Aramei hatte ihn gewarnt, er dürfe nicht gegen den Pakt verstoßen. Der Mann, der die Summe bezahlt hatte, war zu allem fähig. Er würde weder Lidi noch ihn verschonen.

»Wir dürfen nicht aufgeben.« Sie hob wieder den Blick und ließ ihn nicht aus den Augen. Mit einem Mal schien sie die große Schwester und er war der Kleine. »Sag diesen Leuten, dass du den Mord nicht begangen hast. Ich bitte dich, Gabriel, lass zu, dass sie uns retten.«

Reue war jetzt fehl am Platz. Oder vielleicht doch? Lidi würde draußen womöglich nicht überleben, während er hier drinnen verrottete. Sein Opfer wäre vergebens. Was sollte er tun?

67

◊ ◊ ◊

Jariv raste die Treppen des Bürogebäudes hinauf. In dem Moment, als er begriffen hatte, was Sache war, hatte er nicht eine Sekunde gezögert. Er war vom Regen durchnässt, aber es kümmerte ihn nicht. Er war nicht einmal dazu in der Lage, auf den Fahrstuhl zu warten.

Borochovs letzte Sätze hatten ihm das Blut in den Adern gefrieren lassen. Er wusste über alles Bescheid. Ausgesprochen hatte er die Dinge zwar nicht, aber seine Andeutungen waren drastisch gewesen. Er war darüber im Bilde, dass Jariv in der Mordnacht bei Michal gewesen war. Und es war gut möglich, dass er ihn für den Täter hielt. Unter Umständen hatte er auch ausdrückliche Kenntnis davon.

Nun verlangte er etwas für sein Stillschweigen. »Ist er da?«, herrschte er die Sekretärin an. Sie starrte ihn entsetzt an. Ihm lief der Schweiß, noch dazu war er klitschnass vom Regen.

»Ist er da?«, wiederholte er sichtlich ungehalten.

Sie nickte.

Er ließ sich nicht aufhalten, als sie ihm nachrief, er solle warten.

»Du verdammter Scheißkerl, du hast mich verraten!«, schrie er drauflos, als er ins Büro preschte und die Tür hinter sich zuknallte.

Kobi schreckte panisch von seinem Schreibtischsessel hoch.

»Was? Wovon redest du? Was ist denn in dich gefahren?«, fragte er, während Jariv die Meter zwischen ihnen zurücklegte.

»Das werde ich dir im Leben nie verzeihen! Du hast mich ruiniert, du hast mein Leben ruiniert!« Jariv konnte sich nicht beherrschen und versetzte Kobi einen Stoß.

Kobi verlor das Gleichgewicht und landete in seinem Sessel. Jariv stand über ihm und ballte die Fäuste. Es gab nur eine Erklärung dafür, dass Borochov Bescheid wusste: Sein Freund Kobi hatte geplaudert. Eine andere Möglichkeit gab es nicht. Kaum war Borochov über die Schwelle seines Büros gewesen, hatte er über ihn im Internet recherchiert. Zu seiner Bestürzung war ihm klar geworden, dass der korpulente Mann mit dem teuren Anzug und der Seidenkrawatte, der zunächst wie der »gute Onkel aus Amerika« gewirkt hatte, ein »Verbindungsmann zur Unterwelt« war und als enger Vertrauter der führenden Köpfe mehrerer krimineller Organisationen galt. Kobi war als Rechtsanwalt im Strafrecht tätig und verteidigte solche Halunken. Dass sie Kontakt hatten, lag auf der Hand.

»Sag mal, hast du sie noch alle? Spinnst du? Sieh dich mal an! Was ist denn mit dir los?« Kobi versuchte aufzustehen, aber Jariv drückte ihn mit einem derben Stoß zurück in den Sessel.

»Kobi, soll ich die Polizei rufen?«, hörte Jariv die Sekretärin hinter sich.

»Nein, nicht nötig«, sagte Kobi und stand auf, »jetzt mal ruhig Blut …«

Jariv trat einen Schritt zurück. Die Frage der Sekretärin hatte ihm einen Schrecken eingejagt. Er hatte eine solche Wut im Bauch, dass er mögliche Konsequenzen seines kleinen Ausrasters nicht bedacht hatte.

»Jariv, setz dich und erzähl mir, was passiert ist. Ora, schließ die Tür«, übernahm Kobi das Kommando.

Die Sekretärin ging hinaus, aber Jariv war nicht imstande, still zu sitzen. Sie standen sich gegenüber. Sein Herz raste.

»Du hast ausgeplaudert, dass ich in Michals Wohnung war«, feuerte er auf Kobi ab und spürte, wie er erneut in Weißglut geriet.

»Was, wie kommst du denn darauf?« Kobi klang erbost und verstört zugleich.

Jariv war drauf und dran, ihm einen erneuten Stoß zu versetzen. Kobi würde nicht den Mut aufbringen, ihm die Wahrheit ins Gesicht zu sagen, ihn nicht anzulügen. Und diesen Kerl hatte er für einen Freund gehalten! Doch bevor er zum Schlag ausholen konnte, wich Kobi aus und er wäre beinahe auf dem Tisch gelandet.

»Lüg mich nicht an, ich weiß alles.« Er gewann wieder Haltung. Dass er bei dem missglückten Schlag linkisch gewirkt hatte, demütigte ihn, er war außer sich.

»Du weißt gar nichts, weil ich nichts ausgeplaudert habe.

Statt hier herumzuschreien wie ein wildgewordener Ochse, solltest du dich zusammenreißen und mir schildern, was passiert ist«, sagte Kobi und ging zu ihm auf Abstand.

»Hör auf, mich an der Nase herumzuführen. Und sag du mir nicht, dass ich mich zusammenreißen soll, ich weiß ganz genau, dass du geplaudert hast. Dein Freund, Schuki Borochov«, beinahe spuckte er den Namen aus, »war heute bei mir im Büro.«

»Borochov? Schuki Borochov? War in deinem Büro?« Auch wenn er in Rage war, entging Jariv nicht, dass Kobi perplex war.

Die Tür des Büros ging auf und die Sekretärin erschien erneut auf der Schwelle.

»Alles in Ordnung?«

»Ja, alles in Ordnung, Ora, danke.« Kobi besänftigte sie. »Alles in Ordnung, stimmt's, Jariv?«

Er nickte. Die Polizei wäre wirklich das Letzte, was er jetzt brauchte.

Die Sekretärin ließ sie wieder allein, und Kobi goss ihnen aus einem Krug, der auf einer Kommode stand, Wasser in Einweggläser. »Im Film trinken sie an dieser Stelle immer Whiskey.« Er versuchte, Jariv aufzuheitern, aber der warf ihm einen eisigen Blick zu. Nach Witzen stand ihm nicht der Sinn.

»Komm, setz dich und erzähle mir, was vorgefallen ist«, sagte Kobi in versöhnlichem Ton und reichte ihm das Glas. »Jariv, setz dich, komm erst mal runter, vielleicht kann ich dir ja helfen.«

Da ihm nichts anderes übrig blieb, nahm er Platz und berichtete ihm von Borochovs Antrittsbesuch in seinem Büro. Er war sich immer noch nicht schlüssig, ob Kobi ihm die

Wahrheit sagte. Dennoch redete er drauflos. Er brauchte dringend einen, der ihm zuhörte.

Kobi blieb stumm.

Dieses Schweigen verkündete Unheil.

»Ich stimme dir zu, dass sie zu wissen scheinen, dass du dort warst und was sich genau abgespielt hat.«

Damit sprach Kobi aus, was er nicht hören wollte. Er hatte inständig gehofft, Kobi hätte eine andere Auslegung für Borochovs Auftritt parat, würde ihm aufzeigen, dass er sich irrte.

»›Sie‹ – wer soll das sein?«, fragte er mit zitternder Stimme.

»Schwer zu sagen, Borochov steht in Verbindung mit allen: Assulin, Faro, die Brüder Dabbah, Rosenfeld, mit allen«, vermittelte Kobi ihm behutsam.

»Wie können die davon wissen?«

Er zuckte mit den Schultern, und als er seinen skeptischen Blick registrierte, sagte er: »In keinem Fall von mir. Wenn du mir das nicht abnimmst, dann wenigstens das: Für Borochov bin ich Luft. Selbst wenn ich mit ihm reden wollte, wäre fraglich, ob er sich dazu herablassen würde. Meine Mandanten sind kleine Fische, keine Haifische.«

»Was wollen die von mir?« In seiner Vorstellung sah er einen furchterregenden Hai, der ihm seine Zähne präsentierte.

»Dich. Das ist ihre Taktik. Auf diese Weise rekrutieren sie ihre Leute. Sie suchen einen schwachen Punkt und setzen die Leute unter Druck«, sagte Kobi.

»Aber wozu? Was haben die von mir?«, fragte er und eine Gänsehaut überlief ihn am ganzen Körper.

»Sie wollen einen Staatsanwalt«, sprach Kobi das Selbstverständliche aus.

In einem bestimmten Maße besänftigte ihn diese Antwort.

»Sieh mal, Jariv, vielleicht ist die Lage gar nicht so schlimm«, sagte Kobi in die Stille. »Ich habe zufällig Jossi Knoller im Gericht getroffen, das ist der Anwalt von dem Flüchtling, der wegen des Mordes an Poleg in U-Haft sitzt. Er hat mir gesagt, dass sie kurz davor sind, die Vereinbarung über das Strafmaß zu unterschreiben.«

»Wie soll mir das bei dem Problem mit Borochov & Co. helfen?«

»Das kann helfen«, sagte Kobi nachdenklich. »Sobald die Vereinbarung unterschrieben ist, haben Borochov und sein Auftraggeber nicht mehr viel gegen dich in der Hand. Erst recht nicht mehr, sobald das Gericht den Jungen verurteilt hat. Wenn die Vereinbarung über das Strafmaß besiegelt ist, steht einer Verurteilung nichts mehr im Wege.«

»Was soll ich jetzt unternehmen?« Jariv verstand nicht. Das Haifisch-Bild ließ sich einfach nicht verdrängen.

»Zu Hause abwarten. Nicht ans Telefon gehen, auch nicht, wenn Borochov anruft, und beten, dass dieser Afrikaner es sich nicht anders überlegt.«

68

◊ ◊ ◊

Die Freude, die Itai empfunden hatte, als Gabriel sich endlich geöffnet hatte, schlug auf der Stelle in tiefe Frustration um. War der Zug nicht längst abgefahren? Würde Anat Gabriel glauben? Was konnte man jetzt noch tun, nachdem sein Anwalt grünes Licht für die Einigung auf ein Strafmaß gegeben hatte?

Itai war von dem Gefühl beherrscht, zentnerschwere Schuld auf sich geladen zu haben. Er hätte gegenüber Dahlia schon früher auf einem Treffen zwischen Lidi und ihrem Bruder bestehen müssen. Schließlich war Lidi in einer Begegnung gelungen, worum er sich mehrmals bemüht hatte und woran er gescheitert war.

Er versuchte, Anats Blick einzufangen, als Gabriel mit der Wahrheit herausrückte. Er wollte in Erfahrung bringen, was ihr durch den Kopf ging, doch sie hatte nur Augen und Ohren für Gabriel.

Gabriel gab zu, dass er gelogen hatte. Er hatte Michal nicht getötet. Nie hätte er ihr etwas zuleide tun können. Er hatte sie geliebt und verehrt, seine Augen füllten sich erneut mit Tränen. Lidi saß neben ihm und streichelte seine Hand, war nicht bereit, ihn wieder loszulassen. Er berichtete, wie er zu Michal nach Hause gegangen war, um ihre Hilfe zu erbitten, da er den erpresserischen Anruf von Lidis Entführern erhalten hatte. Er hatte sie in ihrer Wohnung tot vorgefunden. Dann war er dem Nachbarn in die Arme gelaufen und weggerannt. Aramei hatte ihm erzählt, dass ein wichtiger Israeli auf der Suche nach ihm sei und ihm Geld zahle, wenn er den Mord an Michal gestehe. Er hatte seine Schwester retten müssen, daher hatte er sich darauf eingelassen.

»Aramei? Der Dolmetscher?«, wunderte sich Anat.

Gabriel nickte.

Als Itai sich in das Gespräch einschaltete und erzählte, dass Aramei einen *Laissez-Passer*, ein Reisedokument für Ausländer, durchgesetzt habe und nach Frankreich ausgereist sei, stand den beiden die Enttäuschung ins Gesicht geschrieben.

Schon wieder hatte er einen Fehler gemacht! Wie hatte

er Aramei gehen lassen können, ohne dass er ihm mitgeteilt hatte, was er wusste? Warum hatte er, genau wie bei Dahlia, nicht stärker insistiert? Er hätte Aramei auseinandersetzen müssen, dass seine Absicht, Gabriel gegenüber Loyalität zu beweisen, bemerkenswert sei, Arameis Aufgabe jedoch darin bestände, der verantwortungsbewusste Ältere zu sein. Nun war es unter Umständen zu spät. Die Spur, die zu Michals Mördern gewiesen hatte, war mit dem Weggang von Aramei vermutlich verschüttet.

Gestern hatte er noch gedacht, dass es richtig gewesen sei, dass Aramei das Land verlassen hatte. Als er am Morgen zu ASSAL gekommen war, hatte ihn bereits ein Mann im schwarzen Anzug erwartet. Itai hatte ihn sofort erkannt. Er war Teil der »Delegation des Konsulats« gewesen. »Wir möchten für Ihre Organisation spenden«, hatte er in dem höflichen Ton gesagt, den offenbar sämtliche Mitarbeiter des Konsulats an den Tag legten, »wir haben gehört, dass Sie zwei neue Frauen aus dem Frauenhaus betreuen.«

Itai konnte sich nicht beherrschen und fauchte ihn an: »Woher wissen Sie das?«

»Wir wissen so einiges«, gab er ihm kurz und bündig zu verstehen.

Itai hatte ihn gebeten, zu gehen. Auch wenn sie Geld dringend nötig hatten – von diesem Konsulat würden sie nicht einen Cent annehmen. Der Mann war gegangen, nicht ohne ihn ein weiteres Mal in ihr Konsulat einzuladen, sollte er »interessante Dinge erfahren wollen«.

◊

Anat stand auf und ging in dem kleinen Raum auf und ab. Er verfolgte sie mit gespanntem Blick. Sie hatte immer noch nicht preisgegeben, was ihr durch den Kopf ging. Bei ihrer letzten Begegnung hatte sie ihm geduldig zugehört und anschließend seine Äußerungen vehement abgelehnt. Hoffentlich fiele ihr Urteil diesmal anders aus. Schließlich konnte sie mit eigenen Augen sehen, was zwischen den beiden Geschwistern vorging. Sie verstellten sich nicht.

»Kennen Sie Jariv Ninio?«, fragte sie Gabriel, als sie sich wieder gesetzt hatte.

»Den Staatsanwalt?«, fragte Itai verwundert. Was hatte dieser Ninio damit zu tun?

Sie nickte.

»Nein, ich kenne ihn nicht«, sagte Gabriel leise.

»Er hatte mit Michal Kontakt, sie hatten früher einmal ein Verhältnis. Sie kennen ihn nicht?«, hakte sie nach.

Gabriel schüttelte den Kopf.

»Gabriel, es ist jetzt äußerst wichtig, dass du uns alles sagst, was du weißt.« Er mischte sich ein, obwohl er nicht verstand, worauf Anat hinauswollte. »Wie gesagt, wir helfen dir, wir werden dich beschützen. Aber du musst unbedingt alles sagen, was du weißt.«

»Ich kenne ihn nicht.«

»Weißt du, ob Aramei ihn gekannt hat?«

Er schüttelte erneut den Kopf.

»Gut, ich habe so weit alles erfahren, was ich wissen muss.« Anat stand wieder auf. »Ich muss mich jetzt an die Arbeit machen.«

»Was heißt das?« Itai wollte auf Nummer sicher gehen, dass der Besuch zu den erhofften Ergebnissen geführt hatte.

»Dass ich Gabriel glaube«, sie fasste es in simple Worte.

69

◊ ◊ ◊

Anat jubelte innerlich, als sie nach ihrer Präsentation der Laborergebnisse Davids verblüffte Miene sah: die Fingerabdrücke an Michals Wohnungstür stimmten komplett mit denen überein, die Jariv Ninio auf ihrem Schreibtisch hinterlassen hatte. Und nicht nur das. Die Leute von der Spurensicherung waren zudem der Meinung, dass der Fundort, der Zustand und die Unversehrtheit der Fingerabdrücke darauf hinwiesen, dass sie aus jüngster Zeit stammten. Jariv Ninio könne nicht argumentieren, sie seien aus dem Jahr, in dem er mit Michal ein Verhältnis gehabt hatte.

»Und du sagst, er hat sich freiwillig Fingerabdrücke nehmen lassen?« David konnte es nicht glauben.

»Er hat mich im Büro aufgesucht und sie mir praktisch übergeben«, erwiderte sie.

»Einfach so?«

»Er hat sogar die Finger gespreizt, um dem Labor den Vergleich zu erleichtern«, sie lachte und demonstrierte David, wie Ninio in ihrem Büro gestanden, auf den Tisch gehauen und sie angebrüllt hatte.

Nun musste auch David lachen. »Ich hoffe, du hast dem Afrikaner gesagt, er soll die Sache für sich behalten. Es wäre auch von Vorteil, wenn Fischer diesmal keine Pressekonferenz gibt.« Er sah ihr in die Augen.

»Was Jariv Ninio angeht, sind die beiden natürlich nicht im Bilde«, beruhigte sie ihn, »und glaube mir, David, wenn man mir etwas ein Mal sagt, reicht das aus. Dass Gabriel sein Geständnis widerrufen hat, behalte ich für mich. Solange Jariv Ninio nicht verhaftet worden ist und den Mord an Michal Poleg nicht gestanden hat, wird Gabriel bleiben müssen, wo er ist. Wie du es mir geraten hast, habe ich für unsere Herren Direktoren einen Verdächtigen in Reserve, damit alle zufrieden und ruhiggestellt sind.«

»Und was ist mit der Vereinbarung über das Strafmaß?«

»Sie werden sie um ein paar Tage hinauszögern. Gabriels Verteidiger wird den Grund nicht erfahren.«

David zündete sich eine weitere Zigarette an und blies ihr Rauch ins Gesicht. »Du meinst also, Jariv Ninios Motiv ist Michal Polegs Anzeige? Da sie enthüllt hat, dass er dem Gericht Informationen vorenthalten hat?«

»Ja«, sagte sie und hustete. Obwohl sie sich vorgenommen hatte, mit den Laborergebnissen, die sie auf der Fahrt nach »Hadarim« erhalten hatte, zu David zu eilen, hatte sie Zeit gebraucht, um sich von dem zu erholen, was sie in der U-Haft miterlebt hatte. Auch wenn sie sich größte Mühe gegeben hatte, keine Gefühle zuzulassen, sich nur auf die Fakten zu konzentrieren und sich emotional nicht vereinnahmen zu lassen, hatte dieses Wiedersehen von Bruder und Schwester sie zu Tränen gerührt. Sie hatte keine Geschwister, aus dem Grund bekam sie von ihrer Mutter immer die geballte Ladung Zuwendung. Der Inhalt des Zwiegesprächs, den Itai leise für sie gedolmetscht hatte, führte dazu, dass es sie wieder und wieder kalt überrieselte.

»Eins hast du mir noch nicht erklärt: Wenn Ninio der Mörder ist, warum hat dieser Afrikaner dann gestanden? Sie kennen sich nicht, wie du bereits gesagt hast.« Abermals hüllte er sie in eine Rauchwolke. Sie hatte es sich bereits zur Gewohnheit gemacht, dass sie ihr Haar wusch, wenn sie nach Hause kam.

»Ich habe eine Theorie, aber warten wir mal ab, was

der Bräutigam sagt, sobald wir ihn festnehmen, meinst du nicht?« Diesmal konnte sie den Husten unterdrücken. Ihre Gedanken kreisten ununterbrochen um eine Verbindung zwischen Gabriel und Jariv, und inzwischen glaubte sie, die auch gefunden zu haben: Aramei. Er hatte nicht nur bei der Polizei als Dolmetscher gearbeitet, sondern auch am Gericht. Möglicherweise hatte Jariv dort mit ihm Bekanntschaft geschlossen.

»Würdest du mich vielleicht in deine Theorien einweihen, Nachmias? Über eins bist du dir doch hoffentlich im Klaren: Wenn wir einen Staatsanwalt festnehmen und sich herausstellt, dass es unbegründet war, knüpfen sie uns beide am höchsten Ast auf.«

»Es ist so unlogisch, dass es stimmen muss«, sagte sie schmunzelnd.

»Inzwischen ist aus dir ein echter Sherlock Holmes geworden.« David drückte seine Zigarette aus.

Das hat heute schon mal einer zu mir gesagt, wäre ihr fast herausgerutscht.

70

◊ ◊ ◊

Jariv erkannte sofort die Nummer, die auf dem Display seines Handys erschien: Hiobspost. Schuki Borochov hatte ihm beim Abschied seine Visitenkarte in die Hand gedrückt und ihm versichert, »in Kürze« würde er mit ihm in Kontakt treten. Seit ihrer Begegnung setzte bei ihm jedes Mal der Puls aus, wenn es klingelte. Insgeheim hatte er gehofft, dass Zeit ins Land ginge, bis er sich melden würde. Doch nicht einmal sechs Stunden waren vergangen und schon rückte er ihm auf den Pelz.

Er starrte auf das Gerät, war vor Entsetzen gelähmt. Zehn Uhr abends. Was wollten sie um diese Uhrzeit von ihm? Kobi hatte ihm geraten, nicht ans Telefon zu gehen, abzuwarten, bis die Vereinbarung über das Strafmaß unterzeichnet wäre. Hundertprozentig sicher war er sich allerdings nicht, ob er Kobi vertrauen konnte.

»Rivi? Warum gehst du nicht ans Telefon?«, hörte er Inbar aus dem Zimmer nebenan.

Schnell griff er zum Telefon, das neben ihm lag, und stellte es auf Vibrieren. Dass sie ihn jetzt ins Kreuzverhör nähme, fehlte ihm gerade noch.

»Wer war es denn?« Inbar kam ins Wohnzimmer.

Er blieb ihr die Antwort schuldig. Irgendwelchen Nachfragen ihrerseits wäre er jetzt nicht gewachsen.

»Rivi? Was ist los? Warum gibst du mir keine Antwort?« Sie stand vor ihm.

Mit einem Nu war er hoch, ließ sie stehen.

»Was hast du denn?« Sie streckte die Hand aus und berührte ihn sanft an der Schulter.

Er schüttelte sie von sich ab.

Das Mobiltelefon, das er in der Hand hielt, vibrierte. Ihm sträubten sich die Haare: dieselbe Nummer.

»Also wirklich, Jariv.« Sie heftete sich an seine Fersen. »Was ist denn in letzter Zeit bloß mit dir los? Du tust so, als hätte ich dir etwas getan. Bist du mir wegen irgendeiner Sache böse?«

Wie eine Furie drehte er sich um, wollte sie anbrüllen, dass die Welt sich nicht nur um sie drehe, sie nicht immerzu denken solle, alles hätte mit ihr zu tun, sie ihn in Frieden lassen solle, dass sie ihm unglaublich auf die Nerven ginge – da klingelte es auf dem Festnetz.

Der monotone, ohrenbetäubende Klingelton ging ihm durch Mark und Bein.

»Geh nicht ans Telefon«, schrie er, als Inbar sich auf den Weg zum Telefon machte.

»Was?« Sie sah ihn an, stutzte.

»Geh nicht ans Telefon und verschone mich mit deinen Fragen«, befahl er ihr, während sein Blut mit ihm Achterbahn fuhr.

»Wieso nicht? Das ist der DJ von Nawiths Hochzeit.« Sie drehte ihm den Rücken zu.

Er lief ihr nach und packte sie am Arm.

»Geh nicht 'ran, bist du taub oder was?«, stieß er aus.

»Wie bitte? Lass mich los! Hast du eine Ahnung, wie lange ich schon auf diesen Anruf warte? Der Mann kann sich vor Aufträgen nicht retten. Weißt du, wie viele Leute ihm hinterhertelefonieren? Interessiert dich das überhaupt? Du tust ja so, als würde diese Hochzeit dich nicht betreffen.« Hartnäckig schlug sie die Zielgerade zum Telefon ein.

»Soll er sich doch morgen noch mal melden, ruf du ihn morgen zurück. Das ist mir doch egal. Inbar … Hast du gehört? Geh nicht ans Telefon. Tu' gefälligst, was ich dir sage, und diskutier nicht mit mir«, raunzte er und hielt sie wieder am Arm fest.

»Mein Herr, ich wohne auch noch hier! Und du hast mir nicht zu sagen, was ich zu tun und zu lassen habe.« Sie versuchte sich aus seinem Griff zu befreien.

Dass sie sich widersetzte, brachte bei ihm das Fass vollends zum Überlaufen, er drückte sie an die Wand und baute sich vor ihr auf.

»Du gehst nirgendwohin, kapiert?« Er versperrte ihr den Weg.

Das Telefon verstummte.

Schnaufend standen sie sich gegenüber.

»Ich versteh überhaupt nicht, was in dich gefahren ist.« Sie brach in Tränen aus und ging ins Schlafzimmer, schloss hinter sich die Tür.

Er erwog kurz, ob er einlenken und ihr irgendein versöhnliches Wort zuwerfen solle, als das Mobiltelefon in seiner Hand erneut vibrierte: »Nummer geheim«.

Er hörte Inbar nebenan schluchzen.

Auf einmal war sie still.

Ihr Handy klingelte.

Er hetzte ins Schlafzimmer, um ihr zu sagen, dass sie nicht abnehmen solle, doch auf der Schwelle sah er, dass sie das Handy bereits am Ohr hielt.

»Wer ist da?« Sie versuchte zu überspielen, dass sie gerade noch geweint hatte.

Er machte verzweifelte Gesten: Sie solle das Gespräch nicht an ihn weiterleiten, lediglich sagen, dass er nicht zu Hause sei.

»Jariv ist nicht zu Hause«, sagte sie mit zitternder Stimme und legte auf.

Wieder klingelte das Festnetz.

»Rivi, wer ist das? Was geht hier vor?« Sie weinte wieder. Ihr Gewimmer strapazierte seine Nerven.

»Wer war das?«, fragte er, ohne auf ihre Frage einzugehen. In dem Moment klingelte das Telefon im Wohnzimmer. Gleich würde sein Trommelfell platzen.

»Hat er nicht gesagt«, erwiderte sie. »Was geht hier vor?«

Zügigen Schrittes stapfte er aus dem Schlafzimmer.

Ruhe! Er wollte Ruhe!

Er konnte diesen Telefonterror nicht länger ertragen. Es war steinerweichend, brachte ihn um den Verstand. Mit einem Handgriff zog er den Stecker vom Telefon – Stille.

Er stand mitten im Wohnzimmer, er keuchte.

»Ich mache das nicht länger mit, hast du gehört? Ich verlange von dir, dass du mir Rede und Antwort stehst. Du kannst mir nicht einfach ausweichen!«, hörte er Inbar neben sich zetern und weinen.

Es hämmerte gegen die Tür – sie zuckten zusammen.

Er legte den Finger auf den Mund, um anzudeuten, dass sie still sein solle.

Wieder hämmerte es gegen die Tür. Inbar fiel auf dem Sofa in sich zusammen, vergrub ihr Gesicht in den Händen und brach in bitterliches Weinen aus.

Es läutete an der Tür.

Sie waren gekommen, um ihn zu holen.

Es war das reinste Hauskonzert: Es vibrierte. Hämmerte. Läutete.

Das war sein Ende. Solche Leute reagierten verschnupft, wenn man ihnen nicht sofort antwortete. Er hätte zur Polizei gehen sollen, statt auf Kobi zu hören. Dann wäre er zumindest mit dem Leben davongekommen.

Völlig aufgelöst rieb er sich die Stirn. Was sollte er jetzt tun? Sie wohnten in der dritten Etage. Fliehen konnte er nicht. Er saß in der Falle.

»Polizei! Aufmachen!«

»Polizei?« Inbar sah ihn an, ihr war angst und bange.

Das Mobiltelefon in seiner Hand vibrierte nochmals und er schleuderte es von sich, als hätte er glühende Kohlen in der Hand. Auch Inbars Handy klingelte wieder.

»Ruhe«, brüllte er und hielt sich die Ohren zu, »Ruhe, verdammt noch mal!«

»Jariv, machen Sie die Tür auf. Wir wissen, dass Sie da sind«, es war die Stimme einer Frau.

Diese Stimme kannte er. Es war diese Polizistin, Anat Nachmias.

71

◊◊◊

Auf den ersten Blick erkannte Anat ihn nicht wieder. Es lag nicht nur an dem kurzärmeligen T-Shirt und dem Trainingsanzug, den Ninio statt seiner Maßanzüge trug, sondern an seinem verstörten Blick: als würde ihn eine Meute Jagdhunde durchs Unterholz hetzen.

»Die wollen mich umbringen«, sagte er mit zitternder Stimme und gab ihr durch eine Geste zu verstehen, sie solle hereinkommen.

Vor einer halben Stunde hatte der juristische Berater der Regierung seine Verhaftung genehmigt. David hätte lieber noch gewartet und ihn vier Uhr morgens aus dem Bett geholt. Im Halbschlaf bekäme man aus ihm am meisten heraus.

Sie hatte sich dagegen ausgesprochen. Ninio könnte sie später verklagen und argumentieren, sie hätten ihm sein Geständnis durch Tricks abgenötigt, so befürchtete sie. Diese Vernehmung sollte mustergültig ablaufen. Daher hatte Jaron die Festnahme auch nur in ihrem Beisein vornehmen dürfen. Diesmal würde sie sämtliche Ermittlungsphasen persönlich begleiten.

»Die rufen hier pausenlos an«, sagte Jariv Ninio völlig

aufgelöst. Ein paar Meter hinter ihm stand die Frau, die offenbar seine Verlobte war, und weinte leise in sich hinein. Als Anat die blaulackierten Fingernägel sah und die auffällige, durch eine OP gerichtete Nase, wunderte sie sich, warum Glaser nicht eine nette Bemerkung darüber verloren hatte, aber der Gedanke verflog rasch. »Wen meinen Sie?«, fragte sie ruhig. Die Polizei hatte sich mit einem Telefonat abgesichert, dass Ninio zu Hause war. Es war vor einer Festnahme die gängige Praxis. Nachdem er nicht ans Handy gegangen war, hatten sie auf dem Festnetz angerufen und dann auf dem Handy seiner Verlobten. Auf dem Revier würde sie Jaron damit beauftragen, die Nachweise über die eingegangenen und ausgegangenen Telefonate zu besorgen. Sie musste in Erfahrung bringen, mit wem er in Kontakt getreten war, vor wem er diese enorme Angst hatte.

»Borochov, seine Leute, sind Sie nicht deswegen hier?«, fragte er und musterte rasch jeden einzelnen Polizisten.

Sie blieb stumm, damit er weiterredete.

Ninio war perplex, er ging zu ihr auf Distanz.

Ihre Miene verriet keinerlei Regung. Damit folgte sie Davids Grundsatz: Eine Vernehmung beginnt im Moment der Festnahme.

»Borochov, Borochov, ich weiß, dass er es ist«, schrie er.

Sie kommentierte es nicht.

»Moment mal, warum sind Sie hier?«, wollte er wissen, sein Blick gewann an Schärfe.

»Was meinen *Sie,* warum wir hier sind?«, gab sie zurück.

»Keine Ahnung, Frau Kommissarin, vielleicht möchten Sie sich entschuldigen?« Nun hatte er in seinen vertrauten Ton zurückgefunden.

»Rivi, was geht hier vor?«, fuhr die Verlobte dazwischen.

»Nichts weiter, Inbar, die gehen gleich wieder. Kriminalhauptmeisterin Nachmias will sich nur bei mir entschuldigen«, sagte er leise, ohne die Verlobte eines Blickes zu würdigen.

Anat überlegte kurz, ob sie nachhaken solle, mit wem er gesprochen habe und wer Borochov sei, verwarf die Idee jedoch. Die Gelegenheit dafür war verpufft. Jariv Ninio war nun ganz der Alte. Sie hätte noch ausreichend Zeit, ihn zur Rede zu stellen.

»Wir holen Sie zur Vernehmung«, sagte sie ohne viel Aufhebens.

»Wie? Weswegen?«, neue Panik mischte sich in seine Stimme.

»Darüber reden wir auf dem Revier.« Sie wollte ihm keine Gelegenheit geben, sich darauf vorbereiten zu können.

»Wenn Sie mir nicht sofort sagen, worum es geht, werde ich Ihrer Aufforderung nicht Folge leisten. Ich bin Staatsanwalt, haben Sie das vergessen? Bei mir können Sie nicht die billigen Tricks anwenden, die bei Ihren primitiven Verbrechern funktionieren.« Er lief zu Höchstleistung auf und seine Überheblichkeit prasselte wie eine Peitsche auf sie nieder.

Sie entschied, sich nicht im Geringsten darauf einzulassen. Der Ruhm ist mit dem heimkehrenden Krieger, nicht mit dem ausziehenden, hieß es in der Bibel. In den folgenden beiden Stunden würde sich sein Verhalten mitnichten von dem anderer Verhafteter unterscheiden. Im Vernehmungsraum benahmen sich letztendlich alle gleich.

»Nun, Nachmias, ich warte«, fuhr er im gleichen herrischen Ton fort, ohne die Bedrängnis, in der er steckte, verbergen zu können.

»Das ist sehr einfach, Staatsanwalt Ninio«, sagte sie bedächtig, »entweder kommen Sie jetzt mit uns, freiwillig, oder wir nehmen Sie fest. Was präferieren Sie?«

Er hielt den Mund.

»Nun, Ninio, ich warte«, sie konnte es sich nicht verkneifen.

»Ich komme. Ich komme.« Mit trotzigem Blick ging er auf sie zu. »Für dieses Verhalten werden Sie teuer büßen.«

72

◊ ◊ ◊

Jariv zerquetschte den Plastikbecher. Seit einer halben Stunde ließen sie ihn hier warten, allein. Er stand auf und tigerte in dem Raum auf und ab, der nur mit einem Tisch, drei Stühlen und leeren Plastikbechern ausgestattet war. Durch seine Arbeit in der Staatsanwaltschaft wusste er, dass er nicht wirklich allein war, jeder Moment wurde von den Kameras aufgezeichnet, die in den Wänden installiert waren.

Wieso hielten sie ihn hin? Was wollten sie von ihm?

Auf der Fahrt hierher war ihm durch den Kopf gegangen, dass Borochov ihn mit seinen zahlreichen Anrufen unter Umständen warnen wollte. Auf Kobi zu hören war ein Fehler gewesen. Er hätte mit Borochov reden, sich anhören sollen, was er von ihm wollte. Er hatte sich geirrt. Borochov hatte ihm nicht Nachmias geschickt. Sie hatte keine Ahnung, wer er war.

Blieb die Frage, was die Polizei von ihm wollte. Dass es mit Michal zu tun hatte, war ein Ding der Unmöglichkeit. Schließlich war die Akte schon bei der Staatsanwaltschaft und die Vereinbarung über das Strafmaß würde in Kürze unterschrieben. Mit dieser Verfahrensweise kannte er sich bestens aus. Sobald die Akte nicht mehr in den Händen der Polizei war, befasste die sich auch nicht mehr mit dem Fall. Und nichts tat die Polizei lieber, als mit einem Fall abzuschließen.

Worum ging es dann? Um das Gutachten? Hatte die Polizei unter Umständen doch Michals Anzeige bearbeitet und aufgedeckt, dass er es unterschlagen hatte? In dem Fall könnte er beruhigt sein. Er konnte genügend Vorwände finden, warum er das Gutachten nicht zur praktischen Anwendung gebracht hatte. Und vor allem: Regev würde ihm den Rücken stärken. Diese Polizistin dürfte nicht mal mehr an einem Fußgängerüberweg den Verkehr regeln, wenn Regev sich der Sache annähme.

Er entspannte sich. Diese Gedanken gaben ihm Kraft. Er ging kurz in sich, ob es von Vorteil wäre, sich mit einem Anwalt zu beraten. Zweifellos wäre es eine kluge Entscheidung, so hatte er es gelernt. Aber wozu? Umso mehr er darüber nachdachte, desto offenkundiger wurde für ihn, dass sie sich mit ihm über das Gutachten unterhalten wollten. Würde er einen Anwalt verlangen, erhärtete sich der Verdacht gegen ihn. Nein. Er würde die Sache allein durchstehen.

Er wurde aus seinen Gedanken gerissen, als Nachmias in Begleitung eines großen, bärtigen Polizisten hereinkam, der sich als Jaron Waldmann, ihr Assistent, vorstellte.

Er durfte auf keinen Fall gestresst wirken. Würde es sich um etwas Ernstes handeln, hätten sie ihn sofort in eine Zelle gesteckt. Sie hatte gesagt: »Vernehmung«, nicht »Verhaftung«, was ausschlaggebend war. Das bedeutete, sie hatte nichts in der Hand, es gab keinen Anlass für eine Verhaftung. Sie hatten vergessen, dass er vom Strafrecht ein bisschen was verstand.

»Möchten Sie sich mit einem Rechtsanwalt beraten, bevor wir beginnen?«, fragte sie im Stehen.

»Meine Liebe, ich bin Staatsanwalt«, erwiderte er verächtlich, »und zunächst möchte ich erst einmal erfahren, warum ich hier bin.«

»Es handelt sich um eine Beschuldigtenvernehmung. Wissen Sie, was das bedeutet?«

»Ach, na Hauptsache, *Sie* wissen, was das bedeutet?«, schoss er zurück.

»Sie haben mich angelogen, Staatsanwalt Ninio«, sagte sie und blickte ihm in die Augen.

»Verzeihung, habe ich etwas nicht mitbekommen? Stehen wir in einem eheähnlichen Verhältnis? Sie laden mich also zur Vernehmung vor, weil Sie gekränkt sind?« Er wollte sich über sie lustig machen und sah komplizenhaft den Polizisten an, der verzog jedoch keine Miene.

»Das Justizministerium hat das Gutachten von Dr. Jigal Schemesch an Sie weitergeleitet«, sie beugte sich zu ihm.

Er gab sich nicht einmal Mühe, sein Grinsen zu unterdrücken. Bingo – er hatte richtig gelegen. Dieser ganze Aufwand galt diesem dämlichen Gutachten. Wäre er ans Telefon gegangen, hätte Borochov es ihm vorausgesagt.

»Verkneifen Sie sich gefälligst dieses Grinsen«, rügte ihn der Polizist.

»Und ich schlage vor«, schoss er zurück, »dass Sie beide mal ganz brav um Entschuldigung bitten und mir jetzt ein Taxi rufen. Selbst wenn ich dieses Gutachten bekommen hätte – und das habe ich eben nicht – na und? Wenn Sie Ihre Hausaufgaben gemacht hätten, wüssten Sie, dass es mir vorbehalten ist, davon Gebrauch zu machen oder nicht. Es gibt andere Gutachten, die genau das Gegenteil aussagen. Was irgendein sanftmütiger Liberaler schreibt, der sich um den Staat einen Dreck schert, wird als wichtig erachtet … Ich habe nach meinem juristischen Sachverstand gehandelt, dafür hatte ich auch die Genehmigungen.«

»Von wem hatten Sie die?«, unterbrach sie ihn.

»Ich bin nicht verpflichtet, Ihnen diese Frage zu beantworten, Frau Nachmias. Bei allem Respekt gegenüber Ihnen und der Vorstellung, die Sie hier abziehen … Das geht Sie wirklich nichts an. Das sind fachliche Überlegungen der Staatsanwaltschaft, wissen Sie. Das bewegt sich in anderen Sphären, als mit denen Sie sich hier abgeben«, sagte er in gelassenem Ton.

»Dieses Gutachten hatte dramatische Bedeutung für Leben und Tod vieler Menschen. Es kann deren Abschiebung verhindern, sie vor dem Tod retten. Michal hat behauptet, dass Hagos, ihr Arbeitskollege, abgeschoben und ermordet wurde, weil Sie dieses Gutachten unterschlagen haben. Darüber hinaus hätte dieses Gutachten dafür gesorgt, dass Sie bei den Gerichtsverfahren nicht permanent gewinnen, worauf Sie sehr stolz sind. Kommen Sie mir also nicht damit, dass dieses Gutachten aus Ihrer Sicht bedeutungslos war«, wies sie ihn in die Schranken.

Ihre Selbstgerechtigkeit ging ihm gründlichst auf die Nerven.

»Schade, wirklich schade, dass Sie mir nicht zuhören und dass Ihnen nicht in den Kopf will, was ich sage. Daher extra für Sie noch einmal zum Mitschreiben: Es gibt auch andere Gutachten. Sie sagen genau das Gegenteil aus. Kapieren Sie das oder soll ich es Ihnen buchstabieren?« Er wurde laut.

Sie schwieg.

Bravo! Er hatte sie zur Strecke gebracht.

»Prägen Sie sich das gut ein«, er hatte seine Selbstsicherheit wiedergewonnen, »dieser Hagos wurde abgeschoben, weil er Äthiopier war. Und das habe nicht ich entschieden, sondern das Innenministerium. Danach war seine Abschiebung durch nichts und niemanden mehr aufzuhalten. Durch niemanden! Nicht durch mich, nicht durch das Gericht, auch nicht durch Michal Poleg, die garantiert mit ihm gevögelt hat. Daher lege ich Ihnen nahe, dass Sie sich entspannen und sich nicht mit Dingen befassen, von denen Sie nichts verstehen.«

Sie sahen ihn beide schweigend an. Diese Witzbolde. Alles, was über die Polizei gesagt wurde, stimmte. Ein Haufen Dummheit.

»Mit euch bin ich fertig.« Er erhob sich.

»Setzen Sie sich gefälligst hin!« Der bärtige Polizist erhob sich ebenfalls und sie standen vis-à-vis.

»Staatsanwalt Ninio, die Vernehmung ist noch nicht abgeschlossen, setzen Sie sich bitte«, forderte Nachmias ihn in ruhigem Ton auf.

Nach kurzem Zögern setzte er sich wieder.

»Sie haben fünf Minuten«, zischte er, sie nickte.

»Wann haben Sie Michal Poleg das letzte Mal getroffen?«, fragte sie und kritzelte etwas auf ein Stück Papier.

Er blieb stumm. Was kam sie ihm auf einmal damit?

»Sie hatten zu mir gesagt, dass Sie sich monatelang nicht gesehen hätten«, fuhr sie fort, als er nichts erwiderte.

»Ob es Monate waren, weiß ich nicht mehr ... vielleicht hier und da mal in unserer Wohngegend ... im Geschäft ... keine Ahnung«, murmelte er. »Was tut das zur Sache?«

»Demnach waren Sie in letzter Zeit auch nicht in ihrer Wohnung, vermute ich«, tastete sie sich vor.

»Nein, war ich nicht. Ich habe Ihnen ja gesagt, dass wir uns getrennt haben. Ich werde bald heiraten. Das Verhältnis mit Michal war kurz und ist längst vorbei«, sagte er unwirsch.

Nachmias schwieg.

»Nun gut, ich gehe mal davon aus, dass wir jetzt fertig sind.« Er klatschte in die Hände und wollte erneut aufstehen.

»Sehen Sie, mein lieber Anwalt, das ist Ihr Problem. Immerzu tischen Sie mir Lügen auf.« Sie beugte sich zu ihm, stützte den Kopf in die Hände.

»Was? Wovon reden Sie? Ich verlange, dass Sie sich umgehend entschuldigen!«, griff er sie an, obwohl ihm die neue Richtung, die sie bei dieser Vernehmung einschlug, Kopfschmerzen bereitete.

»Möchten Sie Ihre Aussage noch einmal überdenken und uns erzählen, wann Sie das letzte Mal in Michals Wohnung waren?« Sie ließ ihn nicht aus den Augen.

»Das habe ich Ihnen bereits gesagt.« Plötzlich spürte er, dass er an Selbstsicherheit verlor.

»Was haben Sie zu mir gesagt?«, fragte sie in aller Seelenruhe, dass es an seinem Nervenkostüm kratzte.

»Vor Monaten … was sollen diese Fragen?« Sein Mut sank.

»Wir haben Ihre Fingerabdrücke gefunden«, teilte sie ihm trocken mit und lehnte sich nach hinten.

»Was?«

»Sie haben mich angelogen, Staatsanwalt Ninio, Sie waren in der Mordnacht bei Michal Poleg.« Sie beugte sich wieder zu ihm.

»War ich nicht … Wovon reden Sie? Sagen Sie mal, haben Sie den Verstand verloren?« Er fasste sich an die Stirn. Bisher war ihm nicht aufgefallen, wie heiß es in diesem Raum war.

»Wie erklären Sie sich dann Ihre Fingerabdrücke?« Zum ersten Mal sprach sie etwas lauter.

Er entgegnete nichts.

Was ging hier vor? Wie konnten sie wissen, dass es sich um seine Fingerabdrücke handelte? Selbst wenn sie die finden würden, so hatte Kobi ihm versichert, könnten sie die nie im Leben zuordnen. Er war nie festgenommen worden. Die Polizei hatte seine Fingerabdrücke nicht. Daher hatte er auch keine Scheu gehabt, auszusagen, dass er seit Monaten nicht dort gewesen war. Woher wussten sie das? Hatte er in der Wohnung etwas vergessen? Etwas verloren?

»Sie haben also Fingerabdrücke gefunden, ja und?« Er versuchte, selbstsicher zu klingen, wie es noch einige Minuten zuvor der Fall gewesen war. »Sie stammen garantiert aus der Zeit, als wir noch zusammen waren. Sind Sie mal auf den Gedanken gekommen?«

»Falsche Antwort, Herr Staatsanwalt«, machte sich der Polizist mit dem Bart über ihn lustig. »Die Fingerabdrücke können nicht aus dieser Zeit stammen. Laut Laboranalyse sind sie erst vor kurzem dort hinterlassen worden. Genau genommen: kürzlich.«

Es war ein Schlag ins Kontor.

»Staatsanwalt Ninio, wir verhaften Sie wegen des Mordes an Michal Poleg«, sagte Nachmias.

»Wieso das denn? Das können Sie nicht … Ich bin doch kein … Habt ihr noch alle Tassen im Schrank? Habt ihr nichts anderes zu tun?«

»Sie haben sie umgebracht, Sie verdammter Lügner«, brüllte der Polizist ihn an. »Haben Sie etwa gedacht, da kämen wir nicht dahinter? Wir wären auf den Kopf gefallen? Oder Sie würden verschont, weil Sie Staatsanwalt sind?«

Auf einmal begriff er. Wie dumm er gewesen war. Statt das Gespräch mit Borochov für sich zu behalten, hatte er Kobi davon unterrichtet. Und sie hatten ihn beschattet. Nachdem er nicht ans Telefon gegangen war, waren sie stinksauer gewesen. Sie hatten ihn ausgeliefert. Daher war die Polizei im Bilde. Borochov hatte die Polizei vermutlich nicht direkt kontaktiert, aber dafür gesorgt, dass es andere übermittelten.

»Nun reden Sie schon, Ninio, wie haben Sie Michal Poleg umgebracht?«, hörte er Nachmias fragen. Sämtliche Schritte, die er unternommen hatte, waren Fehltritte gewesen. Er war erledigt. Sie wussten alles. Womöglich sogar Dinge, die er nicht wusste.

73

◊ ◊ ◊

Anat blickte schweigend Jariv Ninio an, der weinte. Sie hatte Jaron zu verstehen gegeben, dass er einen Krug Wasser holen solle. Sie brauchte ihn in ruhiger Verfassung, sobald er den Hergang der Tat schildern würde.

»Ich habe Michal nicht umgebracht.« Er hob den Blick, sobald die Tür hinter Jaron ins Schloss gefallen war.

Sie sah ihn forschend an. Obwohl sie enttäuscht war, dass er sich weiterhin aufs Abstreiten verlegte, hatte sie nicht damit gerechnet, dass er so schnell einknicken würde.

»Fingerabdrücke? Mir will jemand etwas anhängen. Einer, der mit mir noch eine alte Rechnung begleichen will, hat meine Fingerabdrücke dorthin verpflanzt«, sagte er mit flehender Stimme.

Sie enthielt sich jeglichen Kommentars. Inzwischen hatte sie aufgehört zu zählen, wie oft ihr diese Behauptung im Vernehmungsraum schon zu Ohren gekommen war. Ninio unterschied sich nicht von anderen. Auch mit ihm müssten sie diese Phase absolvieren, bevor er den Mord gestehen würde.

»Ich bin hier, weil mir jemand etwas anhängen will, weil es Leute gibt, die nicht davon begeistert sind, was ich für den Staat tue, Leute, die Israel hassen und denen ich ein Dorn im Auge bin«, sprach er weiter, versuchte ihren Blick einzufangen.

»Sie müssen mir glauben. Ich sage Ihnen die Wahrheit ...«

»Schade, dass Sie diesen Weg gehen, Ninio, wirklich schade«, unterbrach sie ihn.

»Als Sie zu mir nach Hause gekommen sind«, er atmete schwer, »dachte ich, dass Sie zu meinem Schutz kämen, dass er Leute losgeschickt hätte, die mich umlegen sollten. Ich habe Ihnen das gesagt.«

»Wer?«

»Borochov, Schuki Borochov«, sagte er mit zitternder Stimme.

»Borochov? In welcher Verbindung stehen Sie zu ihm?«, fragte sie verwundert. Obwohl sie sich Mühe gab, einen undurchdringlichen Gesichtsausdruck zu wahren, gelang es ihr nicht. Sie wusste sehr gut, wer Schuki Borochov war. So wie sie wusste, dass es von Ninio ziemlich dumm war, Borochov zu beschuldigen, er würde ihm einen Mord anhängen.

Dumm oder sagte er die Wahrheit? Hallte eine Stimme durch ihren Kopf.

Sie hörte schweigend zu, als Ninio ihr berichtete, dass Borochov ihn in seinem Büro aufgesucht und angedeutet habe, Dinge über den Mord an Michal zu wissen. Wenn er nicht mit ihnen kooperiere und tue, was sie verlangten, so Borochov, würden sie es ihm heimzahlen und ihm den Mord anhängen.

»Was genau wissen diese Leute?«, fragte sie, als er geendet hatte.

Ninio zuckte die Schultern.

»Vielleicht wissen Borochov und seine Leute einfach die Wahrheit? Dass Sie Michal umgebracht haben? Leute wie Borochov sprechen nicht unbegründet Drohungen aus.«

»Das habe ich nicht«, sagte er schnell. »Das habe ich Ihnen schon gesagt, das will mir jemand anhängen.«

»Und Sie waren in der Mordnacht nicht in Ihrer Wohnung?«

Er schüttelte den Kopf. »Die Polizei muss mir Schutz gewähren … Kriminelle Organisationen versuchen die Staatsanwaltschaft zu untergraben, an der gesetzgebenden Gewalt zu rütteln … Unsere beiden Institutionen müssen zusammenhalten. Was mir passiert ist, kann jedem von uns passieren …«

Sie sah in die Wandkamera und bedankte sich bei David mit einem kleinen Lächeln. Sich etappenweise vorzuarbeiten, war seine Idee gewesen. Ninio sollte nicht mit sämtlichen Beweisen auf einen Schlag zu Fall gebracht werden. Die Blutgruppe der Spur an Michals Tür war mit der von Jariv identisch. A negativ. Die Information zu seiner Blutgruppe hatten sie erst gestern aus seiner Akte bei der Armee bekommen, danach hatte der Generalstaatsanwalt die Verhaftung genehmigt. »Wissen Sie, Ninio, ich war schon drauf und dran, Ihnen zu glauben«, sagte sie mit ruhiger Stimme, wohl wissend, dass sie nun ein Kartenhaus zum Einsturz bringen würde.

»Ich habe die Wahrheit gesagt … das müssen Sie mir glauben …«, stotterte er.

Sie hatte ihn unterschätzt. Er war raffinierter, als sie vermutet hatte. Erst nach seinem Geständnis würde sie ihn zu Borochov befragen. Wer hinter einem solchen Ablenkungsmanöver in Deckung ging, hatte sich vorher zweifellos Gedanken gemacht.

»Ich soll Ihnen glauben, dass Ihre Fingerabdrücke am Tatort imitiert wurden?«, fragte sie mehr als skeptisch.

Ninio nickte.

»Hier liegt mein Problem, Ninio. Ihre Behauptung entbehrt jeglicher Logik«, sagte sie gelassen, wobei sie jedes einzelne Wort betonte.

»Wieso das? Das ist die einfachste Sache der Welt … Das kommt jeden Tag im Fernsehen … Dazu muss man kein Genie sein …«

»Wir haben nicht nur Ihre Fingerabdrücke gefunden, wir haben auch Ihr Blut gefunden«, fiel sie ihm ins Wort. »Würden Sie mir also bitte erklären, Herr Ninio, wie Ihr Blut in die Wohnung von Michal gekommen ist? Geht das auch auf Borochovs Konto?«

74

◊ ◊ ◊

Jariv sah Nachmias an, er war ratlos.

Er hatte sich auf das versteift, was sie ihm über die Fingerabdrücke verraten hatte. Dabei hatte er völlig verdrängt, dass er aus Michals Wohnung verletzt zurückgekehrt war.

Kein Wunder, dass sie dort Blut gefunden hatten. Nun hatte er sich verstrickt und Borochovs Name umsonst ins Spiel gebracht.

Mit einem Zug leerte er den Wasserbecher, den ihm der große Polizist mit dem Bart vorsetzte. Beide taxierten sie ihn mit kalten Blicken. Er war zu hochnäsig aufgetreten. Er hätte sie nicht von oben herab behandeln dürfen.

Es war an der Zeit, sich mit einem Anwalt zu beraten. Er hatte sich in zusätzliche Schwierigkeiten manövriert. Würde er nun beantragen, die Vernehmung abzubrechen, und ihnen später schildern, was wirklich vorgefallen war, würden sie ihm seine Aussage allerdings nicht mehr abkaufen. Daraus würden sie nur ableiten, dass ihm sein Anwalt zu dieser Version geraten habe. Es wäre eine weitere Aktion, die jeglicher Grundlage entbehrte.

Er musste sie dazu bringen, ihm zu glauben. Er durfte sie nicht länger an der Nase herumführen. Musste ihnen genauestens auseinandersetzen, was er wusste oder zumindest meinte, dass er wusste.

Richtig – er war in Michals Wohnung gewesen. Aber umgebracht hatte er sie nicht. Hätte er sie umgebracht, würde er sich daran erinnern. Und er konnte sich an nichts erinnern.

75

◊ ◊ ◊

Faro goss Schuki Borochov von dem erstklassigen Whiskey nach. Wenn seine Leute von Auslandsgeschäften zurückkehrten, brachten sie ihm regelmäßig die eine oder andere zollfreie Delikatesse mit. »Die Pastete ist wirklich ausgezeichnet«, lobte der Rechtsanwalt und schob noch ein Stück in den Mund.

Er wusste, dass Borochov lieber ein Fleischgericht zu sich genommen hätte, statt Quiche mit Auberginen und Mozzarella, doch seit er Vegetarier war, rührte in seiner Gegenwart keiner mehr Fleisch an. Borochov arbeitete seit mehr als zwanzig Jahren für ihn. Faro war sich bis heute nicht im Klaren darüber, warum jemand wie er sich von der Unterwelt angezogen fühlte. Er selbst stammte aus ärmlichen Verhältnissen, aus einem verkommenen Problemviertel. Um zu überleben, hatte er keine Wahl gehabt. Borochov hingegen kam aus einer wohlhabenden Familie. Sein Vater war Richter am Bezirksgericht gewesen. In den ersten Jahren ihrer Zusammenarbeit hatte dieser Fakt ihm arg zu schaffen gemacht. Es war unerlässlich, zu wissen, was die Mitarbeiter motivierte, was sie zu ihm führte. Borochov hatte den Widerspruch mit der Begründung aufgelöst, dass es eine emotionale Entscheidung gewesen sei, die der Beruf mit sich gebracht habe. Faro hatte andere Theorien. Er war der Meinung, dass Borochov an denen Rache übte, die seinem Vater die Beförderung an den Obersten Gerichtshof verwehrt hatten. So oder so, inzwischen spielte es keine Rolle mehr. Borochov hatte sämtliche Prüfungen bestanden, derer er ihn unterzogen hatte, und das waren eine Menge gewesen.

Eitan, der Sohn von Itzik, kam herein, um sich zu erkundigen, wie es um ihren Appetit auf Ravioli an Schwarzem Senf stände. Vor einigen Jahren hatte sich Itzik mit feuchten Augen an ihn gewandt und ihm erzählt, dass etwas Schreckliches passiert sei: Sein Sohn wolle in der Küche arbeiten. Inzwischen führte Eitan eines der erfolgreichsten Restaurants von Tel Aviv, was er überwiegend ihm zu verdanken hatte.

Meist traf er sich mit Borochov in seinem Büro, aber derzeit war es zu gefährlich. Sie mussten sich voneinander fernhalten. Vor der Polizei verbergen, dass sie sich sahen. Das Hinterzimmer in Eitans Restaurant war für ihre Treffen bestens geeignet.

»Um es auf den Punkt zu bringen: Was mit diesem Ninio passiert ist …«, sagte er und gab Eitan zu verstehen, auch von der Quiche noch eine Portion zu servieren.

»Er wäre ein großer Gewinn für uns gewesen. Er gehört zu der Sorte Leute, die wie der Teufel vom Ehrgeiz getrieben und einzig und allein darauf aus sind, das Beste für sich herauszuschlagen. Für diese Flüchtlinge, mit denen er sich befasste, hatte er nie etwas übrig«, fasste Borochov es zusammen.

»Nun gut. Wir haben es versucht, ihm unter die Arme zu greifen. Hat nicht funktioniert«, sagte Faro, damit war die Sache für ihn gegessen und er trank einen Schluck Whiskey.

»Ich habe ihn persönlich auf dem Handy angerufen, als ich die Information von der bevorstehenden Festnahme hatte, aber dieser Blödmann hat nicht abgenommen.« Borochov hatte gerade Roten Thunfisch auf der Zunge, der für Eitans Restaurant aus Japan eingeflogen wurde.

»Besitzt er so viel Verstand, deine Visite in seinem Büro für sich zu behalten?« Faro wischte sich den Mund mit der Serviette ab.

»Ich denke nicht … garantiert singt er.« Borochov wurde ernst.

»Nun gut, du weißt, was das bedeutet. Sie werden dich zur Beschuldigtenvernehmung vorladen … und dich über deine Rechte belehren.« Beide brachen in schallendes Gelächter aus.

Im Laufe der Jahre war Borochov Dutzende Male vorgeladen worden. Er gab dann stets den Stockfisch und sagte nur, dass diese Informationen unter das Anwaltsgeheimnis fielen. Dagegen konnten die Polizisten nichts unternehmen. Diese Antwort hatte Faro derart beeindruckt, dass er vor einigen Jahren darüber nachgedacht hatte, die Mitarbeiter, die er für degeneriert hielt, zum Jurastudium zu delegieren. Als Rechtsanwälte könnten sie allesamt auf das Anwaltsgeheimnis pochen – Faros Rechtsanwaltskanzlei. Da die Colleges, an denen man Jura studieren konnte, wie Pilze aus dem Boden schossen, war der Gedanke nicht abwegig.

»Was wird deiner Meinung nach jetzt passieren? Werden Sie die Anklageschrift gegen den Nigger oder den Staatsanwalt einreichen?«, fragte er nach.

»Damit wird sich Galith Lavi befassen, und bei ihr kann man nie wissen«, erwiderte Borochov, und jeder von ihnen gedachte der Staatsanwältin mit einem saftigen Fluch. Seit David Meschulam, gesegnet sei sein Andenken, sich ihrer hatte entledigen wollen, war sie noch zäher geworden.

»Wie ist eigentlich der Stand der Dinge bei deinem ›General‹?«, fragte Borochov, als Eitan den Hauptgang auftrug. »Meinst du nicht, dass er, bei allem, was vorgefallen ist, seine historische Rolle verspielt hat?«

Faro blieb ihm die Antwort schuldig und richtete seine Pupillen auf die aus Eigelb zubereiteten Spaghetti und den violetten Calamares. Er mochte es partout nicht leiden, wenn seine Mitarbeiter über derartige Belange salopp daherredeten. Ein Mord war eine ernste Angelegenheit. Vielleicht sollte er Borochov darum bitten, jemanden umzubringen, damit er selbst einmal erlebte, wie ein Mensch im Bruchteil einer Sekunde sein Leben aushauchte. Mal sehen, was er dann sagen würde.

Auch wenn der »General« ihn in Sachen Ninio belogen haben sollte, was recht wahrscheinlich war, würde er es ihm nachsehen. Ihm fehlte es an guten Leuten, und der »General« verfügte über den nötigen Ehrgeiz. Nein. Er hatte keineswegs die Absicht, auf den »General« zu verzichten.

76

◊ ◊ ◊

Anat verfolgte Ninio, der im Vernehmungsraum auf und ab ging, auf ihrem Bildschirm. Sein hysterischer Anfall schien abzuklingen, er beruhigte sich.

»Worüber zerbrichst du dir den Kopf, Nachmias? Was soll diese Trauermiene?« Jaron reizte einen Nerv in ihr.

Sie sah zu David, der die fünfte Zigarette in Kette rauchte, und verlor kein Wort. Er konnte ihre Stimmung nachvollziehen.

Aus Frust über Ninios Aussage zu jener Nacht hatte sie ihn verbal attackiert, hatte ihm ins Gesicht gesagt, dass sie ihm seine Geschichte nicht abkaufte. Stattdessen hätte sie Ruhe bewahren müssen und es darauf anlegen sollen, dass er sich in seine eigenen Widersprüche verwickelte. Der Schaden war irreparabel. Ninio hatte einen Anwalt verlangt und sie hatte die Vernehmung abbrechen müssen. Keiner ihrer Tricks hatte Wirkung gezeigt. »Wozu brauchen Sie denn einen Anwalt? Er wird sie nur tiefer hineinreiten. Wir helfen Ihnen … Sie sind doch selbst Jurist. Wie, Sie haben es nicht drauf und müssen jemanden anheuern?« Ninio hatte laut gebrüllt: »Anwalt, Anwalt!« Was hätten sie machen sollen?

»Was ist los, Nachmias, erklär es mir«, drängte Jaron sie, »macht dir die Sache mit dem Beweismaterial Sorgen? Das ist doch Schwachsinn. Wie du gesagt hast: Die Blutspur am Tatort stammt von ihm. Das hat er nicht abgestritten. Und dass er sich nicht erinnern kann? Nun sag bloß, das hätte dich beeindruckt. Wie oft behaupten hier Verdächtige, dass sie sich nicht erinnern können? Das ist doch ein alter Hut.«

Sie schwieg sich aus. Zunächst hatte sie sich eingebildet, Ninio würde sie an der Nase herumführen, doch inzwischen beschlichen sie Zweifel.

»Erst vor einer Woche hat sich dieser Unfall mit dem Geschäftsmann ereignet, der die beiden Kinder überfahren hat. Der hat auch behauptet, dass er sich nicht erinnern könnte. Hat es ihm was genützt? Das Gericht hat durchschaut, dass er lügt, und ihn in den Knast gesteckt. Auch Ninio wird in den Knast wandern, glaub mir«, machte Jaron ihr Mut.

»Außerdem, Nachmias«, fügte er noch hinzu, »du bist hier die Juraabsolventin. Ob er bei ihrer Ermordung betrunken war oder nicht, macht keinen Unterschied. Wie sagt ihr Juristen? Wenn Alkohol im Spiel ist, muss er damit rechnen, dass er die Kontrolle über das verliert, was er tut. Daher ist es sein Problem, wenn er einen Mord verübt hat. Dafür kann er nur sich selbst anklagen, so ähnlich heißt es doch. Es kann von Mord auf Totschlag gemindert werden, aber er fährt immer noch für ein geraumes Weilchen ein … Hab ich recht?«

»Das Problem ist«, David unterbrach ihn und zündete sich eine neue Zigarette an, »dass sich seine Version mit unseren Beweisen deckt. Zwar haben wir seine Fingerabdrücke und seine Blutspur gesichert, aber nur an der Außentür. In der Wohnung hat er keine Spuren hinterlassen. In forensischer Hinsicht ergibt seine Aussage Sinn. Das heißt, er ist zu ihrer Wohnung, hat sich bemerkbar gemacht, hat an der Tür eins übergezogen bekommen und ist wieder gegangen.«

»Zumindest kann er den Richter aufgrund berechtigter Zweifel dazu bringen, ihn freizusprechen«, setzte Anat fort.

»Dann war's das, wir brechen an der Stelle ab? Sagt mal, habt ihr noch alle Tassen im Schrank?« Jaron war stocksauer.

»Wir brechen nicht ab, wir denken nach«, besänftigte David ihn und blies Rauch in seine Richtung.

»Ich bin mir sicher, dass er sie umgebracht hat«, sagte sie in die Stille. »Er spielt mit uns. Es wird eine schwache Stelle geben und wir werden sie finden.«

»Wie wär's denn damit, wenn wir Borochov verhaften, mal hören, was der sagt?«, warf Jaron ein.

»Vergiss es«, David schüttelte den Kopf. »Mit dem haben wir schon ausreichend Erfahrung gemacht. Entweder wird er behaupten, er sei nicht bei Ninio gewesen, oder der habe ihn missverstanden. Ohnehin ist alles, was er weiß, durch das Anwaltsgeheimnis geschützt. Aus Borochov holen wir nichts heraus. Wir haben schon oft versucht, ihn zu knacken, und nie ist etwas dabei herausgekommen.« David wandte sich Anat zu. »Nachmias, irgendeine Idee?«

»David, gib mir fünf Minuten mit diesem Typen. Glaub mir, danach wird er dir alles vorsingen, was du hören willst ...«, sagte Jaron.

»Nun hör schon auf … Ich dachte, das hätten wir hinter uns«, unterbrach sie ihn wütend.

Jaron ignorierte ihren Einwand. »Immerhin hat er den Namen Borochov ins Spiel gebracht, also klären wir ihn doch mal auf, was passiert, wenn wir diese Neuigkeit in Umlauf bringen. Er wird in Abu Kabir nicht eine Nacht überleben … Und auch wenn wir ihn auf freien Fuß setzen, werden ihn Borochovs Leute an den Eiern aufhängen … Wollen wir doch mal sehen, ob er dann zu einem Geständnis aufgelegt ist.«

»Er ist Staatsanwalt und genießt besonderen Schutz«, hielt sie ihm entgegen.

»Das weiß er nicht«, widersprach er.

»Damit können wir noch warten, Jaron.« David machte ihrer Debatte ein Ende. »Nachmias, irgendeine Idee? Bevor die hohen Herren uns am höchsten Baum aufhängen?«

»Gabriel hat ausgesagt«, sie räusperte sich, »dass Aramei von einem wichtigen Mann weißer Hautfarbe gesprochen habe, der ihm für das Geständnis Geld anbieten wollte …«

»Und du hast gedacht, das wäre Ninio gewesen«, fiel David ihr ins Wort.

»Das ist eine Möglichkeit«, sagte sie. Jariv hatte eingeräumt, dass er Aramei vom Gericht her kenne, hatte jedoch energisch bestritten, jemals unter anderen Umständen mit ihm geredet zu haben.

»Und die andere?«, wollte David wissen.

»Dass Ninio in betrunkenem Zustand Poleg ermordet hat, Borochovs Leute auf irgendeine Weise davon erfahren und beschlossen haben, ihn zu erpressen«, erwiderte sie.

»Die Hilfe, die Ninio erwähnt hat und die Borochov ihm in Aussicht gestellt haben soll?«, hakte David nach.

Sie nickte.

»Wie sollen deiner Meinung nach Borochovs Leute spitzbekommen haben, dass Ninio der Mörder ist?«

Sie zuckte mit den Schultern. »Sie haben Michal bedroht und sie angegriffen. Sie hat etwas herausgefunden, was ihre Aktivitäten am alten Busbahnhof betrifft, offenbar, inwieweit sie in den illegalen Geldtransfer involviert sind.« Sie ertappte sich dabei, dass sie teilweise Itais Theorie übernahm.

»Nicht auszuschließen, dass sie Michal beschattet, ihre Wohnung observiert haben, um herauszufinden, zu wem sie Kontakte hatte, und dabei ist ihnen Ninio über den Weg gelaufen. Sobald wir wissen, wer sich dahinter verbirgt, werden wir eine Antwort darauf haben.«

»Meinst du wirklich, die würden wegen diesem laufenden Meter so einen Aufwand schieben?«, machte sich Jaron lustig.

Sie wollte ihm eine saftige Antwort geben, stattdessen sagte sie: »Sie war zu allem entschlossen und hat an sich geglaubt.«

»Und vielleicht haben diese Leute auch den Mord begangen?«, schlussfolgerte David.

»Der Gedanke ist mir auch gekommen, aber das ergibt keinen Sinn«, entgegnete sie. »Sie hat ihren Mörder gekannt und ihm die Tür geöffnet. Die Mafia klopft nicht an Türen, sorgt nicht mitten in der Nacht für Lärm und Aufruhr.«

»Kurz gesagt, wir haben einen Mörder, aber es fehlt uns an Zeugen. Wir brauchen einen Kontaktmann, der uns zu ihnen führt, aber Borochov ist dafür der falsche«, resümierte David.

Sie nickte.

Jariv Ninio fing wieder an herumzubrüllen: »Anwalt, ich will einen Anwalt, jetzt!« Sie konnten es ihm nicht länger verwehren. In weniger als vierundzwanzig Stunden mussten sie bei Gericht die Verlängerung der U-Haft beantragen. Anders als bei Gabriel, dessen Verteidiger sich mit allen Forderungen der Polizei einverstanden erklärt hatte, stand ihnen hier eine Auseinandersetzung bevor.

»Wir müssen den Weg nachzeichnen, den das Geld genommen hat«, sagte sie.

»Das finde ich auch.« David nickte. »Beginnen wir mal mit diesem Aramei. Er hat Geld von einem Israeli bekommen, der darauf aus war, dass Gabriel den Mord gesteht. Wenn wir in Erfahrung bringen können, von wem er es erhalten hat, kommen wir dem Mörder näher.«

»Na dann, knöpfen wir ihn uns vor, schauen wir mal, was der so weiß. An die Arbeit.« Jaron stand auf, wollte loslegen.

»Er hat einen *Laissez-Passer* bekommen und Israel vor ein paar Tagen verlassen«, räumte Anat leise ein.

»Wo ist er?«, fragte David sichtlich enttäuscht.

»In Frankreich.«

Jaron schnaufte vor Wut.

»Hast du eine Ahnung, wie man an ihn herankommt?« David unterbrach sie und sog ein paarmal hektisch an seiner Zigarette.

»Ich kenne jemanden, der es wissen könnte«, erwiderte sie.

»Ah, dein kleiner Liebling?«, fragte Jaron.

»Wer?« Sie spürte, wie ihre Wangen glühten.

»Wie war doch gleich sein Name? … Dieser Itai Fischer. Von dem du so höllisch begeistert warst, als er auf der Trauerfeier gesprochen hat … Du warst ja regelrecht vernarrt in ihn … Meinst du, so was entgeht uns, Nachmias?«, zog Jaron sie auf.

»Ja, Itai Fischer.« Inzwischen war sie karminrot.

77

◊ ◊ ◊

Durch die Gitterstäbe sah Gabriel auf den Mond, der hin und wieder zwischen den schweren Wolken hervorschaute. Draußen nahm die Welt ihren gewohnten Gang, während sein Leben stillstand.

Heute war die Kommissarin zu ihm gekommen und hatte eine Aufzeichnung von ihm machen wollen, in der er sich an Aramei wenden und ihn darum bitten sollte, preiszugeben, was er wusste. Als er sie gefragt hatte, wann sie ihn herausholen würden, hatte sie ihn um mehr Geduld gebeten. Seit dem Wiedersehen mit Lidi war es mit seiner Geduld jedoch vorbei. Er wollte alles jetzt und so schnell wie möglich. Was sie wohl gerade machte? Ob sie zurechtkam? Wie fühlte sie sich? Die Angst, dass die bösartigen Leute, ihre Entführer, wieder vorbeikämen, zermürbte ihn. Bei ihrem Abschied hatte er ihr seine baldige Entlassung versprochen. Gewiss fiel das Warten auch ihr schwer.

In ihm war etwas in Bewegung geraten, als er sie gesehen hatte. Er hatte bereits auf sein Leben verzichtet gehabt, doch seine kleine Schwester gab ihm Energie und Zuversicht. Er wollte nicht länger das Werkzeug anderer sein.

Als später am Nachmittag sein Anwalt zu ihm gekommen war, hatte der ihm mitgeteilt, dass die Vereinbarung geplatzt sei. »Ist das gut oder schlecht?« Er verstand nicht. »Sehr schlecht«, hatte der Anwalt erwidert, war aufgestanden und gegangen.

Die Kommissarin hatte ihm versprochen, dass sie Lidi und ihm Schutz gewähren und nicht zulassen würden, dass ihnen jemand etwas zuleide tue. Sie würden nicht denjenigen im Stich lassen, der ihnen geholfen hatte, Michals Mörder zu fassen.

Konnte er den Israelis vertrauen?

Hagos würde es bejahen. Aramei verneinen. Nun war er auf sich gestellt. Hagos und Aramei waren nicht mehr da. Er fragte sich, was Michal zur Antwort gäbe. »Einem Teil ja und einem Teil nicht«, würde sie sicherlich sagen. Er glaubte, dass Itai und die Kommissarin zu den Menschen gehörten, denen man vertrauen konnte. In letzter Zeit dachte er sehr viel an Michal. Er würde ihr gern Lidi vorstellen. Sicher kämen sie gut miteinander aus, da Michal wissen würde, wie sie Lidi helfen könnte, um über die furchtbaren Dinge hinwegzukommen, die sie erlitten hatte. Er wusste, dass sie als Freiwillige auch in einem Beratungszentrum für Vergewaltigungsopfer gearbeitet hatte. Möglicherweise trug er jetzt dazu bei, ihren Mörder zu schnappen. Hoffentlich.

Eine schwarze Wolke schob sich über den Mond und draußen wurde es dunkel. Gleich würde es regnen.

78

◊ ◊ ◊

Je länger sich die Besprechung hinzog, desto heftiger wurden Anats Kopfschmerzen. Letzten Endes lief alles auf einen Berg von bürokratischen Vorschriften hinaus. Nie hätte sie gedacht, dass sie internationale Abkommen und Gesetze durchforsten müsse, um nach Frankreich fahren und Aramei einige simple Fragen stellen zu dürfen. Um außerhalb von Israel Ermittlungen durchzuführen, das wusste sie inzwischen, brauchte sie Genehmigungen von Interpol, vom israelischen Justizministerium, vom französischen Justizministerium und von der französischen Polizei.

Gestern Abend hatte Jochai Kontakt mit dem Vertreter der israelischen Polizei in Frankreich aufgenommen – er stand kurz vor seiner Pensionierung –, damit der die Angelegenheit beschleunige. Der Vertreter, der der Ansicht war, das Kapitel Polizeidienst in seinem Leben bereits abgeschlossen zu haben, hatte lustlos unverständliche Antworten in den Hörer gebrummt. Am Ende des Gesprächs waren sich alle Anwesenden im Raum einig gewesen, dass von ihm nichts zu erwarten sei.

David mobilisierte sogar seine persönlichen Kontakte und rief einen französischen Polizeibeamten an, den er auf dem Kongress in Österreich kennengelernt hatte. Der Franzose lachte, als David dazu ansetzte, ihm das Flüchtlingsproblem zu schildern, mit dem Israel konfrontiert sei, und hinzufügte, dieser Mord könne einen verheerenden Brand anrichten.

»Ihr Israelis macht aus allem gleich ein Drama«, spottete er. »Ihr denkt bei jedem Problem, dass nur ihr es habt. Wann werdet ihr endlich erwachsen? Habt ihr eine Ahnung, wie viele Afrikaner es in Frankreich gibt? Was sind schon sechzigtausend? Pffff … Bei uns sind es Millionen und das seit Jahrzehnten. David, *mon cher ami,* was wir bei dem Thema schon wieder vergessen haben, habt ihr noch nicht mal gelernt«, fasste er zusammen. Letzten Endes versprach er, dass er versuchen würde zu helfen. Noch einer von diesem Schlag.

Jochai bedachte sie permanent mit vorwurfsvollen Blicken. Er hielt diese ganzen Ermittlungen für überflüssig. Der Mordfall Michal Poleg hätte schon längst mit einer kleinen Verurteilung im Rahmen einer Vereinbarung über das Strafmaß abgeschlossen sein können. Er hatte gehofft, dass wenigstens die Ermittlungen im Fall Jariv Ninio zügig und ohne Komplikationen über die Bühne gingen. Weder noch, wie sich zeigte.

Nicht zuletzt machte die Staatsanwaltschaft ordentlich Druck – bestand nun bei Gabriel oder bei Jariv begründeter Anlass zur Untersuchungshaft? Wer war der Mörder? Sie konnten die Leute schließlich nicht ewig in U-Haft festhalten. Sie sollten sich entscheiden – Gabriel oder Jariv. »Schwarz oder weiß.« Jaron lachte.

◊

Die Debatte in der internationalen Abteilung des Justizministeriums wollte nicht enden. Als sie den Äußerungen der Juristen lauschte, wurde ihr wieder bewusst, warum sie vor diesem Beruf die Flucht ergriffen hatte. Die zahllosen Gesetze, Verfahrensabläufe, Papiere, immerzu wurden nur neue Probleme aufgeworfen. Nie Lösungen.

Selbst wenn sie sämtliche Genehmigungen erhielte, war der Weg noch lang. Sie mussten Aramei in Frankreich orten und ihm entlocken, wer der Israeli war, der zu ihm Kontakt aufgenommen und die Polizei manipuliert hatte. Zwei hohe Hürden. Für heute Abend war sie mit Itai verabredet, um zu sehen, ob und wie er ihnen behilflich sein könne. Um eine angenehme Atmosphäre für seine erhoffte Kooperation zu schaffen, hatte sie ein Treffen in einem Café vorgeschlagen. Er hatte zugestimmt. Und sie hatte sich gefreut. Sie wollte ihn gern außerhalb ihres maulwurfsgrauen, deprimierenden Büros treffen.

Als die Juristin Chen Schabtai von der internationalen

Abteilung sagte, »dass wir alle Langmut aufbringen müssten, es gäbe juristische Probleme«, spürte sie, dass es mit ihrer Geduld vorbei war. Ihr schwammen die Felle davon. Letzten Endes bekäme sie alle Genehmigungen, darüber waren sich alle im Klaren. Doch bis dahin würden diese Beamten ihr das Leben schwer machen. Bei anderen Ermittlungen konnten die Dinge ein wenig warten. In diesem Fall nicht. Sie musste schnellstens handeln.

»Ich habe einen Vorschlag, der einige Probleme der Verfahrensweise lösen kann«, sagte sie. Aller Augen richteten sich auf sie. Bisher hatte sich nur David zu Wort gemeldet.

»Ich denke, dass es hier um etwas Juristisches geht, Kommissarin Nachmias, bei allem Respekt«, wollte die Staatsanwältin ihren Einwand unterbinden.

»Wir brauchen Aramei nicht als Zeugen vor Gericht. In dieser Phase müssen wir ihn lediglich dazu bringen, dass er uns mitteilt, was er weiß. Daher schlage ich vor …«

»Kommissarin Nachmias, hätten Sie bei der juristischen Analyse zugehört …«, intervenierte die Staatsanwältin erneut.

»Die habe ich sehr wohl vernommen«, Anat ließ sich von ihr nicht aus dem Konzept bringen. »Beamte eines bestimmten Staates dürfen im Ausland ohne Genehmigungen keine Ermittlungen durchführen. Das habe ich verstanden. Das ist das Kernproblem. Und wenn die Nachforschungen von jemandem durchgeführt werden, der nicht Polizist ist?«

Die verblüffte Staatsanwältin blätterte in ihren Unterlagen, um den Wortlaut des Gesetzes nachzulesen. »Ich habe das bereits geprüft, Staatsanwältin Schabtai, es spricht nichts dagegen«, sagte sie im gleichen resoluten Ton. »Die Gesetze und die Abkommen befassen sich lediglich mit der polizeilichen Ermittlung. Wir werden jemanden dorthin schicken, einen Bürger, der den Zeugen kennt, um mit ihm zu reden, ihn davon zu überzeugen, uns mitzuteilen, was er weiß. Ich werde mit ihm fahren, nicht als Ermittlerin, sondern als Begleiterin, und ihn anleiten. Sollte auch das ein juristisches Problem darstellen, werde ich mich damit einverstanden erklären, bei dem Treffen der beiden nicht anwesend zu sein. Sollten die Informationen, die wir erhalten, von Bedeutung sein und wir eine Zeugenaussage benötigen, die wir später vor Gericht verwenden können, dann werden wir alle Mechanismen in Bewegung setzen, die erforderlich sind und die, wie Sie uns ausführlich erklärt haben, viel Geduld kosten.«

»Aber wie sollen wir die Reisekosten des Bürgers verbuchen? Es geht auch um seine Versicherung. Da muss das Vergaberecht geprüft werden, so einfach ist das nicht«, kommentierte die Staatsanwältin. Juristen mochten einfache Lösungen nicht. Sie stellten ihre Daseinsberechtigung in Frage.

»Wir sind der festen Überzeugung, dass ein juristisches Genie wie Sie für diese technischen Probleme eine Lösung finden wird.« David stützte sich auf seine Krücken und erhob sich, Anat tat es ihm schnell nach.

»Nicht schlecht, Nachmias.« Kaum draußen versetzte er ihr mit dem Ellbogen einen Stoß in die Rippen. »Den Flirt kannst du von der Steuer absetzen.«

»Jetzt ist aber gut«, wies sie ihn in die Schranken.

79

◊ ◊ ◊

Jariv presste den Hörer des Münzfernsprechers an sein rechtes Ohr, während er sich das linke zuhielt.

Die Polizei hatte ihm eine eigene Zelle gegeben, um ihn in seiner Eigenschaft als Staatsanwalt vor anderen zu schützen und unter Umständen auch vor sich selbst (Ihm war der Gedanke nicht einmal gekommen. Also wirklich ...). Die Zelle war klein, ein Bunker, die Wände erdrückten ihn. Er hatte keine Ahnung, ob es Tag oder Nacht war. Von seinem klebrigen Körper ging ein widerlicher Geruch aus. Davon abgesehen war er vierundzwanzig Stunden lang dem unentwegten Lärm der Gefangenen, der Vollzugsbeamten, der Polizisten ausgesetzt. Dieser Lärm drang durch die Wände und tropfte wie bei der chinesischen Wasserfolter auf sein Herz.

Er brauchte jetzt Ruhe. Musste nachdenken. Entscheiden, wie er vorgehen sollte. Seinen Sieg gut ausarbeiten. Der Lärm raubte ihm den Verstand. Garantiert machten sie das mit Absicht. Versuchten seine Psyche, seine Selbstsicherheit zu erschüttern. Doch den Gefallen würde er ihnen nicht erweisen.

Besuch wurde ihm verwehrt. Er hatte seine Eltern und seinen Bruder bei der Verhandlung gesehen, als die Untersuchungshaft verlängert worden war. Sie hatten hinter den Fernseh-Teams und den Journalisten gestanden, die ihn unentwegt abgelichtet und eine Frage nach der anderen auf ihn abgeschossen hatten. Die Familie hatte ihm gewinkt und Küsse durch die Luft geschickt.

Inbar hatte er nicht gesehen.

Seine Verhandlung war erwartungsgemäß kurz und knapp ausgefallen. Die Richterin hatte die Verlängerung der U-Haft um fünf Tage genehmigt und man hatte ihn nach Abu Kabir zurückgebracht. Immerhin war eine vollständige Nachrichtensperre angeordnet worden. Seine Verhaftung würde nicht an die Öffentlichkeit dringen. Er hätte den Gedanken nicht ertragen, dass ihn jeder, gedemütigt wie ein kleiner armseliger Gauner, im Gerichtssaal sehen könne. Wenn dieser Albtraum vorbei wäre, würde er es ihnen allen heimzahlen. Diese Fotos durften auf keinen Fall an die Öffentlichkeit gelangen, sie würden ihm auf Schritt und Tritt durchs Leben folgen.

Er hatte darum gebeten, Kobi möge ihn verteidigen, doch das ging nicht. Kobi war Zeuge. Der Rechtsanwalt, den ihm seine Eltern geschickt hatten, hatte keine Ahnung. Redete von Beweisen, begründetem Zweifel, zeigte ihm Urteile, gerichtliche Verfahrensweisen.

Bei ihrer letzten Besprechung hatte er ihn abserviert.

War er der Einzige, der verstand, was hier abging?

Gegen ihn lief ein Riesenkomplott. Weil man an Regev und vielleicht auch an Borochov nicht herankam, wollte man jetzt ihn abschießen. Dass er gegen die Afrikaner vorging, gefiel diesen sanftmütigen Liberalen nicht, daher hatten sie beschlossen, ihn kaltzustellen.

Wie ließ sich sonst erklären, dass die Polizei bei den Ermittlungen eine andere Richtung eingeschlagen hatte? Sie hatten einen Afrikaner gehabt, der aus freiem Willen gestanden hatte. Was war dann vorgefallen? Sicher hatten sie befürchtet, dass er im Prozess erzählen würde, Michal habe sexuelle Beziehungen zu ihm unterhalten. Sie hatten befürchtet, dass die Wahrheit über ihre Hilfsorganisationen herauskäme, über deren Symbiose mit der Polizei, die Betriebsfrieden anstrebte und zur Zusammenarbeit mit jedem bereit war, der ihn herbeiführen konnte. Auch wenn es die Feinde Israels waren. Regev könnte ihnen schildern, wer Michal war. Schließlich hatte sie stundenlang vor seinem Büro demonstriert und ihm den Verstand geraubt. Er hatte sie kennengelernt.

Es würde ihn nicht wundern, wenn ihn an diesem Abend in der Kneipe jemand betrunken gemacht hatte. Ihm möglicherweise auch Drogen verabreicht hatte.

Er durfte auf keinen Fall die Hoffnung aufgeben. Keiner dieser Polizisten hatte kapiert, dass ihre Tage gezählt wären, sobald Regev die Wahrheit aufdecken würde.

Immer wieder rief er bei Regev an, doch der nahm nicht ab.

Gestern hatte er ihn zwar erreicht, doch Regev hatte sich entschuldigt, er könne nicht sprechen. Er sei in einem Plenum und die Abstimmung eines wichtigen Gesetzes zögere sich hinaus.

Diesmal würde er auf einem Gespräch bestehen. Er würde den Abgeordneten vor seinen Karren spannen. Was ihm widerfuhr, war der Rachefeldzug für die wichtige gemeinsame Arbeit.

Sollte Regev zögern, würde er ihn daran erinnern müssen, dass er das Gutachten des Außenministeriums mit seinem Wissen und seiner Zustimmung unterschlagen hatte. Sollte er gestürzt werden, würde er Regev mit sich reißen. Er würde behaupten, vom ersten Moment an begriffen zu haben, dass dieses Gutachten vom Außenministerium ein Erdbeben ausgelöst hätte. Regev habe ihn jedoch dazu verführt, es geheim zu halten, denn er wollte all diese Afrikaner tot sehen.

Sie mussten bei dieser Sache kooperieren. Sie hatten gemeinsame Interessen.

Allerdings ging Regev vorläufig nicht ans Telefon.

80

◊ ◊ ◊

Dass er im Café saß und auf sie wartete, verursachte Anat ein Kribbeln im Bauch – ein Gefühl, das ihr peinlich war. »Hi«, sie begrüßte ihn mit einem warmherzigen Händedruck und senkte leicht den Blick, denn sie befürchtete, er könnte ihre Gedanken lesen.

»Hi.« Er hatte warme Hände und ein inniges Lächeln.

»Entschuldigen Sie bitte die Verspätung.« Sie nahm ihm gegenüber Platz. Er trug einen dicken, schwarzen Rollkragenpullover, der ihm die Luft zu nehmen schien und ihm ein wenig zu klein war. In Sachen, die ihm besser ständen, könnte er umwerfend aussehen.

»Na, was macht der Kampf gegen das Verbrechen?«

»Eher gegen die Bürokratie.« Sie strich eine Locke zurück, die in ihre Stirn gerutscht war.

»Das klingt weniger spannend.«

»Nun ja, damit sind Sie ja bestens vertraut. Sie sind Jurist, stimmt's? Da ist Bürokratie ja Ihr Fachgebiet.«

»Ich bekenne mich schuldig.« Er lächelte, und ihr fielen seine perlweißen Zähne auf.

»Nun ja, niemand ist vollkommen.« Uff, das war ihr so herausgerutscht. Fiel ihr denn nichts Besseres ein? Immer klang sie schwerfällig, aufgesetzt. Erst recht, wenn sie Eindruck schinden wollte.

»Wie ist es dazu gekommen? Ich meine, was hat Sie an dem Beruf ernüchtert?« Sie versuchte, es wieder hinzubiegen, als sie bemerkte, dass er auf ihren Ausrutscher nicht einging.

Er zuckte die Schultern: »Am Anfang lief es gut, wirklich gut. Ich habe mein Referendariat am Obersten Gerichtshof absolviert, und nachdem ich meine Zulassung erhalten hatte, bekam ich eine Stelle in einer der großen Kanzleien, in denen alle arbeiten wollen, weil sie meinen, dass sie dort Höhenluft atmen.«

Sie nickte. Sie wusste genau, wovon er redete.

»Im Gegensatz zu anderen, die einige Zeit brauchen, bis sie durchschauen, dass sie moderne Sklaven sind, habe ich schnell gemerkt, dass das nichts für mich ist. Reiche Leute noch reicher zu machen, macht mich wirklich nicht an. Ich habe nie wieder so gelitten wie in dem Jahr in dieser Kanzlei.«

»Warum sind Sie dann in der Kanzlei geblieben?«, fragte sie. Sie hörte ihm gern zu. Er hatte eine kräftige, tiefe Stimme.

»Aus Schuldgefühl und meiner Mutter wegen.« Er räusperte sich. »Regelmäßig hat sie mich daran erinnert, dass der Arzt meinte, ihr Herz würde es nicht verkraften, sollte ich den Beruf wechseln. ›Aber natürlich kannst du machen, was du willst‹, sagte sie immer.«

Sie lachte. Der Satz »Aber natürlich kannst du machen, was du willst« gehörte ebenfalls zum Standardrepertoire ihrer Mutter.

»Letzten Endes hat mir die Kanzlei einen Gefallen erwiesen und mir gekündigt«, sagte er. »Der Teilhaber sagte zu mir: ›Dass du die Mandanten dieser Kanzlei hasst, ist völlig in Ordnung. Aber dass du sie mehr hasst als die Mandanten der Gegenpartei, ist ein Problem.‹ Eine Woche später fing ich bei der ›Worker's Hotline‹ an, eine NGO, die jene Leute, die am meisten benachteiligt werden, in Arbeitsrecht berät. Dort war ich anderthalb Jahre. Als bei ASSAL ein neuer Leiter gesucht wurde, habe ich mich beworben.«

»Und wie kommt der Arzt Ihrer Mutter damit klar? Wurde ihm die Zulassung aberkannt?«, fragte sie amüsiert.

»Er und sie sind sich darüber einig, dass göttliche Vorsehung im Spiel war. Ihr sei es nicht vergönnt, in Ruhe zu sterben. Im Himmel wolle man, dass sie leide und tagtäglich mit ansehe, wie mein Staatsexamen an der Wohnzimmerwand zum Staubfänger wird.«

»Die Tragödie der jüdischen Mutter.« Sie lachte. Die Kellnerin kam zu ihnen und sie bestellte ein Bier vom Fass. Er auch. Im Allgemeinen trank sie nichts, schon gar nicht, wenn sie im Dienst war. Aber Itai gefiel ihr und sie wollte gern einen entspannten Abend verbringen.

Da es mit ihm so angenehm war, schob sie das eigentliche Thema ihres Treffens immer wieder hinaus.

Währenddessen fragte sie sich, ob er ihr auch so gefallen würde, wenn es sich um ein echtes Date handelte. Bei Dates war sie immer zappelig, kaum saß sie, grübelte sie, ob sie mit diesem Mann ihre Zukunft verbringen wolle, was der nächste Schritt sei und was in einem Monat wäre. In Itais Gegenwart aber fühlte sie sich einfach wohl. Wer hätte es geglaubt: Anat Nachmias war imstande, die Dinge geschehen zu lassen.

»Ich bin übrigens auch Juristin im Ruhestand.« Nur noch einige Minuten, beschloss sie, dann müsste sie auf Aramei und Gabriel zu sprechen kommen.

»Wirklich? Das sieht man Ihnen nicht an.« Wenn er lachte, zogen sich seine Augenwinkel leicht zusammen. Seine Augen hatten einen bestechenden Grünton.

»Was ist passiert? Wie ist aus einer Juristin eine Kommissarin geworden?« Seine Frage schien von ehrlichem Interesse zu zeugen.

»Mein Vater ist Jurist und schon als Jugendliche wollte ich in seine Fußstapfen treten. Als die Immatrikulation näherrückte, war ich mir unsicher, aber wir sind offenbar die Nachkommen siamesischer Zwillinge, die bei ihrer Geburt getrennt wurden. Meine Eltern wollten, dass ich einen doppelten Abschluss in Rechnungswesen und Jura mache. Schließlich habe ich nachgegeben. Das Referendariat habe ich in internationalem Steuerwesen gemacht. Und bevor Sie nachhaken – es ist genauso aufregend, wie es klingt.«

»Was Sie heute machen, war also nicht Ihr Kindheitstraum? Sie haben sich zum Purimfest nicht als Polizistin verkleidet?« Er fragte mit seiner tiefen, angenehmen Stimme, und ihr fiel auf, dass sie nicht, wie sonst meistens, das Bedürfnis empfand, sich für ihre Tätigkeit entschuldigen zu müssen.

»Dass ich bei der Polizei gelandet bin, war ein Zufall. In erster Linie wegen der Optionen an Einsatzmöglichkeiten, die ich nach dem Grundwehrdienst hatte. Für mich kam nur der Militärdienst innerhalb der Polizei in Frage. Ich wusste damals kaum etwas über die Polizei, und was ich wusste, war nicht positiv, aber der schreckliche Gedanke, zwei Jahre lang in einer Schreibstube der Armee zu versauern und für irgendeinen Oberstleutnant Kaffee zu kochen, reichte als Motivation, es zu probieren. Nach der Militärzeit wollte ich etwas anderes machen, aber dann schlug man mir vor, in die

Ermittlung zu wechseln. Ich habe zugesagt, weil ich erstens die Arbeit mochte und sie sich zweitens gut mit dem Studium vereinbaren ließ. Aber das ist schon lange her.«

»Sie mögen Ihre Arbeit?«

»Es gibt solche und solche Tage, und bei Ihnen?«

»Es gibt solche und solche Tage«, er lachte.

»Ich kann mir vorstellen, dass Sie nicht wegen des Geldes dort sind.«

»Mit den Riesengehältern, die man bei der Polizei bekommt, können wir nicht mithalten«, er schmunzelte.

»Sicher nicht einfach bei den derzeitigen Unruhen.« Sie wurde ernst.

»Es ist nicht leicht, in einem Bereich zu arbeiten, der in der Öffentlichkeit nicht angesehen ist.«

»Wem sagen Sie das!« Sie brachen in schallendes Gelächter aus.

81

◊ ◊ ◊

Itai rutschte unruhig auf seinem Stuhl hin und her. Die angenehme Atmosphäre war schlagartig verflogen, als die Rede auf Gabriel und Aramei gekommen war.

»Wir schlagen vor, dass Sie ihm eine E-Mail schicken. Schreiben Sie, dass Sie in Frankreich um Spenden werben und ihm bei der Gelegenheit sein letztes Gehalt auszahlen wollen«, Anat legte die Einzelheiten des Plans dar.

Er schwieg. Urplötzlich sprach sie im Plural: »Wir schlagen vor.« Er wollte Aramei nicht belügen oder ihn bei der Polizei in Schwierigkeiten bringen. Ihm missfiel auch, dass sie hinter seinem Rücken eine Aufzeichnung von Gabriel gemacht hatte.

»Es genügt, wenn er uns einige Anhaltspunkte liefert: die Telefonnummer des Mannes, die Beschreibung, irgendetwas. Dann können wir die Spur aufnehmen.«

Nur zu gern hätte er ihr vertraut. Mit der Idee einer gemeinsamen Frankreichreise hatte sie ihn ordentlich verblüfft. Er hätte nicht gedacht, dass die Polizei derartige Bemühungen anstellte und die eingefahrenen Bahnen verließ. Zwar sei die Reise mit hohem bürokratischen Aufwand verbunden, letztendlich aber eine Routinesache, hatte sie gesagt. Die Polizei vernahm nicht wenige Zeugen im Ausland. Und sie fuhren nur nach Frankreich, nicht nach Australien. Zudem ging es um einen Mordfall. Der Mörder musste gefasst werden. Wenn Aramei ihnen Informationen liefern konnte, musste die Polizei an ihn herantreten.

Was sie sagte, machte ihm Mut. Dennoch war er unschlüssig. Als er aufs Revier gekommen war, um ihr Gabriels Aufenthaltsort mitzuteilen, hatte sie ihm versprochen, bei der Verhaftung behutsam vorzugehen. Später hatte er von Gabriel erfahren, dass die Polizisten mit gezogenen Pistolen auf ihn zugestürmt waren.

»Wir haben keine andere Möglichkeit, den Mörder von Michal zu finden«, ließ sie nicht locker. »Es ist auch die einzige Möglichkeit, um meine Vorgesetzten dazu zu bewegen, Gabriels Geständnis anzuzweifeln.«

Sie setzte ihn unter Druck, das machte ihn rasend. Er hatte keinen größeren Wunsch, als Gabriel auf freiem Fuß zu sehen. Natürlich sollte Gerechtigkeit geübt, der Mörder von Michal gefasst und vor Gericht gestellt werden. Dass sie jedoch diese Saiten aufzog, war alles andere als fair. Unterm

Strich hatte Gabriel es ja ihr zu verdanken, dass er hinter Schloss und Riegel saß.

»Keine andere Möglichkeit?«

Sie schüttelte den Kopf.

»Ich mache mir einfach Sorgen um Aramei. Es hat ihn viel Zeit gekostet, dieses Reisedokument zu bekommen. Das darf ihm auf keinen Fall entzogen werden. Er will nicht zurück nach Israel.«

»Er hat nichts zu befürchten, das geht schon seinen Gang.« Sie lächelte ihn an.

»Und ob er was zu befürchten hat«, sagte er verärgert, weil sie seinen Worten so wenig Bedeutung beimaß.

Was verstand sie schon davon? Was wusste sie über das Leben, dass die Asylsuchenden hier führten? Über die Gefahren, die hier auf sie lauerten? Aramei hatte Frankreich nicht als Urlaubsort ausgewählt. Er hatte nicht aus Lust und Laune ein Flugticket im Internet gebucht und war ins Flugzeug gestiegen.

»Was zum Beispiel?« Sie ließ sich nicht umstimmen.

»Da wäre beispielsweise das Regime, das in Eritrea herrscht. Sie suchen ihn«, gab er trotzig zur Auskunft.

»Ebendeswegen sind wir ja auf Ihre Unterstützung angewiesen! Sie wollen doch nicht, dass wir zu anderen Methoden greifen, die Aramei schaden könnten«, redete sie ihm ins Gewissen, nachdem für kurze Zeit Stille eingetreten war.

Er blieb stumm. Es war ein Fehler gewesen, sich auf diese Diskussion einzulassen. Die Polizei hatte ihre eigene Agenda. »Andere Methoden« klang aus ihrem Munde harmlos, doch die damit verbundene Drohung war unmissverständlich. Ob mit oder ohne ihn, die Polizei wäre imstande, Aramei aufzuspüren. Er war so dumm, ihnen einen möglichen Weg aufzuzeigen. Er hätte sich in den Hintern treten können, dass er diese Naivität besessen und ihr vertraut hatte. Er war auf dieses faszinierende Lächeln und ihr aufmerksames Zuhören hereingefallen. Für einen Augenblick hatte er sogar gedacht … egal. Sie war Ermittlerin. Solcher Taktiken bediente sie sich garantiert bei jedem Kriminalfall.

»Ich werde kooperieren, aber nicht, um der Polizei unter die Arme zu greifen. Schon gar nicht, nachdem Sie mir gedroht haben«, stellte er klar und brach damit das Schweigen.

»Ich habe Ihnen nicht direkt gedroht.« Sie wirkte verlegen.

»Ich tue das für Michal, Gabriel und Aramei. Nur deswegen.«

82

◊ ◊ ◊

Boaz Javin lief schnellen Schrittes die Fuenn-Straße entlang. Die heftigen Niederschläge der letzten Nacht hatten die Kanalisation überflutet und trieben den Abfall der Gehwege vor sich her. Er schlang den Wollmantel enger um sich, den Irith ihm gekauft hatte. Hundekalt war ihm, und der Anblick, der sich seinen Augen darbot, widerte ihn an. Das Elend der Menschen, die am Straßenrand herumlungerten und ihn mit ihren Blicken verfolgten, war abstoßend. Er verabscheute diese Gegend.

In seiner Kindheit hatte sein Großvater mütterlicherseits mit ihm und dem Bruder den alten Busbahnhof aufgesucht, um sich einen schönen Tag zu machen. Jene Tage waren ihm in guter Erinnerung: die Auslagen, in denen sich das

Gemüse türmte, die vielen Spielzeugläden. Aus jener Zeit war nichts geblieben. Das Mauerwerk der Häuser zerbröckelte, sie schienen jeden Moment einzustürzen. Zerschmetterte Straßenlaternen, wo er nur hinsah. Heruntergekommene Hinterhöfe. Eine Rußwolke aus den Abgasen der unzähligen Busse legte sich über die Szenerie und wurde von Uringestank untermalt.

Ein junger Mann preschte mit dem Fahrrad über den Bürgersteig, er wich zur Seite und um ein Haar wäre er über einen Müllhaufen gestolpert.

Das Waffengeschäft in Argentinien war fantastisch gelaufen. Das war überwiegend das Verdienst seiner Pedanterie. Auch kriminelle Geschäfte florierten offenbar nur mit einem guten Buchhalter. Er musste mit Faro reden, damit er ihm diese Patrouillen ersparte. Schließlich hatte er die Schuld für sein früheres Vergehen über Gebühr abgebüßt. Ob der Tag je käme, an dem sie ihn in Ruhe ließen?

Er wandte den Kopf um und sah zu dem weißen Wagen, aus dem er soeben gestiegen war. Die beiden Männer beobachteten ihn mit einem Pokerface. Itzik hatte angewiesen, ihn jedes Mal an einer anderen Stelle abzusetzen. Er war darauf aus, dass alles lautlos und ohne überflüssige Dramen ablief. Er sollte nicht die mindeste Aufmerksamkeit erregen. Der Angriff auf Michal Poleg war ein einmaliges Vorkommnis gewesen, das sich nicht wiederholen durfte.

Vor einigen Tagen hatte er von ihr geträumt. Sie hatte auf der Straße gelegen. Ob auch er so enden würde? Sie hatte allein gelebt, er hatte Frau und Kinder. Was würde aus seiner Familie, wenn ihm etwas zustieße?

Die Leute, die im Hinterzimmer dieses Restaurants saßen und ihn erwarteten, waren furchterregend. Insbesondere den »General« konnte er nicht ausstehen, immerzu hatte er etwas zu murren und gab Anweisungen, als wäre Boaz sein Adjutant. Einmal hatte er sich erlaubt, Itzik zu fragen, wer er war, wofür er stand, warum er der »General« genannt wurde, doch Itzik hatte geschwiegen wie eine Auster.

Dort wurde sehr viel Geld umgeschlagen. Was wäre, wenn einer von ihnen beschließen würde, ihn kaltzumachen? Itzik war der Meinung, das würden sie nicht wagen, sie wüssten, dass Faro sie aufspüren würde. Aber er traute dem Landfrieden nicht. Er sah sich tot auf der Straße liegen. Vergeblich versuchte er, dieses Bild aus seinem Kopf zu vertreiben.

Erneut kam ein Radfahrer auf ihn zu. Diesmal ging er ihm früher aus dem Weg, hielt die schwarze Tasche gut fest.

Dann ging alles schnell. Der Radfahrer gab vor, an ihm vorbeizufahren, riss jedoch urplötzlich den Lenker herum und rammte ihn mit voller Wucht. Er ging zu Boden, die Tasche rutschte ihm aus der Hand. Rasch wollte er nach ihr greifen, aber der Fahrradfahrer war schneller, versetzte ihm einen Tritt ins Gesicht und stieß ihn auf den Bürgersteig. Bevor Boaz auf die Beine kam, raste der Radfahrer mit der Tasche in die andere Richtung davon. Schüsse pfiffen über ihn hinweg, Boaz schreckte zusammen, sah sich um. Der weiße Wagen preschte dem Fahrradfahrer nach, und der Beifahrer feuerte aus der Fensteröffnung Schüsse ab.

Boaz hielt schützend die Hände über den Kopf, schlotterte vor Angst.

Der Fahrradfahrer nahm eine Gasse, das Auto hielt abrupt, die Bremsen quietschten. Der Schütze sprang aus dem Wagen und nahm die Verfolgung auf, das Auto fuhr davon.

Er verharrte im Liegen auf dem Bürgersteig. Auf einmal wurde ihm klar, dass er auf sich gestellt war. Sie hatten ihn im Stich gelassen. Er säuberte sein Gesicht und bemerkte, dass es blutüberströmt war.

Die Leute kamen auf ihn zu, langsam und allmählich, wie in Zeitlupe. Was sollte er jetzt tun? Wohin gehen?

Sie bildeten sich ein, er habe noch mehr Geld bei sich, sie würden ihn umzingeln. Ihn fertigmachen. Ein Lynchmord in der Gegend des alten Busbahnhofs. Im Nu war er hoch und rannte los, ohne zu wissen, wohin. Nichts wie weg.

In der Ferne hörte er Polizeisirenen. Er rang nach Atem. Wenn er nicht auf seinen Körper hören würde, bekäme er womöglich einen Herzinfarkt. Sie durften ihn nicht kriegen. Mit dieser blutigen Visage käme er schnell in Erklärungsnot. Er rannte und rannte, schwitzte Blut und Wasser.

83

◊ ◊ ◊

Als Erstes fiel ihm ins Auge, dass Inbar keinen Ring trug. Der teure Verlobungsring, den er mit seiner Mutter beim Juwelier nahe der Diamantenbörse ausgesucht und ohne den sie das Haus nie verlassen hatte, war nicht an ihrem Finger.

In den letzten Tagen hatte die Kriminalpolizei die Vernehmungen zu seiner Person eingestellt. Das könne ein gutes oder ein schlechtes Zeichen sein, meinte sein neuer Anwalt. Schwer zu sagen. Höchstwahrscheinlich zeugte es von einer ungünstigen Entwicklung. Die Staatsanwaltschaft ging davon aus, alles zu wissen, und war dabei, die Anklageschrift aufzusetzen. In drei Tagen würde die nächste Gerichtsverhandlung zur Verlängerung der Untersuchungshaft stattfinden, da müssten sie einen Teil der Karten offenlegen.

Sie hatten ihm und Inbar einen ruhigen Raum zur Verfügung gestellt, »zu seinem eigenen Schutz«, wie sie sagten. »Zum Mithören«, war seine Befürchtung.

Er streckte die Hand aus, um ihr Gesicht zu streicheln, doch sie wich ihm aus, entzog sich leicht angewidert der Berührung. Unzählige Male hatte er ihr über seinen Anwalt ausrichten lassen, wie gern er sie sehen würde. Erst heute erwies sie ihm den Gefallen. Auch bei der Verhandlung zur Verlängerung der U-Haft hatte sie sich nicht blicken lassen. Er würde sie nach der Entlassung zur Rede stellen, momentan war es dafür noch zu früh. Er brauchte sie jetzt an seiner Seite, wollte der ganzen Welt demonstrieren, dass sie an ihn glaubte.

»Wie geht es dir, mein Liebling?« Er lächelte sie an.

Keine Antwort.

»Das Ganze ist ein Albtraum, Inbari. Das wird vorübergehen, du wirst sehen.« Er gab sich alle erdenkliche Mühe, einen harmonischen Ton anzuschlagen, dabei war er innerlich drauf und dran, zu explodieren.

Sie blieb stumm.

»Es schweißt uns beide nur noch fester zusammen. Unsere Liebe ist stärker als das. Hauptsache, wir halten jetzt zusammen …« Er ließ eine Reihe von Klischees vom Stapel, die ihm fast in der Kehle steckenblieben.

»Sag mir eins: Hast du sie umgebracht?«, fiel sie ihm mit bebender Stimme ins Wort.

»Was? Wie kommst du denn darauf?« Er rang nach Atem. »Wie kannst du mir diese Frage stellen?«

»Sie war deine Ex! Du bist bei ihr gewesen, als ich in Eilat war, um unsere Verlobung zu feiern … Nicht eine Silbe hast du darüber verloren!«, sagte sie vorwurfsvoll.

»Das war ein Fehler von mir … Es tut mir leid … Ich war betrunken. Hatte mich nicht unter Kontrolle. Ich hatte Sehnsucht nach dir und habe mich mit Alkohol getröstet.« Er versuchte, versöhnlich zu klingen, obwohl ihm das Blut in den Adern kochte. Er hatte mit ihrer Unterstützung, ihrem Verständnis gerechnet, nicht mit einem Angriff.

»Ach, auf einmal ist es meine Schuld?«

»Nein, um Gottes willen. Niemand ist daran schuld. Was da passiert ist …«

Sie ließ ihn nicht ausreden. »Ich dachte, zwischen uns gäbe es keine Geheimnisse.«

»Gibt es auch nicht, Inbari … Natürlich gibt es keine …«, setzte er an.

»Wirklich? Was hatten dann diese Anrufe mitten in der Nacht zu bedeuten? Die ich nicht entgegennehmen sollte … Wer war das?« Sie nahm ihn in die Mangel.

»Lass das, das ist kompliziert, das verstehst du nicht.« Er wollte dieses Gespräch so schnell wie möglich hinter sich bringen. Sie hatten genug Zeit mit diesem Schwachsinn vergeudet.

»Was?«

»Wie ich bereits sagte: Das ist kompliziert«, konterte er ungehalten.

»Kompliziert? Aha. Du hast mich permanent wie eine dumme Gans behandelt.« Mit einem Ruck stand sie auf. »Weißt du was, Jariv? Ich bin schlau genug, um zu kapieren, dass ich mit dir keine Zukunft habe. Das war's, es ist aus.«

Er erhob sich ebenfalls. »Inbari, wovon redest du? Was soll der Quatsch?«

»Es tut mir leid, Jariv. Ich … ich kann so nicht länger.« Tränen traten ihr in die Augen. »Ich hatte zu deinem Anwalt gesagt, dass ich besser nicht kommen sollte. Doch er meinte, dass es dein Wunsch sei, daher bin ich gekommen. Es tut mir leid. Ich ertrage das nicht länger.«

Betäubt verharrte er auf der Stelle. Alle ließen ihn im Stich. Auch Regev. Er hatte seinen Anwalt zu ihm geschickt, um ihn ein wenig einzuschüchtern. Doch Regev war mit allen Wassern gewaschen und behauptete, nie von einem Gutachten des Außenministeriums gehört zu haben, ohnehin würden sie sich nur flüchtig kennen. Sie hätten nur hier und da mal ein Wort gewechselt. In einigen E-Mails habe er ihm, von dem er geglaubt habe, er würde seine Arbeit gut machen, Mut zugesprochen. »Ich? Ein Gutachten unterschlagen? Wieso das denn? Nie und nimmer«, hatte sein Anwalt ihn nachgeahmt. Zudem leugnete er, Michal Poleg gekannt zu haben. »Hin und wieder gab es eine Demonstration, nichts von Bedeutung. Das habe ich gar nicht ernst genommen«, hatte er dreist gelogen.

Wie dumm, wie naiv er gewesen war. Erst im Nachhinein durchschaute er, dass es in Sachen Gutachten nur mündliche Absprachen gegeben hatte. Er hatte keinerlei Beweise, dass Regev davon Kenntnis hatte. Würde er die Polizei, die Presse davon unterrichten, könnte Regev die Angelegenheit mit Leichtigkeit von sich weisen. Und wem würde man glauben? Einem angesehenen Knesseth-Abgeordneten oder einem Staatsanwalt, der wegen Mordverdacht in U-Haft saß?

Er sank auf einen Plastikstuhl. »Jariv? Ist alles okay mit dir?« Er hörte Inbars Stimme über sich.

Er winkte ab. Sollte sie sich vom Acker machen. Wer brauchte sie schon?

Wäre es sinnvoll gewesen, hätte er unter Umständen versucht, sie umzustimmen, doch er wusste, dass es mit ihnen vorbei war.

»Es tut mir leid«, sagte sie abermals. Diese dumme Kuh. Sie klopfte an die Tür.

»Alles in Ordnung?«, erkundigte sich der Vollzugsbeamte von draußen.

»Ich bin hier fertig. Ich möchte gehen.« Er hörte, wie sie den Raum verließ.

84

◊ ◊ ◊

Das Handy klingelte und riss Anat aus ihren Gedanken.

Sie saß in ihrem Büro, durchforstete Papiere und Dokumente, formulierte die Fragen, die Itai Aramei stellen sollte. Sie wollte über Aramei so viel wie möglich wissen. Itai war zu Ermittlungen nicht befugt, und Aramei konnte ihn eiskalt abblitzen lassen. Dafür mussten sie gewappnet sein. Es gäbe nur diese eine Gelegenheit. Würden sie die verspielen, käme Jariv Ninio auf freien Fuß. Sein Verteidiger würde aufgrund seines angeblichen Gedächtnisverlustes begründete Zweifel anmelden. Schließlich war die Blutspur nur an der Außentür und Fingerabdrücke von ihm gab es in der Wohnung nicht.

Es machte ihr zu schaffen, dass Aramei noch nicht auf Itais E-Mail geantwortet hatte. Bisher hatte die Auszahlung seines Gehalts als Lockmittel versagt. Hatten sie den richtigen Zeitpunkt verpasst? War Aramei etwas zugestoßen?

Sorgfältig las sie den Vernehmungsbericht, den die Einwanderungsbehörde zu Arameis Person verfasst hatte, als er über Ägypten nach Israel gekommen war. Sie las auch die Aufzeichnungen zu jedem anderen dokumentierten Kontakt mit den staatlichen Behörden. Bei ihren Recherchen stieß sie sogar auf die Unterlagen von Hagos' Abschiebung.

◊

Ihr Handy klingelte immer noch. Itai.

»Hallo«, sagte er und ein kleiner Schwarm Schmetterlinge flatterte durch ihren Bauch.

»Hallo.« Mit einem Male war sie heiser.

»Ich habe von Aramei eine E-Mail bekommen.« Er klang sehr sachlich. Sie wusste, dass ihn der Druck, den sie bei ihrer letzten Begegnung auf ihn ausgeübt hatte, gekränkt hatte, doch was hätte sie tun sollen? Darin bestand nun einmal ihre Arbeit. »Er ist meinem Vorschlag, sich zu treffen, komplett ausgewichen. Ich soll ihm einen Scheck ausstellen. Er will jemanden schicken, der ihn abholt.«

»Schade«, sagte sie, obwohl sie es geahnt hatte.

»Damit mussten wir ja rechnen.« Er wollte sie ermutigen, doch ihr war bewusst, dass er erleichtert war.

»Können Sie die E-Mail an mich weiterleiten?«, bat sie. So lautete die Instruktion von den Kollegen der technischen Spezialeinheit. Mit Hilfe der E-Mail wären sie in der Lage, die IP-Adresse und den Server, den er benutzt hatte, zu ermitteln. Mit etwas Glück könnten sie den Ort, von dem aus die Nachricht versandt wurde, lokalisieren.

»Wozu brauchen Sie die?« Er klang misstrauisch. »Glauben Sie mir nicht?«

»Nein, das hat damit nichts zu tun. Ich brauche die E-Mail für unsere Dokumentation, für die Bewilligung der Dienstreise«, log sie.

»Ich schicke sie Ihnen gleich«, sagte er, nachdem sie ihm ihre E-Mail-Adresse diktiert hatte.

»Und was machen wir nun?«, fragte er. Fast hätte sie aufgelegt. Tricks und Manöver verabscheute sie ebenso wie er. Was sie da tat, hatte er nicht verdient, doch sie hatte keine Wahl. Wenn der Fall abgeschlossen wäre, würde sie es ihm erklären.

»Lassen Sie mich nachdenken, mit meinen Vorgesetzten reden, sie über die Antwort von Aramei informieren.« Sie versuchte, möglichst unverbindlich zu klingen.

85

◊ ◊ ◊

Itai tigerte in seinem Büro auf und ab. Es gab Handlungsbedarf, und zwar dringend, diese Warterei trieb ihn in den Wahnsinn. Die Polizei war mit dem Regime, das in Eritrea wütete, weniger vertraut als er. Würde die Polizei, um Aramei zu fassen, wegen seiner unbedachten Äußerung an das Konsulat herantreten, bekäme sie ihn nie in die Hände. Regeln und Vereinbarungen waren das Letzte, was diese korrupte Regierung interessierte. Sie würden Aramei aufspüren und selbst verhören. Die französische Regierung würde davon nichts erfahren, und die israelische Regierung würde nie wieder von ihm hören. Er würde einfach verschwinden, als hätte ihn die Erde verschluckt. Genau das passierte, wenn man mit einem Regime von Tyrannen kooperierte, das seine Bürger ermordete.

Bei Licht betrachtet blieb ihm wohl nichts anderes übrig, wollte er Aramei helfen. Der Vizekonsul hatte angedeutet, er habe Informationen. Und an die musste er vor der Polizei gelangen. Er wusste zumindest, mit wem er es zu tun hatte.

Er schloss die Augen. In das Konsulat zu gehen war gegen seine Grundsätze. Mit diesen Leuten wollte er nichts zu tun haben. Wäre Michal noch am Leben und würde erfahren, mit welchem Gedanken er sich trug, würde sie ihm die Hölle heißmachen. »Ich kann nicht glauben, dass du zu so etwas fähig bist!«, hörte er sie sagen. »›Ausverkauf der Werte‹ nennt man das, Itai. Bist du dir überhaupt bewusst, was du da tust?«

86

◊◊◊

Obwohl sie diese Antwort vorausgeahnt hatte, war Anat enttäuscht, als die Kollegen von der technischen Spezialeinheit ihr am Telefon mitteilten, wo Aramei sich befand. Bis zum letzten Augenblick hatte sie gehofft, es handele sich um einen Irrtum im Personenregister, den Verzeichnissen der Grenzpolizei, den Passagierlisten.

Dem war nicht so.

Sie griff zu Mobiltelefon und Autoschlüsseln und steckte beides in ihre Tasche. Sie schaltete den Computer aus und sortierte die Papiere, die auf ihrem Tisch verstreut waren. Im Spiegel des Fensterglases tat sie ihr Bestes, ihr Haar in eine gewisse Form zu bringen.

Beim Hinausgehen sah sie sich um. Bis zu ihrer Rückkehr würden einige Tage vergehen. Sie waren Aramei recht nahegekommen, genau geortet hatten sie ihn allerdings noch nicht.

Ihr Handy klingelte. Itai. Seit dem Nachmittag versuchte er, sie telefonisch zu erreichen. Bei dem Gedanken, mit ihm zu sprechen, war ihr ein wenig mulmig. Um Aramei zu finden, hatten sie hinter seinem Rücken operiert, und nun spielte er bei den Ermittlungen keine Rolle mehr.

»Anat, ruf mich an, es ist wichtig!!!«, stand in der SMS, die prompt folgte. Die Nachricht mit den drei Ausrufezeichen passte nicht zu ihm. Itai war kein hysterischer Typ.

Sie wollte ihn gerade zurückrufen, als Jaron schnellen Schrittes auf sie zukam.

»Auf dem Weg nach Paris, *mon amour?*«, er lächelte sie provokant an.

»Beer Schewa«, gab sie trocken zur Antwort.

87

◊ ◊ ◊

Schimon Faron ging in seinem Garten auf und ab. Nicht einmal die Blumen, die er so sehr liebte, vermochten ihn zu besänftigen. Zudem ging ihm das leichte Trommeln des Regens auf die Nerven.

Das Geschäft mit den Afrikanern brach ein. Er hatte angewiesen, alles zu unternehmen, um den Mistkerl aufzuspüren, doch bisher keine Spur. Etwa eine halbe Million Schekel hatte sich in Luft aufgelöst.

Es ging weniger ums Geld, eher ums Prinzip. Er galt nun als verwundbar. In letzter Zeit war er unbekümmert, selbstzufrieden geworden. Seit das Innenministerium, angestachelt von diesem Regev, den Afrikanern das Leben erschwerte, war sein Umsatz gestiegen. Es war ein einfaches

Prinzip: Versperrte der Staat einen bestimmten Zugang, suchten die Leute nach alternativen Lösungen, nach Umwegen.

Hochzufrieden hatte er sich zurückgelehnt. Er hatte seine Paranoia abgelegt, die für den Erfolg eines Unternehmers von seinem Schlag unverzichtbar war.

Vor einigen Minuten hatte er Boaz mitgeteilt, dass er ab sofort nicht mehr für die Afrikaner zuständig war. Nach diesem Zwischenfall war Vorsicht geboten, Boaz ließ sich dort besser nicht mehr blicken. Zu viele Leute hatten ihn gesehen. Hätten seine Leute ihn nicht rechtzeitig dort herausgeholt, hätte die Polizei ihn festgenommen und eine Lawine ausgelöst.

Obwohl Boaz es unterdrückte, hatte Faro das unscheinbare Lächeln auf seinen Lippen registriert, als er die Nachricht vernommen hatte. Wären nicht diese unsäglichen Kopfschmerzen, hätte er diesem Kerl mal gehörig Bescheid gesagt. Wo blieb die Dankbarkeit? Wo die Loyalität? Ohne Faro würde er im Knast sitzen und nicht in seiner Luxusvilla in Ramat Hascharon. Was dachte er sich? Dass die Sache damit abgehakt wäre? Sie ihn schön in Ruhe ließen und er sich die Jobs aussuchen könne? Von wegen! Er würde Boaz eine Lehre erteilen.

Er betrachtete den bewölkten Himmel, der seinen Gemütszustand zusätzlich verdüsterte. Wer würde Boaz nun ersetzen? Faros Hauptproblem war unverändert: Er hatte kein Personal.

Erneut rief er Itzik an. »Immer noch nichts, wir sind an der Sache dran.« Faro nahm die Anspannung in seiner Stimme wahr.

Auch mit ihm musste er ein ernstes Wort reden. Sein Job

war es gewesen, auf die Tasche und auf Boaz aufzupassen. Wieso hatten er und Jonathan den Mistkerl mit dem Auto verfolgt und Schüsse abgefeuert? War das hier Chicago? Der Wilde Westen? Seine Leute wussten, dass er solche Manöver hasste. Das war schmutzig, keinesfalls klug und stand einem Unternehmen nicht gut zu Gesicht. So schaffte man es nicht an die Spitze. Das war kriminelle Fahrlässigkeit.

Doch von allen Widrigkeiten der letzten Zeit machte ihm vor allem das Verschwinden des »Generals« zu schaffen. Wo zum Teufel steckte der Kerl?

88

◊ ◊ ◊

Aramei erhob sich rasch, als Anat den Raum betrat. Die Festnahme hatten die Polizisten von Beer Schewa durchgeführt, und sie hatten die Anweisung gehabt, ihm den Grund dafür nicht zu nennen. »Kommissarin Anat, Sie hier?«, fragte er verblüfft.

Hinter ihr tauchte Jaron auf. Sie meinte, in Arameis Augen Furcht wahrzunehmen.

»Nehmen Sie bitte Platz, wir möchten nur mit Ihnen reden.« Sie lächelte ihn an. Sie hatten den Polizisten des Bereichs klare Anweisungen gegeben: Keine Fesseln, keine Gewalt, ihn lediglich zur Vernehmung abholen. In den letzten beiden Tagen war das Internetcafé überwacht worden, von wo aus er seine Mail an Itai versendet hatte. Vor zwei Stunden war die Nachricht gekommen, er sei soeben hineingegangen.

»Worüber? Was ist los? Es tut mir leid, dass ich nicht

erreichbar war und nicht zur Arbeit erschienen bin. Meine Frau in Eritrea ist sehr krank, ich brauchte Zeit für mich, brauchte Abstand zu Tel Aviv, musste darüber nachdenken, was ich tun soll«, rechtfertigte er sich.

David, Jaron und sie hatten die Vernehmung bis ins Detail geplant. Ob sie die richtigen Entscheidungen getroffen hatten? In den letzten drei Tagen war eine Flut an Informationen auf sie eingestürmt, sodass sie nicht wusste, wo sie ansetzen sollte.

»Sie haben zu Itai Fischer gesagt, dass Sie nach Frankreich wollten und in Besitz einer Ausreisegenehmigung sind«, begann sie. Itai und David verfolgten die Vernehmung im Nebenraum. Es würde sie nicht wundern, wenn Jochai in seinem Büro in Tel Aviv das Gleiche tat. Solche Momente ereigneten sich in der Polizeiarbeit nur selten.

»Nun ja, ich brauchte ein wenig Distanz, ich mache gerade eine schwere Zeit durch.«

»Aha, Sie machen also Urlaub? Erholen sich in Beer Schewa?« Jaron trieb seinen Spott, sie warf ihm einen zornigen Blick zu. Stichelei würde nichts bringen.

»Es tut mir leid … Mein Kopf ist in letzter Zeit mit anderen Dingen beschäftigt«, erwiderte er und senkte den Blick.

»Sagen Sie …«, Jaron kam auf das Drehbuch zurück, das sie ausgearbeitet hatten, »kennen Sie zufällig einen Mann namens Imnai Kabri?«

Arameis Gesicht erstarrte, er richtete sich im Sitzen auf, als hätte die Erwähnung des Namens einen verborgenen Marionettenspieler dazu verleitet, an ihm zu ziehen. Das flüchtige Lächeln auf seinen Lippen erstarb. Sein Gesichtsausdruck wurde ernst.

»Kennen Sie ihn?«, fragte Jaron und schob ihm Fotos zu,

die Itai vom Konsulat hatte und auf denen er als Offizier abgebildet war. »Deshalb bin ich also hier?«, fragte er mit harter Stimme und verschränkte die Arme über der Brust. Er wirkte mit einem Mal anmaßend, selbstbewusst. »Wegen irgendwelcher Lügen, die man Ihnen im Konsulat erzählt hat?«

Sie hielten sich beide bedeckt.

»Sind Sie denn verrückt geworden? Und denen glauben Sie auch nur ein Wort? Diese Leute … Deswegen bin ich hier?«, feuerte er verächtlich ab.

»Nein, nicht deswegen.« Sie schüttelte den Kopf. Die plötzliche Veränderung, die mit Aramei vorging, machte ihr Angst. Die Erwähnung des Namens hatte binnen eines Augenblicks einen anderen Menschen aus ihm gemacht, den, der er einst gewesen war, Imnai Kabri, Ex-General der eritreischen Armee.

»Also worum geht es? Hatten Sie Sehnsucht nach mir?«, fragte er spöttisch, und ihr war klar, dass er im Bilde war.

»Schildern Sie uns, wie Sie Michal Poleg ermordet haben«, konterte sie und ließ ihn nicht mehr aus den Augen.

89

◊ ◊ ◊

Itai stockte der Atem, als er Aramei, oder vielmehr Imnai Kabri, auf dem Bildschirm verfolgte. Wegen seines Engagements gaben sie ihm »ausnahmsweise«, so ihr Wortlaut, die Gelegenheit, der Vernehmung beizuwohnen.

Zunächst hatte er nicht verstanden, was der Konsul von ihm gewollt hatte, als er ihm die Fotos vorlegte. Er hatte den Mann in der mit Orden, Medaillen und Bändern geschmückten Uniform und der Schirmmütze nicht erkannt.

»Schauen Sie sich das Gesicht an«, hatte ihn der Konsul gedrängt.

Auch da war der Groschen noch nicht gefallen. Er hatte eine Weile gebraucht, bis er den Mann erkannte, der sich hinter dieser Uniform und Funktion verbarg.

»Ist das nicht Aramei?« Seine Stimme zitterte.

»General Imnai Kabri«, berichtigte der Konsul.

»Aramei, General? Wovon reden Sie?« Kalter Schweiß überkam ihn.

Der Konsul schwieg und schob ihm ein weiteres Foto hin.

»Das glaube ich Ihnen nicht, das kann nicht sein, ich kenne Aramei.« Er stand auf. Er hatte es hier mit einem korrupten, gewissenlosen Regime zu tun, das vor nichts haltmachte. Sie würden nicht davor zurückschrecken, eine Person zu verleumden, ihr Missetaten anzudichten, wenn es ihren Zwecken diente.

Der Konsul blieb gefasst. Immer mehr Beweise breitete er vor ihm aus. Zahlreiche Fotos. Zeitungsmeldungen. Itai war sprachlos, als ihm klar wurde, dass Aramei, oder Imnai Kabri, nicht irgendein General war, sondern im Auftrag der Armee für die Rekrutierung von Kindern verantwortlich gewesen war.

Diese Vorgehensweise kannte er nur zu gut. Er hatte ausreichend Zeugenaussagen und Berichte von Flüchtlingen gehört: Soldaten fielen in die Schulklassen ein und griffen sich mit Gewalt Jungen heraus, um die Armee aufzustocken. Die Jungen wurden stehenden Fußes zu Soldaten erklärt. Ohne sich von den Eltern verabschieden zu können. Von da an waren sie für die nächsten dreißig Jahre Soldaten oder richtiger gesagt – Diener der herrschenden Junta. Sie bekamen weder Ausgang noch Urlaub, durften keine Familie gründen. Sie waren Kinder, die binnen eines Moments versklavt worden waren. Hagos war in Eritrea als Lehrer Zeuge solcher Zwischenfälle gewesen. Er hatte ihm berichtet, dass es strengstens verboten war, den Soldaten ins Gesicht zu sehen. Wer sie direkt anblickte, wurde auf der Stelle erschossen.

Wo es Opfer von Kriegsverbrechen gibt, gibt es auch Kriegsverbrecher, hallten ihm die Worte seines Großvaters, eines Schoah-Überlebenden, durch den Kopf, während er die Fotos betrachtete. Der Konsul stand neben ihm und fragte in hochmütigem Ton: »Na, nicht alles ist schwarzweiß, nicht wahr, Herr Fischer?«

Als er mit zitternden Knien aus dem Konsulat gekommen war, hatte er sofort Anat angerufen.

◊

Anat spielte Kabri im Vernehmungsraum seinen Telefonanruf bei der Polizei vor, mit dem er gemeldet hatte, dass er Gabriel im Lewinsky-Park gesehen habe. Nicht nur, dass er Gabriel nicht geholfen hatte. Er hatte ihn verraten.

Ein höhnisches Grinsen legte sich auf Kabris Gesicht. Wer war dieser Mann, fragte sich Itai, der so lange Zeit mit ihnen gearbeitet hatte? Dem sie geglaubt, vertraut, den sie gemocht hatten?

90

◊ ◊ ◊

Anat sah Kabri wortlos an, versuchte den Sturm der Empörung zu unterdrücken, der in ihr aufzog.

Der Verdacht gegen ihn war ursprünglich aufgekommen, als sein Name weder auf den Listen der Flugpassagiere noch in den Verzeichnissen der Grenzpolizei zu finden war. Der Verdacht hatte sich erhärtet, als Anat das Protokoll seiner Vernehmung in der U-Haft vom Gefängnis Ktzi'ot las. Dorthin war er kurz nach seiner Ankunft in Israel gebracht worden. Darin hatte er ausgesagt, dass seine Familie von dem herrschenden Regime ermordet worden sei und nur er überlebt habe. Sie hatte begriffen, dass seine Geschichten über die kranke Ehefrau und die zurückgelassenen Kinder gelogen, aufgelegter Schwindel waren. Als sie dann einen Dolmetscher beauftragt hatte, die Sequenzen von Gabriels Vernehmung zu übersetzen, in denen die beiden ein Zwiegespräch geführt hatten, hatten sich jegliche Zweifel verflüchtigt.

»Wir warten«, Jarons Hand donnerte auf den Tisch, »schildern Sie uns, wie Sie Michal Poleg umgebracht haben.«

Wieder grinste Kabri, beim Anblick seiner Zähne überrieselte es Anat kalt. Die Enthüllungen des Konsulats, die Itai ihr eröffnet hatte, waren frappierend. Vor ihr saß nicht nur der Mörder von Michal, sondern ein Kriegsverbrecher. Er hatte unter den Leuten Unterschlupf gesucht, die ihm zum Opfer gefallen waren.

»Meint ihr etwa, ich hätte vor euch Angst?«, fragte er geringschätzig. »Wer seid ihr denn? Verwöhnte Schmarotzer.

Habt ihr denn eine Ahnung, was ich im Leben durchgemacht habe? Denkt ihr, wenn ihr auf den Tisch haut, breche ich zusammen?«

Jaron wollte aufspringen, aber sie hielt ihn zurück. Die Fingerabdrücke von Aramei – Kabri – waren in Michals Wohnung gesichert worden. Dennoch fehlten ihnen zwei Dinge: ein schlagkräftiger Beweis und ein überzeugendes Motiv für den Mord. Beides würden sie nur durch die Vernehmung in Erfahrung bringen. Von ihr hing alles ab.

»Wir können Sie dorthin zurückschicken, das wissen Sie«, sagte sie und musterte ihn. »Damit eins klar ist: Wenn Sie uns nicht die Wahrheit sagen, weisen wir Sie noch heute aus. Ein General der eritreischen Armee hat kein Recht auf Asyl.«

Kabri winkte verächtlich ab.

»Wir geben Ihnen die Gelegenheit, nutzen Sie die«, fuhr sie fort, und ihre Stimme bebte ein wenig. Gemessen an ihm, waren alle Beschuldigten, die sie bisher vernommen hatte, kleine Fische gewesen.

Er blieb stumm.

Die Spurensicherung konnte ihm nichts nachweisen. Sie hatten im Grunde nichts gegen ihn in der Hand. Dennoch zweifelte sie nicht im Geringsten, dass er der Täter war. Alles passte zusammen und begann, einen Sinn zu ergeben.

»Die Leute vom Konsulat warten nur darauf, dass wir Sie ausliefern. Sie werden seit langem gesucht«, fuhr sie fort. Um von ihm ein Geständnis zu bekommen, musste sie an den richtigen Stellen Druck ausüben.

»Ich will einen Deal, bevor ich rede«, sagte er gelassen.

»Ich höre.«

»Ich erzähle euch, was ich weiß, im Gegenzug lasst ihr

mich laufen und sorgt dafür, dass ich euer Drecksland verlassen kann«, sagte er in aller Ruhe.

Jaron lachte.

»Was wissen Sie?«, fragte sie, bemüht, soweit wie möglich ein Pokerface zu wahren, das ihre Ängste und Hoffnungen nicht preisgäbe.

»Ich kenne die kriminelle Organisation, auf die Sie es abgesehen haben. Den Mann. Wie nennt ihr ihn? Den ›Banker‹?« Er grinste sie provokant an.

»Reden Sie, dann sehen wir weiter. Zunächst geht es uns um den Mord an Michal Poleg.«

Kabri lachte.

»Was glauben Sie denn, Kommissarin Anat? Mit Ihrem Spiel ist es aus. Ich bin nicht mehr Aramei, der arme Kerl. Ich gehöre nicht mehr zu der Sorte, die ihr nach Lust und Laune manipulieren könnt. Ihr wollt Informationen? Fein. Ich will eine Gegenleistung. Und bevor ich den Mund aufmache, will ich hier einen Anwalt und eine Vereinbarung mit Brief und Siegel. Also setzen Sie sich gefälligst in Bewegung, Kommissarin Anat, und schaffen Sie mir jemanden heran, der hier was zu sagen hat. Diese Vernehmung ist für Sie eine Nummer zu groß.«

91

◊ ◊ ◊

Itai verfolgte, wie Galith Lavi den Raum betrat und die Tür hinter sich schloss. Obwohl ihm soeben versichert worden war, dass Gabriel noch am selben Abend frei käme und der Staat erwog, ihn für seine Zeit in der Untersuchungshaft zu entschädigen, überkam ihn ein grässliches Gefühl. Was sich nun dort drinnen zwischen der Staatsanwaltschaft und Kabris Rechtsanwalt abspielen würde, war widerlich.

»Kennst du sie?« Anat berührte ihn leicht an der Schulter.

»Wir haben zusammen in Jerusalem studiert.« Sichtlich erleichtert lächelte er sie an. Er freute sich, ein liebenswürdiges Gesicht zu erblicken.

»Ich beneide sie nicht.« Sie setzte sich ihm gegenüber. »Ein Kuhhandel wie dieser ist einfach abscheulich.«

»Er wird seiner Strafe entkommen«, sagte er, halb fragend, halb antwortend.

Anat nickte.

»Das hat Michal nicht verdient. Sie wäre von dem, was hier vorgeht, zutiefst angewidert. Sie hätte nicht gewollt, dass ihr Tod den Grund für die Freilassung dieses Scheusals liefert.«

»Ich weiß nicht, ob ich dir da zustimmen soll.« Sie neigte sich ein wenig zu ihm und sagte leise, was nur für seine Ohren bestimmt war. »Während des letzten Monats habe ich Michal ein wenig kennengelernt. Sie war ein Mensch, der auf seinen Prinzipien bestand, koste es, was es wolle. Wir verwirklichen etwas, das sie unbedingt gewollt hat – wir werden den ›Banker‹ fassen. In einigen Stunden wird dieser Mann, der so viele Menschen ausgenutzt und missbraucht hat, verhaftet werden.«

»Aber Kabri ist nicht nur der Mörder von Michal.« Er ließ sich nicht umstimmen. »Hier lässt man einen Kriegsverbrecher entkommen. Stell dir vor, welche Unruhen ausbrechen würden, wenn beispielsweise Ungarn aus innenpolitischen Gründen irgendeinen Deal mit einem Nazi-Verbrecher vereinbaren würde.«

Sie saßen sich wortlos gegenüber. Abgesehen von der Bestürzung über Arameis wahre Identität fühlte er sich in hohem Maße schuldig. Schließlich hatte Michal ihn an jenem Samstagabend angerufen und ihm gesagt, dass sie etwas herausgefunden habe und sie bisher naiv gewesen seien. Er hatte nicht auf sie gehört.

Anat setzte ihm auseinander, dass Kabri derjenige war, der Hagos ausgeliefert hatte. Er hatte der Einwanderungsbehörde telefonisch übermittelt, dass Hagos mehrere Jahre mit seiner Familie in Äthiopien verbracht habe. Für das Innenministerium war diese Information Grund genug gewesen, um amtlich festzulegen, dass er Äthiopier und demzufolge abzuschieben sei. Ob Michal Aramei entlarvt hatte? Ob sie darüber im Bilde gewesen war, wer Hagos verleumdet hatte?

»Galith Lavi hat mir versichert, dass Gabriel in einigen Stunden freikommt«, brach er die Stille.

»Ja, ich weiß. Ich wollte mich bei dir, bei ihm entschuldigen, für alles, was vorgefallen ist … Er ist mit einem Geständnis zu uns gekommen … Das ist keine Bagatelle«, rechtfertigte sie sich.

»Ich verstehe das. Es ist nicht deine Schuld … Mit den Eingeschleusten ist es nie einfach … Nicht nur, wie man mit ihnen umgeht, wie man ihnen hilft, sondern auch, sie zu verstehen.« Er hatte das Bedürfnis, sie in Schutz zu nehmen, als er in ihrer Stimme Schuldgefühle wahrnahm.

Sie lächelte ihn an.

Die Tür ging auf und Galith Lavi steckte ihren Kopf herein.

»Wir haben eine Vereinbarung.«

92

◊ ◊ ◊

Sie waren zu viert im Raum: Galith Lavi und Anat saßen Kabri und seinem Anwalt gegenüber.

»Kurze Fragen bitte, wie vereinbart.« Der Anwalt räusperte sich und Galith warf ihm einen strengen Blick zu. Obwohl sie sehr wohl verstand, wie wichtig ein Verteidiger war, konnte sie sich nur schwer damit arrangieren, insbesondere, wenn sie Leute wie Kabri verteidigten.

»Ich möchte Sie daran erinnern«, sagte die Staatsanwältin in autoritärem Ton, »dass eine Bedingung der Vereinbarung darin besteht, dass Herr Kabri alle Fragen vollständig beantwortet und die Antworten der Wahrheit entsprechen. Sollten wir einen anderen Eindruck gewinnen, kommt die Vereinbarung nicht zustande. Ist das klar?«

Der Anwalt nickte.

»Haben Sie Michal Poleg umgebracht?« Anat beschloss, die wichtigste Frage am Anfang zu stellen.

»Ja«, spuckte er schnell aus, und sie erlaubte sich einen leisen Stoßseufzer. Aufgrund der verschiedenen Zwischenfälle während der Ermittlungen hatte sie befürchtet, er würde es abstreiten.

»Wie?«

»Ein Hieb mit der Bierflasche in den Nacken, daraufhin ist sie gestürzt und auf den Tisch gefallen«, berichtete er trocken, als rede er vom Wetter. Was wohl Jaron und Jochai von seiner Aussage hielten? Im Gegensatz zu Gabriel, der vom Tathergang keine Kenntnis gehabt hatte, war Aramei imstande, den Ablauf zu schildern. Es waren Einzelheiten, die nur der Mörder wissen konnte.

»Weshalb?«

»Sie hatte meine Verbindungen zum ›Banker‹ aufgedeckt. Sie hat mich zufällig gesehen, als ich mit ihm aus einer Filiale der Bank kam. Sie hat mir gedroht, es öffentlich zu machen. Sie hat mir die Schuld an Hagos' Abschiebung gegeben.«

»Wusste sie, dass Sie sich in Sachen Hagos an die Einwanderungsbehörde gewandt hatten?«

»Nein. Das hat sie nur vermutet.«

»Warum haben Sie sich an die Einwanderungsbehörde gewandt?«

»Hagos war mir im Weg. Er hat mich bei meiner Arbeit für die Bank behindert.« Er saß mit aufrechtem Oberkörper vor ihr, als würde er, wie auf den Fotos, immer noch die Uniform mit den Rangabzeichen tragen.

»Welche Art von Beziehungen unterhalten Sie zu der Bank, in welcher Form waren Sie für die Bank tätig?«

»Ich habe die Kunden rekrutiert. Sie kamen über ASSAL, dort erfuhr ich, wer was benötigte.«

»Und Ihre Arbeit für die Polizei?«

»Eine weitere Informationsquelle«, entgegnete er verächtlich.

»Kennen Sie Jariv Ninio?« Sie konnte sich mit dieser Frage nicht länger zurückhalten.

»Ich weiß, wer er ist«, war seine schlichte Antwort.

»Haben Sie kooperiert?«, fragte sie in der Hoffnung, zumindest Ninios Untersuchungshaft rechtfertigen zu können. Tatsächlich hatte sie bereits die Anweisung erteilt, Jariv Ninio zu entlassen, ebenso wie Gabriel sollte er in den nächsten Stunden aus dem Gefängnis entlassen werden.

»Nein.« Er schüttelte den Kopf.

Sie wollte die nächste Frage stellen, als er sie verblüffte.

»Als ich bei Michal war, klopfte er an die Tür. Er war betrunken. Michal und ich waren mitten in einer Auseinandersetzung – sie wollte, dass ich zur Polizei gehe und auspacke. Jedenfalls hat sie versucht, ihn abzuwimmeln, aber er wollte hereinkommen. Er hätte es auch fast geschafft. Ich stand hinter der Tür und habe sie ihm mit voller Wucht ins Gesicht gerammt. Er ist gestürzt und hat geblutet. Einige Minuten später ist er aufgestanden und gegangen.«

Auf einmal war alles glasklar – die Fingerabdrücke und Blutspuren an der äußeren Tür, die Wunde, unter Umständen sogar die Gedächtnislücke. Wenn Kabri ihm mit der Tür das Gesicht ramponiert hatte, hatte dies möglicherweise eine leichte Gehirnerschütterung ausgelöst. Damit wäre ein weiteres Rätsel gelöst. Sie musterte Kabri, der unbekümmert dasaß und auf weitere Fragen von ihr gefasst war. Sie rief sich zur Vernunft und fragte: »Was haben Sie nach dem Mord gemacht?«

»Ich hatte vor, die Stadt zu verlassen. Doch genau in dem Moment tauchte Gabriel auf und erzählte mir, dass er bei Michal gewesen war und ein Nachbar ihn gesehen hatte. Das war meine Gelegenheit. Die Polizei würde Gabriel, nicht mich suchen. Ich riet ihm, sich im Park zu verstecken, und informierte die Polizei. Aber eure Polizisten haben versagt. Als er mich kurz darauf treffen wollte, habe ich einigen Leuten Bescheid gesagt, dass er der Mann sei, den die Polizei sucht, und eine Menge Geld wert sei. Gabriel ist ihnen entkommen.«

»Und dann haben Sie ihn dafür bezahlt, damit er den Mord an Michal gesteht?«

»Nein.« Er schüttelte den Kopf. »In meinen Augen war es das Geld nicht wert, aber die Bank hat es gestört, dass sich derart viele Polizisten am alten Busbahnhof aufhielten. Sie wollten finden, wen die Polizei suchte, damit sie aus der Gegend wieder abzieht. Also habe ich das eine mit dem anderen kombiniert. Gabriel konnte seine Schwester befreien und die Polizei hatte einen Mörder.«

»Waren Sie an der Entführung von Gabriels Schwester beteiligt?«

»Nein.«

»Gabriel haben Sie Schaden zugefügt und seiner Schwester haben Sie geholfen …«

»Es ging dabei nicht um persönliche Dinge. Ich habe Gabriel sehr gemocht. Ich wollte ihm keinen Schaden zufügen. Wenn ich Lidi helfen würde, so hatte ich durchschaut, würde Gabriel den Mord gestehen. Ich habe mich gefreut, dass ich etwas Nettes tun konnte, ohne dass es mit meinen Interessen kollidierte.«

Anat verzog das Gesicht.

»Leute wie ihr«, er schüttelte den Kopf und in seinem Gesicht zeichnete sich für einen Moment ein bitterer Ausdruck ab, »können Leute wie uns nicht verstehen. Wir sind in einen Dschungel hineingeboren worden. Ein Mensch zerfleischt den anderen. Entweder gehörst du zu denen, die töten, oder du wirst getötet. Will man überleben, bleibt einem keine Wahl.«

Galith gab ihr ein Zeichen fortzufahren. Es war nicht zielführend, ihm Gelegenheit für politische Manifeste zu geben.

»Wusste die Bank von Ihrem Mord an Michal?« Sie beschloss, seine Begriffe zu verwenden.

»Zunächst wollte ich es ihnen sagen, doch dann kam Gabriel mir dazwischen, und ich behielt es für mich. Sie hätten den Vorfall nicht begrüßt.«

»Warum das? Sie hat doch die Bank bei ihren Aktivitäten gestört, nicht wahr?«

»Das hätte keinen Mord gerechtfertigt.«

»Aber später haben Sie die Bank in den Mord eingeweiht?«

»Ja«, nickte er. »Dieser Artikel im Internet, mit meinem Foto, hat alles zunichtegemacht.«

»Was haben Sie denen gesagt?«

»Dass ich bei Michal war, Jariv Ninio aufgetaucht ist und sie umgebracht hat. Mir war klar, dass sie mit dieser Information etwas anzufangen wüssten. Außerdem hatte ich gehofft, dass Ninio, in seinem Zustand, eine Gedächtnislücke hätte. Als Gegenleistung habe ich Geld verlangt, und dass sie mich außer Landes bringen.«

»Haben Sie bei der Bank viel Geld verdient?«

»Ich erledigte Auftragsarbeiten für sie. Sie bezahlen besser als die Polizei und mehr, als man mit Geschirrspülen verdient, wenn das Ihre Frage beantwortet. Aber nicht genug, um damit reich zu werden. Mein Ziel war es, dreißigtausend Dollar zu verdienen und von hier abzuhauen. Auf zwei Drittel habe ich es gebracht.«

»Die Bank hat Ihnen nicht geholfen, das Land zu verlassen, nachdem Sie Jariv Ninio ins Spiel gebracht haben?« Sie kam zurück auf seine Flucht.

»Das ist zurzeit alles andere als einfach. Das Innenministerium hat Angst vor dem Einfluss von Ehud Regev und stellt keine Ausreisedokumente aus.«

»Haben Sie in Eritrea Familie?«

Zum ersten Mal senkte er den Blick.

»Nein, habe ich nicht«, er sah sie wieder an. »Meine Frau und meine drei Kinder sind ermordet worden.«

Sie schwieg, überlegte, was sie sagen sollte.

»Eines Tages haben sie entschieden, dass ich ein Verräter sei. Sie haben meine Familie ermordet. Nur ich konnte entkommen«, sagte er leise.

Sie schlug den vor ihr liegenden Ordner auf. Die Enthüllungen über seine Familie erregten ihr Mitleid, und Mitleid wollte sie mit ihm nicht empfinden.

Sie deutete auf Michals Schnappschuss.

»Wissen Sie, wer das ist?«

»Boaz Javin. Er wohnt in Ramat Hascharon«, erwiderte er schnell.

»Ist er der ›Banker‹?«

»Ja.«

»Und für wen arbeitet Boaz Javin?«, wollte sie wissen. Er hob den Blick und sah sie mit diesem höhnischen Grinsen an, das ihr Furcht einflößte.

»Für die Bank.«

93

◊ ◊ ◊

Boaz Javin hatte Sagi gerade zum dritten Mal die Geschichte mit den Luftballons vorgelesen, als er das Klopfen an der Tür vernahm.

Er sah auf die Uhr, wunderte sich, wer das sein könne. Irith war zur Pilatesstunde gegangen. Die älteren Kinder waren bereits im Bett.

Für ihn lief es gerade gut. Der Raubüberfall auf offener Straße hatte dazu geführt, dass Faro ihn aus den Geschäften mit den Flüchtlingen abgezogen hatte. Von nun an brauchte er mittwochs keine Rundgänge zu absolvieren. Musste sich nicht mehr an dem Busbahnhof aufhalten, nicht länger den Gestank von Müll, Armut und Elend ertragen. Sich nicht in Räucherhöhlen begeben. Kein »General«. Kein Itzik mehr. Zwar war sein Gesicht noch von Platzwunden und Blutergüssen übersät – ein paar Souvenirs, aber die würden verheilen. Irith und jedem, der es wissen wollte, hatte er erzählt, dass er auf der Straße ausgerutscht sei. Keiner hegte Verdacht. Wieso auch?

Das Klopfen an der Tür wurde lauter.

Kurz darauf spähte ein kleines Gesicht aus dem Kinderzimmer.

»Wer ist das, Papa?«

»Schnell ins Bett mit dir, morgen ist Schule«, sagte er zu seinem Sohn, während er die Treppe hinunterging.

Kurz bevor er die Tür öffnete, hörte er die Worte: »Aufmachen, Polizei« – ihm gefror das Blut in den Adern.

94

◊ ◊ ◊

Gabriel strich Lidi über den Kopf. »Ist das endgültig?«, fragte sie mit erstickter Stimme. »Ist es wirklich vorbei, du bist frei?«

»Ja, Lidi, ich bin frei. Sie haben mich entlassen«, sagte er und auch seine Stimme überschlug sich. Die Nachricht, dass Aramei Michals Mörder war, hatte ihn nicht weniger schockiert als die Tatsache, dass er als Armee-General Schuljungen rekrutiert hatte. Wegen Leuten wie ihm hatte seine Mutter gewollt, dass er Eritrea verließe, bevor es zu spät sei.

Sie waren in der Wohnung von Itai, der weggegangen war, damit sie Zeit für sich hätten.

Nicht einen Moment hatte er Aramei misstraut. Er war felsenfest der Meinung gewesen, dass er den besten Willen hatte, ihm zu helfen. Von Itai wusste er, dass er versucht hatte, ihn der Polizei in die Hände zu spielen, und die Jugendlichen auf ihn gehetzt hatte. Gabriel hatte sich auf ihn verlassen und ihm vertraut, dass er Lidis Freilassung arrangieren, sich um sie kümmern würde. Er hatte seine kleine Schwester – und das nicht zum ersten Mal – in die Höhle des Löwen geschickt. Itai hatte sich bemüht, ihn zu besänftigen: Er solle sich keine Vorwürfe machen, niemand habe auch nur eine Ahnung gehabt. Und was Lidi betraf – als Aramei durchschaut hatte, dass er den Mord gestehen würde, hatte er alles darangesetzt, dass nichts schiefginge. Er hatte auch nicht für einen Augenblick daran gedacht, Lidi Leid zuzufügen, wenn auch nur, um sich selbst kein Leid zuzufügen.

Gabriel war über Arameis Festnahme erfreut, sollten sich die Israelis um ihn kümmern. Nicht nur, weil Aramei der Mörder von Michal war, sondern weil Leute wie er viele Menschen misshandelt und ihnen physische und psychische Schäden zugefügt hatten. Mit der Flucht nach Israel, so hatte Aramei kalkuliert, würde seine Vergangenheit ausradiert, doch ihm war Gerechtigkeit widerfahren. Seine Gräueltaten hatten ihn über Tausende Kilometer verfolgt, auf einen anderen Kontinent, in ein anderes Land. Gabriel empfand Genugtuung, dass er seinen Teil dazu hatte beitragen können.

»Was wird nun werden? Was werden wir machen?« Lidi sah ihn mit fragenden Augen an.

Er blieb stumm. Sie könnten solange bleiben, wie sie wollten, hatte Itai ihm versichert, doch er wollte dieses Angebot nicht überstrapazieren. Itai hatte genug für ihn getan. Er musste auf eigenen Beinen stehen.

Morgen Nachmittag sollte an Michals Grab eine Gedenkfeier stattfinden. Itai hatte ihm versprochen, dass sie gemeinsam hingehen würden. Er wollte sich von ihr verabschieden. Sich bei ihr für all das bedanken, was sie für ihn getan hatte. Sich bei ihr entschuldigen, dass er für ihre Rettung zu spät gekommen war. Er hatte auch vor, ihre Eltern zu treffen und ihnen auseinanderzusetzen, was für einen guten, edlen Charakter ihre Tochter besessen hatte.

Lidi hustete, es war wieder dieser trockene Husten, der ihren gesamten schmächtigen Körper beben ließ. Er musste sie beschützen. Beim letzten Mal war er gescheitert, das durfte ihm kein weiteres Mal passieren.

Aber was würden sie tun? Wo sollten sie wohnen? Vergangene Nacht hatte er kein Auge zugetan und dem Regen gelauscht. Er musste für Lidi einen warmen Ort finden. Woher sollte er das Geld für ein gemeinsames Zuhause nehmen? Itai hatte ihm erzählt, dass der Staat möglicherweise eine Entschädigung für die Untersuchungshaft zahlen würde, aber das würde dauern.

Vorerst hatte er weder Geld noch Arbeit. Morgen früh würde er zu Amir gehen und ihn bitten, ihn wieder als Geschirrspüler einzustellen. Amir war ein guter Mann. Er zahlte nicht schlecht und pünktlich.

Er strich seiner Schwester über den Kopf. Lange Zeit hatte er von diesem Moment geträumt. Und nun, da er gekommen war, quälten ihn nichts als Ängste.

Für ihn war in diesem Land kein Platz. Doch wohin sollte er gehen? Einen anderen Platz gab es für ihn in dieser Welt nicht.

95

◊ ◊ ◊

Obwohl er sich darüber im Klaren gewesen war, dass Inbar nicht auf ihn wartete, traf ihn der Anblick der Wohnung ins Herz.

Er verharrte auf der Schwelle der leer gefegten Wohnung – keine Möbel, keine Inbar, keine Zukunft – und war außerstande, sie zu betreten.

Seine Knie zitterten und er lehnte sich an den Türpfosten. Seit der Verhaftung hatte er vom Moment seiner Freilassung geträumt, was er tun, was er sagen würde. Er hatte sich eine große Pressekonferenz ausgemalt, bei der er der Polizei vorwarf, den Falschen gejagt zu haben.

Niemand wartete an der Pforte von Abu Kabir auf ihn, außer seinen Eltern. In aller Stille fuhren sie nach Hause. »Wir warten unten auf dich, falls du wieder bei uns wohnen möchtest«, sagte sein Vater. Zornig erwiderte er: »Das ist nicht nötig. Wieso sollte ich wieder bei euch einziehen? Ich bin doch kein kleiner Junge mehr.«

»Wir werden mindestens noch eine Viertelstunde hier warten«, sagte seine Mutter in versöhnlichem Ton, er stieg aus und knallte die Autotür zu. Mit seiner Karriere war es zu Ende. Kobi hatte ihm mitgeteilt, dass die Rechtsanwaltskammer gegen ihn klagen wollte und beantragt hatte, ihm die Zulassung zu entziehen. Zwar war er, was den Mord an Michal anbelangte, freigesprochen worden, aber das Gutachten, das er unterschlagen hatte, würde ihn verfolgen. In die Staatsanwaltschaft konnte er auf keinen Fall zurückkehren.

Tränen traten ihm in die Augen. Was hatte er falsch gemacht? Womit hatte er das verdient? Er verfluchte den

Moment, in dem er zugestimmt hatte, die Fälle der Eingeschleusten anzunehmen.

Wozu hatte er das nötig gehabt? Gäbe es sie nicht, würde er jetzt nicht in diesen Abgrund stürzen.

»Möchten Sie vielleicht hereinkommen?«, hörte er hinter sich eine Stimme.

Sarah Glaser, die Nachbarin, die so gern herumschnüffelte.

»Sie ist gestern ausgezogen, hat alles mitgenommen.«

Er entgegnete nichts.

»Kommen Sie, ich mache Ihnen einen Tee.«

»Danke«, hörte er sich sagen und war selbst verblüfft.

96

◊ ◊ ◊

Itai saß unruhig auf der Rückbank des Streifenwagens. Nicht allein, dass es ihm unpassend erschien, die Polizei indirekt bei einer Razzia zu unterstützen. Noch dazu versuchte Ayalon, der Beamte von der Abteilung für Wirtschaftskriminalität, demonstrativ und recht forsch mit Anat anzubändeln.

Einige Stunden nachdem er das Polizeirevier verlassen hatte, hatte Anat ihn gebeten, sie zur genauen Adresse des Restaurants in der Fuenn-Straße zu führen. Die Herren Direktoren hatten beschlossen, nicht untätig abzuwarten, bis die Ermittlungen zu Boaz Javin abgeschlossen wären. Sie wollten spektakuläre Fotos von Polizisten, die hart und entschlossen ein Nest der Mafia aushoben, und zwar jetzt – vor Druckschluss der Freitagausgabe. Das Restaurant, in dem er gewesen war, konnte in der Tat den richtigen Stoff dafür liefern.

Vor einer Stunde war er mit Anat und Ayalon im Streifenwagen losgefahren und hatte ihnen gezeigt, wo das Restaurant sich befand. Sie hatten nicht direkt am Ort des Geschehens geparkt, sondern in einer Nachbarstraße, »um aus sicherer Entfernung mithören zu können«, hatte Anat ihm erklärt.

»Wissen Sie«, Ayalon wandte sich um und deutete mit einer Kopfbewegung auf Anat, die neben Itai saß, »sie hat mit meinem Bruder Rechnungswesen studiert. Vier Jahre überdurchschnittliche Studienleistungen, mit Auszeichnung durch den Dekan.«

Anat lächelte verlegen.

»Du musst den Bereich verlassen und zu uns kommen. Eine wie du kann es nach ganz oben schaffen.«

Über Funk hörten sie, wie die Polizisten die letzten Vorbereitungen für die Razzia trafen. Anat rutschte auf dem Autositz fast unmerklich hin und her, sodass sie ihm näher kam. Ihre Schultern berührten sich.

»Na, wie fändest du das, Anat, du und ich zusammen? Wir wären doch ein starkes Team. Gib mir Bescheid und ich kümmere mich um den Wechsel«, witzelte Ayalon weiter.

Wieso brachte er nicht zustande, was dieser Ayalon gerade machte? So würde auch er gern mit ihr reden.

»Zugriff«, befahl der Einsatzleiter, seine Stimme drang aus dem Funkgerät und Ayalon hielt endlich den Mund.

Über Funk hörte man die Laufschritte der Polizisten und die schwer atmende Stimme des Einsatzleiters. Itai dachte an Michal. Was sie während ihrer letzten Lebenstage versucht und nur durch ihren Tod erreicht hatte: Jariv Ninio musste die Staatsanwaltschaft verlassen, die Polizei führte eine Razzia in den Geschäftslokalen des »Bankers« durch.

Gabriel hatte ihm mitgeteilt, dass Lidi und er morgen aus seiner Wohnung ausziehen würden, obwohl er ihnen angeboten hatte, zu bleiben. Gabriel hatte sich bemüht, selbstsicher zu klingen, doch Itai wusste, dass ihn Ängste plagten. Statt ihn zum Bleiben zu nötigen, beschloss er zu tun, was Michal schon vor langem für überfällig gehalten hatte. Er würde mit seinem Onkel sprechen, der an der »Bezalel« unterrichtete, um ihm Gabriels Arbeiten zu zeigen. Auch wenn es nichts bringen sollte, schaden konnte es nicht. Manchmal durfte man eben nicht warten, bis die Dinge sich ergaben, sondern musste dafür sorgen, dass sie passierten. Auch das hatte Michal ihm beigebracht, vor ihrem Tod und auch danach.

»Wir sind im Restaurant, dringen jetzt zum Hinterzimmer vor«, keuchte der Einsatzleiter.

»Der Moment der Wahrheit«, sagte Ayalon auf dem Vordersitz.

Michal war es gelungen, eine kriminelle Organisation zu Fall zu bringen. Wer hätte das geglaubt? Er bestimmt nicht, er hatte an ihr gezweifelt.

»Rede mit mir, was siehst du?«, hörte er über Funk die Stimme eines anderen Beamten.

»Hier ist nichts, hier ist nichts«, schrie der Einsatzleiter. »Jemand ist uns zuvorgekommen. Ich mache mich auf den Rückzug, hier ist nichts. Das Zimmer ist leer.«

97

◊ ◊ ◊

Boaz Javin erhob sich aufgeregt, als Schuki Borochov den Raum betrat. Itzik hatte ihm einmal detaillierte Instruktionen gegeben, wie er sich im Falle seiner Festnahme zu verhalten habe. Daher hatte er sofort, als die Polizisten ihn zur Vernehmung abgeholt hatten, einen Anwalt verlangt.

Sie hatten ihm weiszumachen versucht, dass es die Sache nicht wert sei, er reden solle, Borochov sich verspäte, doch er hatte geschwiegen. Itziks Worte schallten wie Alarmglocken durch seinen Kopf: »Vergiss nie, die Polizei ist für uns ein Klacks.«

Er dachte an Irith und die Kinder. Die Polizisten hatten ihm verwehrt, sich von Irith zu verabschieden, auf sie zu warten, bis sie vom Pilates zurückkäme. Er hatte sich an Maya wenden müssen, die Nachbarin, damit sie auf die Kinder aufpasst. An ihrem Blick hatte er abgelesen, dass sie prompt zum Hörer greifen und das ganze Viertel unterrichten würde. Wie peinlich.

Was wollten sie von ihm? Hing es mit dem Waffengeschäft zusammen? Mit den Flüchtlingen? Wie kamen sie überhaupt auf ihn?

»Danke, dass Sie gekommen sind. Danke, wirklich«, stotterte er, als Schuki Borochov hereinkam. Itzik hatte ihm erzählt, dass Borochov Faros Haus- und Hofanwalt war, er sei ein Zauberer. Vielleicht würde er auch ihm aus der Klemme helfen, so hoffte er.

»Haben Sie mit der Polizei geredet?« Wie eine Salve schoss Borochov die Frage auf ihn ab, nahm Platz, hatte eine eiskalte Miene.

»Nein, nicht ein Wort«, sagte er und setzte sich ebenfalls. »Wunderbar. Dabei muss es bleiben«, sagte Borochov mit einer Stimme, die so unerbittlich war wie seine Miene.

»Geht es meinen Kindern gut? Haben Sie mit meiner Frau gesprochen?«, fragte Boaz besorgt.

»Hör mir gut zu, Javin«, Borochov schnitt ihm das Wort ab, »nicht einen Mucks wirst du von dir geben. Bei jeder Frage, die sie dir stellen, sagst du: ›Auf Anraten meines Anwalts mache ich von meinem Schweigerecht Gebrauch.‹ Kapiert?«

»Aber wissen Sie denn, was die von mir wollen? Haben die irgendwas herausgefunden?«, fragte er in Panik. Borochovs Ton machte ihm Angst. Er war nicht dumm. Er war nicht Borochovs Mandant, Borochovs Mandant hieß Faro. Borochovs Anweisungen waren zu Faros Gunsten.

»Was die in der Hand haben, weiß ich nicht, das spielt auch keine Rolle«, fiel Borochov ihm erneut ins Wort. »Hauptsache, du hältst den Mund. Kein Wort über Faro. Kein Wort über die Waffen oder den ›General‹.«

Er räusperte sich. Seine Hände zitterten. Er sollte also die gesamte Schuld auf sich nehmen.

»Ich würde Schimon nie und nimmer Schaden zufügen, das ist klar«, sagte er und seine Stimme bebte, »aber Sie müssen verstehen, ich bin in eine schwierige Lage geraten ... Ich weiß nicht ...«

»Nun mal ganz ruhig.« Borochov strich sich über die Krawatte. »Nicht übertreiben. Was sie dir anlasten wollen, nennt man ›Wirtschaftskriminalität‹. Im schlimmsten Fall sind das fünf bis sieben Jahre. Wenn es gut läuft, auf Kaution. Es könnte schlimmer kommen, glaub mir.«

Er blieb stumm, war wie betäubt. Sieben Jahre – wie sollte er sieben Jahre überleben?

»He, Junge, nun mach nicht so ein blasses Gesicht. Davon geht die Welt nicht unter.« Borochov versetzte ihm einen leichten Klaps auf die Schulter und lächelte ihn zum ersten Mal an. »Schlimmstenfalls sieben Jährchen. Abzüglich eines Drittels für gute Führung wären es nur noch vier. Und was sind schon vier Jährchen?«

Er sagte kein Wort. Wie sollte er dem etwas Gutes abgewinnen?

»Wenn du brav bist«, Borochov grinste, »wird Faro sich um dich kümmern. Deiner Familie wird es an nichts fehlen. Schimon kann sich als sehr großzügig erweisen.«

Er blieb stumm. Sie führten ihn ans Grab und wollten, dass er guter Dinge war?

»Da gehen wir doch konform, Javin? Du kapierst, was ich dir sage? Es ist eine einfache Rechnung. Da gibt's nicht viel nachzudenken und zu grübeln. Hältst du die Klappe, bekommst du Geld. Hältst du sie nicht … Ich muss nicht weiterreden, stimmt's?«

Er schüttelte den Kopf. Nein. Er brauchte nicht weiterzureden. Er hatte verstanden. Die einzige Frage war nur, zu welchem Preis. Er sollte viel verlangen. Sehr viel.

98

◊ ◊ ◊

Faro hatte einen Seufzer der Erleichterung ausgestoßen, als Borochov ihn vom öffentlichen Fernsprecher aus informiert hatte, dass er, was Boaz anging, beruhigt sein könne.

Ohne seine Zeugenaussage hatte die Polizei nichts in der Hand.

Im Zuge von Boaz' Verhaftung hatte er sämtliche Filialen geschlossen. Wohin die Polizei auch käme, sie fände nur verlassene Gemäuer vor. Unter Umständen würden ein paar Afrikaner herumsitzen, Kaffee trinken.

Der »General« hatte ihn hintergangen, ihm aber auch Zeit zum Organisieren gegeben. Es wäre für ihn ein Leichtes gewesen, der Polizei seinen Namen zu nennen, statt den von Boaz. Er hatte auf ihn Rücksicht genommen, zweifellos. Trotz des Ohren beleidigenden Schlussakkords hatte der »General« ihm auch einen Gefallen erwiesen. Daher hatte er beschlossen, ihm einen schnellen und schmerzfreien Tod zu gönnen.

Weniger klar war die Zukunft von Boaz Javin. Dieser Mann liebte Geld, liebte es sehr. Das wusste er längst. Ob er es auch genug liebte, um ein Leben im Gefängnis in Kauf zu nehmen? Seine Leute würden an ihm dranbleiben. Gäbe es Anzeichen, dass er einknicken und seine Entscheidung bereuen würde, bliebe Faro keine Wahl. In dem Fall müsste er ihn zum Schweigen bringen.

Das war das Ende vom Lied. Er hatte ein stattliches Unternehmen aufgebaut und hatte es ausbauen wollen. Immerhin machte er keinen Verlust. Sämtliche Gelder, die die Afrikaner bei ihm deponiert hatten, würden nun als Entschädigung für seinen Kummer beschlagnahmt. Auch die Transaktionen ins Ausland hatte er abgebrochen. Die Bank war geschlossen und hatte ihre Dienstleistung eingestellt. Wer sein Geld bis zum Tag der Schließung abgehoben hatte, hatte es bekommen, wer nicht – eben nicht. Säße Boaz nicht in Untersuchungshaft, würde er die Bilanz sehen wollen. Nach seiner Einschätzung lag der Gewinn bei ein paar Dutzend Millionen. Unterm Strich nicht schlecht.

Er war gespannt, wie der Staat mit seiner Hinterlassenschaft fertigwürde. Die Afrikaner hatten keine Möglichkeit, ihr Geld zu deponieren. Viele hatten ihre Ersparnisse eingebüßt.

Die Kriminalität würde nun wie eine Welle über sie hinwegrollen und alle würden sich nach seiner Bank sehnen. Das hatten diese Blödhammel bisher noch nicht kapiert. Ohne ihn würde die Lage sich verschlechtern.

Was ihn anging, so war er mit den Afrikanern fertig. Er würde ein neues Feld erschließen. Ideen hatte er schon.

99

◊◊◊

In Windeseile lief Anat die Stufen des Polizeireviers hinunter. Sie wollte schnellstens hier weg, bevor sie gerufen und zurück in den Strudel der Ereignisse gerissen würde. Auf den Gängen war ihr zu Ohren gekommen, dass es in der Gegend des alten Busbahnhofs Unruhen gäbe. Afrikaner gegen Afrikaner, Israelis gegen Afrikaner, Afrikaner gegen Israelis und Israelis gegen Israelis. Geschäfte waren eingeschlagen, Leute angegriffen worden. In einige Cafés waren Molotowcocktails geschleudert worden. Berichten zufolge war der Knesseth-Abgeordnete Ehud Regev auf dem Weg dorthin, sein Auftritt würde Öl ins Feuer gießen. Bei der Polizei beschränkte sich die Tätigkeit nicht auf die Funktion, die ein Beamter innehatte. Kam es zu Demonstrationen, Unruhen, oder ein bestimmtes Gebiet forderte Verstärkung an, wurde man dorthin geschickt und basta.

Genug damit! Sie brauchte eine Pause, musste mal durchatmen.

Ayalon hatte angerufen und sie davon unterrichtet, dass Boaz Javin im Vernehmungsraum sitzen und sich ausschweigen würde. Der Strang, an dem sie versucht hatten zu ziehen, um eine komplette Organisation zu Fall zu bringen, war gerissen.

Kabri war inzwischen auf freiem Fuß. Er hatte sich an die Vereinbarung gehalten und ihnen den »Banker« geliefert. Dass sie den Wechsel nicht einlösen konnten, weil Javin nicht aussagte, war nicht sein Problem.

Es machte sie wütend, hauptsächlich wegen Michal, der letztendlich keine Gerechtigkeit widerfuhr. Sie hatte die zierliche Frau mit dem glühenden Eifer in den Augen, die furchtlos gegen den Strom schwamm, kennen- und schätzen gelernt.

Sie stieg ins Auto. Den letzten Monat hatte sie durchgearbeitet. Boaz Javin war nicht ihr Bereich, hier war die Abteilung für Wirtschaftskriminalität zuständig. Im Radio lief ein Song, den sie nicht kannte. Es war vier Uhr nachmittags und noch hell. Der Winter schien zu Ende zu gehen. Wann hatte sie das Büro zum letzten Mal bei Tageslicht verlassen?

Sie sah sich die Leute an, die in aller Ruhe über die Iben Gvirol schlenderten, in den Cafés saßen. Manchmal hatte sie den Eindruck, dass niemand in dieser Stadt arbeitete.

Leere überkam sie. Und was nun? Ihre Mutter hatte recht, sie ertrank in Arbeit. Da hatte sie plötzlich Lust, einen Kaffee zu trinken oder einen Film zu sehen und wusste nicht, mit wem.

Sie überlegte kurz und griff zum Handy, bevor sie es bereuen konnte und kalte Füße bekäme. Itai antwortete nach dem zweiten Klingeln. Als sie im Streifenwagen neben ihm gesessen hatte, hatte sie sich beherrschen müssen, nicht nach seiner Hand zu greifen. Sie brauchte sich nicht länger zu verstellen, er hatte ihr vom ersten Moment an gefallen.

»Was gibt's?« Er klang angespannt.

»Ach … nichts weiter … das heißt«, stotterte sie. Was dachte sie sich? Für ihn war sie nur die Kommissarin, nichts anderes. Dieses Telefonat war alles andere als professionell. »Ich dachte«, sie atmete tief durch, ihr Herz klopfte wie wild, »vielleicht möchtest du … jetzt, da alles vorbei ist … Ich dachte, du würdest vielleicht …«

Stille.

Was für ein Fiasko.

Am anderen Ende hörte sie, wie Leute herumschrien. Was fiel ihr ein? Ausgerechnet jetzt, da die Unruhen ausgebrochen waren, wollte sie ihn zu einem Date einladen.

»Ich würde mich sehr freuen, wenn wir uns treffen«, brach er die Stille.

Sie wurde knallrot.

»Ehrlich gesagt … dachte ich auch … kurz und gut, du bist mir ja noch eine Reise nach Paris schuldig …« Jetzt verfiel er ins Stottern.

Nachdem sie Zeit und Ort verabredet und ihr Gespräch beendet hatten, schmunzelte sie. Ergäbe sich daraus etwas, würden sie sich etwas Prickelnderes ausdenken als: »Wir haben uns auf einer Beerdigung kennengelernt.«

Sie unterzog ihr Spiegelbild, das ihr aus einer Autoscheibe entgegenblinzelte, einer kritischen Musterung. Was sollte sie anziehen? Sie hatte nichts zum Anziehen. Vielleicht sollte sie noch schnell etwas besorgen? Wann hatte sie sich eigentlich zum letzten Mal etwas gekauft?

Ihr Telefon klingelte und in ihrer Tasche summte der Beeper.

»Nachmias?« Es war die Stimme von Amnon, der Bereitschaftsdienst hatte. »Eine Männerleiche in der Ben Jehuda 25. Mordverdacht.«

Wieder sah sie ihr Spiegelbild an. Ihr Haar sträubte sich mehr denn je in sämtliche Richtungen.

»Bin unterwegs.«

Danksagung

◊ ◊ ◊

Eine der erfreulichsten Phasen beim Schreiben eines Buches ist meines Erachtens die Recherche-Phase. Es ist eine ausgezeichnete Gelegenheit, sich in neue Themen zu vertiefen und Menschen kennenzulernen. Bei den bisherigen Büchern hatte ich eine gewisse Sachkenntnis des Themas, bevor ich mich ans Schreiben machte. Über das Thema, mit dem sich dieses Buch befasst, wusste ich nichts. Sich das erforderliche Wissen anzueignen, dabei Leuten zu begegnen und neue Dinge zu entdecken, war eine äußerst spannende Angelegenheit und wirkt bis zum heutigen Tag in mir nach. Ich fühle mich aus tiefstem Herzen all jenen zu Dank verpflichtet, die mir dabei zur Seite gestanden haben und ohne deren Unterstützung dieses Buch nicht zustande gekommen wäre.

An erster Stelle möchte ich mich bei Noa Menhaim, der Lektorin dieses Buches, bedanken. Noa war mir vom ersten Moment eine Begleiterin und war am schrittweisen Schreibprozess beteiligt. Sie unternahm mit mir Rundgänge in der Gegend des alten Busbahnhofs, bestärkte mich, gab ausgezeichnete Anregungen, war vor allem aufrichtig und hat mir nichts durchgehen lassen. Ein nicht unbedeutender Teil der Ideen dieses Buches stammt von ihr, und ihr ist es auch zu verdanken, dass ein nicht unbedeutender Teil meiner Ideen nie ans Tageslicht kommen wird. Noa, ich danke dir von ganzem Herzen.

Ich bedanke mich bei Amnon Jackont, meinem Lehrer und Meister. Wenngleich er das Buch nicht lektoriert hat, haben seine Ratschläge und die Sachverhalte, die er mir vermittelt hat, mich allerorts begleitet.

Ich danke Michal Pinchuk, der Leiterin von ASSAF (Aid Organization for Refugees and Asylum Seekers in Israel), die mich als Erste mit diesem Thema vertraut machte und mir ein grundlegendes Verständnis davon vermittelte, das mir enorm weiterhalf. Die Anekdote, die Itai auf der Beerdigung schildert, basiert auf einer wahren Begebenheit, die Orit Rubin von ASSAF auf einer Konferenz berichtete. Sie wurde von der NGO Ärzte für Menschenrechte in Zusammenarbeit mit dem Sheba Medical Center und UNHCR, The UN Refugee Agency, in Israel veranstaltet.

In großer Schuld stehe ich bei Sharon Harel, Schutzbeauftragte von UNHCR in Israel, die mir bei mehreren Treffen ihr umfangreiches Wissen zu diesem Thema zur Verfügung stellte. Ihr kluges Verständnis und ihre objektive Herangehensweise haben mich während des Schreibens inspiriert. Den Rundgang, den Sharon mit mir unternahm, die Dinge, die ich durch sie zu sehen bekam, und die Asylsuchenden, die ich kennenlernte und mit denen ich ins Gespräch kam, sind tief in meinem Gedächtnis verankert.

Ich danke Michal Zmiri, der Sozialarbeiterin, die das Frauenhaus am alten Busbahnhof leitet und ihre Tätigkeit als »Dienst an Gott« beschreibt, was ihrer enormen Leistung keinesfalls gerecht wird.

Ich danke Ilan Lonai für den spannenden Rundgang in der Gegend des alten Busbahnhofs und die persönlichen Erlebnisse, an denen er mich teilhaben ließ. Mein Dank gilt Irit Gabber Shahar, die die Geduld aufbrachte, meine zahlreichen Fragen zu beantworten, und mich an der Erfahrung partizipieren ließ, die sie durch ihre Arbeit bei der UNO gewonnen hat. Danke auch für die Geduld beim Lesen einer frühen Fassung des Buches und die wertvollen Anmerkungen.

Ich danke all jenen Menschen, die so nah bei uns leben, uns aber so fern sind, die mir für einen Moment Einblick in ihr hartes Leben gewährten und mich an ihren Lebensgeschichten teilhaben ließen. Entsetzt und offenen Mundes erfuhr ich von den Martyrien, die sie erlitten haben. Zu meiner Verlegenheit muss ich zugeben, dass mir ihre Gegenwart erst nach Aufnahme meiner Recherchen bewusst wurde und ich sie im Straßenbild wahrzunehmen begann.

Ich danke Rechtsanwalt Yadin Elam, der sich tagtäglich und mit einer bewundernswerten Hingabe Themen widmet, von denen viele Rechtsanwälte lieber die Finger lassen, und der dem Beruf des Rechtswissenschaftlers große Ehre erweist. Das ausführliche Werk, das er für mich umrissen hat (einschließlich der Bezugnahme auf Gerichtsurteile), eröffnete mir viele Sachverhalte und war mir beim Schreiben überaus behilflich. Am Ende des Gesprächs mit Yadin wurde ich mir darüber klar, wie Itai sich verhalten wird und – nicht weniger wichtig – wer Jariv sein wird.

Mein Dank gilt Rechtsanwalt Erez Melamed für die juristische Beratung und den Bezug zu den entsprechenden Informationsquellen, die für mich enorm hilfreich waren. Bei einem Teil der Recherchearbeit standen mir viele Polizisten der israelischen Polizei zur Seite. Ich bin dort Menschen begegnet, die ihrer Arbeit mit großer Hingabe nachgehen, Professionalität und Klugheit beweisen. Als Bürger dieses Landes kann ich nur froh darüber sein, dass Menschen wie sie in den Reihen der Polizei arbeiten.

Die Polizeistreife, auf die mich Kriminalhauptmeister Aviv Shpentzer vom Revier in der Lewinsky-Straße mitnahm und die ich aus Polizeiperspektive erleben durfte, gehört zu den interessantesten Exkursionen in meinem Leben.

Das Engagement und die Sensibilität, die die Polizei bei dem sozialen Problem beweist, das im Süden von Tel Aviv entstanden ist, hat mich eingenommen.

Mein Dank geht auch an Kriminaloberrätin Miri Peled, die mir ihre Arbeit und ihre Erfahrung als Ermittlerin nahegebracht hat. Am Ende dieses Gesprächs war ich mir darüber im Klaren, dass die Protagonistin des Buches eine Kommissarin sein würde.

Einen sehr großen Dank an Hila Gersi, die mir die Polizeiarbeit auseinandergesetzt und meine unzähligen Fragen beantwortet hat. Die Treffen mit Hila waren spannend, eröffneten mir neues Wissen und haben mich bereichert. Es war ein großes Glück, sie kennenlernen zu dürfen.

Ich danke Yaniv Kobovitz, dem Journalisten von Ha'aretz, der mich mit seinen interessanten Anekdoten während des Rundgangs in Lod dazu motivierte, in das Thema tiefer vorzudringen.

Ein Dank geht an meinen Schwager Nimrod Ram, dem Technischen Leiter meiner Buch-Projekte, der mir Computerwissen vermittelt hat. Ich danke meiner Schwiegermutter Dr. Daniela Ram, der wissenschaftlichen Leiterin meiner Buch-Projekte, die mir Kenntnisse in Genetik vermittelt hat (und natürlich danke ich ihr auch, dass sie unsere Kinder gehütet hat). Und zum Schluss bin ich meiner Schwester, Einav Shoham, dafür dankbar, dass sie mich in juristischen Belangen berät.

Ich danke meinem Bruder Shiran Shoham, der eine frühe Fassung des Buches gelesen und sie aus seinem einzigartigen Blickwinkel beurteilt hat.

Mein Dank geht an Lee Feller für ihre exzellenten und gezielten Anmerkungen zur ersten Fassung.

Ich möchte Nurit Waisman danken, die das Buch gelesen, mit Anmerkungen versehen und es erhellt hat.

Ich danke Tamar Bialik, die stets die erste Leserin ist, für ihre klugen Anmerkungen und die Zusammenarbeit.

Ich danke dem Regisseur Eitan Zur, der mich beim Prozess des Schreibens von Beginn an begleitet hat, mir die richtige Richtung gewiesen und Hinweise gegeben hat und vor allem für seine unbändige Neugier auf Wissen.

Mein Dank geht an Eilon Ratzkovsky für die Hilfestellung und seine große Anteilnahme und Hilfe.

Ich bedanke mich bei Hanna Azulay Kelmanson und Shari Gurvitz für die treue Begleitung auf dem neu eingeschlagenen Weg.

Ich danke dem Verlag Kinneret, Zmora-Bitan, für die große Unterstützung, die er mir seit Jahren gewährt (es ist bereits das zehnte Buch!), und insbesondere Yoram Roz und Eran Zmora für die kluge Führung, die für mich äußerst konstruktiv war.

Ich danke Ziw Lewis, der mir die Türen zur Übersetzung des Buches in andere Sprachen geöffnet hat (u.a. auch bei diesem Buch), für die Ermutigung, ein Buch zu diesem Thema zu verfassen, für die Treue, die hilfreiche Unterstützung und dafür, dass er jede E-Mail, gleich zu welcher Uhrzeit, binnen fünf Minuten beantwortet.

Ich danke Riki Danieli für die klugen Hinweise, die sie mir seit vielen Jahren gibt, wodurch mir bewusst wird, was ich tun sollte und wie ich es umsetze.

Mein Dank geht an Daniel Roz, der bald noch häufiger den Satz hören wird: »Liad Shoham will dich sprechen.«

Selbstverständlich danke ich Ido Peretz, Shani Zmora und Sarah Barhom für ihre engagierte Arbeit.

Ich danke Meira Barnea-Goldberg für die Ermutigung und die hilfreiche Unterstützung, die mir seit längst vergangenen Zeiten von »Fish and Chips«, meinem ersten Buch, vergönnt ist.

Ich danke meinen Eltern, Chaja und Avi, für den wundervollen Beistand.

Und zum Schluss ein Dank an die, die eigentlich an erster Stelle stehen sollten – an meine Kinder Rona und Uri und meine Frau Osnat für ihre unbändige Liebe.